修订版 | 第五辑

蒋勋说红楼梦

蒋勋 著

中信出版集团 · 北京

目录

第四十一回　贾宝玉品茶栊翠庵　刘老妪醉卧怡红院

第四十二回　蘅芜君兰言解疑语　潇湘子雅谑补余香

第四十三回　闲取乐偶攒金庆寿　不了情暂撮土为香

第四十四回　变生不测凤姐泼醋　喜出望外平儿理妆

第四十五回　金兰契互剖金兰语　风雨夕闷制风雨词

第四十六回 尴尬人难免尴尬事 鸳鸯女誓绝鸳鸯侣

第四十七回　呆霸王调情遭毒打　冷郎君惧祸走他乡

第四十八回　滥情人情误思游艺　慕雅女雅集苦吟诗

第四十九回　白雪红梅园林集景　割腥啖膻闺阁野趣

第五十回　芦雪庵争联即景诗　暖香坞雅制春灯谜

第四十一回

贾宝玉品茶栊翠庵
刘老姬醉卧怡红院

《红楼梦》是一本真正的佛经

我跟很多朋友提过，《红楼梦》是一本真正的佛经，阅读《红楼梦》的过程，其实就是修行的过程。像今天要讲的第四十一回，作者把几个如此不同的人物放在一起：一个是来自乡下，不识字，有点粗粗笨笨的刘姥姥；一个是十四岁，在贵族家庭长大，养尊处优的贾宝玉；还有一个是出身世家，因为家道没落而养成孤僻个性的妙玉。透过三个人在一起产生的人性之间的互动跟关系，使我们有了一种反省与领悟。

我们读小说有时候会问：读它对我有什么好处？我喜欢哪一个人？谁可以做我的范本？这样的角度可能都不是《红楼梦》要提供的。我觉得《红楼梦》真正能提供的，是让我们看到刘姥姥、宝玉、妙玉各自背负着的生命里要完成的东西。

妙玉在这个小说里出现的次数并不多，她是十二金钗之一，一个出家的女孩子。我们知道她有洁癖，爱干净到不得了的程度，大家都不敢靠近她。她又是一个高傲得不得了的女孩子，连林黛玉都被她批评，我们觉得林黛玉在《红楼梦》里面已经是一个近乎完美的人物，她却觉得林黛玉对喝茶和音乐的品位还不够。可是今天我们看到，妙玉这么一个品位很高、洁癖非常的女孩子，要受一个苦，这个苦就是刘姥姥要来她的栊翠庵喝茶。

我想平时妙玉是根本不会让刘姥姥这种人去她庙里的，可今天是贾母带了刘姥姥来，妙玉不能拒绝。妙玉等于是贾家供养的出家人，给她一个庙，让她在这里修行。我觉得《红楼梦》最发人深省的就是：一个人最坚持的部分，大概就是最受苦的部分，修行也不过就是如此。妙玉这么爱干净，偏偏来了一个脏兮兮的老太太，她要怎么办？当然我们也会反省：修行的意义到底是什么？我觉得第四十一回作者完全在写佛经，你会发现修行是你觉得不可亵渎的东西忽然被亵渎了，而那个亵渎恐怕是修行的开始。我进入中年以后，一直在想这个问题。如果我爱美，当我看到那个美被蹂躏跟糟蹋，我还坚持、还相信，它才对我有意义。如果我那么容易放弃，我就知道我的修行其实还不够。

后来尼姑把刘姥姥用过的成化窑的杯子拿进来，妙玉就吩咐把它丢掉，大家知道成化窑是多么珍贵的东西，可是因为这个乡下老太太用了她的杯子，妙玉觉得恶心，就不想再要了。我相信真正的洁癖并不是干不干净的问题，而是心灵上不能容纳东西了。

妙玉这一场戏，常常被提及。林语堂在好多场合讲到《红楼梦》，说他最不喜欢的人就是妙玉，他觉得妙玉实在太过分了。可是我看到这一段，不觉得我会不喜欢妙玉，因为我要借这段去反省，是不是我心里也有一个妙玉？我要提醒自己，当我爱一个美的东西时，一定不要忽略，没有任何美或是高贵的东西比人更重要！所以我觉得作者是在讲“宽容”。

林语堂何等聪明，可他还是有分别心，他认为妙玉对刘姥姥的态度不好。可是我觉得作者在这里要写的是妙玉的苦，妙玉最后走进一个大悲剧，被匪徒强暴，就是说我们背负的东西，也是最放不开的部分，到最后让你领悟的刚好就是这些东西。

刻意的安排

《红楼梦》第四十一回主要讲了两件事：一件是贾母带刘姥姥去栊翠庵喝茶；另一件是刘姥姥因为喝醉了酒，误入宝玉的房间。大家感觉一下，如果宝玉真的是曹雪芹，他是故意让刘姥姥到他的房间去撒野的，他大概还很高兴刘姥姥来这里撒了一回野。我过去一直以为，“修行”就是当我心里不静，我就一个人跑到山上的庙里住一个月，其实那个修行现在回想起来很简单。艰难的修行是看到你最爱的东西被侮辱、被糟蹋，看到很多让你心痛的部分后，你还可以重新去“整理”。宝玉那么爱美，房间里全是精致绣花的幕幔和各种奇香异草，普通人一步都不敢踏进去，可竟然来了一个刘姥姥在里面又吐又拉，弄得一屋子臭气。我相信这就是作者想表达的“修行”。

宝玉对生命品格的要求，必须经过一个被践踏的过程，他才知道生命是什么。我们年轻时很难懂这个，所以第一次看到那个成化窑的小杯子，会觉得好可惜。那时候还是珍惜杯子，慢慢才懂得作者的深意。所以我想这一段其实写得非常巧妙。第四十一回也是《红楼梦》一个重要的转折。为什么要让刘姥姥进怡红院宝玉的房间？为什么要让刘姥姥进到妙玉修行的栊翠庵？我觉得这都是刻意的安排。

你会发现，如果刘姥姥没有来到这两个地方，我们对它真正的美和缺陷就不会了解，因为美好和缺陷都应该被注意。栊翠庵是所有人走过都不敢进去的所在。五十回里有一段，天降大雪，栊翠庵墙头开出最美的红梅花，可没人敢进去跟妙玉要一枝梅花，因为妙玉讲话很难听，如果你稍微讲错话就被她讽刺，一辈子都不舒服，所以没有人敢去招惹她。可是我们知道妙玉喜欢宝玉，宝玉去求红梅花，妙玉就送了他一大枝。

从这里面我们可以看到，妙玉在人生当中有着非常明显的选择——她喜欢的跟她不喜欢的，她的分别相是最大的，而她刚好又是一个最应该修分别相的出家人。《金刚经》中说："无我相，无人相，无众生相，无寿者相。"我相信妙玉一天可能读很多次，可是刘姥姥用过的一个杯子她都不要，这个分别相何其严重。

所以作者是不是在写佛经，我想大家马上就懂了。真正的修行并不在语言上，而在行动中。我们读经文其实很容易，从十几岁开始读《金刚经》，那些字都会背了，可是自己能做到多少？"无寿者相"是说所谓的早夭跟长寿并没有什么差别。讲得这么简单，可是我记得母亲临终的时候，我抱着她念这一段，忽然觉得自己怎么还放不下，不是明明告诉你"无寿者相"了吗？所以我相信重要的哲学是需要你在一生当中去深深体会的。

我没有想到，竟然要用母亲身体的痛与临终的痛来让我懂这句话。可是没有这件事，我真的读不懂。也正因为如此，我会提醒自己其实所知有限。因为以前觉得自己好棒啊，十几岁的时候班上哪有人在读《金刚经》，所以好得意。《金刚经》哪里是要你得意的？《金刚经》怎么可能是让你得意的？所以等到母亲临终的时候才会读懂那一句，它其实是在等待那一个时刻。我相信，这才是真正在阅读上有一个很大的、被充满的感觉，而那个充满的感觉是一个好的哲学或者好的文学跟随着你的一生一直在做反省，在做不同程度的领悟。

“如梦幻泡影，如露亦如电”

我们下面来读文字的部分：“话说刘姥姥两只手比着说道：‘花儿落了结个大倭瓜。’众人听了哄堂大笑起来，于是吃过门杯。”“门杯”是行酒令的时候，每人面前摆一杯酒，输了就要喝掉。我觉得刘姥姥聪明极了，就是民间常说的“傻人有傻福”的那种。憨憨的，可其实憨里有一种福气，憨里也有一种通达。所以在这样一个大场面里，她很清楚自己扮演的角色，从贾母到用人都在她有趣的逗笑中开心得不得了，因为他们忽然觉得好像来了一个跟他们完全不同调性的生命。这个开心也让我们感觉到贾家虽身处山珍海味的富贵，其实有一种苦闷。

这种开心有点像古老故事的那个老莱子，七十多岁了，还穿着彩色衣服，扮成幼儿，拿着拨浪鼓在地上滚啊、闹啊，引父母发笑。因为父母亲年纪大了，什么也吃不动，最好的衣服对他们来说，反而是累赘。所以有时候我们常常搞不清孝顺的本质，可是老莱子却发现，原来父母希望他还是小孩子。

我读到这个故事很感动，我们今天总觉得孝顺就是给父母一个我们“想当然”的东西，就像小津安二郎《东京物语》里那个在东京做医生发达的孩子，觉得爸爸妈妈一生在乡下很穷苦，就请他们到东京来玩。可他每天要看病人，没有时间陪他们。最后他就把父母送去参加最贵的旅行团。那个团里刚好都是年轻人，在那边弹吉他，爸爸妈妈一个晚上都睡不着觉，痛苦得不得了。母亲还没过世以前，我每次看到这个电影，就觉得不安，会赶快回去陪她一下。你以为孝顺是把东西、钱都给安排好了，可她不过是要你陪她一下而已，我们却忽略了。所以《东京物语》的结局我记得好清楚，母亲临终的时候，儿子不在身边，这变成了他一生最大的遗憾。

我觉得《红楼梦》跟这一类重要的电影或文学一样，其实在讲生命本身。叙述的事件虽然好看、好玩，却都是一个幻影。《金刚经》说："如梦幻泡影，如露亦如电。"梦、幻、泡、影、露、电，这六样东西都是视觉的、外在的、闪光间一刹那的，并不是真实的。有时候你会觉得《红楼梦》好棒，里面有这么精致的茄鲞这道菜，可《红楼梦》真正的伟大并不在这里。就是那个茄鲞做得再好，它真的就是梦幻泡影。而曹雪芹了不起的是，他可以把梦、幻、泡、影、露、电经营到让你把假的当真。《红楼梦》每一页翻开都有一个"贾"字，他一直告诉你，其实都是假的，可是我们一直以假为真，没办法领悟。

所以《红楼梦》应该用这样的方法去读，就是里面的菜也好吃、茶也好喝，可都是梦幻泡影。不要忘记作者是家族败落后写这本小说的，他真正要讲的是，再着迷的东西，有一天都要放手。所以四十一回真的非常重要，因为一定要在这些地方上演这样的戏，其实是一个开示。

王熙凤戏弄刘姥姥

刘姥姥吃过门杯，又逗笑道："实告说罢，我的手脚子粗笨，又喝醉了酒，仔细失手打了这瓷杯。"你看，刘姥姥说她的手脚很笨。

我看到这一段就在反省，我这一生中有没有跟别人说过“我很笨”，或者“我很多事情都做不好”。你会发现刘姥姥在讲这些话的时候，非常自在。可《红楼梦》中薛宝钗也好，林黛玉也好，任何一个人在别人面前展现一点点的笨，她们都可能一个月不舒服。林黛玉的苦、薛宝钗的苦，就在于她们一生都没有机会说自己笨，因为她们受的教育、她们的品位、她们所有对美的这些爱好，其实都没有一个让她们放下来的机会。可是忽然碰到了刘姥姥，这些人都会笑刘姥姥，觉得她像个大蠢牛一样。所以我觉得刘姥姥也许是来这里开示的，就像济公出现的时候，没有人知道他是修行的人。《红楼梦》里最喜欢讲癞头和尚、跛足道人那种看起来很不完整的生命，反而可能是在修行。它同时又是一种对比，就是这些富贵人家用的器具，这些规矩谨严的部分，会不会反而是生命的累赘。相比之下，刘姥姥就没有这种东西。她说，小心我失手打了这杯子，“有木头杯取了来，便失了手掉了地下，也打不了”。众人听了，又笑起来。

凤姐一直想捉弄刘姥姥，逗贾母和大家开心，就笑着说：“果然要木头的，我就取了来，可有一件先说下，这木头的可比不得瓷的，那都是一套，定要吃遍一套方使得。”这有点像俄罗斯套娃，一个套一个。“刘姥姥听了，心下掂掇道：‘我方才不过是趣话取笑儿，谁知他果然竟有。’”“掂掇”就表示刘姥姥也不是笨蛋，她心里盘算，王熙凤是不是要害我。然后又想：“我时常村庄上缙绅大家子也赴过席，金杯、银杯倒都见过，从来没见有木头的。哦，是了，想必是小孩子使的木碗子，不过诓我多吃两碗。别管他，横竖这酒蜜水儿似的，多喝点子也不怕。”她不知道这种甜酒，后劲是很大的。想了想说：“取了来再商量。”

于是凤姐跟丰儿说：“去到前面里间屋，书架上有十个竹根套杯取来。”丰儿刚要去，鸳鸯笑着说：“我知道你这十个杯还小些。况且你才说是木头的，这会子又拿了竹根的来，倒不好看。不如把我们那里的黄杨木根整抠的十个大套杯拿来，灌她十下子。”意思是这套竹根的比较小，而那套木头的更大。凤姐儿笑道：“更好了。”注意这里凤姐跟鸳鸯的对话，暗示了贾府三百口人所用器物之繁杂，而真正熟悉这些的，一个是王熙凤，一个是鸳鸯。因为鸳鸯是贾母的贴身丫头，贾母当年管家的时候，是鸳鸯帮着在管。虽然现在贾母退休了，由凤姐在管，可鸳鸯非常清楚家里都有什么东西。

杯子取来后，刘姥姥一看，又惊又喜，“惊的是一连十个，挨次大小分下来的”。有十个杯子，从大到小，大的有小盆子那么大；最小的那个大概有她们手里拿的杯子大。“喜的是”，这些杯子外面都刻了非常漂亮的山水、树木、人物，“雕镂奇绝”，而且每一个上面还有草书的题款。我想大家去台北“故宫”应该看得到这一类器皿，比如黄杨木雕的赤壁图，上面刻有很多精致的人物风景。注意一下这是谁在看？是不识字的刘姥姥在看，所以看到的是：“一色山水树木人物，并有草字图记。”如果是林黛玉在看，可能就会念出上面刻了什么。所以《红楼梦》最精彩的一点，就是写到哪个人，作者就变成那个人，以那个人的眼睛看这个世界。

刘姥姥忙说：“拿了那小的来就是了，怎么这么些个？”凤姐笑道：“这个杯没有喝一个的理。”凤姐要整她了，就说不能只喝一杯，一定要“挨次吃一遍才使得”。刘姥姥吓得说：“这可不敢。好姑奶奶，竟饶了我罢。”

贾母、薛姨妈、王夫人这时候说话了：“不可多吃了，只吃这头一杯罢。”毕竟刘姥姥是上了年纪的人。刘姥姥说：“阿弥陀佛！我还使小杯吃罢。把这大杯收着，我带了家去，慢慢吃罢。”注意刘姥姥的聪明，所以她走的时候带了好几车的东西回家。我觉得刘姥姥的聪明里也有本性的反应，因为她真的好奇，也想多要一点，这个过程里她会有一种快乐。可是对于贾府来讲，东西太多了，没有一点点拥有的快乐，有时候给出去反而是快乐。所以我们看到人生的快乐与不快乐，大概很难以一个放之四海而皆准的标准去看。有的人得到是快乐，有的人给出去是快乐，并没有绝对的部分。所以生命的领悟应该是知道自己现在是要“得”，还是要“舍”？光这两个字大概就可以想很多年。

孟子说，“充实之谓美”，这个“充实”其实不容易理解。有时候它是指你拥有越来越多的东西，比如吃饱了，也叫充实。可是大家知道有时候吃到噎，是非常难过的，你真的恨不得掏出来。古罗马的贵族，吃饱饭以后，就有专门的人帮他掏喉咙。然后他可以把所有的东西吐出来，感觉好舒服，这也是一种“充实”。因为这时候他需要充实的不是食物，而是空气。所以我觉得“充实”有一部分是指物质，有一部分是指心灵，心灵上的充实甚至更难。

如果刘姥姥不来贾府，我们可能还看不到这类问题。

茄鲞

贾母发话了，鸳鸯只好命人满斟了一大杯，“刘姥姥两手捧着喝干”。注意“捧着”这个动作，因为杯子太大，一只手没有办法拿住。“喝干”，就是一大杯灌了下去，所以等下就要完蛋了。贾母嘱咐说：“慢些吃，不要呛了。”因为她与刘姥姥是同龄人，所以会有一种同情。

薛姨妈赶忙叫凤姐拣一些菜给刘姥姥吃，不要让她空腹喝，因为空腹喝更容易醉。贾母笑着说："你把茄鲞拣些喂他。""茄鲞"的"鲞"比较难写，所以有些版本已经写成别的字了。"鲞"，指剖开晾干的鱼干，如牛肉鲞、笋鲞等，是腌醋成干的片状物。"茄鲞"，当是切成片状腌醋的茄子干。凤姐就夹了一些茄鲞，喂到刘姥姥的口中。凤姐平时大概不会喂人家吃饭的，她有一点讨好贾母的意思，然后说："你们天天吃茄子，也尝尝我们的茄子，弄的可口不可口？"刘姥姥笑着说："别哄我！茄子跑出这个味儿来了。"这里写得非常精彩，就是这个乡下人每天都吃茄子，可她不相信这是茄子。

与《红楼梦》写作者同时代的画家石涛画过一幅画，这幅画现在被卖到美国去了，上面就画了几个茄子。画上的题词也非常有趣，意思是说他去菜市场买了一堆茄子回来，邻居七嘴八舌告诉他，你要加酱、加油、加什么来做，它才好吃。石涛就说，我才不听这些人的，我就喜欢生茄子那种强烈、生猛的味道。

画上的题词和这里的茄鲞有一点类似，就是贾家的富贵把茄子变得没有了茄子的味道；而其实刘姥姥吃的茄子，才是最原味的。我相信今天我们开车开好久到郊外，就是为了尝刚摘下来的茄子的味道。一到礼拜天，阳明山、阿里山上都是这样找野菜吃的人，因为他们发现都市里已经不容易吃到那个真正原始的、有生命力的味道。你如果看到刘姥姥羡慕茄鲞，那只是看到了《红楼梦》的一部分；其实《红楼梦》里大部分的人，都羡慕刘姥姥能吃到刚摘下来的茄子。所以作者其实在写事物的两面，就是生命也许是一种互相的学习，或者是某种互换。

刘姥姥不相信茄子怎么跑出这个味道来了，她说，如果这样的话，

“我们也不用种粮食，只种茄子罢了”。众人笑说：“真是茄子，我们再不哄你。”刘姥姥诧异道：“真是茄子？我白吃了这半日。姑奶奶你再喂我些，让我细嚼嚼。”乡下老太太的天真跑出来了。凤姐又夹了一些放入她口中，刘姥姥嚼了半天，笑着说：“虽有茄子香，只是还不像是茄子。告诉我是什么方法弄的，我也弄着吃去。”凤姐说：“这也不难。”

好，下面就是红楼宴中这道菜的菜谱，现在你去上海，好几家餐馆都有这道茄鲞。其实老实跟你们说：不好吃。最可怕的是旁边还有一个蜡像的林黛玉看着你吃，你就更感到恐怖。也许这种真正有品位的东西，还是想象一下比较好。

茄鲞的做法

王熙凤和刘姥姥说：“你把四五月里的新茄包儿摘下来。”注意这个形容——“新茄包儿”，就是春天刚刚长出来的新茄子。茄子长久了以后，会变长、变卷，里面还有很多籽；可是新茄子是圆的，很嫩。“把皮和瓤子去尽，只要净肉，切成头发细的丝儿，晒干了，拿一只肥母鸡，靠出老汤来。”这个“靠”不是炖、不是焖、也不是烤，而是用最小最小的火，不放水靠出鸡汤来，就好像让那个鸡出汗一样。靠出来的那一点点鸡汁，就是最原味、最浓的鸡汁。我们自己在家做鸡汤，用很小的火炖出来的味道，跟餐厅里大火煮出来的味道已经很不一样。而“靠”几乎是不放水的，所以可想它的珍贵，这也是“靠”这种烹调方法现在很少人用的原因。其实有一些料理是有文化的，珍贵的并不是那道菜，而是那个烹制方法，因为它能够把一个物料里的精华味道提取出来。

然后“把茄子丝上蒸笼蒸的鸡汤入了味”，就是把这个老母鸡靠出来的原汁，用蒸的方法再蒸进头发细的茄丝当中。第一，这个汤汁不多，第二，必须是茄子丝切到非常细，这样那个老母鸡的鲜味才能蒸入茄子中。蒸好了以后，不是马上就可以吃了，而是拿出来晒，晒完了再蒸，蒸完了再晒，如此“九蒸九晒，必定晒脆了”，你可以想象有多麻烦。这样做出来的东西，还不能吃，而是把它封在瓷坛子里。古代不用我们现在的保鲜膜，是用蜡来封严。夹出来也不是立刻吃，还要用炒过的鸡瓜子拌着吃。“鸡瓜子”是什么？就是用手撕出来的鸡小腿部分的腱子肉。因为常常活动，所以那块肉的弹性最好。

大家看《红楼梦》，最着迷的常常是这个部分；可是我很希望你们能慢慢体会我前面讲到的梦幻泡影的部分。就是所有这些东西对作者来讲，真的像个梦一样，那个味道还在口腔里，好像很真实，可是又像假的。我不知道大家有没有这种经验，就是你的某些记忆、你跟一个与你最亲密的人身体接触的感觉，有一天它会不见。那个感觉就是《红楼梦》要讲的，它要告诉你非常真实的东西，可是它已经成为过往，找不回来了。这部小说真正迷人的地方是在这里。所以你看到那个茄鲞怎么好吃，然后很多人去做，这只是看到《红楼梦》的一半。还有一个要领悟的就是它再好吃，其实也找不回来了，那个美跟遗憾之间的关系，在第四十一回全部体现了。

惊心动魄的对比

凤姐把茄鲞的做法讲完，刘姥姥听了，“摇头吐舌”。你可以看到乡下人听到富贵人家做菜的方法后的那个表情。然后说："我的佛祖！倒得十几只鸡儿来配他，怪道好吃！"一面说笑，一面慢慢喝完了酒，然后开始"细玩"那个杯子。凤姐就笑着说："还不足兴，再吃一杯罢。"刘姥姥赶忙说："了不得了，那就醉死了。我因为爱这样儿，亏他怎么作来着。"就是这杯子怎么能雕得这么漂亮。鸳鸯说："酒也吃完了，这到底是什么木的？"想要考考刘姥姥。刘姥姥说："怨不得姑娘不认得的。你们在金门绣户的，如何认得木头！"意思是你们在富贵人家长大，门是黄金的，上面挂的帘子都是锦绣，怎么会认得木头？

注意下面这段话，作者如果无心做对比，不会这么写："我们成日家和树林子作街坊，困了枕着他睡，乏了靠着他坐，荒年间饿了还吃他。"大家都听说过荒年剥树皮来吃，但刘姥姥在这样欢乐的场合讲出这样一段话，会让人有一种惊心动魄的感觉。作者为什么讲完茄鲞后，忽然说到荒年的时候吃木头？他是让我们看到生命的两面。大家不要忘记刘姥姥为什么可以进大观园，因为他们有一个祖先曾跟王家结过亲。他们也曾经富贵过，可到了刘姥姥不过三代，她竟然落难到这个样子。

她说："所以好歹真假，我是认得的。让我认一认他。"我觉得这句话有一种奇异的感觉，刘姥姥说，我要认一认这木头。一面说，一面仔细端详了半天。然后说："你们这样人家断没有贱东西，那容易得的木头，你们也不收着了。我掂着这杯体沉，断乎不是杉木的……"你看，刘姥姥是靠掂重量来判断这木头到底是什么的。木头有的轻，有的重，像沉香木，就是在水里会沉下去的。她第一个判断说不是杉木的，因为杉木很轻。

台湾有很多杉木，比如柳杉，我家里最早装潢用的就是柳杉，因为很希望用台湾的木头，可是一年以后全部被白蚁蛀了。后来别人告诉我，因为它太松，松所以就轻，大概是因为热带它长得快。楠木、榉木这一类木头就比较重和实。我后来换了柚木，柚木是比较紧的一种木头，它也就比较重。

刘姥姥的第二个判断是："一定是黄松的。"众人听了，就哄堂大笑起来。事实上是黄杨木的，她还是没有认出来。当然，黄杨木太珍贵，是专门供皇家跟贵族做细雕的木头，刘姥姥根本没有见过，所以也无从判断。作者也许是想告诉我们，每一个人的知识其实都会受他经验的限制。

穿林渡水藕香榭

接下来就要开始去听音乐了。"只见一个婆子走来，请问贾母，说：'女孩子们都到了藕香榭了。请老太太的示下，就演罢，还是等一会子？'"大家还记不记得上一回的时候，贾母听见有音乐传进来，就问是不是外面有人结婚，大家跟贾母解释说，我们家离街那么远，怎么可能听到外面的声音。是我们家养的十二个唱昆曲的女孩子在练习。贾母说：既然她们练习，何不叫她们唱给我们听？我们可以一面喝酒吃东西，一面听戏。所以就把这十二个女孩子请到了藕香榭。

"榭"是一种四面没有门窗的建筑，通常建在水边，是专门用来听戏的，因为音乐透过水的传达，效果最好。所以我跟很多朋友推荐，如果想听戏，可以去林家花园，那里的戏台就是四面环水。

贾母笑道："可是倒忘了他们了，就叫他们演罢。"所以你看，富贵到最后，常常是忘东忘西，因为东西太多了。也许有些人听一次戏，一辈子都忘不掉，可贾母是每天都可以听戏，所以她明明已经叫人准备好，十二个女孩子都在那边等了，她却忘了。那个婆子答应着去了，“不一时，只听得箫管悠扬，笙簧并发”。“箫管”就是箫跟笛，“笙”最初是葫芦瓜晒干后，在中空的部分插上很多竹管或芦管，然后利用长短音来调音，里面有簧片，可以振动发音的。所以一听就知道，演奏的是昆曲。

仔细看作者对音乐的描写：“正值风清气爽之时，那乐声穿林渡水而来，自然令人神怡心旷。”宝玉听到音乐后，就忍不住想喝酒了，拿起壶来自己倒了一杯，一饮而尽。“复又斟上，才要饮，只见王夫人也要饮，命人换暖酒来，宝玉连忙将自己的杯捧了过来，送到王夫人的口边，王夫人便就手内吃了两口。”

我们一再提到，宝玉是一个非常贴心的孩子。我想我十四岁的时候，一定只管自己喝，哪会想到妈妈也想喝。这不是好坏的问题，是说你有没有多余的心思想到别人。所以宝玉在《红楼梦》里被众人疼爱，是因为他常常关心到每一个人。“王夫人便就手内吃了两口”，她没有接这个酒杯，而是就着宝玉的手喝了两口，你可以想象一下那个亲子之间的画面。“一时暖酒来了，宝玉仍归旧坐。”

王夫人接下来提着暖酒壶走下席来，要给贾母斟酒。“众人皆出了席，薛姨妈也立起来。贾母忙命李纨、凤姐二人接过壶来：‘让你姑妈坐下，大家才方便。’王夫人听如此说，方将壶递与凤姐，自己归座。”这里是在讲礼数，因为贾母在座，所以王夫人要先给她斟酒；而王夫人一站起来，旁边人都要站起来，因为王夫人相对他们是长辈。

“贾母笑道：‘大家吃上两杯，今日着实有趣。’说着拿杯让薛姨妈。”这个“让”有敬酒的意思。又对湘云、宝钗说：“你两个多吃一杯。你林妹妹虽不会吃，也别饶他。”你看，贾母这一天多开心，很重要的原因是刘姥姥在这里，有一个同龄的老人家，而且既有趣，又会逗笑，所以她自己就先干了。湘云、宝钗、黛玉也都把酒干了，连黛玉平常不太喝酒的，也都喝了。

贾母当解说员的快乐

“当下刘姥姥听见这般音乐，且又有了酒，越发喜的手舞足蹈起来。”这下就更好玩了，你平时让一个老太太跳舞可能也不容易，因为有一点喝醉了，很兴奋，所以她就手舞足蹈起来。大概也只有乡下人，没有那么多礼教的约束，喝了酒以后，就彻底放开了。宝玉走下席来，笑着跟黛玉说：“你瞧瞧刘姥姥的样子。”黛玉笑着说：“当日舜乐一奏，百兽率舞，如今才一牛耳。”史书上记载，尧舜时代因为是太平盛世，所以一演奏音乐，所有的动物都跟着起舞。这里黛玉有点在嘲笑刘姥姥，是说现在不过是一头牛在跳舞而已，把众人都逗笑了。

“须臾乐止，薛姨妈出席笑道：‘大家的酒想也都有了，且出去散散再坐罢。’”贾母也正想散散步，于是大家就离了席，随着贾母一起游玩。贾母“遂携了刘姥姥至山前树下盘桓了半晌，又说与他这是什么树，这是什么花，这是什么石。刘姥姥一一的领会”。

这也许是《红楼梦》里很少有人注意的片段，我读《红楼梦》久了以后，常常会停在这些地方。这两人本是一生都不可能对话的：一个是四代富贵的贵夫人，一个是乡下做苦工的老太太。你会琢磨作者为什么要写这一段，这个平日养尊处优、被所有人奉承的贾母，会跟一个乡下老太太说这是什么石头，那是什么树，这是什么花，都变成大观园的解说员了。可我却觉得这里面有一种快乐。记不记得刘姥姥第一次见贾母的时候，贾母问她多大年纪，身体好不好，刘姥姥说还好。然后贾母就叹了一口气说：你比我大那么多，身体还这么健朗，每天还下田。刘姥姥说：这是因为你命好，可以不用下田劳动。贾母就感叹道：什么命好，根本就是老废物了。

其实说自己是老废物，今天听起来蛮悲哀的。因为生活优裕安逸，到最后生命中就少了自己可以用力的部分，不知不觉就变成了废物。所以刘姥姥今天是给了贾母一个机会，让她不再是废物。贾母跟刘姥姥这两个老太太之间的关系，是我很喜欢看的一部分。两个人完全是不同出身、不同背景、不同成长环境，可她们的交流跟沟通让你感觉到生命可以超越不同的阶级、不同的背景，可以变成这么好的朋友，这对贾母的生命也是非常好的一个鼓励。我觉得这是《红楼梦》里非常有趣的部分，可是常常被人忽略。

我们看到这种老人家之间的语言，其实没有什么富不富贵或贫不贫贱的问题，她们就是共同在面对生命最后的岁月。富贵的晚年跟贫贱的晚年，好像也没有那么大的差别，到底贾母是圆满，还是刘姥姥才是圆满，我想今天这个问题也可以打一个大问号。我常在想，是希望自己的晚年像贾母那样躺着，很多人帮你捶腿，还是像刘姥姥一样健步如飞到处乱跑，这其实就是我们到底在人生里羡慕什么、向往什么的问题。

贾母跟刘姥姥讲了很多，刘姥姥也都领会了，然后跟贾母说："谁知城里的不但人尊贵，连雀儿也是尊贵的。偏这雀儿到了你们这里，他也变俊了，也会说话了。"大家都不明白她在讲什么，就问她："怎么雀儿变俊了，会说话？"刘姥姥说："那廊上金架子上站的绿毛红嘴的是鹦哥儿，我是认得的。那笼子里老鸹子怎么又长出凤头来，也会说话呢！”她说的其实是八哥，她形容八哥是乌鸦长出了凤头。众人听了又都笑起来。

由点心引出的思考

“一时，只见丫头们来请用点心。贾母道：‘吃了两杯酒，也就不饿了。也罢，就拿了这里来，大伙儿随便吃些。’”丫环们听说，走去抬了两张高几来，又端了两个小捧盒。“揭开看时，每个盒内两样。这盒内是两样蒸食：一样是藕粉桂糖糕”，在藕粉里加了桂花和糖做成的糕。“一样是松穰鹅油卷”，就是加了松子和鹅油做出来的面食。“那盒内是两样炸的，一样是只有一寸来大的小饺儿。”这个有点像我们今天的虾饺。贾母问是什么馅的，婆子们回说是螃蟹馅的。贾母皱了一下眉头说：“这会子腻腻的，谁吃这个！”再看另一样，是奶油炸的各色小面果子，贾母也不喜欢吃。

这个时候你就会觉得，没有什么东西是绝对好或绝对不好的。对于刘姥姥来讲，螃蟹馅的饺子，大概她一辈子听都没听过，她觉得是山珍海味。可对贾母来讲，她皱了一下眉头，觉得这个时候谁要吃这个，太腻。

再来看刘姥姥的反应：“刘姥姥因见那小面果子都玲珑剔透，各式各样。”这些形容都是来自一个乡下老太太，她觉得吃的东西怎么能做得这么小巧，这么精致，而且每个花样都不一样。

一般来讲，生活如果只是为了温饱，是可以非常简单的。可随着人类文明程度的提高、物质生活的富裕，就会开始讲究。我们怎样在刘姥姥的生活跟贾母的生活间找到一个平衡，也许是一种生命的智慧。这个生命的智慧是说，在童年的时候，我们向往很多精致的东西，那个时候读《红楼梦》，我们会对那种富贵有一种向往。可慢慢吃到很多东西以后，就会觉得自己拥有的东西已经够了，然后宁可去爬山，走很远的路去吃白水煮番薯汤。这里面就有一种平衡。

刘姥姥“因拣了一朵牡丹花样的”，笑着说：“我们乡里最巧的姐儿们，拿剪子也不能铰出这么个纸的来。我又爱吃，又舍不得吃。”这是刘姥姥的真心话，她很想吃，可又觉得这么漂亮，有些舍不得吃。她说要不我“包些家去带给他们做花样子去”。大家都笑了。贾母说：“等你家去时，我送你一瓷坛子。你先趁热儿吃这个罢。”所以你可以看到，刘姥姥每一步，都有东西要带回家的。

“别人拣各人爱吃的吃了一两点就罢了；刘姥姥原不曾吃过这些东西，且都作的小巧，不显堆盘的，他和板儿每样吃了些，就去了半盘子。”“不显堆盘”就是看起来也不多。“剩的，凤姐又命人攒了两盘子并一个攒盒，拿与文官等吃。”

佛手跟柚子的隐喻

“忽见奶子抱了大姐儿来”，大姐儿就是王熙凤的女儿巧姐，这个时候还没取名。巧姐手上抱了一个大柚子，看见板儿拿着个佛手，就想要板儿手上的佛手。丫头们也哄她去拿，“大姐等不得，便哭了”。王熙凤的女儿大概平时比较受娇宠，想要什么，别人就给她什么。可板儿也是一个小孩子，就不给她，她就哭了。“众人忙把柚子与了板儿，将板儿的佛手哄过来与他才罢了。”

这段描写似乎很不经意，不知大家有没有想过，这种小孩子之间的争夺，我们成人其实也有。就是我们拥有的那个东西已经很好了，可还是偏想要别人的东西。从这里面我们也可以看到，因为大家宠爱巧姐，觉得巧姐是不能受委屈的，所以她想要的东西，就一定帮她得到。我后来读到这一段就在想，跟我们一样，巧姐在长大的过程中，一定有东西是要不到的。让一个孩子知道有些东西是得不到的，我相信也是一种学习。

《红楼梦》读过很多遍后，看到这一段，你会很有感触，就是这两个小孩子哪里想得到他们此后的因果。在贾家家败人亡以后，巧姐儿刚好是板儿他们家救济的。在西方美术史中，达·芬奇一直在画一幅画，就是《岩窟圣母》，画的是圣母的儿子耶稣和施洗约翰。在卢浮宫就存有两幅，大英博物馆也有。我们知道耶稣后来被钉在十字架上，施洗约翰因为莎乐美被砍头，各自有各自的命运。而在达·芬奇的这幅画中，耶稣还是一个婴儿，施洗约翰也只是一个小孩，两人天真烂漫地彼此对视、微笑。我想达·芬奇的寓意可能是：人在那样的状态下，不知道后面有什么东西在等他，这其实有一点东方哲学的意味。所以巧姐和板儿的这段看起来有点像小孩子在玩，可是你会感觉到其中隐喻着某些东西。

大家吃完了点心，贾母又说要带刘姥姥去栊翠庵。注意下面这场戏，刘姥姥要去妙玉修行的地方，这对妙玉是一个极大的考验。

妙玉的分别相

好，大家来细看这一场戏："妙玉忙接了进去"，因为贾母到了，妙玉不敢怠慢；她也不可能站在庙门口说：我不要这个乡下老太太进来。"至院中，只见花木繁盛”，贾母笑着说：“到底是他们修行的人，没事常常的修理，比他处的越发好看了。”这里好像要借贾母的口特别提醒我们，栊翠庵是一个修行的地方。等一下我们就会看到这个修行的人，是不是真的在修行。“一面说，一面便往东禅堂来。”东禅堂是妙玉打坐修禅的地方。“妙玉笑往里让。贾母说：‘我们才吃了酒肉，你这里头有菩萨，冲了罪过。我们在这里坐坐罢，把你的好茶拿来，我们吃一杯就是了。’”过去的人觉得，喝了酒、吃了肉，不能到庙里去，因为会冲撞了菩萨，因为菩萨是禁酒、禁肉的。

“妙玉听了，忙去烹了茶来。宝玉留神看他怎么行事”，就是看这个修行的人，怎么面对供养你的大户人家。“只见妙玉亲自捧了一个海棠花式雕漆填金云龙献寿的小茶盘”，这个雕漆小茶盘外面是海棠花的形状，上面的花纹是云纹和龙纹衬托着寿字，中间还镶着金。“里面放一个成窑五彩泥金小盖钟，奉与贾母。”“钟”是一种茶杯，底下有一个茶托，上面有一个盖子。喝的时候一只手拿着茶托，用另一只手的两个指头夹着茶盖上的纽，稍微打开一点，刚好可以挡住茶叶，又不会让茶气跑掉。我们常常看到上一辈人穿着旗袍，在喝这种茶钟，你会感觉到她那种姿态里有一个记忆。“成窑”就是成化窑，明朝成化年间的五彩瓷器，是最讲究的，先用釉料画出非常细的花卉草虫，然后再描上金。所以现在的国际拍卖市场上，成化瓷器都是贵得不得了。有人叫它“成化斗彩”，也有人称它“成化五彩”，“斗彩”是有点争奇斗艳的意思。

这时我们已经感觉到：天啊！这个妙玉是这样修行的。贾母也不是好惹的，一眼看出妙玉的讲究，说：“我不吃六安茶。”六安茶是安徽出产的一种非常名贵的绿茶。我们现在去别人家做客，哪有说我不喝六安茶的，好像要整别人一样。妙玉笑着说："知道。这是老君眉。""老君眉"是一种焙得比较熟的茶，贾母大概觉得绿茶比较伤胃。"老君眉"还有形容这个茶叶像老人眉毛的意思。你看在这个对话里，妙玉和贾母都有一种讲究，刘姥姥在旁边根本听不懂，这就显出了一种文化上的落差。

"贾母接了，又问是什么水。"这才是真懂喝茶，我们现在喝茶大概不会问人家这是什么水。妙玉说："是旧年蠲的雨水。""蠲"这个字有除去、澄清的意思，就是经过澄清的旧年的雨水，民间又叫"无根水"。"贾母便吃了半盏"，然后笑着递给刘姥姥说："你尝尝这个茶。"这个动作好自然，可是其实并不容易，因为贾母是一个如此富贵的人，用的又是如此讲究的茶杯，所以我觉得贾母这是在修行。

你看看刘姥姥的反应："刘姥姥接来一口吃尽。"乡下人哪懂什么品茶，口渴了喝就是了。然后笑着说："好是好，就只淡些，再熬浓些更好了。""淡"是给品位很细致的人品的，她把这当成是乡下的茶，多熬一熬，最好熬一大桶放在路边，给人解渴那样。说得"贾母、众人都笑起来"。

再看其他人，"都是一色瓜皮青描金的官窑新瓷盖碗"。我们知道宋代五大名窑是指汝窑、官窑、哥窑、钧窑、定窑。其中的"官窑"是南宋朝廷专设的御用瓷窑，在杭州附近的山上开的新窑口，由官方亲自指导。现在杭州专门成立了南宋官窑博物馆，大家如果去杭州的话，可以参观一下那个博物馆，做得非常好。我也曾去过，是走在玻璃上，看底下遗址的状况，还有几个成品，可以辅助了解当年的官窑。官方的东西有时候会比较炫耀，但因为南宋有很高的文化，所以虽是官窑，却非常淡雅，有一种文人气质在里面。这种官窑非常珍贵，南宋以后就制作得很少了。到清代就有了仿官窑，而且里面加了描金，真正的南宋官窑是没有描金的。“瓜皮青”是一种淡淡的绿，有点像甜瓜皮的淡青色；“新瓷盖碗”指的就是清朝仿官窑。

倒了茶之后，“那妙玉便把宝钗和黛玉的衣襟一拉”，注意，下面是最重要的一段。妙玉虽然很尊敬贾母，可她还是觉得贾母的品位跟她不一样；真正有品位的就是宝钗和黛玉两个人，所以妙玉拉她们去别处喝。你看，妙玉的分别相到了这个程度，不要说她看不起刘姥姥，其实在她心里，连贾母也看不起。所以等一下会看到，贾母喝的是旧年存下来的雨水，而黛玉她们喝的是梅花上扫下来的雪融化的水，这里全都在讲妙玉的分别相。她心里可能觉得，这些东西给贾母她们喝，有些糟蹋了，她要给懂的人喝。

我觉得她这么想并没有错，品位本来就是如此。假如你碰到一个知音，真正懂那个音乐，懂那个茶，你会有一种快乐。可我同时想讲的是，修行到最后，就是要碰到这个东西：当你最珍惜的东西被糟蹋、践踏的时候，你要怎么去修行。

妙玉的讲究与宝玉的世法平等

下面这段很有趣：“二人随他出去，宝玉悄悄的随后跟了来。”妙玉没有请宝玉，可是他看到了，觉得她们一定要干什么，所以也跟了来。“只见妙玉让他二人在耳房内”，就是旁边的一个小房间，“宝钗便坐在榻上，黛玉便坐在妙玉的蒲团上”。这里面也有隐喻，黛玉坐在妙玉日常打坐修行的蒲团上，她大概也要修这个行。“妙玉自向风炉上扇滚了水，另泡了一壶茶来。”你看妙玉多么看得起这两个人，亲自扇火煮水。

宝玉刚开始在偷看，后来就走了进来，笑着说：“偏你们吃梯己茶呢。”“梯己”就是“体己”，我们现在也这么说。三个人笑着说：“你又赶了来作什么？这里并没你吃的。”就有点故意逗他。妙玉刚要去取杯子，“只见道婆收了上面的茶盏来”，道婆就是与妙玉一起修行的尼姑，她把刚才贾母、刘姥姥等人喝过的茶杯要收进来。“妙玉忙将那成窑杯命道婆：‘不用收了，搁在外头去罢。’宝玉会意，知为刘姥姥吃了，他嫌脏不要了。”所以这一回全部在讲妙玉的洁癖，一层一层的洁癖。

“又见妙玉另拿出两只杯来。一个旁边有耳，杯上镌着‘𤫰爮斝’三个隶字。”“𤫰”跟“爮”都是瓜，“斝”这种器物有一点像爵，不过爵是酒杯，上面有一个流口；斝是温酒的，没有流口。𤫰爮斝等于是用瓷器仿古代青铜器斝的形状制成瓜状的茶杯，你看，妙玉玩古董玩到了什么程度。上面除了“𤫰爮斝”三个隶字，“后有一行小真字是：‘晋王恺珍玩’”，“小真字”就是楷书，“又有‘宋元丰五年四月眉山苏轼赏于秘府’一行小字”。你看这个东西多了得，王恺收藏过，苏东坡赏鉴过，现在拿到苏富比去拍卖，价格也是吓死人。“妙玉便斟了一斝，递与宝钗。”

“那一只形似钵而小，也有三个垂珠篆字，镌着‘点犀盉’。”大家知道篆书相比隶书、楷书，曲线比较圆润，所以用“垂珠”来形容。“盉”是一种器皿，“点犀”就是心有灵犀一点通，以前人们认为犀牛角里那越来越细的空间，是有灵性的。“妙玉斟了一盉与黛玉。”

你可以看到两个人喝茶的器具都讲究到如此程度，比那个成化窑的杯子还要讲究。这种东西妙玉根本不会拿出去，只给有品位的宝钗跟黛玉用。然后“仍将前番自己常常吃茶的那只绿玉斗斟与宝玉”，妙玉用自己的杯子倒茶给宝玉。很多学者在这一段大作文章，认为这是对妙玉的讽刺。我倒觉得这是对妙玉的同情，妙玉真正要修行的，恰好就是这个部分。

宝玉就跟她开玩笑说："常言'世法平等'，他两个就用那样古玩奇珍，我就是个俗器了。"宝玉表面是在逗她，但其实有点醒她的意思：你不是修行人吗？佛教不是说世法平等吗？所有的东西、所有的人都是一样，你为什么还有这么大的分别心？妙玉说："这是俗器？不是我说狂话，只怕你家里未必找的出这么个俗器来呢。"

你从这话可以听得出，妙玉有多么自负。她的孤僻也源于她的自负。宝玉赶忙笑着说："'随乡入乡'，到了你这里，把这金玉珠宝一概贬为俗器了。"这当然是宝玉安慰妙玉的话。可是你有没有发现，宝玉这句话其实还是在开示妙玉：出家人不是应该把金玉珠宝一概贬为俗器吗？可你似乎还是有很大的分别心。

"妙玉听如此说，十分欢喜，遂又寻出一只九曲十八环一百二十节蟠虬整雕的湘妃竹根的一个大海来。"还有一个东西是妙玉更得意的，就是一只用整个竹根雕的大海碗。大家知道竹子根部的节很密，所以有一百二十节很密很密的根。"海"是古代的一种酒器，因形状似碗，所以也叫"大海碗"。她说："就剩了这一个，你可吃的了这一海么？"有点在调侃宝玉。宝玉喜得忙道："吃的了。"妙玉笑着说："你虽吃的了，也没这些茶糟蹋。岂不闻'一杯为品，二杯即是解渴蠢物，三杯便是饮牛饮驴了'。你吃这一海便成什么？"所以你看，妙玉讽刺人是脱口即出的，可宝玉很少讽刺人，他总在讲"世法平等"。

品位是一个无底洞

妙玉讽刺宝玉，说得宝钗、黛玉、宝玉都笑了。妙玉于是执壶，"只向海内斟了约有一杯。宝玉细细的吃了，果觉轻清无比，赞赏不已”。容器虽大，可她只倒了一小杯。注意“轻清”这个词，就是最好的茶品起来感觉却像没有。刘姥姥为什么喝不出来，就是因为太淡。

妙玉正色道：“你这遭吃茶是托他两个的福，独你来了，我是不能给你吃的。”人就是这么奇怪，心里有爱又不能面对的时候，他会讲反话。妙玉嘴上这么说，其实心里最盼望的，是给宝玉喝。宝玉笑着说：“我深知道的，我也不领你的情，只谢他二人便是了。”宝玉很聪明，当然不会点破。妙玉听了方说：“这话明白。”

注意下面这段，黛玉被认为是《红楼梦》里品位最高的女孩子，结果却被妙玉讽刺了。我们前面说过，《红楼梦》里用“玉”这个字做名字的只有四个人：宝玉、黛玉、妙玉，还有一个蒋玉菡。所以一般人都认为，“玉”这个名字在《红楼梦》里有特别的意义。这里我们看到，三个“玉”遇到了一起，妙玉讽刺完宝玉，现在又要讽刺黛玉了。

黛玉问：“这水也是旧年的雨水么？”妙玉冷笑道：“你这么个人，竟是大俗人，连水也尝不出来。”大概从来没有人说黛玉是俗人，可妙玉竟然说她是个大俗人，连水都尝不出来。所以你可以看到在某一种品位上，人是可以这么孤僻的，就觉得别人怎么都听不懂这么好的音乐，看不懂这么好的文学。

妙玉说：“这是五年前我在玄墓蟠香寺住着，收的梅花上的雪。”“玄墓山”在苏州，现在还在，山上原本种了很多梅花，如今也许已经被破坏得蛮厉害了，因为很多人读了《红楼梦》，都往那边跑，都想收梅花上的雪。大概梅花开放的时候，落在上面的雪，会带有梅花花蕊的香味。她说“共得了那鬼脸青的花瓷瓮一瓮，总舍不得吃，埋在地下。今年夏天才开了，我只吃过一回，这是第二回”。“鬼脸青”是一种深蓝色釉彩的瓷器，过去的人认为，人死的时候，脸会发青、发蓝，所以把那种蓝釉叫鬼脸青。

我们不要忘了妙玉是一个家道衰败、落难的小姐，竟然带着一瓮雪水到处走。因为她到贾家的时间并不长，大观园盖好不过一年多，盖好之后她才住进来。五年来她就带着这瓮雪水跑来跑去，平时就埋在树根底下，因为怕水会变质。所以我不知道大家会不会觉得，品位是那么迷人，可品位又是这么苦。她幸好还有一个黛玉可以骂，因为她跟黛玉讲了之后，黛玉大概就能觉出这个水真的很好；可是刘姥姥你骂她一百次，她还是品不出这个水跟其他水有什么不同。

“你怎么尝不出来？隔年蠲的雨水火爆气不尽，如何吃得？”这个我们真的很难领悟，我们喝惯了高雄的水，很难了解水怎么会有火爆气。而且她刚才给外面人喝的，就是那个隔年蠲的雨水。可见，品位是一个永远比不完的东西；比到最后，大概就会有一种大彻大悟。妙玉可以嘲笑黛玉是一个大俗人，当然也有人可以嘲笑妙玉说，你也够俗的。所以品位其实是一个无底洞，如何追求品位，同时又调侃品位，是一件有趣的事情。

“黛玉知他天性怪僻，不敢多话”，黛玉那么聪明、嘴巴那么伶俐的人，都不敢说话了，“亦不敢多坐，吃过茶，便约宝钗走了出来”。虽然妙玉对黛玉、宝钗另眼相待，但这个地方还是让每一个人都怕，不敢多做停留；虽然高雅，但不温暖。

宝玉对妙玉的开示

“宝玉也随出来”，要开示妙玉了。他赔笑跟妙玉说：“那茶杯虽然脏了，白撂了岂不可惜？”宝玉指的是那个成化窑的茶杯；“撂”就是扔了。“依我说，不如给那贫婆子罢，他卖了也可以度日。”

注意宝玉的菩萨心肠，他一方面疼惜那个杯子，一方面疼惜刘姥姥，可我觉得他真正疼惜的还是妙玉。我们很多人读不懂宝玉这个十四岁的男孩在这里讲的话，因为其中包含了好几重关照。可你看妙玉是怎么回答的：“这也罢了。幸而那杯子是我没吃过的，若我吃过的，我就砸碎了也不能给他。”你看，妙玉心里有一种恨，那个恨你很难解释。好像那个杯子如果妙玉用过，刘姥姥又用了，妙玉的品格就都不对了。

我有时候读到这一段会很害怕，不晓得我们的人性怎么会发展出这样一种东西来。所以我觉得宝玉跟妙玉的这段对话真是惊人。宝玉完全是一副菩萨心肠，可妙玉还在加强她的分别心。虽然最后同意把杯子给刘姥姥，可还在说：“只是我可不亲自给他。你要给他，我也不管，我只交给你，快拿了去罢。”注意“快拿了去罢”，她觉得那个东西已经脏到让她心里不舒服了。这让我们觉得，妙玉的修行，真的还有好长的路要走。

宝玉笑着说：“自然如此，你那里和他说话授受去，越发连你都脏了，只交与我就是了。”宝玉还是了不起，他可以理解，以妙玉这样的身份，当然不想跟刘姥姥有任何往来。可真正的修行不应该怕脏；最脏的地方，最是应该去的，禅宗公案最后讲的就是这个东西。我们看这一句：“只交与我就是了。”要知道，宝玉也是一个贵公子，他为什么不觉得脏？他为什么可以去做这件事呢？

妙玉让人把杯子拿来交给宝玉，宝玉接了，又说：“等我们出去了，我叫几个小幺儿来，河内打几桶水来洗地如何？”我觉得宝玉的这番话其实有一种担待在里面。他看到妙玉的苦，同时又体谅她的苦，觉得帮她把地洗一洗，能让她心里舒服一点。

可是从头到尾，妙玉没有一点反省。妙玉说："这正好了，只是你嘱咐他们，抬了水来，只搁在山门外头墙根下，别进门来。"栊翠庵是一个什么地方？这是一个修行的所在。我们一直觉得修行的地方是最干净的，可修行的地方有没有可能是最脏的？我觉得这才是作者想讲的东西。真正的脏其实在心里，并不在地上，洗是洗不掉的，是要修行的。

从心理学角度解读妙玉

"宝玉道：'自然。'说着，便袖了那杯出来，便递与贾母房中的一个小丫头子拿着，说'明日刘姥姥家去时，给他带去罢。'"身为一个富家公子，宝玉每天就在忙这些小事。可每一件小事，其实都是在把每一个生命安排到它对的位置上去。"交代明白，贾母已经出来，要回去。妙玉亦不甚留，送出山门，回身便将门闭了。"

大家再感受一下这句："妙玉亦不甚留，送出山门，回身便将门闭了。"这一句，把妙玉那种个性的孤傲跟内心的孤独、寂寞，表现得淋漓尽致。我觉得一个人会把门关起来，是因为心里面很苦。所以这个门绝对不是一个山门，而是心灵之门。你知道蚌壳那么硬，是因为它里面太软，太容易受伤。

所以这一段我们完全可以从心理学的角度来解释，妙玉家世没落以后，所遭遇的白眼跟侮辱大概非常多，为了避免受伤，她宁可养成一个硬壳来保护自己。因为富贵过，再受到人世间的冷眼，是最痛苦的，最后也许会变成一种"不是你们不要理我，是我根本不要理你们"的孤傲状态。其实，我们心里都可能有妙玉的部分，我们也都可能因为某种伤害而把自己关起来，妙玉只不过是最典型的一个例子。

作者借妙玉开示完之后，下面就要借牌坊来开示了。“且说贾母因觉身上乏倦，便命王夫人和迎春姊妹陪了薛姨妈去吃酒，自己便往稻香村来歇息。”“这里薛姨妈也就辞了出去。王夫人打发文官等出去，将攒盒散与众丫环、婆子吃去，自己便也乘空歇着，随便歪在方才贾母坐的榻上，命一个小丫头放下帘子来，又命他捶着腿，吩咐人道：‘老太太那边醒了，你们就来叫我。’”王夫人最重要的职责就是伺候贾母。“说着就歪着睡着了，于是众人方散出来。”

“宝玉、湘云等看着丫环们将攒盒搁在山石上，也有坐在山石上的，也有坐在草地下的，也有靠着树的，也有傍着水的，倒也十分热闹。一时又见鸳鸯来了，要带着刘姥姥各处去逛，众人也都跟着取笑。一时来至‘省亲别墅’的牌坊底下。”

牌坊的隐喻

大家还记得吗？这个牌坊是贾家的大女儿贾元春嫁到皇宫后回来省亲时立的一个牌坊。这个牌坊是有隐喻的：它是贾家荣华富贵到了极致的时候，皇帝赐的牌坊；宝玉在梦中见到的“太虚幻境”的牌坊，跟这个牌坊是一样的。所以它一出现，就喻示着某种领悟。它是最高权力与富贵的象征，可等会儿刘姥姥一到这里，就想上大号。我觉得作者完全是在开这个家族的玩笑，好像在说富贵又怎么样，没人敢冒犯的东西，总会有人来冒犯，而这个冒犯者往往让我们意想不到。

到了“省亲别墅”的牌坊下，刘姥姥说：“哎呦！这里还有个大庙呢！”说着，便趴下磕头。因为她没见过牌坊，以为是个大庙。众人笑弯了腰。刘姥姥道：“笑什么？这牌坊上的字我都认得。我们那里这样庙宇最多，都是这样的牌坊，那字就是这庙的名字。”大家就问：“你认得这是什么庙？”刘姥姥抬头指着那个字说：“这不是‘玉皇宝殿’四字？”其实她是在随便乱讲。我们知道上面写的是“省亲别墅”，贾宝玉做梦时看到的是“太虚幻境”，所以这四个字其实怎么换，都无所谓。

“众人笑的拍手打掌，还要拿他取笑时，刘姥姥觉得腹内一阵乱响，忙的拉着一个小丫头，要了两张纸就解中衣。众人又是笑，又忙喝他：‘这里使不得！’”皇帝赐的匾下面，怎么可以解手！你可以看到，作者绝对不是无缘无故安排这一段的，这里面有一种极大的悲哀。当这个家族败落之后，作者想起那些当年不能碰、不能冒犯的东西，忽然觉得其实有什么不能冒犯的？

刘姥姥要在那边上厕所，大家都紧张得不得了，“忙命人带了他东北角上去了”。带她去的婆子指给她地方，“便乐得走开去歇息”，所以刘姥姥一会儿才会迷路。“刘姥姥因喝了些酒，他的脾气不与黄酒相宜，且又吃了许多油腻饮食”，因为从生理上来讲，乡下人平常吃的是米面，连菜都很少吃，油就更少了，所以刘姥姥的脾胃就不舒服了。“因发渴多喝了几杯茶，不免通泻起来，蹲了半日方完。”年迈的人蹲久了，加上刚出厕所，被风一吹，“只觉得眼花头眩，辨不出路径”。

好，这是一个谜！这个谜是说，当一个人迷路的时候，他就会走到他应该去的地方。所以这个迷路，是作者故意安排的；因为迷路，她就走到怡红院去了。

刘姥姥“回头一望，皆是树木山石、楼台亭榭，都不知那一处是往那一路去的了，只得顺着一条石子路慢慢的走来。乃至到了房舍跟前，又找不着门，找了半日，忽见一带竹篱。刘姥姥心中自忖：‘这里也有扁豆架子。’”注意这还是从乡下老太太的角度在写，大观园里的竹篱是花障，种花的时候，为了让花藤攀援上去的；可刘姥姥还以为是乡下人种扁豆搭的竹架子。

“一面想，一面顺着花障去了，来到了一个月洞门进去。只见迎面忽有一带水池，只有五、六尺宽，石头砌岸，里面碧清的水流往那边去了，上面一块白石横架在上面。刘姥姥便踱过石来，顺着石子甬路走去，转了两个弯子，只见有一房门，于是进了房门。”我们看，这全是以刘姥姥的眼睛在看大观园，所以所有的匾额、对联都没有描写，因为她不认字。可是记不记得，贾芸这种读书人进来的时候，就会读匾额上的这些字。

进了房门，“只见迎面一个女孩儿，满面含笑迎了出来”。刘姥姥这时有些醉了，所以看到的东西似真似假。这正是《红楼梦》一直要讲的东西：好像是假的，却是真的；好像是真的，又是假的。刘姥姥笑着说：“姑娘们把我丢下了，要我碰头到这里来。”见那个女孩子不答应，刘姥姥就走上前，要拉她的手，结果“咕咚”一声撞到了板壁上。其实那是画在板壁上的一个女孩子，画得太逼真，刘姥姥误以为是真人了。

有很多学美术史的人研究过，结论是这是西洋画家绘制的凹凸面。因为这种画加了光影，使用了三度空间的透视法，所以画出来的人像是立体的，跟国画不同。

“细瞧瞧，原来是一幅画儿。刘姥姥自忖道：‘原来画儿有这样活凸出来的。’一面想，一面看，一面用手去摸，却是一色平的，点头叹了两声。一转身，方得了一个小门，门上挂着葱绿撒花软帘。”刘姥姥掀了葱绿底色上有小碎花的帘子走进去，抬头一看，“只见四面墙壁玲珑剔透，琴剑瓶炉皆贴在墙上”。这个时候我们就知道了这是宝玉的房间，因为他的房间架子上有琴、剑、瓶、炉这些摆设。“锦笼纱罩，金彩珠光”，把刘姥姥眼睛都晃花了，没有办法看清细节，“连地下踏的砖，皆是碧绿凿花，竟越发把眼花了”。我们知道过去讲究的人家铺的是有点像唐三彩的地砖，上面有凹凸的雕花。“找门出去，那里有门？”刘姥姥出不去了。

宝玉的门与妙玉的门

“左一架书，右一架屏。刚从屏后得了一门，才要出去，只见他亲家母也从外面进来。”刘姥姥好不容易找到个门，以为总算可以出去了，忽然看到她亲家母了。你看，作者写小说真是写到惊人。他完全没告诉我们，那边有个镜子。刘姥姥就有些奇怪，赶忙问：“亲家母！你想是见我这几日没家去，你找我来了。那一位姑娘带你进来的？”刘姥姥的那个反应被生动地描绘出来。“只见亲家只是笑，不答言。刘姥姥笑道：‘你好没见世面，见这园子里的花好，你就没死活戴了一头。’”大家还记不记得上一回，王熙凤要打扮刘姥姥，故意把花插了她一头？她现在就在自我解嘲。所以有时候我们会发现，不知道是自己，才有机会嘲笑和批评；如果知道是自己，大概就不会嘲笑和批评了。

“只见他亲家只是笑，不答言”，刘姥姥忽然想起：“常听见大富贵人家有一种穿衣镜，这别是我在镜子里头罢。”这种感觉我们现在很难想象，因为我们常常在镜子里看自己；古时候那种大的穿衣镜本来就少，刘姥姥更是从没见过这种镜子，所以她完全无从判断。“想毕用手一摸，再细一看，可不是，四面雕空紫檀板壁将这镜子嵌在中间。”心里便想：“这已经拦住，如何走出去呢？”一面想，一面用手去摸。“这镜子原是西洋机括，可以开合。”就是说这个镜子有一个弹性的机关。“不意刘姥姥乱摸之间，其力巧合，便撞开消息，掩过镜子，露出门来。刘姥姥又惊又喜，便迈步出去。”外间是宝玉的书房，镜子后面是宝玉的卧房。所以相对于书房是出去，而相对于卧房就是进去。

妙玉的门是打不开的，宝玉的门是可以打开的；客人一走妙玉立刻就把门关上，宝玉的门你随便一碰就开了，而且是刘姥姥碰开的，所以你看作者一直在隐喻。刘姥姥迈步出去，“忽见有一副最精致的床帐。他此时又带了七八分醉，又走乏了，便一屁股坐在床上”，“一屁股”这个词用得极好，你会觉得那个粗鲁，刚好在调侃眼前的精致。但如果你的心灵之门打开了，平常认为被糟蹋、被侮辱、被亵渎的部分，大概也会觉得无所谓了。“只说歇歇，不承望身不由己，便前仰后合的，朦胧着眼，一歪身就睡熟在床上。”喝醉了酒，根本控制不住自己，所以一倒身就睡着了。

“外面众人等他不见，板儿见没了他姥姥，急的哭了。众人都笑道：‘别是掉在茅厕坑里了？快叫人去瞧瞧。’因命两个婆子去找，婆子去了，回来说没有。众人各处搜寻不见。”这里很好玩，就是她们怎么找都不会找到怡红院去，因为没有人敢进那个地方。“袭人度其道路：‘定是他醉了，迷了路，顺着这一条路往我们后院子里去了。’”袭人就很聪明，猜想她一定是走迷了，然后顺着路，往怡红院去了，于是赶紧回去看。“进了怡红院便叫人，谁知那几个看屋子的小丫头偷空玩去了”，都不在家。这显然给了刘姥姥进去的机会。所有这些巧合，大概也就是一个因果吧。

到底什么是“脏”？

“袭人一直进了房门，转过集锦槅子”，就是那个摆放“琴剑瓶炉”的架子，“就听的鼾声如雷。忙进来，只闻得酒屁臭气满屋”。小时候看到这一段觉得宝玉的房间好惨，怎么会被糟蹋到这样子。现在越看越开心，觉得好像宝玉的房间一定要这样被折腾一次，他才有生命力。其实我觉得这里有作者惊人的一种安排，真正值得反省跟思考的部分，可能都隐藏在这里。

再一看，“只见刘姥姥扎手舞脚的仰卧在床上”，那个睡觉的姿态也形容得很有趣。袭人慌忙走上前来将她推醒。刘姥姥从梦中惊醒，睁眼看见袭人，连忙爬起来说：“姑娘，我失错了！”你能体会那种感受吗？她做了大错事，非常自责，连忙看有没有弄脏床。幸好“并没弄脏了床”。“脏”这个字又出现了，或许在她看来，吐得满床都是才叫脏。她不知道，她只是用了一下妙玉的杯子，已经被人家嫌脏。“一面说，一面用手去掸。”

袭人怕惊动了别人，被宝玉知道，“忙将当地大鼎内，贮了三四把百合香，仍旧盖上顶”。宝玉房间总是点着香，永远有香味。又悄悄地笑着说：“不相干，有我呢。你只说是你醉了，在外头山子石上打了个盹儿。你随我出来。”

你可以看到袭人也是好心肠的人，没有把事情闹出来。所有这些都在对比妙玉为什么那么苦，事情其实是可以这样处理的。“刘姥姥满口答应，跟了袭人，出至小丫头们房中，命他坐了；又与他两碗茶吃，刘姥姥方觉得酒醒了”，然后问袭人：“这是那位小姐的绣房，这样精致？我就像到了天宫里一样。”袭人笑着说：“这个是宝二爷的卧室。”刘姥姥吓得不敢作声。然后袭人带她从前门出去，见了众人，说是在草地上睡着了，“众人都不理会，也就罢了”。

我觉得如果把这一回当作一个短篇小说来看，你会发现作者的安排其实非常惊人。我一直想写一篇散文，题目就叫《脏》。你可以看到在这一回中，妙玉觉得那个杯子脏，后来觉得地脏，要去洗地；以及刘姥姥觉得没有弄“脏”宝玉的床。那到底什么是“脏”？所以我们可以把《红楼梦》中这些部分当成那个时代最重要的哲学来看。

这一回中，刘姥姥穿针引线，带出了这个富贵家族各自要修行的重点。如果不是刘姥姥来，我们大概看不出他们各自需要修行什么。很有趣，有时候我读完《红楼梦》，会想把书合起来，到好久没有去的黄昏夜市去买菜，然后跟卖菜的人聊着聊着，就开始知道要怎样修行了，因为太久没有接触这些人，太久没有听到他们口中的语言。我一直觉得《红楼梦》给我的影响，其实不再是书本身，而在于它让我可以回到生活这么大的一个世界里去，让我向众生学习修行。所以如果用另一个视角来看，刘姥姥也许是菩萨，因为菩萨常常化身到人间去，大家都认不出来。我们知道民间有一个鱼篮观音，就在菜场卖鱼，大家都不知道她是来度化人间的观音。我觉得第四十一回也是在讲这个东西，就是妙玉、刘姥姥，到底谁在度化谁？到底怎么去修行？这些问题其实在这一回表现得非常非常完整，所以我很希望大家可以多读一下第四十一回。

第四十二回

蘅芜君兰言解疑语
潇湘子雅谑补余香

富贵荣华的捆绑

我想《红楼梦》是一个非常现代的小说，它有很多观点不像传统里认为的一定有很多人伺候才叫好命，它反而有很多检讨。当然有一个很重要的条件，是因为曹雪芹的家族没落了，没落之后才看到所谓的富贵跟繁华，其实是一种捆绑。他回想起虽然家族声势显赫，但也有伴君如伴虎的那种战战兢兢。因为你富贵到一定的时候，功高震主，皇帝是怕的，所以你可以看到和珅这些人的下场，都是因为不知收敛。曹家大概已经是历史上少有的五代繁华，一般的家族繁华历史也比较短，大概家族三代就差不多了。

作者提出的这个经验，我称它为智慧，它并不是书本上读得到的，而是了解到人怎么处于富贵，怎么处于贫贱，当把贫贱和富贵看成一个平等的东西的时候，他反而有另外一种豁达。我觉得人生的圆满就是富贵与贫贱的对话，光是富贵、光是贫贱都是一种遗憾，因为少掉了一些东西。

富贵还是贫贱？都看你从什么角度看待。如果我今天脱了鞋子在田里劳动一天，我觉得很快乐的时候，那就不是贫贱。我到旧金山的时候，我朋友带我去城外的一块林地，那里需要预约，像看病一样挂号。我的朋友和我说，这个号是八年前挂的，我们这个周末才可以去。那个地方叫“禅园”，去了以后就可以在上面种菜、挖土、浇花，不会的话，还有人特别教你。想去“禅园”要交很贵的费用，而且要等很长时间，是所有在旧金山都市里的上班族，在那里救回自己的一块地方。

你就会想到《红楼梦》里面的刘姥姥。其实我们也许今天少的是那块地方，可以让你脱掉鞋子，呼吸新鲜的空气，挖挖土、浇浇花，重新去过一个很简单的生活。周末两天过后，回到职场，都好像健康了很多。因为其实那不是医药可以治的病，也不是什么补药可以补的病，是另外一种病，是说你已经离开自然、离开快乐太远了。这些部分大概在《红楼梦》第四十二回里都谈到了。

刘姥姥的智慧与包容

下面我们回到文本：“话说贾母一时醒了，就在稻香村摆晚饭。”稻香村是李纨住的院子，她因为守寡，所以在十二金钗里是最朴素的。她住的院子也不栽任何花，种的全是稻米、蔬菜一类很务实的东西。林黛玉住的是潇湘馆，里面种的全是竹子。这个植物在讲这个人，这个环境也在讲这个人。所以《红楼梦》里每个人都住在属于自己宿命的环境中，他们住的地方，也是各自生命的反映。

“贾母因觉懒懒的”，可能平常不怎么动，一下子动得太多，就有些累了，“也没吃饭，便坐了竹椅小轿，回至房中歇息”。你看，短短的一段路，还要坐竹椅小轿。然后“命凤姐等去吃饭”，贾母的这些媳妇、孙媳妇平时都要等贾母吃了饭自己才能吃，所以贾母不吃饭，别人都不敢吃。这些都是在交代这个大家族的礼节和规矩。“他姊妹们方复进园来，吃过饭，大家散出，都无别话。”

“且说刘姥姥带着板儿，先来见凤姐，说：‘明儿一早定要家去了。’”这个刘姥姥带着孙子跑到贾家来，本来是当天就要回去的，可被留下来，玩了几天。以前没有电话、电报，也没有办法传短信，所以刘姥姥家里也不知道发生了什么事情，一定很紧张。那刘姥姥自己也担心家里惦记，就想赶快回去了。她和凤姐说：“虽然住了两三天，日子却不多，把古往今来没见过的，没吃过的，没听过的，都经验了。”对刘姥姥来讲，这是她生命中永生难忘的一段时间，因为她吃了奇怪的菜，逛了漂亮的花园，听到了最好听的戏，她说一生中把最美的东西都经历了；可有没有感觉，一直住在大观园里的人，恐怕对此都熟视无睹了。所以什么是“福分”？我觉得刘姥姥就是有福分的人。她在简单朴素的日子里，忽然得到了最美的味觉、听觉跟视觉享受，她有一种快乐。而贾母每天都在听这些、看这些、吃这些，所以贾母没有那种感觉。因为所有东西一直重复的时候，它其实是一个边际效益的递减。就像贾家的人费尽心机要吃最好的东西，要听最好的戏，到最后其实都麻木了。

什么是最好听的音乐？什么是最好看的东西？什么是最好吃的食物？其实没有办法回答。因为任何我们说最好吃的东西，每天三餐给你吃，你也绝对没有办法快乐。我相信“最好的”其实是包含了自己探寻、摸索的过程，所以最怕的是停滞在一个麻木的状态，每天过重复、同质的生活。

我有时候跟年轻朋友聊天，谈起我小时候大概只有在中秋、端午、过年三次吃到鸡肉，他们都不相信。我们以前真的是这样，因为平常都是很简单的食物，过年过节才精心去做大鱼大肉，所以那个记忆很深很深。可是现在，这样的菜每一餐你都可以吃到，反而就不想吃了。如果哪天有朋友送来高山上摘的高丽菜，你就开心得不得了，会觉得今天好棒，还会特意打电话邀友人来分享。这其实说明生命是一种互换，所以刘姥姥在这里得到了这样的东西，她就非常感激："难得老太太和姑奶奶并那些小姐们，连各房里姑娘们，都这样怜贫惜老的照看我。"有没有感觉到，刘姥姥虽然没有读过书，可讲话真是周到，她用"怜贫惜老"四个字，意思是我这样一个糟老太婆这么贫穷，可大家都对我非常照顾。

这就是一种智慧。我们会发现这样的语言，在今天已经不容易听到了。我觉得刘姥姥说这些话，并没有自卑，而是一种谦虚。因为自己没有，所以对所有的"有"，都存着感谢跟感恩的时候，那个心情是不一样的。刘姥姥对所有人世间给予的这些，都觉得是多出来的。就是说我凭什么让人家对我这么好？其实这个家族是可以不用对她好的，因为没有任何利害关系，所以她有感谢。可如果换一个心情看待：我这么穷，你们干吗那么有钱？那个心情就是恨。可以感觉得出来，刘姥姥的内心有一种包容。

刘姥姥接着说："我这一回去，没别的报答，惟有请些高香天天给你们念佛，保佑你们长命百岁的，就算我的心了。"我们讲的报答，常常是指物质的报答；别人给了我们什么东西，我们要回报什么东西。刘姥姥说我没有别的可报答的，你们不缺吃、不缺穿，所有的东西都是人世间最好的。我能够报答的，只有每天为你们烧香、念佛，保佑你们平平安安的。刘姥姥的报答其实是一种非常可贵的报答，是一种怀念，是一种感谢，是一种祝福。可是我们今天也许很难理解，人世间有一种报答可以不是物质的。

九百九十九步与未央宫

凤姐就跟她开玩笑说：“你别喜欢。都是为你，老太太也被风吹病了，睡着说不好过呢。”因为刘姥姥来大观园，贾母特别高兴，就有一点忘了自己的年纪跟身体状况，玩得有点过头，然后就生病了。你看两个老太太差别就这么大，同样逛园子，一个吹了点风就完蛋了；一个被灌了好多酒，可是说好就好了，一点儿事都没有，这表示那个身体的底子是硬朗的。

我几个朋友的父母，常常就是要脱了鞋子，在田里面跑来跑去的。他们说：“很简单，我的脚是接地气的。”他们认为大自然的东西是最好的，如果隔断了大自然，生命的底蕴就没有了。我觉得民间常常讲这个话，说你们整天穿着鞋子，身体怎么会好。所以后来我到他们家，就常常脱了鞋子，跟着踩踩大地。

“我们大姐儿也着了凉，在那里发热呢。”不止老人家，小孩子也是，因为照顾得太好，过于娇嫩了，就像现在说的草莓族，一吹风就生病了。刘姥姥听了就叹了口气说：“老太太有年纪的人，不惯十分劳乏的。”她说贾母是上了年纪的人，可是你知道，刘姥姥比贾母年纪还大。

不过我觉得贾母还是有一种天然的生命力。她是史侯家的女儿，从小就生长在有钱人家，以她这样的背景，对刘姥姥这样的老太太，可能一点兴趣都没有。我们看到社会上有很多这样的人。可是贾母在这一点上很可爱，她会好奇：怎么她牙齿都不动，我的就动了；怎么她还可以这样跑来跑去，我就已经不行了。所以我觉得贾母有生命力，就是因为她有好奇的那个部分。

凤姐说：“从来没像昨儿高兴。往常进园子逛去，不过到一两处坐坐就回来了。因为你在这里，要叫你逛逛，一个园子走了多半个。”贾母是因为刘姥姥来，觉得乡下人难得来这么漂亮的花园，就想多陪她走一走。事实上以她一品老夫人的身份，真的不必陪着刘姥姥逛园子。从这里你也可以看到贾家有一点不同，不是财大气粗，而是他们有富贵里的教养。

接着王熙凤又跟刘姥姥说：“大姐儿因找我去了，太太递了一块糕给他，谁知风地里吃了，就发起热来。”你看一个小孩子，在有风的地方吃了一块糕，就发烧了，现在的孩子大概还不至于这么娇弱。好，刘姥姥就讲了：“小姐儿只怕不大进园子，生地方。”老太太无厘头的迷信就出来了。过去民间有一种迷信，认为每个地方都有人们看不见的灵、邪、祟、魂、魄这种东西。我母亲身上就有这种东西，我小时候常常发热，她就说我去了哪里什么之类的；她还常常提醒我，遇到有人办丧事，要到庙里走一走再回来。乡下或者民间，一直有这种东西，相信有一些神秘的东西存在。所以这个乡下老太太立刻就想到，这个女孩子大概不常来大观园，到了陌生的地方，就会有东西冲撞，跟她不合。

我最近碰到一些人，都是正规医学院毕业、做主治医生的，跟我说：“你第一次挂这个检查仪器，要不要先测一测。”他们有一种测磁场的仪器，可以测出这个东西跟你的身体合不合。因为人的身体是一个磁场，外部的物质世界也是一个磁场，他们现在是用科学的方法在解释这个“合不合”的问题。刘姥姥的说法，其实也就是这个观念，是说人到了一个生地方，有一些东西可能跟你的身体会有冲撞。所以我觉得很好玩，这就是人类古老的智慧，它是一个经验，而这个经验今天常常被认为是一种迷信，可是现在又有很多人在用科学的方法重新印证这个东西，叫作能量医学。

刘姥姥又说："小人家比不得我们的孩子们。"注意这一句话，刘姥姥说巧姐是娇生惯养长大的，是富贵人家的小孩，比不得我们的孩子，"会走了，就坟圈子里跑去"。所以乡下孩子根本不怕什么邪祟，因为他的生命是在这里面打滚出来的。用另外一种说法来讲，如果你把所有的病菌隔离了，你是最容易感染的。就好像我们一到印度，就拉肚子，可是当地人不拉肚子，因为他们每天跟大肠杆菌在一起，所以就免疫了。人类的矛盾就在于：我们希望很干净，尽量把大肠杆菌指数降低；可这样一来，一旦离开熟悉的环境，你就完蛋。这是一个两难。

"一则风扑了，也是有的。"有可能是被风吹了，感冒了。"二则只怕他身上干净"，因为她平时太干净，从来不接触脏的东西，所以一接触脏的东西，就不得了了。所以这个干净是好的意思吗？可能不一定是好的意思，而是说免疫力太差了。很多人说在北美居住的人，一到其他第三世界国家很多都会生病，因为他太干净，病菌太少。所以宇宙间是不是有一个循环我们不知道，但可以看到很多特别强的文化，最后完全消失。譬如说巴比伦文明完全消失，很多人认为那是因为它少掉了另外一种生命力。《易经》里面讲，一样东西发展到极致之后，就要回到最粗糙的状况再来一次，让那个生命力重新培养厚实，再发展出来。因为不要忘记，精致本身就是生命力弱掉了，东方很多历史都在讲这种轮回。这就是为什么我常常要往南部跑的原因。我觉得在一个比较粗犷的生命里面，其实有一种非常大气的东西，那是一种很厚实的生命力。

我最近看到一部电影很好玩，讲慈禧太后每天吃完饭后要散步九百九十九步，永远不会走到一千步，因为一千步以后就是下坡。就像汉朝皇帝住的宫殿叫“未央宫”，它是从圆形讲哲学，圆形到了“央”就是下坡了，所以他提醒自己永远不要到中央，要永远保有蓬勃的朝气。

所以不管从个人、从家族、从一个整体的文化来讲，都会看到这里面有一种平衡的智慧。

“避神”和“送祟”

所以刘姥姥特别讲：“只怕他身上干净，眼又干净。”“眼睛干净”是说，她没有看过不应该看的东西，所以看到就会受伤；如果看多了，就不会大惊小怪了。“或者遇见什么神了。”她不敢讲鬼，其实神跟鬼是同样的东西。大家知道从商代起，人们就认为每一个死去的祖先都会成为神鬼，在冥冥之中保佑或者惩罚后代。不过民间常常不太讲鬼，而讲神。

所以“趋吉避凶”是说，“吉”跟“凶”永远是在一起的。你要往吉的方向发展，是避开那个凶，而不可能没有凶。《易经》也是在讲，吉凶祸福是一体的两面，你把它发展成福，它就是福；你发展不对，它就变成祸，关键看你怎么运用。一念之间，它可以变成福；一念之间，它也可以变成祸。

“依我说，给他瞧瞧祟书本子，仔细撞客着。”这个祟书本子当然很复杂，可是简单来讲，就有点类似现在的黄历。它会告诉你今天适合往东边走，今天可以嫁娶，今天可以如何如何，否则的话你怎么会看到某一天忽然全高雄人都在结婚，其实他们是看了祟书本子。民间到现在还有这个东西，所以不要嘲笑刘姥姥。有时候我觉得很有趣，在想到底什么是科学的问题。大家都说宁可信其有，所以不管是电子新贵还是传统的大企业，到最后上梁的时候，都是照老规矩来，放鞭炮、祭拜，时辰算得好好的，一分一秒不差。所以从另外一个意义上讲，这是一个安心的东西。

“一语提醒了凤姐，便叫平儿拿出《玉匣记》，叫彩明念。”彩明是一个识字的丫头，她就翻了一会儿，然后念道：“八月二十五日，病者，东南方得之，遇见花神。”八月二十五日就是她们逛园子那天，也就是说，巧姐生病，是因为在园子的东南方遇见了花神，冲撞了花神。所以并不是冲撞了鬼才会受惩罚，冲撞了神也会受惩罚。假如你冲撞了妈祖的神轿，也会有灾难的。那怎么办呢？“用五色纸钱四十张，向东南方四十步送之，大吉。”五色纸钱就是各种颜色的纸钱，向东南方向走四十步，然后烧了。

“凤姐道：‘果然不错，园子里头可不是花神！只怕老太太也是遇见了。’一面说，一面命人请两份纸钱来，着两个人来，一个与贾母送祟，一个与大姐儿送祟。”“祟”这个字我们现在不太容易理解，祟是一种作祟，它并不是灾难、灾祸，就是一些小小的麻烦。大家知道台湾的烧亡船，就是送祟。因为“亡爷”是瘟神，是掌管生病的神，烧亡船就是把他送走。就好像说我们得罪不起，给你买一张头等舱的票，你走吧，这就叫送祟。而妈祖是保佑神，保佑神是要迎来的，这就是“迎福送祟”。我在南部东港一带看过很多烧亡船，那个祭奠仪式非常非常大，不下于妈祖信仰。可是后来很奇怪，大家都比较多地谈妈祖信仰，而不太谈烧亡船的部分，其实这个部分在民间很自然，甚至民间的盂兰盆节、送水灯也都有把邪祟送走的意思。

送完祟之后，“果见大姐儿安稳睡了”。所以你也不晓得到底是真是假，这个纸钱一烧，孩子就睡得安稳了。凤姐就很高兴，说：“到底是你们有年纪的人经历的多。我这大姐儿时常要病，也不知是什么原故。”刘姥姥说：“这也有的事。富贵人家养的孩子太娇嫩，自然禁不得一些儿委屈。”这完全是刘姥姥的民间看法，可是她很大胆地讲出来了。“以后姑奶奶倒少疼他些就好了。”

这句话我现在也常常跟朋友讲，你老是说小孩没有办法独立，可是你有没有给他机会让他出去碰一碰、撞一撞，去犯一点错。防范所有犯错的可能，他就不会有做对事情的可能。但我们都知道这很难做到，因为我们总是想把所有的好都留给下一代。结果，我们每一代都在讲这个话，可是很难做到。

以毒攻毒，逢凶化吉

“以后姑奶奶倒少疼他些就好了。”刘姥姥提了这样的建议。凤姐认为这话有道理，又说：“我想起来，他还没个名字，你就给他起个名字，借借你的寿；二则你们是庄稼人，不怕你恼，到底贫苦些，你这贫苦人起个名字，只怕还压的住他。”

王熙凤很相信刘姥姥的话，觉得她是上了年纪、有经验的人。然后就和她说：不怕你不高兴，你们乡下人，到底比较贫苦，所以我想借你们穷人家的“生命力”。这个部分我一直觉得是《红楼梦》的作者有意要告诉我们的，就是生命并没有绝对的好或绝对的不好。一个在温室里长大的孩子，其实他的生命力是很弱的，没有办法抵御太多的困难与危机。所以王熙凤就说：我想借你们乡下人的口，给她取一个名字，也许能够镇得住她。

为什么民间老是把小孩的名字取得那么难听，什么阿猫阿狗的，因为觉得好养，太娇贵怕遭天嫉。我一直认为这是民间的一种大智慧，其实也是在提醒人，做人要收敛，不要太张扬。

我们通常会请有身份地位的人给小孩取名，可是王熙凤反而叫刘姥姥这样的乡下老太太给她的女儿取名字。刘姥姥听了，想了一想，笑着说："不知他几时生日？"先要八字。凤姐说："正是呢。生的日子不大好，可巧是七月初七。"我们知道七月初七，现在有点变成中国的情人节了，其实最早是纪念牛郎织女星的节日，是传说中牛郎织女鹊桥相会的日子。因为织女是天上掌管纺织的女神，民间的少女会在这一天祈巧，让自己的手变得灵巧，因为古代的女性都要做女红这一类的东西，所以这一天也叫"乞巧节"。我记得我们小时候家里还有过这个节，就是妈妈会带着姐姐妹妹们，吃一种蚕豆，然后拜织女星，就希望说可以在纺织方面手很巧的意思。

但凤姐说她女儿生在这一天不太好，是因为民间有一种迷信，认为小孩生在某个神的祭日，对这个小孩不好，因为那个时辰太重。所以生在端午、元旦、中秋这种节日，这个小孩的命会比较特别。像贾家的大女儿元春，就生在元旦，后来做了贵妃。除非她命中八字很重，否则就压不住这个节气。

刘姥姥忙笑道："这个正好，就叫他作巧哥儿罢。这叫作'以毒攻毒、以火攻火'的法子。"有没有发现，乡下人没有什么好怕的。七月初七是乞巧节，她说我们就用"巧"字，这叫"以毒攻毒"。可见民间有很多有趣的智慧。我用"智慧"这两个字，大家也许觉得不太理解，好像智慧是读书人才有的。可是我常常会觉得读书人读到的东西，是知识，不一定是智慧。智慧很奇怪，它不是靠读书就能读出来的，它是生命经验，它是对宇宙、自然一种本能的知觉、一种通达。所以我们说在印度的古代经典里，有很多人类的智慧。

刘姥姥就是这样一个女人，她虽然不识字，是个文盲，可是她有一种智慧。她用这个“巧”字，就是说，命运这个东西，你越是怕它，就越容易被它整到，所以不如直接面对它。“以毒攻毒”的意思是，面对危难，你不要避讳它，正面面对它，反而能够破解。

我跟很多朋友说过我母亲一个最好笑的事情，她很相信眼皮跳会有灾难。眼皮一直跳一直跳，她就很心慌，没有办法好好做事。结果她剪了一块白纸贴在眼皮上，我说你干吗贴一块白纸，她说这样子“白跳白跳”，就表示逃过这一灾了。现在想起来这种东西当然很荒谬，但这让她心安。而且其中有很有趣的东西，就是她怎么会想到用一张白纸，来借“白”这个字？

大家知道齐白石在七十五岁时，算命先生说他今年必死无疑，他回去难过了很久。最后他想了一个“瞒天过海”的办法，就是把那一年的年龄改成七十七岁，所以齐白石自己加了两岁，他说我已经过了七十五岁那一劫了。后来胡适之为齐白石作传，考证他的年谱，怎么考证都对不起来。胡适不便直接当面询问齐白石本人，只好托人婉转探问，结果了解到了齐白石年岁的缘由。

你会觉得民间很好玩，它有很多东西可以玩，连神鬼都可以成为朋友。小时候每到腊月二十三或二十四，我们会把麦芽糖黏在炉子上，祭灶王爷。因为传说这一天灶王爷要去天上，报告这一家人这一年做了好事还是坏事，所以我们就把糖黏在炉口，意思是让灶王爷嘴巴甜一点，上天讲这一家人的好话。这是在贿赂神。

民间的有趣就在于，他们会觉得没有什么东西是躲不过去的，就看你用什么方法。这个跟人的生命力有关。所谓生命力，就是灾难不再是灾难，危机不再是危机。我们在生活中，有时候遇到一点小事就觉得过不去了，其实就是生命力弱了。

“姑奶奶定要依我这名字，他必长命百岁。日后大了，各人成家立业，或一时有不遂心的事，必然是遇难成祥，逢凶化吉，却从那‘巧’字上来。”我觉得这一段讲得非常好，就是说你能保护她一辈子吗？她将来总要成家立业；人生怎么可能永远顺利，一定有不顺遂的时候。我觉得这就是刘姥姥的大智慧。她说：就算你不能保护她的时候，就算遇到挫折或者不顺利的时候，也没有关系，借着这个“巧”字，必定能“遇难成祥、逢凶化吉”。注意这八个字，她并没有说不逢凶、不遇难，因为人生不可能不逢凶、不遇难。你去旅游，怎么知道海啸会来？你永远不知道天意在什么时候等着你。所以逢凶化吉是一个好卦；相反，如果因福得祸，那就惨了，这还是《易经》里的东西。

“凤姐听了，自然欢喜，忙道谢，又笑道：‘你只保佑他应了你这话，就好了。’”那我们知道，到了五十回以后，刘姥姥的这些话，果真应验了。所以“巧姐”这个名字，是《红楼梦》里很特别的一个例子。就是这么一个富贵人家小孩的名字，是一个穷困的乡下老太太取的。可是大家知道，后来在十二金钗里，结局最好的一个，就是巧姐。因为贾家被抄家以后，巧姐被她的娘舅卖到了妓院，刚好是刘姥姥家把巧姐救到了乡下，嫁给板儿做了媳妇，这些部分都在第四十二回埋下了一个伏笔。当然这个部分曹雪芹没有写完，是后来高鹗补写的，不过他依据的是第五回关于巧姐的那幅画像：一个在乡下纺织的女孩子。就是说她后来嫁到了乡下，过着平凡的生活。所以《红楼梦》里面有一个大因果，你不整个慢慢看，不太容易懂。

奇特的因果

《红楼梦》第四十二回讲了一个很奇特的因果。

我们说作者大概觉得富贵并不见得是福气，有时候富贵刚好是大灾难的因，平顺的、没有大灾大难的日子反而是福气，所以他认为生命里面最应该追求的东西就是平顺。巧姐后来嫁到乡下，日子过得平平安安的，是真正在大家族最悲惨的灾难当中，化解了不幸的唯一平顺的人。

贾家在这么富贵的时候，哪里想到有一天这个小女孩，会需要刘姥姥来帮她，但生命的境遇就是这么不可思议。现在，是刘姥姥在贾家得到东西，可她给这个小女孩取了名字，作者已经暗示有一天刘姥姥可以帮助贾家。但在当下你怎么相信她可以帮助贾家，这么穷的一个老太太，她有什么能力可以帮助贾家。可是人生的因果跟缘分，是现实当中不知道天机的人，永远算不出来的。所以王熙凤的判词是："机关算尽太聪明，反算了卿卿性命。"最后她就死在自己的计较上，反而是她的女儿结局很好，这是她曾经在人生里面有过一次不计较，有过一种忽然在她的精明之外的豁达。因为如果计较，她不会对刘姥姥这么好。她对于一个乡下来的跟她一点关系都没有的老太太，忽然有一念的慈悲，就帮助了她，结果这个东西在她的女儿身上有了回报。

所以东方其实一直相信轮回，相信因果，我自己觉得如果不把它当迷信来看，其实它是一个哲学，这个哲学是说人生并不应该只看到这么短的时间里，而应该看到一个大的宇宙之间的互动关系。我觉得刘姥姥身上有这个智慧，她觉得人世间是有牵连的。

平等是一种心思

凤姐说完，就叫来平儿吩咐道："明儿咱们有事，恐怕不得闲儿。你这空儿闲着，把刘姥姥的东西打点了，他明儿一早就好走的便宜了。"这里的"便宜"有方便、便利的意思。刘姥姥忙说："不要多破费，已经遭扰了几日，又拿着走，越发心里不安起来。""遭扰"就是"打扰"，你看刘姥姥讲话多得体，她说我在你们这里白吃白喝了这么多天，走的时候再带东西，怎么好意思呢。凤姐说："也没有什么，不过随常的东西。好也罢，不好也罢，带了家去，你们街坊邻舍看着也热闹些，也是上城一次。"这是给刘姥姥做面子，可以了解吗？就是你们乡下人来我们贾家，你回去的时候风光一点，也不丢你的脸，也不丢我们的脸。后面你会看到，有一次袭人去探望生病的妈妈，走之前王熙凤说她衣服没穿对，要她换上凤姐那件貂皮的；然后又说丫头不够，再带四个丫头，也是为了贾家的面子。

刘姥姥于是就跟着平儿去了，只见堆了半炕的东西。平儿一一拿给她看，说："这是你昨儿要的青纱一匹，奶奶另外送你一个实地子月白纱作里子。这是两块茧绸，作袄儿作裙子都好。这包袱里是两匹绸子。年下做件衣服穿。这是一盒子各样的内造点心。""内造"就是皇宫里做的点心，“也有你吃过的，也有你没吃过的，拿去摆碟子请客，比你们买的强些。这两条口袋是你前儿装瓜果带来的，一个里面装了两斗玉田京米，煮粥是难得的；这一条里是园子里的各样的果子”，过去有一个习惯，就是有人送你东西，你要把东西再装满还回去，不能只还个空口袋。

又说：“这一包是八两银子，都是我们奶奶给的。这两包每包里头五十两，共是一百两银子，是太太给的，叫你们拿去或者作个小本买卖，或是置几亩地，以后再别求人靠友的。”说着又悄悄地笑道：“这两件袄儿和这条裙子，还有四块包头，一包绒线，可是我送给姥姥的。那衣裳虽是旧的，我也没大很穿，你要弃嫌，我就不敢送了。”

“平儿说一样，刘姥姥念一句佛，已经念了几千佛了，又见平儿也送他这些东西，又如此谦虚，忙念佛道：‘姑娘说那里话来？这样好东西我还弃嫌！我便有银子还没处买这样的去呢。只是怪臊的，收了不好，不收，又辜负了姑娘的心。’”平儿笑着说：“休说外话，咱们都是自己人，我才这样。你放心收罢，我还和你要东西呢。”你看平儿多聪明，她给别人东西，怕人家不好意思，就说我也要跟你要东西；可要的又得是人家给得起的。所以她就说：“到年下，你只把你们晒的那灰条菜干子和豇豆、葫芦条儿各样菜干带些来，我们这里上上下下都爱吃。别的一概不要，别枉费心。”“灰条菜”是一种野草，又叫“灰灰菜”，她知道刘姥姥家穷，所以要的都是些她们给得起的东西。可换一个角度看，也可以了解富贵是多么可怜。

我读到这一段，会特别觉得作者是在写一种平等，一种人世间的平等。这种平等只有当人与人之间有了一种情分以后，你才能看得到，不然就会算计，就会觉得我给你一百两银子，你给我几根破咸菜，太不公平了。平等并不是物质的价值，而是一种心思，贾家给刘姥姥的是珍贵的，刘姥姥给贾家的也是珍贵的，是两种不同的珍贵。

生命需要一种平衡

下面就讲到太医来给贾母看病，贾母这个人也很有趣。中国封建时代的传统女性，从小要扮演害羞。我用“扮演”这个词是说，她不见得真的害羞，可是她一定要扮演那个害羞的角色，也许还包括王熙凤。尤其在少女时代，她们都要避开很热闹的场所，尽量不讲话，人家一讲话就脸红，低着头，这好像变成了美的某一种代表。可在贾母结婚、生孩子、从母亲变成祖母，甚至变成太祖母后，这个传统的女性美学在她身上发生了变化，贾母发展出另外一种豁达。因为过去女性看病是要放帘子的，只把一只手伸出来。而贾母说：“我已老了，那里养不出那阿物儿来，还怕他笑话不成！不用放帐子，就对面瞧罢。”就是说，我这把年纪了，我的儿子都有他那么大了，我还有什么不好意思的。这些地方都透露出，贾母尤其在认识了刘姥姥之后，特别觉得生命里有些东西不必那么计较。

看病这一段只是一个过场，短短的一段，可是很有意思。“只见贾母穿着青皱绸一斗珠的羊皮褂子，端坐在榻上”，这个“一斗珠”，我们现在不太容易了解，就是羊皮外面的那个羊毛卷起来，一粒一粒，像珍珠一样。这当然是很珍贵的羊皮，贾母就穿着这种珍贵的羊皮袄端坐在榻上，等太医来给她看病。太医进来后，看到“碧纱橱后，隐隐约约有许多穿红着绿，戴宝簪珠的人”，就不敢抬头。这是大家族的规矩，家里来了男客，所有的贵妇都要躲在纱幕后面，只有贾母坐在帘帐之外。

贾母笑道："当日太医院正堂有个王君效，好脉息。"就是说他的脉把得特别好。王太医忙躬身低头，含笑回说："那是晚生的家叔祖。"贾母听了笑道："原来也是世交。"意思是说她年轻的时候就是王君效给她看病。当一个人的辈分已经到了一定程度，她就有一种大方。我们看，过去这种家族，都有世袭传承。这个世袭并不是简单地说他是御医，他儿子就有特权做御医；而是说其中有一种家学渊源，就像家里的秘方不外传一样。

把完脉以后，王太医说："太夫人并无别症，不过偶感一点风寒，究竟不用吃药，不过略清淡些，常暖着一点儿，就好了。如今写个方子在这里，若老人家爱吃呢，便按方煎一剂吃；若懒怠吃，也就罢了。"说完，"吃了茶，写了方，刚要告辞，只见奶子抱了巧姐出来"。因为凤姐需要回避，所以由奶妈抱了出来。笑着说："王老爷也瞧瞧我们。"意思是也给我们大姐儿看一看。"王太医听说，忙站起来，就奶子怀里，用左手挽着大姐儿的手，右手诊了诊脉，又摸一摸头，又叫伸出舌头来瞧瞧。"描写得很细致，跟我们现在中医诊病的步骤差不多。然后笑着说："我说了，姐儿又要骂我了，只是要清清净净，饿两顿就好了。"这个太医说的话很有趣，跟刘姥姥刚才讲的，意思其实是一样的。就是富贵人家，有时候太过了，就像他刚才跟贾母讲的，吃得略微清淡一点就可以。因为吃了太油腻的东西，又不怎么运动，东西全都塞在胃里，身体肯定会出问题。

你会发现《红楼梦》第四十二回中讲的，其实就是《易经》里的平衡：福祸、吉凶的平衡，多跟少的平衡。我们都认为多是好，少是不好；可有时候刚好相反。你身体里某些东西太多了，就应该让它少一点，这样才能取得平衡。所以东方医学常常讲"调"，就是说，当它不平衡的时候，你把它调养过来。"调"与治疗不太一样，它相信人有一种自我调整的能力，可以重新取得平衡。

所以作者让刘姥姥来到大观园，其实就是有意在做这种平衡。她虽然贫穷，没有读过书，可是她给贾家带来了自然、纯朴和生命力，让这个富贵人家领悟到，生命可以有另外一种样子。

世家文化的体贴教养

讲完贾母看病，作者又绕回来，说刘姥姥要走了，来向贾母辞行。贾母说："闲了再来。"又叫鸳鸯来，嘱咐她："好生打发你姥姥出去，我身上不好，不能送了。""刘姥姥十分道了谢，又作辞，方同鸳鸯出来。"到了下房，鸳鸯说还有东西要给她。昨天不是已经给了一大堆吗？现在还有东西要给她。是什么东西呢？鸳鸯指着炕上一个包袱说道："这是老太太的两件衣裳，都是往年生日节下众人孝敬的，老太太从不穿人家做的，收着也是白收着，却是一次也没穿过的。"这个衣服最后穿的人是谁？是刘姥姥。所以我想这里面其实有很多很让人感慨的东西，一件珍贵的物件最后会到谁的手上，你很难讲。

鸳鸯又指着一个盒子说："这盒子里是你要的面果子。"就是刘姥姥之前说要带回去做样子的。又指着一个小包说："这包儿里是你前儿说要梅花点舌丹，也有紫金锭，也有活络丹，也有清心丸，每一样是一张方子包着，总包在里头了。"因为她们知道，乡下最缺的就是药。都是些什么药呢？有解毒的梅花点舌丹，有祛暑的紫金锭，有活血的活络丹，也有清热的清心丸。都是一些应急的成药，每一种都用药方包好，注明是治什么病的。贾家给刘姥姥的东西，不止是贵重，还有一种体贴。我觉得《红楼梦》写到这些细节的时候，非常动人。就是大户人家打发一个乡下老太太，那些物质的东西不算什么，最动人的东西是这些药品。

然后又说："这是两个荷包，带着玩罢。"说着，抽开了荷包上系的绳子，"掏出两个笔锭如意的锞子来给他瞧瞧"。"锞子"是小金锭或小银锭；"笔锭如意"是指上面铸有如意形状和笔形的锞子。《红楼梦》中很多地方，都提到了笔锭如意锞子，这是"必定如意"的谐音。然后笑着说："荷包你拿去，这个留下给我罢。"鸳鸯是在跟刘姥姥开玩笑。"刘姥姥已经喜出望外，早又念了几千声佛，听鸳鸯说，便说道：'姑娘只管留下罢了。'鸳鸯见他信以为真，便笑着仍与装上，说道：'哄你玩呢，我有好些呢。你留着年下给小孩子罢！'"

"说着，只见一个小丫头拿了成窑钟子来递与刘姥姥"，就是刘姥姥喝了以后，妙玉不要的那个杯子，然后说："这是宝二爷给你的。"刘姥姥说："这是那里说起？我那一世修了来的，今儿这样的？"刘姥姥就非常感谢，说我这是哪一世修来的福气，会有这么大的福报。

鸳鸯又说："前儿我叫你洗澡，换的那衣裳是我的，你不弃嫌，还有几件，也送你罢。"刘姥姥又连忙道谢，说我怎么会嫌弃呢。于是鸳鸯又拿出自己两件衣服，给她包好。刘姥姥还想去大观园跟宝玉、王夫人和一帮姐妹道谢，鸳鸯说："不用去了，他们这会子也不见人，回头我替你说罢。闲了可再来。"然后吩咐一个老婆子，到二门叫了一个小子来，帮刘姥姥拿东西。这么多东西，刘姥姥一个人，绝对拿不了。"又和刘姥姥到了凤姐那边，一并拿了东西，雇了车儿，命小厮搬了出去装上，一直送刘姥姥上车去了。"

从这些描写我们可以看到，过去那种大户人家的周到。他们不会说给你一些东西，就不管了。过去所谓的世家，一般人都误认为是有钱人，其实绝对不是这样。我们看《红楼梦》的时候，可以特别注意一下所谓世家文化的教养。像刘姥姥这样的人，别人根本可以不把她当一回事，或者说打发了算了。可贾家不是，贾家有很多细心，包括送药、雇车这些细节，这个才叫世家文化。通常第一代富贵不太懂这些东西，他们通常比较粗糙，甚至有些炫耀。反而到了第四代、第五代，才会知道对方跟自己是平等的；这种平等，一直是作者有意透露的。

宝钗与黛玉的友情

好，刘姥姥走了，第四十二回进入到很重要的一段，其实也是这一回的回目里讲的："蘅芜君兰言解疑语，潇湘子雅谑补余香。"就是蘅芜君——薛宝钗找到了一个机会要去"整整"林黛玉了。第四十回刘姥姥她们在大观园喝酒、行酒令，林黛玉在情急之下，就说出了《西厢记》和《牡丹亭》中的句子。要知道，《西厢记》和《牡丹亭》在当时可是禁书。我们会疑惑，这么伟大的古典文学，怎么会是禁书。可在那个时代所有的自由恋爱都是被禁止的，所以这一类书也就成了禁书。

结果这两句被宝钗听到了。记不记得当时宝钗看了她一眼，但是黛玉没有注意，然后事情就过去了。宝钗这种人是非常得体的，绝对不可能在大庭广众之下说你偷看禁书。但是宝钗在刘姥姥走了之后，找到一个机会，要质问林黛玉了，而且这一次质问很特别。在《红楼梦》里，大家一直把宝钗和黛玉当成情敌，因为她们两个都爱宝玉，宝玉也爱她们两个，觉得这是一个两难的选择，所有的连续剧、电影，也都把它变成一个三角恋的故事。可我一直觉得,《红楼梦》你真正读下去,会发现友情的成分多过爱情。

所以这一段其实非常微妙,宝钗私下把黛玉叫到蘅芜苑,笑着说:你偷看了什么书,从实招来。黛玉就要赖了,一头钻到宝钗的怀里说:好姐姐,你饶了我吧,不要让别人知道。因为女孩子觉得偷看了这些书,是非常不光彩的事。宝钗就笑着说:我如果没看过,怎么知道你看了那些书,又怎么知道那是《西厢记》和《牡丹亭》里的句子。这完全是在讲宝钗跟黛玉交换了一种不为外人所知的少女心事,而这种交换,绝对不是情敌,而是只有非常好的朋友之间才可能有的。所以其实在《红楼梦》里面宝钗跟黛玉最美的一段,就是这里。因为宝玉一生就在两难当中,宝玉觉得宝钗那么美,美在丰满,美在大方,美在能干;可是他又觉得黛玉也美,美在孤芳自赏,美在孤独,美在感伤。两种这么不同的美,好像一个是春天的美,一个是秋天的美,那你要他选择,他永远无法选择。可是这一天宝玉特别快乐,因为他看到宝钗跟黛玉这么好,这么亲。

粗俗文化很容易把两个人的关系解释成情敌,可在好的文学中,像《红楼梦》、像陀思妥耶夫斯基的《白痴》,你会发现情敌往往是最好的朋友。因为可以做情敌的,绝对不是等闲之辈,往往是势均力敌。所以我常常觉得,在人生中,要去爱自己的敌人,因为"敌人"这个字眼不是随便乱用的。可以称为敌人的,绝对有跟你并驾齐驱的部分。生命里有敌人,就会有意志力,才会有进步的空间。一个凤凰在鸡群当中,大概也会觉得无趣。

后来有一段是惜春要画大观园,宝钗就建议惜春,这个画要怎么画,都需要什么材料。黛玉看完宝钗列的单子后,就开她的玩笑说:画画还需要水缸和箱子，难不成你把你的嫁妆都列上去了？宝钗就把她按在炕上，要拧她的嘴，起来之后，见黛玉头发乱了，就帮她拢了拢头发。你注意那个动作，如果今天有一个学姐帮学妹拢头发，我们不难理解其中的疼爱跟体贴。

所以我想讲的是，人跟人之间所有的嫉妒，其实都是欣赏。你会嫉妒，一定是因为他有长处。怎样让嫉妒变成欣赏？这就是美学的课题。嫉妒是觉得我不如他；变成欣赏的时候，就会觉得在这一点上他比我强。彼此欣赏，才可以成为对手；你根本看不起对方，怎么可能成为对手呢？就像诸葛亮碰到周瑜。所以看《红楼梦》我一直觉得，一定要看到宝钗的美、黛玉的美，以及她们之间彼此欣赏的部分。

两个少女间最美的一段对话

下面我们就来细读这段最美的对话：“且说宝玉等吃过饭，又往贾母处问过安，回园中，至分路各归之时，宝钗便叫黛玉道：‘颦儿跟我来，有一句话问你。’”“颦儿”是黛玉的小名，你看这个称呼，已经先有了一份亲近；“跟我来”，是因为不想让大家知道。黛玉就跟宝钗到了蘅芜苑。进了房，宝钗坐下来笑着说：“你跪下，我要审你。”大家注意，说这种话是非常亲的表现，我想这点大家都可以了解；如果不亲，就不会用这么重的话，而是客客气气。语言有时就是这么奇怪的东西。

宝钗非常聪明，因为这两个人一直处在对立的关系，现在她这么说话，其实就是要化解了。黛玉不知道是什么事，笑着说：“你们瞧这宝丫头疯了！你审我什么？”宝钗冷笑道：“好个不出闺门的女孩儿！好个千金小姐！”她连用了两个“好个”，就是你这个大家闺秀，你这个千金小姐，不是应该知书达理吗，可你“满嘴里说的都是什么？”黛玉大概已经忘了，行酒令的时候一时着急，情不自禁讲出来的话。所以“黛玉不解，只管发笑，心里也不免疑惑起来”。然后问：“我何曾说什么来？你不过拿我的错儿罢了，你倒说出来我听。”宝钗说：“你还装憨儿。昨儿行酒令儿你说的是什么？我竟不知是那里来的！”

这个时候黛玉就想起“昨日失于检点，把《牡丹亭》、《西厢记》说了两句”。注意“失于检点”，因为一个大家闺秀，一个知书达理的女孩子，是不可以读那种书的。连男孩子都不可以读，何况女孩子。所以我认为《红楼梦》一直在为青少年讲话，因为大人永远会觉得小孩在看不该看的书。我自己小时候看了不该看的书是《红楼梦》，所以他们觉得孩子不该看的书，其实有一部分是好书。《西厢记》、《牡丹亭》现在也是文学经典，所以有时候转换一下思维，你就觉得在教育里并没有那么大惊小怪的。因为小孩有他成长的过程，有他自己好奇、探索的过程。

更有趣的是，原来每一代都有每一代的禁书。男孩子的书包里，到某一个年龄就会有一本《花花公子》之类的东西。他就是看一看，那大人怎么去面对这个事？我总觉得今天的教育有一个难题，就是小孩子在什么时候，可以让他读一点跟情欲有关的书？如果他完全不了解，也是一个麻烦，他长大以后谈恋爱、结婚，要怎么去处理？

因为这种书也是讲情爱的，还有一点讲情欲，所以黛玉的脸就红了，觉得不好意思。“便上来搂着宝钗，笑道：‘好姐姐，原来是我不知道随口说的。你教导我，我再不说了。’”有没有发现，当你做错了事，要撒娇的时候，这个敌对关系就要开始化解。黛玉的这个动作、说的这些话，表明她跟宝钗之间已经完全没有嫌隙了。

宝钗笑着说："我也不知道，听你说的怪生的，所以请教你。"这个宝钗还故意逗她，黛玉说："好姐姐，你别说与别人知道，我以后再不说了。""宝钗见他羞得脸飞红，满口央告，便不肯再追问了，因拉他坐下吃茶，款款的告诉他道：'你当我是谁？我也是个淘气的。从小儿七八岁上，够个人缠的。'""款款"就是非常温柔，私下说悄悄话的感觉。宝钗说你以为我是省事的？我也是一个淘气的，意思是这些女孩子，都不是死读书，不是那种只考第一名，永远升学主义的。她们其实有自己的想法，她们会去看大人不让看的书。

所以我有时候希望碰到一些难缠的学生，尤其在美术系。因为要创作，一个学生你叫他画什么，他就画什么，你知道他一辈子也没希望。而难缠的学生，你叫他画什么，他偏不画什么的，现在果然都有出息了。因为创作本来就是你自己要胡思乱想，然后敢去摸索很多东西的。所以其实在教育里，有时候我们真的非常为难。一方面我们会赞美一个乖孩子，可是同时又觉得你也太乖了吧，没有一点搞怪的东西。

"我们家也算是个读书人家，祖父手里也极爱藏书。"过去这种商业家族，到了第二代、第三代，最怕的就是被别人说财大气粗，而文化显然是摆脱粗俗的一个重要手段。"先时人口多，姊妹弟兄也在一处，都怕看正经书。"我觉得这句话讲得实在太棒了，我一直想手抄给"教育部长"看，就是所有的孩子都怕看正经书。什么叫正经书？就是考试的书、教科书。而那些大人不准看的书，反而有很多生命成长可以摸索的东西。在这里，宝钗这个少女讲出这句话，其实是非常了不起的，她讲出了天下所有青少年的心声。

“弟兄们也有喜诗的，也有爱词的，诸如这《西厢》、《琵琶》以及《元人百种》，无所不有。”男孩子们不是不爱读书，他们喜欢读的，是跟性情有关的书，所以他们喜欢唐诗，喜欢宋词，还有《西厢记》、《琵琶记》、《元人百种》这类禁书。喜欢看的书就是连饿肚子都会去买的，我记得非常清楚，初中的时候，我每天都去旧书摊上翻陀思妥耶夫斯基的《卡拉马佐夫兄弟》，那时这是禁书。然后省吃俭用，用一个月所有的零用钱去买了它。可你到学校可能会被老师骂，说你这么不爱读书。所以我常常在想：我爱读的书，为什么完全不被承认？而我不喜欢读的那个书，他们却拼命要我读？

“他们背着我们看，我们却偷着背了他们瞧。”大家都在偷看，彼此心照不宣。我想我们大概回想一下初中、高中，真是如此，大家都偷偷有自己的一个世界。“后来大人知道了，打的打，骂的骂，烧的烧，才丢开了。”

所有从事教育工作的人，都应该读读这一段。有时候我在想，我做老师，都不知道我的学生在读什么书，在上什么网站。可是也很有趣，他也应该有自己成长过程中的一个私密世界。如果有一天他跟你分享那个私密世界，就表示他把你当成知己了。如果他不跟你讲，绝对是你的问题，或者说他认为你没有这个私密世界。如果他认为你也有，他就会跟你沟通了。所以现在宝钗会跟黛玉沟通，就是因为她们两个都有这个私密世界。

“所以咱们女孩儿家不认得字的好。男人们读书不明理，尚且不如不读书的，何况你我！”这是宝钗的结论，宝钗有一些很保守的观念，非常务实。她虽然聪明、调皮，小的时候也看禁书，可是到了一定的年纪，她就准备去选妃，做一个贤妻良母。这就是宝钗跟黛玉的不同。所以宝玉真正的知己是黛玉，而不是宝钗。

“就连作诗写字等事，这并非你我分内之事，究竟也不是男人分内之事。”在宝钗看来，男人分内之事是养家糊口，女人分内之事是操持家务、做做针线什么的。“男人们读书明理，辅国治民，这便好了。只是能有几个这样？读了书倒更坏了。这是读书误了他，可惜他倒把书糟蹋了。”读了书反而变坏了，这是宝钗的观念，“所以倒是耕种买卖，倒没什么大害处。”就是说做一些实际的事情，反倒更好。所以宝钗年龄虽小，但看问题很不一般。

“你我只该做些针线之事才是，偏又认得了字。既认得了字，不过拣那正经书看看也罢了，最怕是见了这些杂书，移了性情，就不可救了。”“正经书”就是那些让女人三从四德、安分守己的书，宝钗认为这些正经书读读无妨。但《西厢记》、《牡丹亭》这类杂书，会让人移了情、乱了性，整天胡思乱想。

“一席话，说的黛玉垂头吃茶，心下暗服，只有答应‘是’的一字。”这时素云进来了。《红楼梦》里人物很多，偶尔我会考大家一下：“素云是哪一个房里的丫头？”她是李纨房里的，她来通知大家：“我们奶奶想请二位姑娘商议要紧事呢。二姑娘、三姑娘、四姑娘、史大姑娘、宝二爷都在那边等着呢。”宝钗问：“又有什么事？”黛玉说：“咱们到那里就知道了。”于是两个人便来到稻香村。

黛玉的调皮

李纨见了她俩，就笑着说：“社才起，就有脱滑的了，四丫头要告一年的假呢。”说我们刚起了一个诗社，就有人要滑头，要请假。黛玉笑着说：“都是老太太昨儿一句话，又叫他画什么园子图呢，惹得他乐得告假了。”探春笑道：“也别怪老太太，都是刘姥姥一句话。”黛玉忙接道：“可是呢，都是他一句话。那一门子的姥姥，直叫他个‘母蝗虫’就是了。”每一年稻谷成熟的时候，蝗虫就来大吃一顿。黛玉嘴巴有点刁，她觉得这个刘姥姥其实很聪明，来一趟，带了那么多东西走，所以用母蝗虫形容她，“说的众人都笑了”。

宝钗笑道：“世上的话，到了凤丫头嘴里也就尽了。”“尽了”就是到头了，谁也说不过她。“幸而凤丫头不认得字，不大通，不过一概是市俗取笑。惟有颦儿这促狭嘴，他用‘春秋’的法儿，市俗的粗话，撮其要，删其繁，再加润色比方出来，一句是一句。这‘母蝗虫’三字，把昨日那些形景都现出来了。”“促狭嘴”是说喜欢捉弄人。“春秋的法儿”就是“春秋笔法”，它是孔子撰写《春秋》时首创的一种文章写法，表面上不露山水，其中却隐藏着微言大义。众人听了，都笑着说：“你这一注解，也就不在他两个以下。”

接下来的谈话是四十二回里我特别希望大家注意的一段，这里面可能保留了古代、清代绘画最完整的资料。特别是如果有喜欢绘画的，或者教美术的，可能这一段资料是最珍贵的，你在一般的艺术史里都看不到。

李纨就让大家商议一下，给惜春多长时间的假比较合适。她说：“我给了他一个月，他嫌少，你们怎么说？”黛玉说：“论理一年也不多。这园子盖才盖了一年，如今要画，自然得二年的工夫呢。又要研墨，又要蘸笔，又要铺纸，又要着颜色，又要……”刚说到这里，大家已经知道她在开惜春的玩笑，于是笑着问："还要怎样？"黛玉自己已经忍不住了，笑着说："又要照着样儿慢慢的画……"大家听了，都拍手笑个不停。

宝钗也笑着说："有趣，最妙落后一句是：'慢慢的画'，他可不画去，怎么就有了呢？所以昨日那些笑话儿虽然好笑，回想是没味的。你们细想颦儿这几句话，虽淡淡的，回想却有滋味。"宝钗真是个一流的评论家。惜春就有些不乐意了，说："都是宝姐姐赞的他越发逞起强来了，这会子又拿我取笑儿。"

黛玉赶忙上来拉她，想岔开话题，笑着说："我且问你，还是单画园子呢，还是连我们众人都画上呢？"惜春说："原说只画这园子的，昨儿老太太又说，单画园子成了个房样子了，叫连人都画上，就像'行乐'似的才好。""房样子"就是建筑图，缺乏情趣，所以贾母叫惜春把人也画上，就好像行乐图一样。可惜春说："我又不会这工致楼台，又不会画人物，又不好驳回，正为这个为难呢。"黛玉说："人物还容易，你草虫上能不能？"意思是画人物相对容易，画草虫你会不会？李纨说："你又说不通的话了，这个上头那里又用的着草虫了？或者羽毛倒要点缀一两样。"黛玉真是太聪明了，隔了好几层，她又转回来了，说："别的草虫儿不画罢了，昨儿的'母蝗虫'不画，岂不缺典！""缺典"的意思就是遗憾。众人听了又大笑起来。

这里就涉及了中国绘画的分类，有花鸟画、仕女画、界画，"界画"就是画亭台楼阁之类建筑的，还有一种叫草虫画。草虫画是什么？就比如说画蜻蜓，要把蜻蜓翅膀上面透明的纹路都画出来，所以草虫画是一种最细致的工笔。像齐白石就是常常在花卉大写意的画上，加一个小小的蚱蜢，而蚱蜢头上的须都是细细的，所以他的功夫非常了得。

“黛玉一面笑的两手捧着胸口，一面说道：‘你快画罢，我连题跋都有了，起个名字，就叫作《携蝗大嚼图》。’众人听了，越发笑的前仰后合。”这个时候好玩了，只听“咕咚”一声，不知什么倒了，大家急忙看时，原来是史湘云伏在椅子背上笑，“那椅子原不曾放稳，被他全身伏着背子大笑起来，他又不防，两下里错了劲，向东一歪，连人带椅子都歪倒了，幸有板壁挡住，不曾落地”。因为中式的家具都是榫卯扣在一起的，她在那边坐着不老实，摇摇摇，榫脱了，椅子就垮了，这里你就可以看到史湘云的性格，像个男孩子，大大咧咧。大家都是坐在椅子上，可她是跨着椅子，趴在椅背上的，“众人一见，越发笑个不住”。想象一下那个情景，真的是很好笑。“宝玉忙上去扶了起来，方渐渐的止了笑声。”

眼神会意的深情

大家又笑又闹，所以动静很大。这时宝玉就给黛玉使了个眼色，“黛玉会意”。注意“会意”，在大庭广众之下，你跟一个人使眼色，他能立刻会意，是件非常不容易的事。有时候你的眼睛都快挤烂了，对方还是没有会意。这种文学描写非常细腻动人，宝玉没有说：黛玉，你头发乱了，快进去弄一弄。而是使了一个眼色，给了一个眼神。如果我们看得太快，就看不到这些东西，看不到《红楼梦》中最迷人的东西。

有时候我看到这里，会不由把书合起来，想一想我这一生中，有没有一个人我跟他使眼神，他能会意的。如果有，你会觉得人生很圆满；如果没有，就会觉得很悲哀。我觉得人生有这样一个知己，是件非常幸福的事。

“黛玉会意，便走至里间屋里，将镜袱揭起，照了照，只见两鬓略松”，两鬓只是略松，你可以看到宝玉对黛玉是多么细心、体贴。“忙开了李纨的妆奁，拿了抿子来，对镜抿了两抿，仍旧收拾好了出来。”女孩子的梳妆匣叫“妆奁”，奁里有一个一个小盒子，分别放着胭脂、水粉还有小梳子、小刷子等。上面有个盖子，盖子立起来是面镜子，镜子可以倒下来，也可以插进去。这就是一个化妆盒，跟现在女孩子的化妆箱大小差不多。这个妆奁在结婚的时候是要带走的，所以叫“嫁妆”。我装印章的也是这种奁，大概是用紫檀或是很好的酸枝木做的。“抿子”不是梳子，它比梳子密，也不是刮头发的篦子。它是一种小刷子，可以沾一点发油，在两鬓刷一刷，让两鬓的头发贴紧。过去如果女孩子的两鬓松了，会显得不礼貌。

出来后，黛玉又开起了李纨的玩笑。她指着李纨说：“这是你带着我们作针线、教道理呢，你反招了我们来大玩大笑的。”所以黛玉真的是很喜欢开玩笑。李纨笑着说：“你们听他这刁话！他领着头儿闹，引得众人笑了，倒赖我的不是。真恨的我只保佑你明儿得个利害婆婆，再得几个千刁万恶的大姑子、小姑子，试试你那会子还这么刁不刁了。”你可以看到大观园里的这群女孩子，个个伶牙俐齿。黛玉听了脸就红了，因为宝玉就在旁边。

对美术绘画的高明见解

下面就开始讲绘画了。宝钗说：“我有一句公道话，你们听听。四丫头虽会画，不过是几笔写意。如今要画这园子，非离了肚子里有几幅丘壑的如何成得。”“丘壑”是凸起来的山丘跟凹下去的溪壑。过去讲，画园林就是画山水，也就是画丘壑；如果不懂得画山水，一定画不成园林。

“这园子都是像画儿一般，山石树木，楼阁房屋，远近疏密，也不多，也不少，恰恰的是这样。你既照样儿往纸上画，是必不能讨好的。这要想纸上的地步，远近该多少，分主分宾。该添的要添，该减的要减，该藏的要藏，该露的要露。这一起了稿子，再端详斟酌，方成一幅图样。”我觉得这段话，可以说是美术构图学的最好解读。大家可以了解吗，比如今天我要把高雄的一个公园画在我的画里，如果按照建筑图样画，这幅画绝对不会好看，因为它没有意思。你必须以画家的眼光分出它的远近、主次，把重要的东西放在近景，后面有一个远景作为背景。画完以后，你自己看一下，背景有没有抢了主题。譬如达·芬奇常常把画的背景用雾状柔擦的方法推远，因为他要凸显前景的美。这都是在讲构图要有强调的部分，要有淡远的部分，所以曹雪芹真是很了不起，他在绘画上也有着高明的见解。

“第二件，这些楼阁房舍，是必要用界划的。”“界划”就是“界画”，有点透视法的意思。比如说画一条走廊，那是个三度空间，柱子要越来越短，这样才能够走进去。如果你不懂透视法，就无法画出真实的空间感。“一点不留神，栏杆也歪了，柱子也塌了，门窗也斜了，阶矶也离了缝，甚至于桌子挤到墙里头去，花盆放在窗帘上，岂不倒成了一张笑‘话’儿？”

“第三件，安插人物，也要有疏密，有高低。衣褶裙带，手指足步，最是要紧的；下笔不细，不是肿了手，就是瘸了脚，染脸撕发倒是小事。”手脚是最难画的，如果没有受过解剖学的训练，很容易画着画着，那个脚就瘸了，那个手指就肿起来了。“染脸”是说，在画工笔画的时候，人物脸上粉粉的感觉不是从正面染的，而是从背面敷的。粉从纸背透出来，那个感觉刚刚好，不然脸就会显得太白，不真实。你们看张大千的画，正面是看不出来的，但如果把画送到裱画店去“揭裱”的时候，你就会发现人脸的皮肤颜色是上在后面，不是染在正面的。“撕发”是说，画中的头发看上去是一团黑，可是在光线下有一丝一缕的感觉。它是用比较淡的墨染过以后，再用浓墨一根一根去撕出头发来，特别是鬓角的部分。如果有机会你们到台北“故宫”看古画的时候，你用放大镜去看，你会看到黑色是不同层次的。所以“染脸撕发”，都是一种技法。

然后宝钗就说了：“依我想，竟难的很。如今一年的假也太多，一月也太少，竟给他半年的假，再派宝兄弟帮着他。”为什么要宝玉帮她？因为惜春是那么小的女孩子，画这么大一幅画，能力是不够的。“为的是有不知道的，或难安插的，好叫宝兄弟拿出去问问那几个会画的相公。”宝玉听了就很高兴，说：“这极好。詹子亮的工致楼台就极好，程日兴的美人是绝技，如今就问他们去。”宝钗说：“我说你是无事忙，说了一声，你就要问去。也等着商议定了再去。如今且说拿什么画？”就是先商量好用什么纸来画。

宝玉就说：“家里有薛涛纸，又大又托墨。”我们之前介绍过薛涛，她是唐朝的一个女孩子，后来成了名妓。她将春天落下的桃花瓣，泡在井水里，做出一种桃花色的纸，叫“薛涛笺”。宝玉不太懂，说这个纸又大又托墨。宝钗冷笑说：“我就说你不中用！那薛涛纸写字、画写意儿，或是会山水的画南宋山水，最托墨，禁得皴染。若拿来画这画，又不托色，又难烘染，画也不好，纸也可惜。”你看宝钗就比他们懂得物质的东西，她说那种纸不能用来画工笔，画工笔的纸一定要矾过。“上矾”也是一种技术。就是用胶矾水浸刷生纸生绢，让它们变得吸水适度，这里是有特别技巧的。我们现在大概胶彩画的系统都要上矾的东西。

画国画的人就知道，生纸跟熟纸是两种不同的东西，没有上过矾的叫生纸，写书法或画画的时候，墨一上去就会渗开，因为它追求的是墨韵。熟纸则是矾过的纸，上过矾以后墨就不会被吸收，不会产生毛细现象，就可以在纸上慢慢地皴跟染，凡是草虫画、仕女画、界画都是用熟纸。“烘”跟“染”意思不一样，“烘”是从后面去染的。这一段里面还有一个关于中国画历史的细节，那就是南宋山水画。因为绘画发展到南宋的时候，特别追求注重皴染的写意风格，所以才开始大量地用纸，之前很多都是用矾过的绢来画的。

宝钗对绘画材料的熟稔

宝钗又说：“我教你一个法子。原先盖这园子，就有一张细致图样，虽是匠人描的，那地步、方向是不错的。你和太太要了出来，也比着那纸大小，和凤丫头要块重绢。”“重绢”是什么？大家可能知道，台北“故宫博物院”中三张最有名的画——北宋范宽的《溪山行旅图》、郭熙的《早春图》，还有李唐的《万壑松风图》，都不是画在纸上，而是画在绢上的。大家下次去台北“故宫”，可以注意一下这三幅画，中间都有一道缝。为什么？因为画的宽度是当时纺织机的两倍，比如当时的纺织机大概最多织三尺，可是他要画六尺的画，就必须把两块绢拼起来。年代久了，中间就有缝出现了，所以现在很多人判断是不是真的宋画，要看中间那一条缝。注意一下，绢画跟纸画是不一样的，我们现在很少有人用绢画画。“重绢”就是两层很密的绢，所以它不容易吸水，比较紧。宝钗建议叫外面的相公把绢给矾出来，再“叫他照这园样删削着立了稿子，添了人物就是了”。这个宝钗真是很了不起，小小的年纪，没有她不懂的。

颜料的部分，需要配一些“青绿颜色并泥金泥银”。“泥金泥银”就是把黄金跟白银磨成粉，然后加上胶来画画，所以我们了解到过去的颜料是很贵重的。“你们也得笼上风炉子，预备化胶、出胶、洗笔。”大家知道，绘画的颜料要用一个东西把它们黏在一起。西方用的是亚麻仁油把颜料的粉末聚在一起，变成一管一管的颜料，所以我们把西洋画叫“油画”。那东方用什么？用胶——用鹿皮、兔皮、鱼皮熬成的胶去把颜料黏在一起。所以日本的东洋画、大陆的工笔重彩、台湾的胶彩画都是这样。

这里用到了非常专业的名词：化胶、出胶。“化胶”是说将熬好的胶，加上适量的水，用小火慢慢熬，让它完全化开。“出胶”则是说把鹿皮之类的熬成胶，所以宝钗说要用炉子。我自己画的油画打底也要用鹿皮熬胶，就是鹿皮胶。现在法国有直接做鹿皮胶的，买来以后加上十倍的水，用极小的火慢慢熬。比勾芡还要难，因为火一大以后，它就黏成团了。我大概熬成一瓶，放在冰箱里可以用个一两年，可每一次拿出来还要再化胶。

“还得一个粉油大案，铺上毡子好画。你们那些碟子也不全，笔也不全，都得从新再置才好。”你看，宝钗完全像个采买。惜春说：“我何曾有这些画器？不过写字的笔画画罢了。就是颜色，只有赭石、广花、藤黄、胭脂这四样。”“赭石”是咖啡色；“广花”是一种朱标色，也就是酱红色；“藤黄”是从藤中提取的一种黄色；“胭脂”是红色。现在一般写意画大概只要这四种颜料，顶多加上一个花青。

宝钗于是就给惜春开了个单子，让她照着单子去跟老太太要。宝钗一面说，一面让宝玉写下来："头号排笔四支，二号排笔四支，三号排笔四支，大染四支，中染四支，小染四支，大南蟹爪十支，小蟹爪十支，须眉十支，大著色二十支，小著色二十支，开面十支，柳条二十支，箭头四两，南赭四两，石黄四两，石青四两，石绿四两，管黄四两，广花八两，蛤粉四匣，胭脂十张，大赤飞金二百张，鱼子金二百张，青金二百张，广匀胶四两，净矾二两。"你看这个单子多么长。《红楼梦》里宝钗对于绘画工具的讲究到了这种地步：蟹爪是画树枝的，须眉笔是画眉毛的，分得这么细，这么讲究。大概我知道台湾现在很多的国画家都没有这么全的笔。大家可以把这一段影印下来，下一次如果去北京荣宝斋你拿着这个单子去买，也许很多东西也失传没有了。

"这些颜色，咱们淘澄着，又玩了，又使了；包你一辈子都够使了。"宝钗讲到了国画颜料制作中一个很专业的名词："淘澄飞跌"，因为过去的颜料要自己做，是买不到的。"淘"是说我拿到一种矿石，比如赭石，要将原料研碎，用水淘洗去泥土，有点像"浪淘尽"的感觉；然后再"澄"，就是把淘过的颜料再用乳钵研细，兑胶后澄清、沉淀；沉淀以后第三个工作是"飞"，飞是用吹的方法，把上面不要的淡色东西吹走；飞后，留下中色和重色，再将碗盏跌荡，留下重色，叫"跌"，之后那个颜料才能用。简单说就是，"淘"是淘洗，"澄"是沉淀，"飞"是吹走不要的东西，"跌"是剩下最后沉淀的最好的那个颜料。你看宝钗有多厉害，绝对可以去教大学美术系了。所以《红楼梦》变成了红学。你单是拿这一段，就可以写一篇论文：十七世纪中国绘画的工具、材料和技法。

之后宝钗又说了一些需要的东西，什么碟子呀、碗呀、水桶之类的，最后说："生姜四两，酱半斤。"黛玉忙道："铁锅一口，铁铲一个。"宝钗问："作什么？"黛玉笑道："你要生姜和酱这些作料，我替你要口锅来，好炒颜色吃。"说得众人又笑起来。所以黛玉这个女孩子，有她多愁善感的一面，也有她非常调皮有趣的一面。宝钗说："你那里知道，那粗色碟子保不住不上火烤，不拿姜汁子和酱先抹在底子上烤过，一经火就炸的。"原来用碟子化颜料还需要做这个准备工作，我们又学到了一样东西。大家听了都说："原来如此。"

单子写完后，黛玉拿着看了一会儿，拉着探春悄悄说："瞧！画画儿又要这样水缸箱子来了。想必他糊涂了，他把他的嫁妆单子也写出来了。"探春听了，就笑个不停，说："宝姐姐，你还不拧他的嘴？你问问他说你的是什么话？"宝钗说："不用问，狗嘴里还有象牙！"一面说，一面走过来，把黛玉按在炕上，要拧她的嘴。黛玉忙央告道："好姐姐，饶了我罢！颦儿年纪小，只知说，不知道轻重，作姐姐的教训我。姐姐不饶我，我还求谁去？"她说这话，其实是话里有话。别人听不出来，宝钗一听就知道，她指的是之前看杂书的事，"便不好再和他厮闹了，便放他起来"。

黛玉笑道："到底是姐姐，要是我，再不饶人的。"宝钗边笑边指着她道："怪不得老太太疼你，众人爱你伶俐，今儿连我也怪疼你的了。过来，我替你把头发拢一拢。"黛玉于是转过身来，宝钗就用手帮她把头发拢了上去。宝玉在旁边看了，"只觉更好看，不觉后悔不该令他抿上鬓去，也该留着，叫我替他抿去"。宝玉"正自胡想"，就听见宝钗说："明儿写完了，回老太太去，若家里有的就罢，没有的，去买了来，我帮着你们配。"之后大家又说了一会儿闲话，吃过晚饭，就一起来给贾母请安。

第四十三回

闲取乐偶攒金庆寿
不了情暂撮土为香

冷清与热闹的对比

我们读《红楼梦》第四十一回、四十三回，会发现《红楼梦》章回间有一种刻意的对比。像第四十一回中，以妙玉的雅，对比刘姥姥的俗；以妙玉的洁癖，对比刘姥姥的脏。作者也许是想让我们从中看到人生的两个极端，以及如何在两者之间求得一个平衡。东方的哲学一直很注重这种相对的关系；任何绝对或者极端，都会有问题。

那在这一回中，他对比了两件很有趣的事情：一件是贾家最红的人——王熙凤过生日，另一件是宝玉去祭奠一个已经去世、微不足道的丫头。一边是可能要一整天唱戏、喝酒、吃饭、去庆祝一件事情，热闹得不得了；另一边是宝玉在这个重要的日子，而且是跟他最有关系的王熙凤的生日，忽然溜掉了。一大早，天还蒙蒙亮时他就出城了，只带了一个书童。他就是要到城外的荒郊野外，因为他说，正要冷清清的地方才好。注意“冷清”，正好对比着“热闹”。

在现实生活中，喜欢热闹是人之常情，大家都喜欢往热闹的地方去。可是宝玉在他的生命中，始终对自己有一个提醒，就是当大家都往热闹地方去的时候，有人是在冷清之中的。否则的话，我们很难解释第四十三回中的这种心境。

这一回的回目是："闲取乐偶攒金庆寿，不了情暂撮土为香。"你可以看到在这副对联中：一边是金，一边是土。金是一种华丽、贵重的东西，土是最微不足道、低卑的东西。"攒金庆寿"，就是每人拿出一点钱来为王熙凤做寿，但那个热闹可能是假的，因为王熙凤在贾家最有权势，有的人怕她，有的人想要奉承、讨好她。而这个"撮土为香"是在最卑微的泥土里，找到真正芬芳的东西，那是有真情实意、有长久的意义在里面。

我们试试看在第四十一回与第四十三回的对比当中，有没有特别看出作者在"有"和"无"里明显地做的一些安排。其实在《红楼梦》中段的部分，这两回非常重要，因为它非常明显地用对比的方法来呈现一种精神状态。

但是这个对比，到底在对比什么？我很难讲清楚；或者说如果讲得太清楚，反而会失去它的意义。我希望大家在读小说的过程中自己去体会和感受，也希望通过这样的对比，使大家有所领悟。我们常常讲领悟，所有的哲学和宗教都是希望你领悟，可最好的领悟其实不是靠语言，语言的开示常常是没有用的；最好的开示是让你两样东西都看到，你自己会有一个领悟。所以我也一直相信《红楼梦》里有很多这种对比，是因为最热闹的生命和最冷清的生命，曹雪芹都经历到了。所以他会把人世间两种不同的情境摆在我们面前，让我们自己去感受，所谓如人饮水，冷暖自知，说是无法说清楚的。

攒金庆寿

下面我们回到正文的部分："话说王夫人因见贾母那日在大观园不过

着了些风寒，不是什么大病，请医生吃了药也就好了，便放了心，因命凤姐来，吩咐他预备给贾政带去的东西。”贾政因为点了学差，在外地出差，王夫人就很关心他，打点了一些东西，让用人给他带去。正在商量，“只见贾母打发人请，王夫人忙引着凤姐儿过来”。见了面，王夫人就询问贾母今天有没有好一点，贾母说：“今日可大好了。方才你送来的鹌鹑崽子汤，我尝了尝，倒有味儿，又吃了两块肉，心里很受用。”

人在生病的时候，吃什么都没有胃口，用还没长大的小鹌鹑炖的汤可能比较清淡，所以贾母觉得很好吃，心里很受用。王夫人就把这个功劳让给了凤姐：“这是凤丫头孝敬老太太的。算他的孝心虔，不枉了老太太素日疼他。”贾母点头笑道：“难为他想着。若是还有生的，炸两块，咸浸浸的，吃粥有味儿。”你看贾母也是相当懂得吃的。“那汤虽好，就只不对吃稀粥。”意思是喝汤和喝稀粥不搭。“凤姐听了，连忙答应，命人厨房传话。”

贾母这才跟王夫人说：“我打发人请你，不为别的。初二日是凤丫头的生日，上两年我原就想着给他作生日，偏到跟前就有大事混过。今年人又齐全，料着又没事，大家好生乐一乐。”从这里可以看到贾母对凤姐的疼爱，因为过去长辈其实是很少给小辈过生日的，觉得这不合辈分上的礼节。我们小时候过生日叫“长尾巴”，根本就不敢说过生日，过寿就更不敢讲，好像到了某个年纪的人才可以叫“过寿”。王夫人笑道：“我也这么想着呢。既是老太太高兴，何不就商议定了？”

贾母笑道：“我想往年不拘谁做生日，都是各自送各自的礼，这个也俗了，也觉很生分的似的。今儿出个新法子，又不生分，又可取笑。”王夫人忙说：“老太太怎么想着好，就是怎么样行。”王夫人个性比较憨厚、呆板，没什么主意，相比之下贾母就有趣得多。贾母笑着说：“我想着，咱们也学那小家子大家凑分子，多少尽着这钱去办，你道好玩不好玩？”贾母提议大家凑份子为王熙凤过生日，这个就叫“攒金庆寿”。

不过大家凑份子，就带出很多问题，像是谁出多少钱之类。等一下你就可以看到王熙凤的厉害，她一方面要得面子，一方面又拿到很多钱；她要贾母少出钱，同时又要别人多出钱。所以里面有很多机关。王夫人笑道：“这个很好，但不知怎么凑法？”贾母听了，越发高兴起来，忙命人去请薛姨妈、邢夫人，所有的姑娘、宝玉，以及贾珍的太太尤氏、赖大的母亲等有头有脸管事的媳妇。

“众丫头、婆子见贾母十分高兴，也都高兴起来，忙忙的各自分头去请的请，传的传，没顿饭时的工夫，老的，少的，上上下下的，乌压压挤了一地。”“乌压压挤了一地”，这个形容非常有趣，就是贾母房里一大堆人。大家可以借这次机会再了解一下这个家族中女眷的族谱：“只薛姨妈和贾母对坐”，注意，薛姨妈永远跟贾母对坐，她虽然和王夫人是同辈，可因为是客人，所以她跟贾母对坐。“邢夫人、王夫人只坐在房门前两张椅子上”，这是贾母的两个儿媳妇。再看“宝钗姊妹等五六个坐在炕上，宝玉坐在贾母怀前，地下满满的站了一地”。于是贾母命人拿了几个小凳子，给赖大的母亲等几个年事比较高、地位也比较高的嬷嬷坐。嬷嬷就是伺候过主人的奶妈，她们的身份比较特殊。这里也透露出贾家的一些规矩：服侍过父母的用人，比年轻的主子还有体面。所以这些年纪大的嬷嬷可以坐，而尤氏、凤姐这些年轻的媳妇只能站着，“那赖大的母亲等三四个老嬷嬷告了罪，坐在小杌子上了”。“告了罪”是说她们不该坐，因为她们是用人，但是贾母命令，所以她们只好坐在小凳子上。

“贾母笑着把方才的一席话说与众人听了。”贾母讲话，哪有人敢说不的。“众人谁不凑这趣儿？”注意下面的话：“再也有和凤姐好的，情愿这样；也有畏惧凤姐的，巴不得来奉承的：况且都是拿的出来的，所以一闻此言，都欣然应诺。”虽然大家都表示愿意拿出钱来给凤姐过生日，但是动机很不一样。对比之下，等一下宝玉的“撮土为香”，可能更体现真情。王熙凤有一天可能连撮土为香的人都没有，今天这个热闹，只是表面文章而已。

现世当中人的高低

贾母就先说了：“我出二十两银子。”注意一下过去家族的习惯，贾母辈分最高，她出二十两，别人就不能比她多。薛姨妈笑着说：“我随着老太太，也是二十两。”薛姨妈是客人，她跟贾母对坐，以她受到的尊重，贾母出二十两，她也出二十两。这个可以了解吗？

接下来当然就是王夫人、邢夫人，她们笑着说：“我们不敢和老太太并肩，自然矮一等，每人十六两罢了。”“并肩”就是一样，“矮一等”意思就是少一点。再小一辈的媳妇尤氏、李纨也笑着说：“我们自然又矮一等，每人十二两罢。”“贾母忙向李纨道：‘你寡妇失业的，那里还拉你出这个钱，我替你出了罢。’”其实贾家每个月都给李纨月钱，跟贾母一样，是最高的那档——每个月二十两银子。

王熙凤就觉得，虽然贾母的用意很好，但在这么热闹的场合讲出这样的话，听上去蛮让人难过的。凤姐这个人很聪明，常常能在大家冷场的时候，重新活跃气氛。所以她忙笑着说：“老太太别高兴，且算一算帐再揽事。老太太身上已有两分呢。”这话是什么意思？就是说还有两个人的钱一定是贾母出：一个是宝玉，一个是黛玉。“这会子又替大嫂子出十二两，说着高兴，过会子又心疼了！”说你现在蛮高兴的，隔个几天，你大概就会心疼。“过后儿又说‘是为凤丫头花了钱’，使个巧法子，哄我拿出三四倍来暗里补上，我还作梦呢。”

凤姐当然是跟贾母开玩笑。我多次提到凤姐这个女孩子太聪明了，她知道贾母这种既富且贵的老人家，根本不在意钱。你越这么讲，她越开心。“说的众人都笑了。贾母道：‘依你怎么样呢？’凤姐笑道：‘生日没到，我这会子已经折受的不受用了。’”注意“折受”，应该是“折寿”。我们之前讲过，大户人家的小孩是不过生日的，因为觉得会折寿。王熙凤的意思是，我这么年轻，你们给我过寿，我已经承受不起了。“我一个钱饶不出，惊动这些人实在不安，不如大嫂子这分我替他出了罢。”凤姐这么做当然是为了讨贾母的喜欢，让贾母觉得她真懂事。可是看下去你就会知道，这十二两凤姐最后并没有出。但在众人面前，她一定会表现得得体大方。所以曹雪芹这个人很有趣，他一直想让我们看到，人前的“我”跟人后的“我”是不一样的。那个攒金庆寿、锦上添花的我，跟撮土为香、孤独祭奠的我，是两个不同的我。我相信这两个“我”，我们身上都有，就看社会鼓励哪一个出来。

她的话连邢夫人听了，都说“很是”。贾母于是也就答应了。然后凤姐又建议：“我还有句话儿呢。我想老祖宗自己二十两，又有林妹妹、宝兄弟的两分子。姨妈自己二十两，又有宝妹妹的一分子，这也公道。只是二位太太每位十六两，自己又少，又不替人出，这有些不公道。老祖宗吃了亏了！”她有点替贾母抱不平。

所以王熙凤绝对是一个好的管理者，她知道她这样说，不但贾母高兴，王夫人、邢夫人也高兴。贾母听了果然很高兴，笑着说："倒是我的凤丫头向着我，说的很是。要不是你，我又叫他们又哄了去了。"凤姐也笑了，说："老祖宗只管把他姐儿两个交给两位太太，一位点一个，派多派少，每位替着出一分就是了。"贾母忙说："这很公道，就是这样。"

这时赖大的母亲说话了，赖大是贾家的大管家，他的母亲过去做过贾政的奶妈，所以辈分也很高。她笑着说："这可反了！我替二位太太生气。"就是替王夫人、邢夫人鸣不平。"在那边是儿子媳妇，在这边是内侄女儿，倒不向着婆婆姑娘，倒向着别人。这儿媳妇成了陌路人，内侄女儿竟成了个外侄女儿了。"这里的"姑娘"，是姑妈的意思，赖大母亲说凤姐是邢夫人的儿媳、王夫人的侄女，现在不向着她俩，却向着贾母。"说的贾母与众人都大笑起来了。"

赖大的母亲接着说："少奶奶出十二两，我们自然也该矮一等了。"贾母说："这可使不得。你们虽该矮一等，我知道你们这几个是财主，分位虽低，钱却比他们的多。"贾母这句话的意思是，这些做过公子少爷奶妈的，一生都会被孝敬，所以那个钱大概不会少。然后说："你们和他们一例才使得。"这几个嬷嬷听了，连忙答应"是"。

贾母又说："姑娘们不过应个景儿，每人照一个月的月例就是了。"是说探春、迎春这些姑娘们，每个月的月钱也不多，就意思意思，每个人一个月的月钱就行了。又回头叫鸳鸯："你们也凑几个人，商议商议凑了来。"就是你们这些做丫头的，随意凑一点就行了，贵在参与。"鸳鸯答应了，去不多时，带了平儿、袭人、彩霞等，还有几个丫环来，也有二两的，也有一两的。"贾母就问平儿："你难道不替你主子作生日，还入在里头？”意思是你们是主仆关系，你应该单独替凤姐过生日。平儿笑着说：“我那个私自另外有了，这是官中的，也该出一分。”意思是我另外有准备，这是凑份子的钱，我也该出一份。贾母笑着说：“这才是好孩子。”

凤姐这个时候又说：“上下都全了，还有二位姨奶奶，他们出不出，也问一声儿。”读到这一段，我不知道大家会不会有一个感觉，就是作者真的非常细心。他把两个姨太太：周姨娘和赵姨娘也拉出来，她们是丫头扶正，很辛苦，王熙凤常常会欺压她们，克扣她们的钱之类。凤姐还很有道理：“尽到他们是理，不然，他们只当小看了他们了。”意思说，如果不通知她们，好像有一点看不起她们，因为不管怎么样，她们也算是这个家族的一分子。

贾母听了忙说：“可是呢，怎么倒忘了他们！只怕他们不得闲儿，叫一个丫头问问去。”你大概可以看到，周姨娘、赵姨娘这些姨太太，在这个家族里面，地位多么卑微，甚至连鸳鸯、平儿这样比较有地位的丫鬟都不如。赵姨娘是贾环的母亲，也是探春的母亲；探春在这里，可是她妈妈没有来。所以我常常想，如果我是探春，心里是什么感受：面对着亲生母亲，只能叫她姨娘。“说着，早有一个丫头去了，半天回来，说道：‘每位也出二两。’”虽然是所谓的姨太太，可是份子钱基本和丫头一样。所以注意一下这个凑份子的名单，其实也是在讲这个家族中每个人地位的高低。

王熙凤做人的两面性

这个时候，贾珍的太太尤氏就悄悄骂凤姐了：“我把你这没足厌的小蹄子！这么些婆婆、婶子来凑银子给你作生日，你还不足，又拉上两个苦瓠子作什么？”尤氏批评凤姐是贪婪、不满足的坏丫头。“瓠子”外形有点像葫芦，比葫芦长，中间没有腰，是可以食用的，有些苦味，所以说一个人命苦，就说“像个苦瓠子”。

这里作者很小心地点出来，凤姐虽然在场面上很周到，可对这些可怜人是毫不留情的。“凤姐也悄笑道：‘你少胡说，你给我离了这里！他们两个为什么苦呢？有了钱也是白填送别人，不如拘了来，咱们乐。’”我觉得作者这里有一种很委婉的讽刺，慢慢让你看到：妙玉应该修行什么？王熙凤应该修行什么？

“说着，早已合算了，共凑了一百五十两银子有零。贾母道：‘一日戏酒用不了。’”这些钱请一个戏班子，加上喝酒、吃饭，一天都用不完。尤氏说：“既不请客，酒席不多，两三日的用度都够了。头等，戏不用钱，省在这上头。”因为贾家自己有戏班子，这笔开销又省了。贾母说：“凤丫头说那一班，就传那一班。”凤姐就说：“咱们家的戏班子都听熟了，倒是花几个钱叫一班来听听。”贾母说：“这件事我交给珍哥媳妇了。率性叫凤丫头别操心，受用一日才是。”尤氏答应了，又说了一会儿话，大家知道贾母有点累了，就渐渐散了。

下面我们看一下这一百五十两银子是怎样花的，就会看到尤氏管钱跟凤姐管钱，有一点不同。

“尤氏等送邢夫人、王夫人散去，便往凤姐房里来商议怎么办法的话。凤姐道：‘你不用问我，你只看老太太的眼色行事就完了。’”王熙凤是会看老太太眼色的，贾母高兴，她就这样做；贾母不高兴，她立刻就改。尤氏笑着说：“你这阿物儿，也忒行了大运了。我当有什么事叫我们来，原来单为这个。”“阿物儿”相当于我们现在说“你这个家伙”，原来就是为了给你过生日。“出了钱不算，还要我来操心，你怎么谢我？”尤氏跟凤姐因为是妯娌，所以讲话比较随便。凤姐笑着说：“别拉臊，谁又没叫你来，谢你什么！你怕操心？你这会子就回老太太去，再派别人办就是了。”这就是凤姐的厉害，她知道贾母交代的，尤氏不敢不办。

尤氏只好笑着说：“你瞧他兴的这样儿！”就是已经被宠得有些昏头了。“我劝你收着些儿好，太满了就泼出来了。”这句话很有趣，是一种民间的俗语，说你最好还是收敛一点，别太得意了，小心乐极生悲。其实民间一直有一种智慧，这种智慧是从生活中领悟到的，就是所谓“水满则溢，物极必反”。“二人又说了一会话方散。”

第二天一早，就有人把银子送到了宁国府，因为尤氏住在宁国府。尤氏刚起来，正在梳头洗脸，就问是谁送来的。丫头们说是林大娘，“尤氏便命叫他进来”。林之孝是贾家另外一个管家。“尤氏命他脚踏上坐了，一面忙着梳头，一面问他：‘这一包银子共多少？’林之孝家的回说：‘这是我们底下人的银子，凑了先送过来。老太太和太太的还没有呢。’”正说着，丫鬟回说：“那府太太和姨太太打发人送分子来了。”“那府”指的是荣国府，那府的太太跟姨太太，就是王夫人和薛姨妈。尤氏笑骂道：“小蹄子，专会记得这些没要紧的话。昨日不过老太太一时高兴，故意的说要学小家子凑分子，你们就记住了，到了你们嘴里就当正经的话。”尤氏这么说，是因为“凑份子”本来不是贾家这种富贵人家用的字眼，贾母因为一时兴起用了，大家也都跟着用。所以尤氏就骂这个小丫头“还不快接了进来好生侍茶，再打发他们去”。

“丫环答应着，忙接了银子进来，一共两封，连宝钗、黛玉的都有了。”“封”的意思是把银子包好，然后封起来，因为怕钱财的东西在路上有一点闪失。大家知道宝钗的那份肯定是薛姨妈出的，那黛玉这一份，就是王夫人出的。尤氏问：“还少谁的？”林之孝家的说：“还少老太太、太太的和姑娘们的，还有底下姑娘们的。”太太指的是邢夫人。尤氏又问：“还有你们大奶奶的呢？”大奶奶是谁？就是李纨。所以尤氏也很聪明，她的意思是，凤姐昨天不是说要替大奶奶出十二两银子吗，那个钱难道不算了吗？林之孝家的说：“奶奶过去，这银子都从二奶奶手里发，一共都有了。”意思是，您过府一趟，这银子都是从凤姐那边发，应该都在里面的。

“说着，尤氏已梳洗了，命人伺候车辆，一时来至荣国府，先来见凤姐。只见凤姐已将银子封好，正要送去。”尤氏笑着说：“都齐了？”凤姐也笑着说：“都齐了，快拿了去罢，丢了我不管。”尤氏又笑道：“我有些信不及，倒要当面点一点。”尤氏大概比较了解王熙凤的个性，她如果是一个糊涂人，大概也就收下了。她说我有些信不过，要当面点点。数完后，果然发现没有李纨的那一份。尤氏就说：“我说你弄鬼呢，怎么你大嫂子没有？”“弄鬼”这个词也很有趣，意思是弄诡计、耍花样。凤姐笑着说：“那么些还不够么？便短一分儿也罢了，等不够了，我再给你。”从这里你就可以看到，王熙凤在人前人后是多么不同。

尤氏体贴下人的反衬

尤氏就说：“昨儿你在人跟前作人，今儿又和我赖，这个断不依你。我只和老太太要去。”尤氏也是厉害角色，她就有点讽刺王熙凤，说你做人怎么做成这样。凤姐笑着说："我看你利害。明儿有了事，我也'丁是丁，卯是卯'的，你也别抱怨。"从这句话我们可以听出，王熙凤对外扮演的角色看似非常公正，可事实上她有很多通融，那个通融完全看利害关系。尤氏于是笑着说："你一般也怕，不看你素日孝敬我，我才是不依你呢。"说着把平儿的一份拿出来，说："平儿，来！把你这分子收起去，等不够了，我替你添上。""平儿会意，因说道：'奶奶先使着，若剩下了，再赏我也是一样。'"平儿是知道她为什么要把钱还给自己的。尤氏笑着说："只许你主子作弊，不许我作情？"平儿这才收下。

尤氏又说："我看着你主子这么细致，弄这些钱那里使去！使不了，明儿带了棺材里使去。"这当然是开玩笑的话，因为尤氏跟凤姐私下相处非常好。但我要特别强调的是，王熙凤大概没有意识到，这话好像是在骂她，事实上也是在提醒她。可是很奇怪，很多话在当下，你是听不懂的。

"一面说，一面又往贾母处。请了安，大概说了两句话，便走到鸳鸯房中和鸳鸯商议，只听鸳鸯的主意行事，何以讨贾母的喜欢呢。"你看，鸳鸯在贾母身边，扮演的角色多么重要。大家有事都先去找鸳鸯，因为一方面贾母年纪大了，不太管事；另一方面是考虑到万一贾母给了钉子碰，没有周旋的余地。"二人计议妥当，尤氏临走，也把鸳鸯的二两银子还了他"，说用不完。相对于凤姐，尤氏比较为下人着想，她觉得她们每个月也就是二两银子的月钱，一下子都要拿出来，有些于心不忍。这里当然也在对比尤氏跟王熙凤的个性，尤氏虽然不是特别能干，可是她对人有一种同理心。

"说着，一径出来，又至王夫人跟前说了一会话。因王夫人进了佛堂，把彩云一分也还了。”王夫人有一个私人专属的佛堂，每天在里面念佛，她一念佛，别人都不敢打扰她。“他见凤姐不在跟前，把周、赵二人的也还了”，周姨娘和赵姨娘一开始还不敢接，害怕传到王熙凤耳中，又要被骂一顿。尤氏说：“你们可怜见的，那里有这些闲钱？凤丫头便知道了，有我应着呢。”也许作者特意用尤氏的这种做法来当一个陪衬，让我们看到王熙凤不太有的，就是这种体谅。

“两人听说，方千恩万谢的收了。”注意《红楼梦》中的字眼，我希望大家能感觉到，作者在写作的过程中，所有的用字用句，都不是随意的。对赵姨娘跟周姨娘来说，这二两银子可能真的非常重要。现在有一个人能体谅她们，把这个钱还回来，所以她们“千恩万谢”地收了，“于是尤氏一径出来，坐车回家，不在话下”。

宝玉出门布下的悬疑

下面来感受一下，作者是如何把我们从热闹带到一个非常荒凉的意境中去的：“且说转眼已是九月初二日，园中人都打听得尤氏办得十分热闹，不但有戏，连耍百戏的，并说书的男女瞎儿，全有。”“百戏”跟戏不一样，它是杂技、杂耍，有点像今天的马戏团。早从汉朝起，就有所谓的百戏，当时有很多从西域来的百戏团在汉朝宫廷里表演。“男女瞎儿”是指过去说书的多半是瞎子、盲人。“因而都打点取乐玩耍”，所以大家都准备在这一天，好好玩一玩、乐一乐。“李纨又向众人道：‘今日是正经社日，可别忘了。宝玉也不来，想必他只图热闹，把清雅就忘了。’说着，便命丫环去瞧作什么呢，快请了来。”

丫鬟去了半天，回来说："花大姐姐说，今日一早就出门去了。"众人听了，都诧异地说："再没有出门之理。这丫头糊涂，不知说话。"她们认为一定是丫头糊里糊涂，传话传错了，所以又派了翠墨再去问问。翠墨回来说："可不真出了门了。说有个朋友死了，出去探丧去了。"探春说："断然没有的事。凭他什么事，再没有今日出门之理。你叫袭人来，我问他。"刚说着，袭人就来了。李纨说："今儿凭他有什么事，也不该出门。头一件，你二奶奶的生日，老太太都这么高兴，两府里上下众人来凑热闹，他倒走了；第二件，又是头一社的正日子，他也不告假，就私自去了！"

你看作者的技巧就是：一步一步布下悬疑，一步一步带着你走，所以当我们读到这里，会有一些紧张，宝玉到底有什么事？哪一个朋友这么重要，他要去探丧？我们在脑海里一直猜。我记得第一次、第二次看《红楼梦》时，始终不知道到底是谁，而作者也一直不揭晓。那种《罗生门》式的写法，其实在文学技巧上是非常惊人的一个手法。

袭人赶忙回答："昨儿晚上就说了，今儿一早有要紧的事到北静王府里去，就赶回来的。劝他不要去，他必不依。今儿一早起来，又要素衣裳穿，想必是北静王府里的要紧姬妾没了，也未可知。"李纨说："果然如此，也该去走走，只是也该回来了。"然后大家就商议说，我们先作诗，等他来了再罚。

刚说着，贾母打发人来叫，于是大家就都过去了。袭人向贾母回明了宝玉的事，贾母就有些不高兴，于是派人到北静王府去接宝玉回来。你可以看到贾母这个决定是很大胆的，因为过去等级森严，北静王是一个王爷，而且其实宝玉根本就没有去北静王府。

遍体纯素的心灵出走

我很希望大家在读四十三回后半段的时候，体会到宝玉这样一个十四岁的男孩子，从一个非常热闹的环境出走的心情。我自己最近几年读到这一段时，心里感触很深。就是有时候在一个热闹的场合，一个喜气洋洋的场合，你会忽然想要离开。我觉得这一段大概也有这样一种感觉。在热闹当中，生命不太容易产生反省，所以他要出走。而这一天，也很巧合，因为我们从来没有想到王熙凤的生日跟金钏儿的生日是同一天，作者也不明讲。有时候读《红楼梦》，感觉很奇异，我觉得这里面一直在讲一个东西，就是“他走了”。大家读到最后，会读到宝玉的出家。但作者不是直接写，而是从宝玉爸爸的视角，看到船头的雪影里，有个身披大红猩猩毡斗篷、光头赤脚的青年人，向他倒身下拜，然后飘然而去。读到这一段，你会有一种说不清的感觉。宝玉的爸爸贾政官复原职，那个热闹即将重新开始，他却走了。我觉得这不是一种形式化的离开，而是一种心灵的出走。作者大概是想借此提醒我们，要保有冷静、清醒的心灵状态。

下面才开始交代宝玉到底去哪里了。我最早读的时候，心里就很着急，想知道他到底去哪了。“原来宝玉心内有件私事”，你看作者多厉害，就不讲什么事，只说是私事，是一个人心里不能讲出来的事情。我们每个人大概都会有一个内心的私密空间，这个空间是非常珍贵的，因为有很多个人的反省跟回忆在里面。所以一个社会热衷打探别人的隐私，用很粗暴的方法把它揭露出来，其实是很不敬的。这里我们可以看到，宝玉其实完全可以跟别人说，我要去祭奠某某人，或者至少跟几个人讲，可是他一个人都不讲。这就表示这件事是他内心里面最深的反省跟领悟；或者他愧对这个感情，所以他要去做这件事。

“于头一天就吩咐茗烟：‘明日一早要出门，备下两匹马在后门口等着，不要别的一个跟着。’”宝玉平时出去，至少是八个男人——四个书童、四个车夫跟着，这次他说一个都不准跟着。“说给李贵，我往北府里去了。倘或有人找我，叫他拦住不用找，只说北府里留下了，横竖就来。”李贵是宝玉男仆中的领班，“北府”指的是北静王府。“横竖就来”，就是很快就会回来。“茗烟也摸不着头脑，只得依言说了。”

“天亮了，只见宝玉遍体纯素，从角门出来”，好漂亮的四个字——遍体纯素，就是一身白色的衣服。这里面有个很明显的对比，宝玉平常喜欢穿大红的颜色，现在是遍体纯素，以此衬托他心里的悲哀。不走大门，从一个小门出来，“一语不发跨上马，一弯腰，顺着街就趱下去了”。一言不发，上了马就玩命跑。茗烟只得快马加鞭赶上，一边还在后面问：“往那里去？”大概他感觉到去的不是北静王府的方向。宝玉问：“这条路是往那里去的？”显然，宝玉根本不在乎去哪里，只要去一个清静的地方就行。茗烟说：“这是出北门的大道。”这里有一个常识，就是过去的房子都是坐北朝南的，所以宝玉他们从后门出来，一定是往北，可是宝玉根本没有方向感。

“出去了冷清清，没有可玩的去处。”这个茗烟很有趣，他以为宝玉要溜出去玩，就提醒他，出去玩的话要往南边走，那里才是闹市。宝玉听了点头说：“正要冷清清的地方才好。”这些都是悬念，都在讲宝玉其实不是要去什么地方，他只是想找一个清静所在，寄托自己的哀思。“说着，率性加了两鞭，那马早已转了两个弯子，出了城门。”

水仙庵

“一气跑了七八里路出来，人烟渐渐稀少，宝玉方勒住马，回头问茗烟道：‘这里可有卖香的？’”又是悬念，就是不讲要干吗。茗烟说：“香倒有，不知要那一样？”宝玉说：“别的香不好，须得檀、芸、降三样香。”檀香、芸香、降香都是名贵的香，是由檀木、芸木、降木做成的。对于宝玉这个公子来讲，祭奠好朋友当然要用最好的香。这些香料大概都来自南洋很多地方，像婆罗洲、印尼、东爪哇一带。古代很多国家打仗，都是为了香料，所以香料在人类的文明史上，常常扮演着引发战争的角色，有点像今天的石油。

我们现在烧香不是那么讲究了，唐宋的时候有“香道”，跟茶道一样，有很多学问。用龙涎、麝香各种东西做出那个香味，闻香时还要写诗，把所有香味的感觉写下来。最近在台北有一些朋友玩“香道”，他们就给我闻了一点点，闻完以后，和我说：“你知道刚才那个闻过的大概是好几万。”我吓了一大跳，玩香可以玩到这种程度。

茗烟笑道：“这三样，可难得。”宝玉就为难起来。茗烟见他为难，又问：“要香作什么使？我见二爷时常小荷包里有碎香，何不用？”一句话提醒了宝玉，他便撩起衣襟，掏出一个荷包来，摸了摸，“竟有两星儿沉素香”。“星”是形容只有很少的一点；“沉素香”是随身带着防范蚊虫或者驱除臭味的香，“素”是朴素的意思。我觉得这里作者用“沉素香”，是有寓意的：祭奠是一种心情，重要的是你的内心够不够虔诚。如果内心够虔诚，就算撮土也可以为香，而不必一定是檀香、芸香或者降香。他心里就很高兴，说：“只是不恭些。”就是有一点不恭敬，“再想自己亲身带的，倒比买的好些”。这又是一个暗示。他要祭奠的这个人，是非常亲近的人，所以他要用贴身带着的香，而不是用买来的香表达他的诚意。

接着宝玉又问有没有炉炭，茗烟都傻掉了，他从出门就不知道要到哪里去，一下问香，一下又问香炉，好像所有东西是一下就可以变出来的。从这里你可以看到宝玉的悲哀，平日里衣来伸手、饭来张口，对人世间完全不了解，以为想要什么都有。茗烟说：“荒郊野外那里有这个？既要用这些东西，何不早说，带了来岂不便宜？”宝玉就骂他：“糊涂东西，若可带了来，又不用这样没命的跑了。”意思是说，带这带那，不早被别人发现了。

茗烟只好“想了半天，笑道：‘我得了个主意，不知二爷心下如何？我想二爷不止用这个呢，只怕还要用别的东西。’”这个小书童也很聪明，他见宝玉又是要香，又是要香炉，就有一点猜到宝玉可能要祭奠什么人。那样的话，不止香、炉炭，可能还需要别的东西。所以他就说：“如今我们率性再往前走二里地，就是水仙庵。”宝玉听了忙问：“水仙庵就在这里？更好了，我们就去。”说着加鞭前行，一面骑，一面回头跟茗烟说：“这水仙庵的姑子常往咱们家去，咱们这一去到那里，借香炉使使，他自然是肯的。”

茗烟就有一点奇怪了，说：“我常见二爷最厌这水仙庵的，如何今儿又这样喜欢了？”宝玉说：“我素日因恨俗人不知原故，混供神，混盖庙，这都是当日有钱的老公们和那些有钱的愚妇听见有个神，就盖起庙来供着，也不知那神是何人，因听些野史小说，便信了真。比如这水仙庵里面因供的是洛神，故名水仙庵，殊不知古来并无有个什么洛神，那原是曹子建的谎话，谁知这起愚人就塑了像供着。”

“洛神”就是洛水之神，但其实古来并没有所谓的洛神，人们相信有洛神，完全缘于曹植，也就是曹子建写的《洛神赋》。顾恺之有一幅很著名的画叫《洛神赋图》，讲的就是这件事。说曹操的儿子曹子建非常聪明，长得又漂亮，他爱上了甄宓。可是甄宓后来嫁给了他的哥哥曹丕，做了皇后，曹子建心里就很难过。有一次他去拜见哥哥、嫂嫂，回来的时候经过洛水，就有一点神思恍惚，然后看见一个很漂亮的女子在水上飘，他就问旁边的人有没有看到。旁边的人都说没看到。他于是形容给他们听，说那个女子的美是“翩若惊鸿，婉若游龙……体迅飞凫，飘忽若神。凌波微步，罗袜生尘”，并据此写下了《洛神赋》。所有形容最美女子的句子全部在这里，古代很多的情书，都是抄曹子建的《洛神赋》，它被认为是中国第一篇男子写给女子的，纯粹在谈女性美的文章。因为过去谈到女性都离不开善良、贞节这些道德的部分，而不是谈美。

宝玉当然也很喜欢《洛神赋》这篇文章，所以他说：“今儿却合我的心事，故借他一用。”注意“合我的心事”，好像有一个因果似的，刚好是水仙庵在等他。

下面这一段很好玩：“那老姑子见宝玉来了，事出意外，就像天上掉下个活龙来的一般，忙上来问好，命老道来接马。”这个句子用得好极了，平时最讨厌这水仙庵的大施主的公子，忽然自己跑来了，可不像天上掉下个活龙。“宝玉进去，也不拜洛神之像，却只管赏鉴。”好像洛神不是一个高高在上的神，而是人世间一个美丽的女子。只见这个塑像“虽是泥塑的，却真有‘翩若惊鸿，婉若游龙’之态，‘荷出绿波，日映朝霞’之姿”。这四句都是《洛神赋》中的句子，“宝玉不觉滴下泪来”。我们到庙里去看塑像，大概也不至于滴下泪来。宝玉是因为看到的不是洛神，而是他心里要祭奠的那个对象。“老姑子献了茶，宝玉因和他借香炉烧香。那姑子去了半日，连香供、纸马都预备了来。”不止香炉，连那些摆给死人的供品，烧给死人的纸钱、纸马都带来了。宝玉说：“一概不用，单用个香炉。”

这也是一个重点，就是宝玉觉得真正的祭奠不需要这些东西，而是心里的一个诚意和纪念。宝玉大概也不相信，一个人在另外的世界，会享用这些东西。

井台的隐喻

然后宝玉就让茗烟到后院，“拣一块干净的地方儿，竟拣不出来”。我觉得这一句很有趣，庙里怎么会不干净？庙里怎么会连一块干净的地方都找不到？有时候你读《红楼梦》读得太快，根本没有时间停下来想一想，这句话到底是什么意思。我们可以仔细想一想，这句话是写实的还是抽象的？如果是写实的，说明这个庙很脏，到处都是垃圾，所以不干净。如果对比四十一回讲的脏，我们就知道，这个“脏”是抽象的，是说心灵上的不干净。最后茗烟没办法，问：“那井台上如何？”我不记得是第几次读《红楼梦》才读到“井台”两个字，恍然大悟，原来这个井台是有寓意的。金钏儿就是跳井死的，所以宝玉要祭奠的，一定就是金钏儿。

宝玉没有讲话，只是点点头，心里面大概在想，这正是我要找的地方。两人于是来到井台上，把香炉放下，“茗烟站过一边，宝玉掏出香来焚上，含泪施了半礼，回身便命收了去”。宝玉只觉得这一天，一定要有一个心思给亡者。对他来讲，这个亡者的某个部分，在他生命里没有消失，所以他要记忆这个东西。

我们看到了曹雪芹的前卫，因为在儒家文化里，很多东西拘于礼节都变成了仪式，而仪式甚至让原初一点点心情上单纯的悲哀都没了。有时候你参加丧礼，也不晓得到底是不是悲哀，因为太多仪式搞成了排场以后，面对死者单纯的纪念跟感怀都不见了，有时候甚至觉得好笑。我不知道大家有没有这种感觉，有时候我们在很多的仪式当中，情感真的消失了。所以作者会一直觉得，一个真正遍体纯素的心情上的纪念，是点一根素香，在井台上祭奠，其实也就够了。

“茗烟答应着，且不收”，下面这段描写非常有趣：“忙爬下磕了几个头，口里祝道：‘我茗烟跟随二爷这几年，二爷的事，我没有不知道的，只有今儿这一祭祀没有告诉我，我也不敢问。只是这受祭的阴魂，虽不知名姓，想来自然是那人间有一，天上无双的极聪明、极精雅的一位姐姐妹妹了。’”茗烟这样一个没受过什么教育的小书童很懂事，知道别人的心事是不可以触碰的。他也很有趣，似乎知道宝玉不会去祭拜什么男人，要祭一定是祭一位又漂亮、又聪明的姐姐或妹妹。

然后又说：“二爷的心事不能出口，等我代祝：你若芳魂有感、香魄多情，虽然阴阳间隔，既是知己之间，时常来望候二爷，未尝不可。”“芳魂”、“香魄”，都是形容死去的女孩子。“你在阴间保佑二爷来生也变个女孩儿，和你们一处相伴，再不可又托生这须眉浊物了。”因为宝玉老是骂茗烟说：你们这些须眉浊物。“说毕，又磕几个头，才爬起。”

这段非常幽默有趣的话，是在一种很悲哀的心境下讲的。宝玉被茗烟搞得有点啼笑皆非，没等他说完，就忍不住笑了，踢了他一脚说：“休胡说，看人听见笑话。”你注意那个“踢”的动作，完全是小男孩的举动。

茗烟的鬼灵精

茗烟起来，收了香炉，跟宝玉边走边说：“我已经和姑子说了，二爷还没用饭，叫他随便收拾了些东西，二爷勉强吃些。”这个“勉强”的意思，大概是觉得庙里没什么好吃的，也不见得干净。然后又说：“我知道今儿咱们里头大排筵宴，热闹非常，二爷为此才躲了出来的。”这里面有两层意思：一是在那么热闹的地方祭奠死者，有点不适合；二是一边在心里祭奠死者，一边在那里大吃大喝，也不合适。“横竖在这里清净一天，也就尽到了礼了。若不吃些东西，断使不得。”宝玉觉得茗烟说得有理，于是说：“戏酒既不吃，这随便素的吃些何妨。”茗烟说：“这才是呢。”

不过茗烟接下来又说：“还有一说，咱们出来了，必有人不放心。若没人不放心，就晚了进城何妨？若有人不放心，二爷须得进城回家去才是。”我不知道大家有没有听出来这个茗烟在绕弯子要劝他回家。“头一件，老太太和太太也放了心；第二件，礼也尽了，不过如此。”他说你早些回去，一来老太太、太太放了心；二来礼数也尽了，就是凤姐过生日，你总不能人都不到。

“就是家去了，看戏吃酒，也并不是二爷有意，原不过陪着父母尽孝道。二爷若单为这个不顾老太太、太太悬心，就是方才那受祭的阴魂也不安。”我觉得以前做用人的真不简单，可以讲出这么委婉得体的话来。说完了以后还问：“二爷想我这话如何？”

宝玉笑着说：“你的意思我猜着了，你想着只你一个跟了我来，回去你怕担不是，所以拿这大题目来劝我。”就是拿“孝顺”这顶大帽子来压我。“我才出来，不过为尽个礼，再去吃酒看戏，我也没说一天不进城。”

茗烟听了就很高兴，然后两个人来到禅堂，那姑子果然准备了一些素菜，宝玉就跟茗烟随便吃了些。吃完饭，两个人又顺着原路，一路骑回来。茗烟在后面还直嘱咐："二爷好生骑着，这马总没大骑，手提紧着些。"茗烟现在真的有一点担心了，怕他有一点点的闪失，觉得刚才冒冒失失就跑出来了。

欲言又止

"一面说着，早已进了城，仍从后门进去。忙忙来至怡红院中。袭人等都不在房里"，她们已经过去给王熙凤过生日了。"只有几个老婆子看屋子。见他来了，都喜的眉开眼笑，说：'阿弥陀佛，可来了！把花姑娘急疯了！'"从这句话你可以想见，宝玉不在的时候，上上下下急成什么样子。又说："'上头正坐席呢，二爷快去罢。'宝玉听说，忙将素衣服脱了，自去寻了华服换上。问在什么地方坐席，老婆子回说在新盖的大花厅上。"

"花厅"，旧式住宅中大厅以外的客厅，多建在跨院或花园中。"宝玉听说，一径往花厅上来，耳内早已隐隐闻得歌管之声。"已经在唱戏了。下面这一段是作者最了不起的地方，因为他好像就要揭晓谜底了，告诉你宝玉祭奠的是谁。可就差那么一点，最后还是没有说。

"刚至穿堂那边，只见玉钏儿独坐在廊檐下垂泪。"很多年轻朋友看《红楼梦》，这一段都没有看到，因为作者似乎是很不经意地一笔带过。注意"独"，说明别人都遗忘了那个受到羞辱的自杀者，只有她还记得。"一见他来，便收泪说道：'凤凰来了，快进去罢。再一会子不回来，都反了。'"我们注意她的举止和她说的话。玉钏儿的姐姐金钏儿因宝玉而死，所以玉钏儿心里对宝玉是有恨的。我们知道，恨一个人的时候，悲哀跟柔软的部分，是不要给人家看到的，所以她立刻就“收泪”不哭了。玉钏儿说宝玉是“凤凰”，当然是讽刺，是说大家众星拱月，都把你当成宝贝。

所以我们说，曹雪芹如果就是贾宝玉的话，他是把这本书当成忏悔录来写的。“宝玉赔笑道：‘你猜我往那里去了？’”“赔笑”是因为他感觉到玉钏儿恨他，不想理他，所以低声下气。我们通常会在别人跟你对立的时候，产生更强的对立。可宝玉不是，宝玉永远都在谅解，他可以理解玉钏儿此时的痛苦和怨恨。他其实想柔软地告诉玉钏儿，他记得金钏儿的死，他去祭奠她了。“玉钏儿不答，只管擦泪。宝玉忙进厅内……”就差那么一点，话已经到了嘴边，又咽了回去。但正是这种没说，才更加意味深长。

文学为我们提供一种对话

“宝玉忙进厅内，见了贾母、王夫人等，众人真如得了凤凰一般。”玉钏儿的话不假，大家就拿他当宝贝一般。“宝玉忙赶着与凤姐行礼。”他当然知道今天是凤姐的生日，所以先给凤姐祝寿。注意“行礼”跟刚才“含泪施半礼”的对比，人世间有很多的礼，有些是你心里的怀念，有些则是排场上的客套。

“贾母、王夫人都说他不知好歹：‘怎么也不说声就私自跑了，这还了得！明儿再这样，等你老子回家，必告诉他打你。’”贾政不在家，祖母跟妈妈大概都舍不得打他，所以唯一能吓唬宝玉的，就是说等你老子回来，好好揍你一顿。“说着又骂跟的人偏都听他的话，往那里去就去，也不回一声儿”，又问他们到底去了哪里？宝玉就骗她们说：“北静王的一个爱妾昨日死了，给他道恼去。”“道恼”就是心情不好，去安慰一下。“他哭的那样，不好撇下就回来，所以多等了一会子。”他跟母亲撒了一个谎，不过这个谎言是善意的。他去祭奠一个人，并没有做坏事。

贾母又强调了一遍：“以后再私自出门，不先告诉我，一定叫你老子打你。”这是最后的结论。“宝玉答应着。贾母又要打跟的人，众人又劝道：‘老太太也不必多虑了，他已经回来，大家该放心乐一回了。’贾母先不放心，自然发了狠，今见来了，喜且不尽，那里还恨，也就不提了。”所以我有时候跟年青一代讲，祖母、妈妈就是这样，她讲的那个话很重，其实并没有那么严重。

这些大概都是我们从文学里可以学到的东西。小时候我们也许扮演过宝玉那个逃出去的角色，大了以后可能就是那个老在担心的贾母角色，我们都看不到对方的心事，可文学会让你看到对方。

那贾母“还怕他不受用，或者别处没吃饭，路上着了惊怕，反百般哄他”。所以这个祖母真的很有趣，本来要打要骂，现在又开始担心他了。“袭人早过来伏侍，大家仍旧看戏。”

好，四十三回到了这里，作者加了一个尾巴，说到当日演的是《荆钗记》，而且“贾母、薛姨妈等早看的心酸落泪，也有笑的，也有骂的”。《荆钗记》到底是出什么戏？它是元朝非常有名的一出戏剧，据说是柯丹邱写的，有一点像陈世美和秦香莲的故事。不过情节刚好相反，是讲穷书生王十朋中了状元后，宰相逼他娶自己的女儿，可是王十朋不愿意。于是宰相暗中把他的家书改成了休书，他的妻子钱玉莲绝望之下就跳江自杀了。消息传来，王十朋就跑到江边大哭，这个片段叫《祭江》。而在四十四回我们就会看到，黛玉对人世间动情的部分，有怎样的一种冷眼旁观。

第四十四回

变生不测凤姐泼醋
喜出望外平儿理妆

黛玉话中的深意

第四十三回结尾时提到，宝玉回来的时候，戏台上正在演《荆钗记》。宝玉于是就坐下来跟姐妹们一起看戏。“林黛玉因看到《祭江》这出上”，就是王十朋在江边哭祭。当然钱玉莲并没有死，这个故事后面还很长。“便和薛宝钗说道：‘这王十朋也不通的很，不管在那里祭一祭罢了，必定跑到江边子上去作什么！俗话说，“睹物思人”，天下水总归一源，不拘那里的水，舀一碗，看着哭，也就尽情了。’”黛玉在嘲笑王十朋不通达，要祭奠钱玉莲，随便哪里祭一祭就行了，何必一定要跑去江边呢。

她这话表面上是和宝钗说，其实是说给宝玉听的，黛玉好像永远知道宝玉在做什么。我不知道大家了解不了解，第四十二回里宝玉一个眼神，黛玉就会意了。而这次宝玉回来，所有人都不知道他去干吗，黛玉却知道他在祭悼金钏儿。所以黛玉的意思是：你用得着那么偷偷摸摸、大费周章地跑那么远去祭拜吗？如果这个人是跳水死的，天下的水都是一样，你舀碗水，对着哭就好了。黛玉其实有赞美他的意思，可是也好像在提醒他，何必拘泥这些形式——宝玉跟黛玉前世的缘分就不太计较这一辈子所有形式上的东西。很多人说黛玉好可惜，最后没有跟宝玉结婚如何如何，事实上他们的缘分在前世就已经完成，所以黛玉这里也是在说他们之间的“情”。

我希望大家能够细读这一句话——天下水总归一源——是说金钏儿跳井死掉的水，钱玉莲投江的水，林黛玉每天哭的眼泪，其实都是一样的东西。我想，这些才是读《红楼梦》的重点。如果我们不细看，就看不到这种细节。黛玉好像在讲一个笑话，但深思之后，你会有一种心痛，因为黛玉最懂这个东西，就是人死之后，已经化为灰烟了，那你到底在祭拜什么？祭拜不过是自己心里的一个怀念，如果人有真情，外在的形式有什么重要？

这完全像禅宗的话，让你忽然有一种领悟：我为什么要这么拘泥于形式的东西呢？如果在这一生中，有值得纪念的生命，那个生命现在在哪里并不重要，重要的是你的纪念。所以面对黛玉，宝玉永远都在输。可我们又不能不说，黛玉与宝玉真是知己，心灵相通。所以这段话听上去是讽刺，里面其实有着很深的情感。

所以四十四回开头这一段，大家要特别注意，《红楼梦》里面的戏，都不是白演、乱演的，演这个戏一定有它的目的。如果这个时候演的是另外一出戏，黛玉就没有办法讲出这些话。刚好演到王十朋祭江，有的版本也叫《男祭》，大概后来觉得不太好听，所以就改成了《祭江》。我问过十个看《红楼梦》的人，九个半都没有听出黛玉话中的潜台词。估计当时在场的其他人也不知道她在讲什么，可宝玉绝对是知道的。所以黛玉说完这话，“宝钗不答。宝玉回头要热酒敬凤姐”。

“宝钗不答”，这四个字非常微妙，以宝钗的聪明，未必听不懂，可是她没有回答。我们在这里就看到，宝钗的生命跟黛玉真的很不一样。黛玉比较重视心灵的感受，而宝钗则比较侧重大脑的思维。你会发现人生中最亲密的人，常常是心灵的贴近，而不是思维的靠近。这也就是为什么宝玉总觉得跟宝钗有隔阂，跟黛玉没有隔阂的原因。因为黛玉是感性的，宝钗是理性的。而宝玉显然是听懂了，所以他才会回头要酒，说是要敬凤姐，好像有点顾左右而言他。但这话所引发的内在的感受，恐怕只有当事人才能体会到。

王熙凤的悲苦

下面就讲到了这一回的重点——王熙凤。“原来贾母说今日不比往日，定要叫凤姐痛乐一日。”为什么？因为王熙凤是管家，平常总是忙来忙去的，所以贾母想趁她过生日，让王熙凤痛痛快快玩一天。四十四回其实读起来心里很痛。你会看到王熙凤一生好强，长得漂亮、聪明，钱、权全部抓在手中。这一天她过生日，所有人都在奉承、巴结她，可她的丈夫却在家里跟另一个女人上床。你可以看到作者要表达的是：王熙凤想抓住所有的东西，可有一样她是抓不住的。所以读到后面你会觉得很惨——不得了的风光过后，看到她丈夫发生那样的事情时，她整个人就崩溃了。

作者永远也在写事物的两面性：外表的强，未必是真的强。所以真正的同情，不是只对弱者，而应该看到强者也有弱点。王熙凤这个女强人的苦就在于：她丈夫贾琏趁着她过生日，短短的时间，就和他们家厨子鲍二的太太鬼混上了。而且她还在门外听到鲍二的媳妇骂她是“夜叉星”，又跟贾琏说什么时候你那个阎王老婆死了就好了，你可以想象她心里的痛苦。

当然人性是很复杂的，我们也很难理解贾琏怎么会去勾搭鲍二的女人。因为客观来讲，她没有王熙凤漂亮，没有王熙凤年轻，也没有王熙凤有教养，可以说什么都不如王熙凤。但是在现实中，好像我也真的帮朋友解决过这样的问题。当那个太太哭着说，我什么地方不如“她”的时候，我不晓得可不可以把这一切的发生解释为男性在纵容自己堕落。如此想来，我忽然就有一些同情贾琏，因为王熙凤太能干了，贾琏在她面前从来抬不起头，又被她管得那么严，恐怕也没有机会遇到像样的女人，所以他才会找那样一个看上去一无是处的女人。这也不是爱，其实好像是一个欲望，甚至我觉得连欲望都不一定是，可能就是想办法去背叛一下自己的婚姻。所以《红楼梦》真的是了解人性的一个通道。

等一下我们会看到王熙凤在“前台”风光无比，可她要回“后台”去补补妆，就看到一个小丫头见了她回身就跑。凤姐就骂她，说你看到鬼了，怎么看到我就跑。原来小丫头是贾琏派来通风报信的，所以贾琏其实也知道这么做很危险，被抓到了后果不堪设想。可是在现实中，偏偏有好多这样的故事。我常常跟朋友讲，《红楼梦》里有一种很大的慈悲，让我们看到生命里有许多东西都是值得原谅的。

王熙凤虽然有钱、有权，想骂谁就骂谁，想打谁就打谁，可是她有她的苦。贾琏虽然是一个阔少爷，娶到王熙凤这么漂亮能干的太太，在别人看来真是命好，可是他也有他的苦。每个人背负的辛苦，都是别人看不到的，可是《红楼梦》轻描淡写地写来，却让我们看到了。

凤姐闹酒

贾母想让凤姐“痛乐一日。本来自己懒怠坐席，只在里间屋里榻上歪着和薛姨妈看戏”。贾母大概是歪在像美人靠的那种榻上。读《红楼梦》读久了会发现，大部分的女人都是“歪”着的，除非有非常严肃的事情要处理，才是坐正的。“随心爱的拣几样放在小几上，随便吃着说话儿。将自己两桌席面赏给那没席面的大小丫头并那应差听差的妇人等，命他们在窗外廊檐下也只管坐着随意吃喝，不必拘礼。”“席面”是说一些有身份的主人跟丫头面前有一个桌子，上面有席面，就是菜，这里面都透露着等级。但因为又是家宴，所以也没那么拘礼，就可以自由一点。“王、邢夫人在地下高桌上坐着，外面几席是他们姊妹们坐。”

“贾母不时吩咐尤氏等：‘让凤丫头坐在上面，你们好生替我作东，难为他一年到头辛苦。’”大家知道王熙凤的祖母、婆婆都在座，平常她是不能坐的，可今天贾母要特别打破礼节。尤氏答应着，又笑回说：“他坐不惯首席，坐上头，横不是竖不是，酒也不肯吃。”这有一点是妯娌之间在开玩笑，说她是一个孙辈媳妇，不习惯坐首席。您让她坐首席，她都不晓得手脚该怎么摆了，好像有点在笑王熙凤上不了台面的意思。贾母听了笑着说：“你不会，等我亲自让他去。”意思是，你们劝不动，那我来。凤姐听了，忙进来笑着说：“老祖宗别信他们的话，我吃了好几钟了。”贾母笑着命令尤氏：“快拉他出去，按在椅子上，你们都轮流敬他。他再不吃，我当真的就亲自去了。”注意“按”这个动词，就是强迫她坐在椅子上。

尤氏听了，忙笑着又把凤姐拉出去坐下，命人斟酒，然后笑着说：“一年到底，难为你孝顺老太太和太太和我。我今儿没什么疼你的，亲自斟杯酒，你乖乖儿的在我手里喝一口。”尤氏用“孝顺”这个词是在逗凤姐，其实是想灌她酒。凤姐笑着说：“你要安心孝敬我，跪下，我就喝。”因为关系很亲，所以凤姐也有一点开玩笑。尤氏是她的嫂嫂，她怎么可以让嫂嫂跪下来。所以我曾经讲过，《红楼梦》里有很多讲反话的地方，越亲的关系，越会讲这种重话。

尤氏笑道：“说的不知‘你’是谁！我告诉你说罢，好容易今儿这一遭，过了后儿，知道还得像今儿这样不得了？”意思是，你都快不知道你是谁了！“趁着尽力灌丧两钟罢！”你就趁着今天好不容易得来的机会，好好喝两杯吧。“灌丧”这个词，平常基本上不会用，有一点难听，可是这里说出来，特别显出尤氏跟凤姐关系的亲密，有一点不正经的感觉。“凤姐见推不过，只得喝了两钟。接着众姊妹也来敬酒，凤姐也只得每人的喝一口。”我想大家一定见过这种闹酒的场面，一个一个都来了。“赖大妈妈见贾母尚这等高兴，也少不得来凑热趣儿，领着些嬷嬷们也来敬酒。凤姐也难推脱，只得喝了两口。”

接着贾母的丫头鸳鸯也带了一帮丫鬟来敬酒，所以你看是一批接一批的。凤姐是真的不能再喝了，忙央求：“好姐姐们，饶了我罢，我明儿再喝罢。”鸳鸯笑着说：“真个的，我们是没脸的了？就是我们在太太跟前，太太还赏个脸呢。往常倒有些体面，今儿当着这些人，倒拿起主子的款儿来了。我原不该来。不喝，我们就走。”你看多厉害，这种话一讲，王熙凤哪里敢不喝。大家知道鸳鸯虽然是丫头，但她是贾母的丫头，王熙凤许多小道消息，都要靠鸳鸯来传。“凤姐儿忙赶上拉住，笑道：‘好姐姐，我喝就是了。’说着拿过酒来，满满的斟了一杯喝干。”这个时候王熙凤就要出事了。她的丈夫贾琏看到别人灌她酒，心想她一时半会儿回不来，所以就到厨房去找鲍二的媳妇。接下来就有了王熙凤的借酒大闹。

小说的悬疑性

鸳鸯等人笑着散了，然后又入席，“凤姐自觉酒沉了，心里突突的似往上撞”。酒喝多了叫“酒沉了”，酒已经影响到她的血液循环，心脏就突突地跳，所以《红楼梦》的语言都很精炼。于是“要往家去歇歇，只见那耍百戏的上来，便和尤氏说：‘预备赏钱，我要洗洗脸去。’尤氏点头”。我们看，王熙凤基本上已经习惯了打点所有的事情，包括发赏钱。外面请的马戏团表演完了，一定要打赏。我不知道大家了解不了解，过去很多这种走江湖卖艺的人，没有固定的薪水，这个赏钱就变得很重要。我记得以前歌仔戏到我家乡的保安宫前面演出，都是大家拿红包给他们。因为刚才在演《荆钗记》，比较安静，出去的话容易引起注意；现在耍百戏的上来了，有什么吞刀、吐火、变魔术的杂耍，所以比较热闹，就不容易引起注意了，“凤姐瞅人不防，便出了席，往房门后檐下走来”。

“平儿留心，也忙跟了来”，你看她的丫头多了不起，用今天的话说，就是很有眼力。第四十四回讲王熙凤的同时也描写她最得力的丫头平儿。平儿是《红楼梦》里大家很喜欢的一个角色，她既是丫头也是妾，可是她永远处事最公正。她知道王熙凤泼辣，嫉妒心又强，所以始终不让贾琏碰自己，一心一意帮助王熙凤。她看到王熙凤出来，立刻跟出来，担心她会吐、要换衣服之类的。“凤姐便扶着他。才至穿廊下，只见他房里的一个小丫头正在那里站着，见他两个来了，回身就跑。”

凤姐立刻就起了疑心。她虽然喝醉了酒，可头脑还是很清楚，心想，这个丫头不到前面看戏、喝酒，为什么站在走廊那里？好，推理小说的悬疑出现了。更奇怪的是她一看王熙凤和平儿来了，回身就跑。凤姐“忙叫：‘站住！’那丫头先只装听不见，无奈后面连平儿也叫，只得回来”。我们知道贾家的规矩，丫头看见主子，一定要站在一边，恭恭敬敬行礼。看见主子就跑，已经不对劲了；叫她站住，她装听不见，还继续跑，王熙凤就知道一定有事。平儿也跟着一起喊，那个小丫头只好回来了。

“凤姐越发起了疑心，忙和平儿进了穿堂，叫那小丫头也进来，把槅窗关了”，注意一下作者的写作手法，他没告诉我们发生了什么事，让你不由的产生好奇心。“穿堂”是一种两用的建筑，平时是走廊；必要的时候，把槅窗关起来，就变成了一个房间。她们在关了槅窗的穿堂审问这个小丫头，是怕别人看到。“凤姐坐在小院子的台矶上，那丫头跪了，喝命平儿：‘叫两个二门上的小厮来，拿绳子、鞭子，把这眼睛里没主子的小蹄子打烂了！’”因为穿堂没有椅子，王熙凤又有些喝多了，就坐在台阶上。她要给这个丫头来个下马威。

王熙凤的泼辣性格

“那小丫头已经唬得魂飞魄散，哭着只管碰头求饶。”古代的磕头真的是拿额头碰地，有时候是碰到头都出血的。凤姐就问：“我又不是鬼，你见了我，不说规规矩矩站住，怎么倒往前跑？”这是王熙凤的语言，是那种很直率、很泼辣的风格。小丫头还想隐瞒，哭着说：“我原没看见奶奶来。我又记挂着房里没人，所以跑了。”凤姐问：“房里既无人，谁叫你又来的？”一句话就把她问倒了，因为这种丫头一定是主人命令才会过来，既然房里没人，你就在家里守着就好了。家里只有两个主人，一个是王熙凤，一个是贾琏。那一定是贾琏命令她，她才敢出来。所以你看，王熙凤的头脑清楚得不得了。

“你便没见我，我和平儿在后头扯着脖子叫了你十来声，越叫越跑，离的又不远，你聋了不成？你还和我强嘴！”说着一巴掌打在小丫头脸上。王熙凤是典型的动作派。注意，王熙凤平时还是比较有教养的，也有大家闺秀的规矩，通常要打底下的人，都是叫别人打，自己不会动手。这个时候抬手就是一个巴掌，可能是因为喝多了酒，有些控制不住。

“打的那小丫头子一栽；这边脸上又一下，登时小丫头脸上紫涨起来。”一个巴掌下去，小丫头差点栽个跟头，跟着另一边脸又是一巴掌，脸上顿时紫涨起来，可以想见这个力量有多大。凤姐可能是觉得被欺骗了，所以异常生气。平儿忙劝道：“奶奶仔细手疼。”平儿真是了不起，这句话，每次读感觉都不一样。平儿想劝王熙凤不要打了，可是她不敢说你不要打了，只说小心奶奶手疼。我们小时候常常被老师打，就没有一个聪明的学生站出来说：“老师，你小心手疼，我来替你打。”要有这样一个同学就好了，也许可以打得轻一点。平儿知道她的身份，她越不让王熙凤打，王熙凤打得越厉害。所以她说，我是站在你这一边的，我不可怜那个小丫头，而是心疼你。

凤姐于是说：“你再打着问他跑什么。”好，平儿成功了，王熙凤不打了，那平儿下手是不会这么重的。“他再不说，把嘴撕烂了他的！”你看王熙凤一步一步下来，语言跟动作都是那么厉害，而且绝不饶人。所以《红楼梦》中说王熙凤机关算尽太聪明，反误了卿卿性命，大概就是说她永远不会明白“得饶人处且饶人”的道理。而平儿很有趣，平儿常常跟人说“得饶人处且饶人”。王熙凤下的命令，她通常只执行七八分，她会为王熙凤留一个余地。

“那小丫头子先还强嘴，后来听见凤姐要烧了红烙铁来烙嘴，方哭道：‘二爷在家里，打发我来这里瞧着奶奶的，若是散了，先叫我送信儿去。’”对待说谎话的丫头，要这样惩罚，其实是非常残酷的。这个小丫头就怕了，大概王熙凤平时会说到做到。好，这就清楚了。贾琏要是在家里读书，还需要报信吗？

贾琏与鲍二媳妇偷情

“不承望奶奶这会子就回来了。”这个小丫头说这样的话，其实有点笨。“凤姐见话中有文章，必有别的原故，便又问道：‘叫你瞧着我做什么？难道怕我家去不成？快告诉我，从此以后我疼你。你若不说，立刻拿刀子来割你的嘴！’”刚才是威逼，现在是利诱，说着“回手向头上拔下一根簪子来，向那丫头嘴上乱戳”。你可以看到王熙凤的手段是多么残酷和毒辣。“唬的那丫头一行躲，一行哭求道：‘我告诉奶奶，可别说我说的。’”这个丫头还是有一点傻，只派了她一个人来，不是她说的还会是谁说的。所以这种做下人的夹在中间，有时候真是左右为难。

平儿也劝那个小丫头，因为平儿知道如果她再不说，就有的苦受了。那个小丫头便说道：“二爷也是才来房里的，睡了一会醒了，打发人来瞧瞧奶奶，说才坐席，还得好一会才来呢。”可能是睡了一会儿，也可能是折腾了一会儿睡不着。贾琏大概是二十一二岁，那个年龄本身也是怪异得不得了，太太又管得太严，所以很多的欲望在那边翻腾。他就打发人看凤姐什么时候能回来，去的人回来禀报说，刚入席，要喝一阵子酒，看一阵子戏才会回来。他算一算，大概要两三个钟头吧，那两三个钟头大概可以办一点什么事。于是“二爷就开了箱子，拿了两块银子，还有两根簪子，两匹缎子，叫我悄悄的送与鲍二老婆去，叫他进来”。好，你看这个贾琏很有趣，偷情是要贿赂的。“他收了东西就往咱们屋里来了。”这个鲍二的老婆也很大胆，拿了东西就来了。所以你看贾府冠冕堂皇的背后，有多少乌七八糟的事情。“二爷又叫我来瞧着奶奶，底下的事我就不知道了。”下面会发生什么事，还有谁不知道呢？

“凤姐听了，已气的浑身发软，忙立起身来一径来家。”我们知道，《红楼梦》四大家族中的王家是九省统制，所以王熙凤身上有种军阀的飞扬跋扈、盛气凌人。王熙凤这里的“气”，简单理解为气丈夫的偷情，恐怕不够，可能更大程度上是一种不服，也就是说，以我的聪明、漂亮、能干，怎么就管不住自己的丈夫，更何况对方是那样一个不堪的女人。“刚至院门，只见有个小丫头在门前探头”，你看贾琏要办事情，还真不简单，有好几个眼线——隔多少里有一个侦察兵，就像古代军队负责侦察敌情的“斥候”。第一个已经阵亡了，还有一个是在院门口。这个小丫头就比较聪明，看到王熙凤，本来要跑，王熙凤一叫，“见躲不过了，率性跑了出来，笑道：‘我正要告诉奶奶去呢，可巧奶奶来了。’”她忽然发现不妙，就转移阵营了。现在常常在社会上看到有的人转得太粗糙了，真的很难看，这个小丫头就很伶俐。“凤姐道：‘告诉我什么？’那丫头便说二爷在家这般如此，将方才的话也说了一遍。凤姐啐道：‘你早作什么来着？这会子我看见你了，你来推干净儿！’说着也扬手一下，打的那丫头一个趔趄”，也差点摔倒。这就叫作“气不打一处来”。

然后她便“蹑手蹑脚的走至窗前”，我们读到这里就会问，她为什么不一脚踢开门进去。可是王熙凤偏偏在门外面听，然后就听到了她一生最不想听到的话。

有时候看到这一段就在想，最好不要在背后听人家讲你。因为你不敢保证听到的是什么。这个在外面永远摆出最强姿态的王熙凤，听到了让她觉得最悲惨的话，这些话使她用所有努力经营起来的那面墙，全部垮掉。

平儿有冤无处诉

我们看一下王熙凤听到了什么：“只听里面说笑。那妇人笑道：‘多早晚你那阎王老婆死了就好了。’”王熙凤背后一定有很多绰号，鲍二媳妇跟贾琏偷情，估计也不是第一次了。贾琏说：“他死了，再娶一个也是这样，又怎么样呢？”贾琏真是一个很窝囊、很没用的男人，他想的是王熙凤死了，再娶一个估计还是这样。他大概就是一个怕老婆的命。鲍二媳妇说：“他死了，你倒是把平儿扶了正，只怕还好些。”可见一般人对平儿的印象都比较好，因为平儿比较宽厚。贾琏说：“如今连平儿他也不许我沾一沾了。”所以对于丈夫，王熙凤是要独占的。以今天的角度来看，王熙凤没有错。可是在过去的社会里，就会被认为是不贤德。“平儿也是一肚子委屈不敢说。”贾琏在为平儿说话，其实是平儿她自己不要跟贾琏在一起的。可是王熙凤听到这话，就觉得平儿是当面一套背后一套。然后贾琏还抱怨说：“我命里怎么就该犯‘夜叉星’！”大家知道现在有个俗语叫“母夜叉”，其实“夜叉”是音译，是印度佛教里的凶神恶煞。

“凤姐听了，气的浑身乱颤，又听他两个都赞平儿，便疑平儿素日背地里自然也有埋怨的话了。”我们知道凤姐平常不会这么不清醒，可能真的是因为喝了酒，所以有些失去理智了。她就也不多想，“回身把平儿先打了两下，一脚踢开门进去，也不容分说，抓住鲍二家的打了一顿。又怕贾琏走出去，便堵着门站着骂”。

我们小时候常常看到这种场面，现在想起来蛮恐怖的。一个太太挡住门口，不让丈夫出来，另外一个女人在爬窗户。这样的画面，大人都不让小孩子看的。可是我很希望大家能了解，这种生活里非常现实的东西，是可以有两种不同写法的。写成今天台湾电视里的综艺节目，它就变得很八卦。可是你看到《红楼梦》中的这些描写，会感到一种悲哀，就是你看到人有这么多琐碎的痛苦。我们前面讲了，王熙凤、贾琏都有他们的辛苦，其实这个鲍二家的也有她的苦。她丈夫非常不成器，每天喝得烂醉。她虽然知道这种事情被抓到，必死无疑，她还是做了，后来她就上吊自杀了。所以没有一个人是绝对的好或绝对的坏，而是有很多的前因后果，造成了这样一个状况。

这个时候王熙凤就堵着门骂：“好淫妇！你偷主子汉子，还要治死主子老婆！平儿过来，你们淫妇忘八一条藤儿，多嫌着我，外面儿你哄我！”“偷汉子”大家都知道，就是跟别人的丈夫偷情。一个做下人的，竟敢跟主子的丈夫偷情，自然是罪加一等。不仅如此，还商量怎么害死主子。她又骂平儿是淫妇，贾琏是“忘八”，也就是“王八”。她说，你们两个是一路的，都嫌我，在外面却哄着我。“说着又把平儿打了几下，打的平儿有冤无处诉，只气得干哭”，平儿不敢骂王熙凤，只能骂贾琏跟鲍二家的：“你们做这些没脸的事，好好的又拉上我做什么！”说着，也揪住鲍二家的厮打起来。所以《红楼梦》的作者非常了不起，把生活中的东西，写得活灵活现。

“贾琏也因吃多了酒，进来高了兴，未曾作的机密”，一时兴起，没有考虑周全。“一见凤姐来了，已没了主意，又见平儿也闹起来，把酒也气上来了。”贾琏平时很窝囊，喝了酒之后，也是有脾气的。“凤姐儿打鲍二家的，他自己又气又愧，只不好说的，今见平儿也打，便上来踢。骂道：‘好淫妇！你也动手打人！’”你可以看到王熙凤的厉害，没有一个人敢动她；平儿不敢动她，她丈夫也不敢动她。所以平儿就变成了最倒霉的，两个人都打她，打给对方看。“平儿怕打，快住了手，哭道：‘你们背地里说话，为什么拉我呢？’凤姐见平儿怕贾琏，越发气了，又赶上来打着平儿，偏叫打鲍二家的。”

平儿被逼急了，因为她像个夹心饼干一样被夹在中间，“便跑出去找刀子要寻死，外面众婆子、丫头忙拦住解劝”。凤姐看到平儿要寻死，就一头撞到贾琏怀内，叫喊着说：“你们一条藤儿害我，被我听见了，倒都唬起我来了。你也勒死我罢！”很多女性这个时候都是这种表现，不是去杀对方，而是说你杀死我吧，现在王熙凤也是如此。“贾琏气的墙上拔下剑来，说道：‘不用寻死，我也急了，一齐杀了，我偿了命，大家干净！’”

“正闹得不开交，只见尤氏等一群人来了。”看到这情形，就说：“这是怎么说，才好好的，就闹起来。”刚才还在开开心心过生日呢，这会儿又寻死觅活的。“贾琏见了人，越发‘倚酒三分醉’，逞起威风来，故意要杀凤姐。”贾琏平时怕老婆，大概出了名，别人可能也没少嘲笑他。所以现在就仗着喝了酒，耍起威风来，让别人看到他并不是真的怕老婆。

王熙凤则正好相反：“凤姐见有人来了，便不似先前那般泼了，丢下众人，便哭着往贾母那边跑。”毕竟贾琏是贾母的亲孙子，论关系，肯定要比跟王熙凤近，就算看在贾母的面子上，王熙凤也不敢当着众人的面，对贾琏太过分。等一下你就可以分辨出，凤姐在贾母面前讲的话，哪些是真，哪些是假。

凤姐找贾母主持公道

此时戏已散场，“凤姐跑到贾母跟前，爬在贾母怀内，只说：‘老祖宗救我！琏二爷要杀我呢！’”她先把自己变成一个受委屈的弱者，要别人同情她、帮助她。贾母、邢夫人、王夫人都吓了一跳，忙问怎么了。凤姐哭着说：“我才家去换衣裳，不妨琏二爷在家和人说话，我只当是有客来了，唬得我不敢进去。在窗户外头听了一听，原来是和鲍二家的商议，说我利害，要拿毒药给我吃了治死我，把平儿扶了正。我原气了，又不敢和他吵，原打了平儿两下，问他为什么要害我。他臊了，就要杀我。”你看王熙凤的反应有多快，在那样的情况下，马上就编出了另一套说辞。那个所谓原告的语言里其实有很多隐藏，她把自己的行为修饰过了。

好，法官就判案了：“贾母等听了，都信以为真，说：‘这还了得！快拿了那下流种子来！’一语未完，只见贾琏拿着剑赶来，后面许多人跟着。”相比之下，贾琏果然是个笨蛋，所有人看到他真的是要杀太太，可刚才王熙凤打过很多人都没有被别人看到。他仗着贾母素日疼爱他们这些孙子，所以就“逞强闹了来”。邢夫人是贾琏的母亲，气得赶忙拦住他，骂道：“这下流种子！你越发反了，老太太还在这里呢！”母亲常常会觉得没有把孩子教养好，她要负责。贾琏就有一点借酒撒疯，乜斜着眼说：

“都是老太太惯的他，他才这样，连我也骂起来了！”

“邢夫人气的夺下剑来，只管喝道：‘快出去！’”其实贾琏也就是吓唬一下，他未必真敢杀人，所以他母亲一抢，就把他手里的剑夺过来了。他平时也只会做些小坏事，什么赌钱、嫖妓之类的，你说要真让他做狠事，其实他也做不出来。所以这里面真正狠的是王熙凤，最后是她把尤二姐逼到了自杀。“那贾琏只管撒娇撒痴，涎言涎语的还只乱说。”你看，还在借酒装傻，胡言乱语。贾母气得说：“我知道你不把我们放在眼里，叫人把他老子叫来，看他去不去！”俗话说“严父慈母”，做母亲的没办法了，就只能找老子来了。而且贾琏的父亲贾赦，对待儿子一向很粗暴，所以贾琏平时就很怕他。“贾琏听见这话，方趔趄着脚儿出去了。”我们今天也形容好像要摔倒的样子为“趔趄”。因为喝了酒，有些站不稳，“赌气也不往家去，便往外书房来”。所以那个形象也很有趣，就是一个不成材的少爷那种装疯卖傻的样子。

贾琏走了，“这里邢夫人、王夫人也说凤姐儿”，意思是有什么大不了的，闹成这样多难看，你自己心里也不痛快。注意一下这里面的层次：当着贾琏的面，要为凤姐撑腰；可贾琏走了以后，就要说凤姐了。贾母也笑着：“什么要紧的事！小孩子年轻，馋嘴猫似的，那里保得住不这么样。从小儿世人都打这么过的。”

从这话里，你大概也可以看到，那个时代女性对自己角色的认同。“从小儿世人都打这么过的”，这句话特别有趣，就是哪个人年轻的时候不是这样过来的呢？丈夫在外面偷点腥、偷点荤别当成大惊小怪的事。你忽然觉得，贾母一生享不尽的富贵荣华，可年轻时估计也经历过这种事情。所以《红楼梦》在不经意中，透露出很多消息。

贾母的智慧与圆融

然后贾母就跟王夫人她们开起了凤姐的玩笑："都是我的不是，他多吃了两口酒，又吃起醋来。"这个话你仔细琢磨一下，很有趣，说凤姐吃完了酒又吃醋，"说的众人都笑了"。这里面就显出贾母的智慧，可以用轻松的语气把大事化成了小事。我们现在常常说这个人爱吃醋，其实是有妒忌的意思，其中还有一个典故。据说唐太宗为了笼络人心，要为当朝宰相房玄龄纳妾，房夫人出于嫉妒，就横加干涉。太宗无奈之下，只得让这个妒妇在喝毒酒和纳小妾之中二选一。没想到房夫人确有几分刚烈，宁愿一死也不在皇帝面前低头。于是端起那杯"毒酒"一饮而尽，当她含泪喝完后，才发现杯中不是毒酒，而是浓醋。

今天如果有这样的事情发生，我们是用贾母的圆融去处理呢，还是会像王熙凤哭天抢地闹开来？我不知道，我相信见仁见智。可是老人家圆融、智慧，也就是说她看多了，看多了以后她了解人性，她也觉得这些事情好像不应该用闹大的方式处理，而是用开玩笑的缓和方法就解决了。贾母然后又安慰她："你放心，等明儿我叫他来替你赔不是。你今儿别过去，臊着他。"这又是一种智慧。因为事情刚发生，两个人心里的那个劲都还没过去，见了面难免尴尬。而且太快原谅他，不让他受到一点惩罚，他以后就难长记性。

然后又骂平儿："平儿那蹄子，素习我倒看他好，怎么暗地这么坏。"尤氏忙跟她解释："平儿没有不是，是凤丫头拿着人家出气。两口子不好对打，拿着平儿煞性子。""煞性子"这个比喻很有趣，有一点拿第三者作为缓冲的意思。"平儿委屈的什么似的呢，老太太还骂人家。"尤氏跟凤姐很不同，她对下面的人总是有一种体恤跟同情。

这里你也可以看到贾母的明理，她听到这话，立刻改口，说："原来这样，我说那孩子倒不像那狐媚魔道的。"《红楼梦》中的语言很形象、生动，"狐媚"是形容女人以媚态诱惑他人，"魔道"是说不走正道。"既这么着，可怜见儿的，白受他主子的气。"然后又吩咐琥珀："你去告诉平儿，就说我说的话：我知道他受了委屈了，明儿我叫凤姐儿来给他赔不是。今天是他主子的好日子，不许他胡闹。"所以贾母在处理事情上，总是让大家心服口服，也难怪她在贾家有那么高的威望和分量。以前的士绅阶级，慢慢在社会中建立起一种威望，大家都很信任他们，讲一两句话就可以把事情摆平。现在的社会好像越来越缺少这种人了。

平儿当然是很明理的，她这会儿被李纨拉到大观园去了。"平儿哭的哽咽难抬"，因为她觉得自己对凤姐这么忠心耿耿，最后却落得如此下场，那个委屈是没有办法形容的。宝钗就劝她，说："你是个明白人，素日凤丫头何等待你，今儿他不过多吃了一口酒。他可不拿你出气，难道拿别人出气不成？别人又笑话他吃醉了。你只管这会子委屈，素日你的好处，岂不都是假的了？"宝钗总是非常理性，她的意思是：她不打你，难道打贾琏吗？

你有没有想过，这时候黛玉跑去哪里了？读《红楼梦》有时觉得很有趣，宝钗永远会在这个时候劝人，可是黛玉永远不管这种事，因为黛玉根本不是凡间的人，她对人间的所有事一点兴趣都没有。宝钗则会扮演人间的角色。或者说，她们两个一个是出世的，一个是入世的；一个是道家，一个是儒家。

"正说着，只见琥珀走来，说了贾母的话。平儿自觉面上有了光辉，方才渐渐的好了。”贾母站出来帮她讲话，她觉得脸上也有光。“宝钗等歇息了一回，方来看贾母、凤姐。宝玉便让了平儿到怡红院中来。”在这个时候，宝玉永远是最贴心的。

宝玉安慰平儿

宝玉觉得平儿刚被打骂过，现在去见凤姐，难免有些难堪，就把她请到了怡红院。所以怡红院大概是一个最安慰人的地方，也是一个最温暖的地方，里面没有法律、没有道德，有的全是情感。袭人赶忙迎上来，笑着说：“我先原要让你的，”就是我之前就想请你来，“只因大奶奶和姑娘们都让你，我就不好让了”。注意袭人讲话的分寸，她的意思是我们都知道你受了委屈，想要安慰你，好让平儿觉得一个丫头受了委屈，这么多人都在关心她，心里好受一点。平儿也赔笑说：“多谢。”

我一直提到平儿是《红楼梦》里一个非常了不起的丫头，她在这一天受了这么大的委屈，可到现在为止，没有讲过一句话，因为她不能讲任何话。直到这个时候，她才说：“好好儿的从那里说起，无缘无故的白受了一场气。”你可以体会一下这句话的语气，她没有指责任何人，只是说自己平白无故受了一场气，有一点自我解嘲。袭人笑着说：“二奶奶待你很好，这不过是一时气急了。”凤姐平时对平儿的好，大家可能都看在眼里，所以宝钗说这话，现在袭人也说这话。平儿说：“二奶奶倒没说的，只是那个淫妇，他又偏拿我凑趣儿，我们糊涂爷倒打我。”你看，平儿永远在维护王熙凤，“说着便又委屈，禁不住落泪”。

宝玉忙劝道：“好姐姐，别伤心，我替他们两个赔个不是罢。”这就是宝玉最了不起的地方：天下人受委屈，他都道歉。他其实就是一个菩萨，菩萨就是来担待人世间所有委屈跟苦难的。有时我们会觉得不可思议，一个十四岁的男孩子，怎么会讲出这样一句话来，就是他要替王熙凤和贾琏向平儿赔不是。不要忘记平儿是个丫头，宝玉是个得宠的少爷，可是他如此低声下气，连平儿都觉得这个话有点好笑，就说："与你什么相干？"宝玉笑着说："我们弟兄姊妹都一样。他们得罪了人，我替他们两个赔个不是也是应该的。"这有点像佛教中说的，众生的苦就是我的苦，所以菩萨永远在救苦救难。

如果说那个赔罪是一种抽象的安慰，真正的安慰就是体贴。他说："可惜这新衣裳也沾了，这里有你花妹妹的衣裳，何不换了下来，拿些烧酒喷喷熨一熨，把头也另梳一梳。"这就是宝玉的体贴，他觉得平儿这样脏脏的有些不像样，等一下出去，其他人看到也不好。"一面说，一面吩咐小丫头子们舀洗脸水，烧熨斗来"，让平儿洗脸，帮平儿熨衣服。现在我们的熨斗是电熨斗，古代的熨斗是用铜或者铁做的一个斗形的东西。把烧红的木炭放进斗里，利用那个温度来熨衣服。我们在别的书里不太会看到，用烧酒喷衣服，喷过以后再用熨斗来熨。我不晓得衣服上那么多酒味到底好不好，可这不是重点，重要的是，宝玉都是亲自来做这些事情。他如果疼爱一个女孩子，就会用各种的小心加倍去服侍这个女孩子，可是他的爸爸、老师都认为他是色魔，但他不是。我们注意一下，宝玉所有的东西都不涉及欲望，都跟性无关，而只是他觉得一个生命受委屈了，他想要让对方得到温暖。

"平儿素习只闻人说宝玉专能和女孩子们结交"，这句话比较难理解，大概是说，平儿平时听到一些传言，说宝玉专门会讨女孩子欢心。"宝玉素日因平儿是贾琏的爱妾”，虽然只是一个空的名分，但毕竟有一层隔阂。“又是凤姐的心腹”，可能在宝玉的心里，他跟凤姐不是一路人，所以对凤姐的心腹，心里也有一些戒备。“故不肯和他厮近”，所以不像跟别的女孩子走得那么近。“因不能尽心，也常为恨事。”这几个字很微妙，有人会想宝玉是不是爱上平儿了。我觉得这样理解，就把《红楼梦》粗俗化了。“尽心”就是尽一份心，他觉得这么好的女孩子，不能为她尽一份心，不免感到有些遗憾。“平儿今见他这般，心中也暗暗的掂掇：果然话不虚传，色色想的周到。”

宝玉帮助平儿理妆

“又见袭人特特的开了箱子，拿出两件不大穿的衣裳来与他换”，袭人特地从箱子里拿出两件平时不怎么穿的、比较新的衣服，而不是自己已经不穿的旧衣服，每句话都是交代。“便连忙脱下自己的衣服，忙去洗了脸。”所谓恭敬不如从命。宝玉在旁边笑着劝道：“姐姐还该擦上些脂粉，不然倒像是和凤姐姐赌气了似的，况且又是他的好日子，而且老太太又打发了人来安慰你。”

我觉得容颜跟心情其实是一个很有趣的呼应关系，容颜改变了，心情就会好起来；心情好的时候，也会比较注意自己的容颜。心理学上有一个说法：一个人不在意自己容颜的时候，某种程度上是对自我的放弃。所以宝玉劝平儿擦点粉，这样脸色会好看一些，别人也不会觉得你在生气，人的心情自然就会好起来。所以我常用这一招，碰到有朋友又哭又闹，眼影流得一塌糊涂的时候，我就说，要不要重新化化妆。你发现她在化妆的时候，心情忽然好起来了。

但是注意，虽然是凤姐让平儿受了委屈，可宝玉在怜惜平儿的同时，也顾及着凤姐的感受。意思是你这样愁容满面的，凤姐心里一定也不好受。“平儿听了有理，便去找粉，只不见粉。”这里有一个小小的机关，就是宝玉房里丫头用的粉，跟外面的什么化妆品专柜里，什么人都可以买得到的普通粉不一样。她们是自己配制的，存放的容器还很别致，所以平儿找不到。

“宝玉忙走至妆前，将一个宣窑瓷盒揭开，里面盛着一排十根玉簪花棒，拈了一根递与平儿。”“宣窑”就是宣德窑，明朝一个皇帝的年号叫宣德，宣德窑的青花瓷最有名、最漂亮。你看，这个粉多么讲究，是放在明朝的宣德窑瓷盒中的。“玉簪花”长得有点像喇叭花，“玉簪花棒”就是玉簪花的花管。注意“拈”，是用两根手指捏，而不是“抓”、不是“拿”那么粗鲁的动作。然后跟她说：“这不是铅粉，这是紫茉莉花种，研碎了兑上香料制的。”因为外面女人化妆用的粉是铅粉，不太容易匀开，很伤皮肤。这个粉是把紫色的茉莉花摘下来晒干，磨成很细的粉末，兑上香料制成的茉莉花粉，大概是上等的化妆品。其实传统里有一种对化妆品的讲究，而且我相信它绝对不是化学的。制好的花粉还装在玉簪花的花管中，你看有多讲究，这种东西只有宝玉房里才有，连平儿都没有见过。

“平儿倒在掌上看时，果然青白红香，四样俱美。”“青、白、红”是指颜色，有一点青，有一点白，有一点红，又很香。“扑在面上也容易匀净，且能润泽肌肤，不似别的粉青重涩滞。”这种粉非常细腻是因为磨得很细，不像那种不好的粉，很厚重，不容易扑开。它还能润泽肌肤，就好像完全跟皮肤“和”在一起，不像别的粉涩滞地拖都拖不过去。我们看到廉价的粉，大概都是浮在皮肤表面，所以作者在讲很细的触觉、感官上的东西，我想女性特别容易了解这个。

“随后看见胭脂也不是成张的，却是一个小小的白玉盒子，里面盛着一盒，如玫瑰膏子一样。”平儿平常用的胭脂，大概是那种一张一张的纸，上面有薄薄一层胭脂，要上口红的时候，用嘴唇抿一下，纸上的胭脂就贴在了嘴唇上。宝玉房里面女孩子的化妆品都是精品，这里的胭脂，质感跟玫瑰膏一样，还放在白玉的盒子里。“玫瑰膏”是选用新鲜玫瑰花的花瓣，加上蜂蜜制成的，可以润肤养颜的食物。

宝玉还笑着跟她解释：“那市卖的胭脂都不干净，颜色也薄。这是上好的胭脂拧出汁子来，淘澄净了渣滓，配了花露蒸叠成的。”“胭脂”实际上是一种名叫“红蓝”的花朵，它的花瓣中含有红、黄两种色素。花开的时候摘下整朵，放在石钵中反复杵槌，用“淘澄”的方法淘去黄汁后，就有了鲜艳的红色。“淘澄”是讲颜料的做法，也可以用来做化妆品，这个胭脂膏子是拿去了渣滓后的胭脂汁，再配上从花上采集的露水一起蒸制成的。

宝玉就教平儿如何用这么讲究做出来的胭脂膏：“只用细簪子挑一点儿抹在手心里，用一点水化开抹在唇上；手心里剩的就够打颊腮了。”看到这一段，我就想：哇！宝玉这个十四岁的男孩子，对化妆如此在行，如果搁在今天，完全可以做一个化妆师。更重要的是，在平儿受了如此大委屈的情况下，他的细心体贴让平儿感到了温暖。

“平儿依言粉饰，果见鲜艳异常，且又甜香满颊。”因为这些东西都是用鲜花制成的，所以带有花的芳香。可以想见，这样一来，平儿的心情也会跟着好起来。“宝玉又将盆内开的一枝并蒂秋蕙用竹剪撷了下来，与她簪在鬓上。”用竹剪是因为金属的剪刀对植物不好。你看，宝玉这个男孩子对于这个女孩子的那种爱，其实不是世俗的爱情，而是尊重。他就是纯粹地觉得一个女孩子应该美美的，不应该被糟蹋。所以从粉到胭脂到最后为她戴那朵花，估计平儿这一生，从来没有人这样疼爱过她；而这种疼爱，完全没有功利的目的，只是一种纯粹的怜惜。

宝玉的心事

这个时候，“忽见李纨打发丫头来唤他”，平儿就赶忙去了。

下面这一段讲的是平儿走了以后，宝玉复杂的内心世界：“宝玉因自来从未在平儿跟前尽过心——且平儿又是个极聪明的人，极清俊上等女孩儿，比不得那起俗拙蠢物——深为恨怨。今日是金钏儿的生日，故一日不乐。”我们看到之前的四十三回，一直不肯透露宝玉为谁祭奠，这个时候才讲出来。宝玉因愧疚于金钏儿的死，一天都不快乐，“不想落后闹出这件事来，竟得在平儿跟前稍尽片心，亦今生意中不想之乐也。因歪在床上，心内怡然自得”。你看，这里又是“歪”在床上。很多人认为宝玉是滥情，他其实是博爱，能为他欣赏、珍惜的女孩子尽一份心，他感到很快乐。

“忽又思及贾琏惟知以淫乐悦己，并不知作养脂粉。”贾琏就像动物一样，只知道发泄自己的欲望；“作养”两个字很难解释，大概是安慰、体贴和滋养的意思，“脂粉”就是女孩子。在《红楼梦》里，薛蟠也好，贾琏也好，都是以淫乐悦己；这也是宝玉跟他们的最大差别。宝玉重视的是情，他懂得疼爱和照顾这些女孩子。

“又思平儿并无父母、兄弟、姊妹，独自一人，供应贾琏夫妇二人。”

这个形容很让人难过，大家知道，“供应”通常指物品，这里说平儿供应贾琏夫妇二人，好像是说平儿对于王熙凤跟贾琏来说，就像物品一样，从未真正被关心过。“贾琏之俗，凤姐之威，他竟能周全妥贴，今日还遭荼毒，想来此人薄命，似黛玉尤甚。”可见，宝玉虽然从来不说，但在他心里，对贾琏、凤姐还是有看法的，也深感平儿有多么不容易。由平儿的孤单一人，又联想到黛玉。这里就点出了宝玉为什么特别疼爱黛玉，因为他会对孤独、不幸的人，有一份特别的疼爱和牵挂。“想到此间，便又伤感起来，不觉潸然泪下。”一般人通常会为自己哭，宝玉常常是为别人哭。

“因见袭人等不在房中，尽力落了几点痛泪。复起身，又见方才的衣裳上喷的酒已半干，便拿熨斗熨了叠好。”痛哭之后，还想着把平儿喷过酒已经半干的衣服熨好、叠好。“见他的手帕子忘去，上面犹有泪渍，又在面盆中洗了晾上。”你看宝玉在做什么？这些都是用人做的事，可他亲自在做，这就是宝玉最令人感动的地方。做完之后，“又喜又悲，闷了一会，也往稻香村来，说了一会闲话，掌灯后方散”。他又去稻香村陪平儿说了一会儿话，到了晚上才回来。

贾琏领罪

平儿这晚没有回去，就睡在李纨的稻香村；凤姐也没有回去，跟贾母睡在一起。贾琏晚上回到房间，冷冷清清的，又不好去叫，有些拉不下脸，“只得胡乱睡了一夜”。“胡乱”两个字用得很好，就是一个人睡，有点不习惯。“次日醒了，想昨日之事，大没意思，后悔不来。邢夫人记挂着昨日贾琏醉了，忙一早过来，叫了贾琏过贾母这边来。贾琏只得忍愧前来，在贾母面前跪下。”

贾母很有趣，她问：“怎么了？”假装不知道。贾琏忙赔笑说：“昨儿原是吃了酒，惊了老太太的驾了，今儿来领罪。”贾母啐道：“下流东西，灌了黄汤，不说安分守己的挺尸去，倒打起老婆来了！”这就是贾母的语言，很犀利，也很有趣。“挺尸”是骂人的话，意思是睡觉，像尸体一样直挺挺躺着。“凤丫头成日家说嘴，霸王似的一个人，昨儿唬得可怜。要不是我，你要伤了他的命，这会子可怎么样？”

“贾琏一肚子的委屈，不敢分辩，只认不是。贾母又道：‘那凤丫头和平儿还不是美人似的？还不足！’”贾母大概还不知道，平儿只是贾琏名义上的小老婆，其实根本不让贾琏碰。“成日家偷鸡摸狗，脏的、臭的，都拉了你屋里去。”这句话非常生动、精彩，言外之意，说你要偷情也偷个像样一点的。“为这淫妇打老婆，打屋里的人，你还是大家的公子，活打了嘴了。”“活打了嘴了”，就是丢人现眼。“你若眼睛里有我，你起来，我饶了你，你乖乖的替你媳妇赔个不是，拉了他家去，我就喜欢了。要不然，你只管出去，我也不敢受你的跪。”这是贾母做的一个评断，因为过去这种男性社会里面很少丈夫给太太赔罪的。可是贾母说你不要跟我道歉，当着大家的面你给太太赔个不是去。

“贾琏听如此说，又见凤姐站在那边，也不甚妆，哭的眼睛肿着，也不施脂粉，黄黄的脸儿，比往常更觉可怜可爱。”贾琏忽然觉得这个老婆好像不错，因为平常王熙凤太厉害了，妆也化得太艳丽。大家可以理解，那个时代的男人，其实喜欢女人比较柔弱可怜的一面，因为他可以照顾她，这有点是从心理学的角度去讲贾琏的反应。贾琏心想：“不如赔了不是，彼此也好了，又讨了老太太的喜欢。”想完就笑着跟贾母说：“老太太的话，我不敢不依，只是越发纵了他了。”意思是这样下去，不是越发把她宠坏了吗？贾母说：“胡说！我知道他是最有礼的，再不会冲撞人。他日后要得罪了你，我自然要作主，叫你降伏他就是了。”就是说我不会要你永远怕她，如果她做了不对的事，我也是要她怕你的。这就体现出贾母作为一个大家族族长讲话的公正性，所以她很有威望。

“贾琏听说，爬起来，便向凤姐作了一个揖，笑道：‘原是我的不是，二奶奶饶过我罢。’”满屋子的人都笑了。你看贾母把它变成了一个笑话，大家哈哈一笑的时候，大事就化小、小事就化无了。“贾母笑道：‘凤丫头，不许恼了，再恼我就恼了。’说着，又命人去叫平儿来。”你看她还没忘记，还有一件事情没有了结。

“贾琏见了平儿，越发顾不得了，所谓‘妻不如妾，妾不如偷’，听贾母一说，便赶上来说道：‘姑娘昨儿受了委屈了，都是我的不是。奶奶得罪了你，也是因我起。我赔了不是不算外，还替你奶奶赔个不是。’说着，也作下揖去。”贾琏这句话说得还算聪明，不仅平儿脸上有面子，凤姐脸上也有面子。这么一弄，贾母笑了，凤姐也笑了。贾母又命令凤姐也安慰安慰平儿，“平儿忙走上来给凤姐磕头，说：‘奶奶的千秋，我惹了奶奶生气，是我该死。’”明明是凤姐冤枉了她，她一点错都没有，现在却主动认错，所以我一再说平儿很了不起。

“凤姐正自愧悔昨日酒吃多了，不念素日旧情，浮躁起来，为听了旁人的话，无故给平儿没脸。今反见他如此，又是惭愧，又是心酸，忙一把拉起来，落下泪来。”所以我们讲，得饶人处且饶人，退一步海阔天空。平儿的这种高姿态，反而让凤姐更加惭愧和懊悔。不过从另一方面来说，凤姐也算是个明理、知错能改的人。

平儿说:“我伏侍了奶奶这么几年,也没弹我一指头。就是昨儿打我,我也不怨奶奶,都是那淫妇治的,怨不得奶奶生气。”她还在替凤姐找台阶。贾母于是命人将他们三个送回房去,还说:“有一个再提此事,即刻回我,不管是谁,拿拐棍子给他一顿。”家庭矛盾就应该这样处理,过去就过去了,如果没完没了翻旧账,旧账就会越来越多,矛盾也会越来越深,最后就过不下去了。“三个人重新给贾母、邢夫人、王夫人磕了头。老嬷嬷答应了,送他三人回。”

那是不是在场面上把事情处理完,就真的没事了呢?不一定,你看回到家里,王熙凤还是要哭闹的,因为她觉得她的气还没有平。“至房中,凤姐见无人,方说道:‘我怎么像个阎王,又像夜叉?那淫妇咒我死,你也帮着咒。我千日不好,也有一日好。可怜我熬的连一个淫妇也不如了,我还有什么脸过这日子?’说着,又哭了。”

你可以感受王熙凤的痛苦,觉得自己为这个家辛苦操劳,讨贾母的欢心,在公公婆婆面前委曲求全,最后混得连那样一个人都比不上。贾琏也一肚子委屈,说:“你还不足?你细想想,昨儿是谁的不是多?今儿当着人还是我跪了一跪,又赔不是,你也争足了光。这会子还唠叨,难道还叫我给你跪下才罢?太要足了强,也不是好事。”最后这句话说到了王熙凤的要害处,这也就是造成她命运悲剧的原因。“说得凤姐无言可对,‘嗤’的一声笑了。贾琏也笑道:‘又好了!真真的我也没法了。’”

鲍二媳妇最终的悲剧

夫妻俩终于和好了,正在有说有笑,“只见一个媳妇来回说:‘鲍二媳妇吊死了。'" 你看作者的细心，因为我们都忘了鲍二媳妇了。我们现在想不到：一个用人的太太，在这个事情闹出之后，她在这个家族里，是没有路可以走的，也是绝对活不下去的。"贾琏、凤姐都吃了一惊。凤姐忙收了怯色"，就是她绝对不会让人看出她有胆怯的一面。"反喝道：'死了罢了，有什么大惊小怪的！'"

"一时，只见林之孝家的进来悄回凤姐道：'鲍二媳妇吊死了，他娘家亲戚要告呢。'" 意思是说贾家惹出了人命官司。"凤姐笑道：'这倒好了，我正想要打官司呢！' 林之孝家的道：'我才和众人劝他们一会，又威唬了一阵，又许了他几吊钱，也就依了。' 凤姐道：'我没一个钱！有钱也不给他，只管叫他去告。也不许劝他，也不用镇唬他，只管让他告去。告不成倒问他个"以尸讹诈"！'" 这是凤姐绝对厉害的地方，当然在现代法律的社会里，王熙凤也许没有什么错。可是传统社会总觉得，这种得理不饶人，到最后，下场常常变得很惨。这种时候，王熙凤常常对生命没有一点点悲悯，她觉得死了就死了，有什么了不起，也许她甚至巴不得这个人死。

"林之孝家的正在为难，贾琏和他使眼色儿，心下明白，便出去等着。" 你看贾琏多没用、多窝囊，不过心也比较软，怕把事情闹大。就听贾琏说："等我出去瞧瞧，看是怎么样。" 凤姐当然很聪明，说："不许给他钱。"

贾琏出来后，就跟林之孝商量，"命人作好作歹，许了二百两银子才罢。贾琏生恐有变，又命人去和王子腾说了，将番役、仵作人等叫了几名来，帮着办丧事"。王子腾是谁？就是王熙凤的父辈，九省统制。"番役"相当于现在警察局的人，"仵作"就是验尸官，帮着把丧事就办了。"那些人见了如此，纵要复办亦不敢办，只得忍气吞声罢了。贾琏又命林之孝将那二百银子入在流年帐上，分别添补开销过去。”就是用其他的支出充账，不让王熙凤发现。“又梯己给鲍二些银两，安慰他说：‘另日再挑个好媳妇给你。’鲍二又有体面，又有银子，有何不依，便仍然奉承贾琏，不在话下。”

“里面凤姐心中虽不安，面上只管佯不理论，因房内无人，便拉平儿笑道：‘我昨儿灌丧醉了，你别愤怨，打了那里了，让我瞧瞧。’”平儿轻描淡写地说：“没有打重。”正说着，忽然听说奶奶和姑娘们都来了，于是中断了她们的谈话。

我们回过头来看，在《红楼梦》四十四回中，发生了很多事。我们可以看到贾母是怎么处理的，王熙凤是怎么处理的，平儿是怎么处理的，李纨和宝钗又是怎么处理的，可最动人的还是怡红院中宝玉的体贴带给人的温暖。

所以《红楼梦》真正的主题其实是在这里，至于讲宝钗、宝玉的恋爱，谁嫁了谁，我觉得不是《红楼梦》的重点。《红楼梦》真正要讲的东西是生命，就是任何一个生命都不应该被糟蹋。甚至连鲍二家的上吊，作者下笔的时候其实都有悲悯，他在写每一个命运是如何不自主地走到自己无法控制的悲剧去的。所以也许用一个读佛经的心情去读《红楼梦》，很多东西反而读通了。

现在读完第四十四回，已经超过八十回的一半了，我一直很希望大家能够慢慢看到《红楼梦》最精彩的部分全是细节。而这些不管在改编的戏剧或电影中，都是看不到的。怎么去弄茉莉粉，胭脂怎么淘澄出来，它是《红楼梦》里最小的细节，可也是《红楼梦》最体贴的部分。因为他真的是用这个东西在体贴、靠近一个他关心的生命，所以我很希望大家看《红楼梦》时多读一点这种细节。

所以《红楼梦》有时候可以放在床边，变成床头书。很多人问我怎么看《红楼梦》，我说其实从哪里开始，从哪里结束都无所谓，每天看一段。你可能刚好今天翻开就看到平儿在化妆的那一段，你可以不知道前因、不知道后果，没有关系，可是那一段写得极好，这才是这个文学最迷人的部分。

第四十五回

金兰契互剖金兰语
风雨夕闷制风雨词

青春的主题

很多根据《红楼梦》改编的影视作品，都会抓住宝黛钗之间的三角恋做主线，可读到了第四十五回，你会发现，这个三角恋只占了这本书非常小的一部分，不足以涵盖这么一部伟大的文学作品。如果一定要给这本书冠以一个主题，我想到的就是“青春”。

“青春”的主题在《红楼梦》里我提过好几次，最主要是基于宝玉、黛玉他们刚出场的时候，都是十二三岁的孩子。因为刚刚发育，对自己的身体其实很陌生，对别人的身体也充满了好奇，想要去探索，想要去接近。从这个角度去看，我们就会看到《红楼梦》中的人物关系，都处在一种流动不稳定的状态。以十二金钗来讲，大概都是贾宝玉爱恋的对象。用今天粗俗的话来说，贾宝玉这个男孩子从小就有一点“劈腿”的习惯，很花心。可是我不这样看，我觉得在一个孩子成长的过程中，他会仰慕与他不同的生命形态，用美学术语来讲，叫作“欣赏”。欣赏不是一种占有，我们会为一首乐曲感动，会被美丽的晚霞打动，可是你无法占有音乐和晚霞。我觉得生命里有一个部分是非常纯粹的，它就是被美打动了，所以在这样的状况里，我一直希望大家慢慢可以看到青春的某一种形式。

从成人的世界来看，有时候不容易了解这些男孩、女孩的行为。我有时候跟我的同龄朋友说，也许我们已经忘了自己的青春，其实那时的我们和现在的年轻人也没有太大的差别。可到了某一个年龄，走过被“设计”的人生，回头去看一些没有目的性、没有功利性的生命，你会觉得他们怎么那么傻。但曹雪芹是一个比较特殊的作者，在他四五十岁时，竟然还可以回忆青春。他觉得生命中最美好的就是那几年，好像十五岁以后就没有了。如果只看《红楼梦》的前八十回，十五岁后的宝玉大概就不见了。后四十回里是别人要他去好好考试、做官，甚至出家。我想，对这个作者来说，最重要的东西就是他曾经有过两三年的时间，和一群跟他年龄差不多的孩子们在一起天真烂漫、无所事事，每天赏花、写诗，吵吵小架。那种无目的性的，我们叫作两小无猜的生命情境，大概就是《红楼梦》里的重点。

《红楼梦》不像《三国演义》和《水浒传》里面有那么多抢着做英雄的争斗，它就是把单纯的青春当成伟大的事情来写。青春可以那样被“消耗”和“挥霍”，你会觉得大人的伟大事情对他来讲反而才是无聊。

我在东海大学做系主任的时候，工作忙得要死。东海大学的草地非常漂亮，我们叫它“阳光草坪”，一天我走过那里，看到一个女孩子、一个男孩子躺在那边，我觉得他们真无聊，也不去好好读书。等我开完了四个小时的系务会，头昏脑涨地走过那里，他们居然还在。我忽然记起我以前不是也常常躺在草地上读诗吗？现在，我已经七年没有做这件事了。于是，我当天就提交了辞呈。我想，我的生命怎么会忘掉这个东西，而且我竟然还嘲笑它？

所以我相信青春并没有消失，不管你是什么样的年龄，只要你还能欣赏青春，青春就在你的身上。相反的，当我们有一天去嘲笑青春、侮辱青春，甚至去打击青春的时候，大概青春在这个人身上已经消失了。青春消失了，这个生命一定是僵硬的形态。所以我觉得不管我们在哪一个年龄，一定要让自己身体里面还留有青春的质素。它绝对不是涂粉、抹胭脂、美容、把皱纹拉掉，而是让你的心灵没有皱纹，这可能比脸上没有皱纹还要重要，就是保有一种弹性，保有那种对生命的关心跟爱。所以我在负责大学行政工作的时候，常常观察那些青春年少的男孩女孩，他们当然有时是谈恋爱谈到一塌糊涂，又荒废了学业。可是我会想一想，我年轻的时候会比他们更好一点吗？这个时候你要有更大的耐心跟他交换意见，而不是简单说不准如何如何了。

大观园其实就是元春在她的青春结束之后，为弟弟妹妹修建的保护伞下的青春王国。我们的青春不见得有人保护，它们通常在大人的世界是被指责、被嘲笑，甚至被侮辱的。“被侮辱”的提法也许有一点重，就是我们在读书上学时，常常因为服装的不整齐，或者爱美头发留长了一点点，遭遇到很大的侮辱。可是今天我们回头去看，青春可以是一个很美的东西。如果一个大人在逐渐衰老的年龄，坐在城市的一角，看到阳光下走过的这些青春年少的生命，觉得有一种美，那是因为你活过，你也有美好的青春，你会祝福他们把青春像花一样真正地绽放出来。

金兰契互剖金兰语

所以我想如果大家用这样的方式去读《红楼梦》，可能会读到一些很不同的方向跟观点。我觉得《红楼梦》需要重新还原到它的本质，它在世俗的消费文化里，已经被弄“窄化”了。这个窄化让你觉得林黛玉跟薛宝钗好像总是彼此憎恨，这是个很八卦的角度。我不觉得她们一定是这样，她们都喜欢一个人，可她们彼此也互相欣赏，所以第四十五回的回目是“金兰契互剖金兰语”。我们都知道“义结金兰”，也有个成语叫“契若金兰”，是说人世间有一种情感，比亲兄弟、亲姐妹还要亲；“互剖金兰语”，就是向彼此讲出心里最诚恳的话。这两个人是谁？就是宝钗和黛玉。所以四十五回是《红楼梦》中一个非常特别、非常重要的章回，可惜很多电视剧和电影都没有拍好这一段。

这一段是讲宝钗为多病的黛玉配燕窝的故事，虽然是小事，但两个女孩子之间进行了一次交心的谈话。看到这一段，你就会发现，几乎所有的电影跟电视剧中讲到黛玉跟宝钗，都是在那边争风吃醋，其实是一种非常世俗甚至有一点低级趣味的理解。我们前面讲过，在《红楼梦》中，宝钗最欣赏的人其实是黛玉，黛玉最欣赏的人也是宝钗，不欣赏就不会成为对手。如果这个人跟你差距太大，根本就成不了对手。

所以我觉得伟大的文学跟艺术，一定能揭示人性里最惊人的一面。这种惊人的一面，常常被世俗掩盖了，使得人性里面最好的部分，根本没有机会表现出来，因为你不相信人可以如此善待对方。所以我觉得第四十五回非常重要，它使我们看到，我们每个人的生命里都有一些很珍贵的部分，而好的文学作品则是启发了这个部分。

凤姐自比铜商

上一回结尾说到，凤姐正在安慰平儿，忽然听说奶奶、姑娘们都来了。

“忙让了座，平儿斟上茶来。凤姐笑道：‘今儿来的这么齐全，倒像下帖子请了来的。’探春先笑道：‘我们有两件事：一件是我的，一件是四妹妹的，还夹着老太太的话。’凤姐笑道：‘有什么事，这么要紧？’探春笑道：‘我们起了一个诗社，头一社就不齐全。众人脸软，所以就乱了。我想必得你去作个监社御史，铁面无私才好。’”大家记得吗？第一次聚会宝玉就缺席了。探春说我们都是年龄差不多的姐姐妹妹，那我怎么好意思处罚哥哥，因为“脸软”，这个社团也许就办不下去了。所以就想请凤姐这个铁面无私，有赏有罚的人做总监。你看，探春基本上还是有管理概念的。

“再四妹妹为画园子的图儿，用的东西这般那般不全，回了老太太，说：‘只怕后楼底下还有当年剩下的，找一找，若有呢，拿出来；若没有，叫人买去。’”贾母对于库房里什么地方放什么东西清清楚楚，所以这个老人家一点都没有老人痴呆的问题；而且还是管家的态度——没有再买，以免造成浪费。

凤姐笑着说：“我又不会作什么湿的干的，要我吃东西不成？”探春说：“你虽不会作，也不要你作诗。只监察着我们里面有偷安的，有怠懒的，该怎么样罚就是了。”探春要凤姐监督偷懒的、缺席的、逃课的。王熙凤笑着说：“你们别哄我了，我猜着了，那里是请我作监社！这分明是叫我作一个进钱的铜商。你们算什么社，必是要轮流作东道的。你们月钱不够花了，想出这个法子来勾了我去，好和我要钱。可是这个主意？”

关于“铜商”有一个典故，是说西汉的时候，有一个人叫邓通，是汉文帝的男宠。汉文帝为了奖赏他，就把他家乡附近的铜山都赏赐给了他，准许他自行铸钱，于是邓通就成了西汉有名的大富商。所以“铜商”的意思是，高兴铸多少钱就铸多少钱，完全不把钱当回事；用今天的话来说就是金主。现在说的铜臭味，其实也是从这里衍生出来的。

王熙凤的一席话，说得大家都笑起来。李纨笑着说："真真你是个水晶心肝玻璃人。"就是说你根本就是透明的，人家做什么事，你都看得一清二楚。王熙凤也笑着说："亏你是大嫂呢！把姑娘们原交给你带着念书学规矩针线的，他们不好，你还要劝。这会子他们起诗社，能用几个钱，你就不管了？老太太、太太罢了，原是老封君。"这个家族里面最受尊敬的人叫作"老封君"。"你一个月十两银子的月钱，比我们多两倍子。老太太、太太还是说你寡妇失业的，可怜，不够用，因有个小子，又添了十两，和老太太、太太平等。"好，这个时候我们第一次知道李纨的月钱比别人都多。

这还没完，"又给你园子地，各人取租钱"，就是把大观园里面的地分了一块给李纨，她把这个地再分给底下的佃农，然后抽他们的田租。"年终分年例，又是上上分儿。"不仅月钱是最高的，年终分的年例也是最高的。"你娘儿们，主子奴才共没十个人，吃的穿的仍旧是官中的。一年通共算起来，也有四五百两银子。"从王熙凤的话中，我们也是第一次了解，贾家对李纨这样的孤儿寡母，有一种特别的待遇。"这会子你就每年拿出一二百两银子陪他们玩玩，能几年的限？他们各人出了阁，难道还要你赔不成？这会子你怕是花钱，调唆他们来闹我，我乐得去吃一个河落海干，我还通不知道呢！""河落海干"就是把公款都用得干干净净的意思，她有点在嘟嘟囔囔地抱怨李纨。

李纨替平儿打抱不平

李纨说："你们听听，我说了一句话，他就疯了似的，说了两车无赖的泥腿市俗家常打算盘分斤拨两的话出来。”我们知道，李纨很少骂人，这会儿她有一点被逼急了，所以用了一个很长的句子，而且在中间加了许多形容词：“无赖”、“泥腿”、“市俗”、“家常”、“打算盘”、“分斤拨两”，总之就是没有教养、小家子气、斤斤计较的意思。这种民间的语言非常精彩，也非常活泼。然后又说：“亏他托生在诗书大宦名门之家做小姐出身，出了嫁又是这样，他还是这么着，若生在贫寒之家，小门小户的，作个小子，还不知怎么下作贫嘴恶舌的呢！天下人都被你算计了去！”这句已经不是在开玩笑，而是切中要害了。

下面李纨的话里就透漏出她心疼平儿的心情了：“昨儿还打平儿呢，亏你伸的出手来！那黄汤难道灌丧了狗肚子里去了？气的我只要给平儿打报不平儿。忖度了半日，好容易‘狗长尾巴尖儿’的好日子，又怕老太太心里不受用，因此没来，究竟气还未平。你今儿还招我来了。给平儿拾鞋也不要，你们两个只该换一个过子才是。”“狗长尾巴尖儿的好日子”指的是王熙凤过生日，你看，李纨骂得够狠的。

小孩子要开诗社，找王熙凤做社团负责人这样的事件，带出了李纨对王熙凤的批评。我特别希望大家可以了解，这是《红楼梦》里非常有趣的东西，意思是不要以为生在富贵人家，就一定比那些卑微的下人高贵。平儿虽然是一个丫头，可是她忠心、有义气、对人善良。李纨一席话“说的众人都笑了”。我们注意一下就会发现，《红楼梦》中常常用这种很隐蔽的手法，点出王熙凤的本质。作者不会直接说王熙凤怎么坏，而是以开玩笑的方式，从别人的嘴里讲出来。

凤姐忙笑道：“竟不是为诗为画来找我的，这脸子竟是为给平儿来报仇的。我竟不承望平儿有你这么一位仗腰子的人。早知道，便有鬼拉着我的手打他，我也不打了。”这些都是典型的王熙凤的语言，然后又说：“平姑娘，过来！我当着大奶奶、姑娘们给你赔个不是，担待我酒后无德罢。”所以王熙凤这个人，还是很难得的，知道当退则退。

争取诗社经费

这一段争吵之后，王熙凤就讲了正经的话：“好嫂子，你且同他们回园子里去。我才要把这米帐和他们算一算，那边大太太又打发人来叫，又不知有什么话说，须得过去一趟。还有年下你们填补的衣服，还没打点给他们做去。”李纨笑着说：“这些事我都不管，你只把我的事完了我好歇着去，省得这些姑娘们、小姐们闹我。”凤姐说：“好嫂子，赏我一点空儿。你是最疼我的，怎么为平儿就不疼我了？往常你还劝我说，事情虽多，也该保养身子，捡点着偷空儿歇歇，你今儿反倒逼我的命了。况且误了别人年下的衣裳无碍，他姊妹们若误了，却是你的责任，老太太岂不怪你不管闲事，连一句现成话也不说？我宁可自己落不是，岂敢带累你呢。”因为这些姑娘，都是由李纨负责帮着照顾的。

李纨笑着说：“你们听听，说的好不好？把他会说话的！我且问你，这诗社你到底管不管？”王熙凤也笑着说：“这是什么话？我若不入社花几个钱，我不成了大观园的反叛了，还想在这里吃饭？”意思是我还想在这里混饭吃吗？然后她保证道：“明日一早就到任，下马拜了印，先放下五十两银子给你们慢慢的作社会东道。”凤姐说我先放下银子，让你们慢慢花着，至于让不让我负责监察，都无所谓。估计你们到时有钱花了，大概也不会理我了，“你们还撵出我来也使得！”说得大家又都笑起来。

世俗算计的王熙凤

凤姐接下来又安排惜春作画的事情："过会子我开了楼房，凡有的这些东西都叫人搬出来你们看，若使得，留着使，若少什么，照着你们的单子，我叫人替你们买去就是了。画绢我就裁出来。那图样没在太太跟前，还在珍大爷那里呢。说给你们，别碰钉子去。我打发人取了来，一并叫人连绢交给相公们矾去，如何？"

李纨听了很满意，刚带着众人要走。凤姐又说："这些事再无两个人，都是宝玉作出来的。"这里的"作"读平声，意思是生出来、惹出来的，我们现在也这么说，比如"自作自受"。王熙凤觉得这两件事都很麻烦，所以有点怪宝玉，其实这两件事都是宝钗提出来的。也许她知道是宝钗提议的，但不好说宝钗，只好提宝玉。宝玉也真够倒霉的，什么不好的事都怪在他头上，不过宝玉大概很乐意将这些不好的事都揽在自己头上。有时就算怪不到他头上的，他也主动承担。

李纨听了，忙回身笑道："正是为宝玉来，反忘了。头一社就是他误了。我们脸软，你说该怎么罚他？"李纨大概只是想岔开话题，并不真的关心怎么惩罚宝玉。凤姐想了一想说："没有别的法子，只叫他把你们各人的屋子里的地，罚他扫一遍才好。"其实凤姐也只是嘴上说说，不见得真的让他扫。众人都笑道："这话不差。"大家刚要走，"只见一个小丫头扶了赖嬷嬷进来"。

赖嬷嬷报喜

接下来出现了一个插曲，就是赖嬷嬷报喜。大家看《红楼梦》，常常会遗漏一些人，像赖大、林之孝、周瑞等人，他们都是贾府的老家人。什么叫老家人？我们今天不太好理解，因为现在的菲佣通常只能待一两年，所以他永远不会变成老家人。而以前的富豪人家，用人常常是买来的，等于是卖身到他们家，所以他的孩子会继续留在这个家里当差，叫作“家生子”。就是这样，经过一代、两代、三代，他们就变成老家人了。贾家的这种老家人因为跟主人有了长久的默契和信任，所以特别受重视，而成为贾家重要的管事。他们的太太通常被称为“赖大家的”、“林之孝家的”、“周瑞家的”，而下面要出场的赖嬷嬷，则是赖大的妈妈。

那么赖大的妈妈来找王熙凤干什么呢？原来是她的孙子，也就是赖大的儿子赖尚荣做官了，所以想请贾母、王夫人等所有的主子吃饭。赖嬷嬷很高兴，她说我们一个做奴才的人，从来没想到有一天可以做到孙子当了“部长”，也有身份了。但她知道这个孙子做不做得成官跟主人太有关系了，因为要看主人是否赏这个官做。所以她要谢谢贾家给他们这么好的照顾，不但照顾他们第一代做用人，第二代做总管，第三代竟然还做官。我们从这里就可以看到，这些用人虽然最初是卖身到贾家做奴才的，可到了第二代，也可以跟着读一点书；而第三代从小就可以跟主子一起读书，之后也可以考试、做官。慢慢地，这些人就形成了贾家政治上一个庞大的派系。

就像曹家是康熙的亲信一样，贾府也需要很多的亲信。因为我们知道，官场是一个非常复杂的地方，单一的力量根本不可能在官场混下去，到最后一定会结成派系，自古以来都是如此。所以贾府有好几个人在做官：贾珍在做官、贾政在做官，连贾蓉都捐了一个官，然后他们又帮赖大的儿子弄了一个州县的小官做，其实就是为了培植贾家将来在政治上护卫的势力。

贾家下人的奴才意识

接下来我们就来看这段插曲。赖嬷嬷进来后，“凤姐等忙站起来，笑让：‘大娘坐。’又都给他道喜”。赖嬷嬷笑道：“我也喜，主子们也喜。若不是主子们恩典，我们这喜从何来？昨儿奶奶又打发彩哥儿赏东西，我孙子在门上朝上磕了头了。”赖嬷嬷说我的孙子跪下来对着主人贾家的门磕了头，因为要感激主子的恩典。我们不晓得他是不是真的做了这件事，但官场是要这样子的，这个时候如果有一点得意之色，三天之后那个官就没了。所以你读到这些语言的时候要注意，这个老嬷嬷是被锻炼出来的。她在这种家族里面做一个用人，小心翼翼培养她的儿子变成管家，再培养她的孙子做了官。

你可以感觉到这个赖大家也许慢慢会成为一个发达的家族，可能有一天会超越他的主人。我常常在想贾家后来抄家了，那这个赖大家没有帮贾家？书里没有交代，其实这也是有趣的一个问题。如果赖大家变成新贵，在这个时候为了要保护和巩固他的权力，很可能要赶快切断这个关系，所以官场上其实是很残酷的。

李纨笑着问：“多早晚上任去？”赖嬷嬷说：“我那里管他，由他们去罢！前儿在家里给我磕头，我没好话，我说：‘哥儿，你别说你是官儿了，就横行霸道起来！你今年活了三十岁，虽然是人家的奴才，一落娘胞胎，主子的恩典，放你出来。'”什么是“放你出来”？就是得到赦免了，免掉他卖身的身份，从奴才变成自由身。大家读《红楼梦》也许不太注意这些东西，其实里面有很多的辛酸。“上托着主子的洪福，下托着你老子娘”，主子永远摆在父母的前面。“也是公子哥儿似的读书认字，也是有丫头、老婆、奶子捧凤凰似的，长了这么大。你那里知道那‘奴才’两字是怎么写！”很重的一句话，这是一个老家人在讲她自己家族从卖身做奴才开始，熬到第三代做了一个小官时的那种不易和酸楚。我们在很多清宫戏里看到，李鸿章如此显赫的大臣，可是在皇帝面前跪下来就自称“奴才”，我们其实很少想“奴才”两个字到底意味着什么。

“只知道享福，也不知你爷爷和你老子受的那苦恼，熬了三辈子，好容易挣出你这么个东西来。从小儿三灾八难，花的银子也照样打出你这么个银人来了。”这话很形象，说你现在长这么大，我花在你身上的钱，都可以打一个像你这么大的银人了。“到二十岁上，又蒙主子的恩典，许你捐了前程在身上。”什么叫“捐了前程”？大家知道清朝可以捐官，比如类似海啸、地震之类，需要赈灾，有人捐了钱以后，就可以给他一个官名，这就叫“前程”，它不是实际的官。

你看，二十多岁，贾家就为他捐了一个官。“你看那正根正苗的忍饥挨饿的要多少？”那种真正通过读书考试做官的人叫作“正根正苗”。这句话的意思是，那些没有背景的读书人，寒窗苦读多少年都熬不到一个官，你凭什么可以有官做？言外之意，背后有贾家的势力。“你一个奴才秧子，仔细折了福！”这是告诫孙子如果不谨慎、不谦虚的话，会遭天谴的。我们可以看到赖嬷嬷这段话，说了多少遍奴才、主子恩典、托主子洪福之类的。

“如今乐了十年，不知怎么弄神弄鬼的，求了主子，又选了出来。”你可以感到“弄神弄鬼”这四个字里面的很多奥妙，意思是我不晓得你搞了什么名堂，最后弄到一个实职，之前只是个官名。“州县官儿虽小，事情却大，为那一州的州官，就是那一方的父母。”古代的父母常常这样教育做官的孩子，说你去那个地方做官，你就是那里的父母官，要爱民如子。“你不安分守己，尽忠报国，孝敬主子，只怕天地不容你。”这句话中，“尽忠报国”是虚，“孝敬主子”是实。就是说，你能有今天，完全靠的是主子，无论什么时候都不能忘记这一点。当然她也是在跟王熙凤表示说，有一天我孙子出息了，他一定会报答你们的。所以《红楼梦》这本书其实很复杂，可以读到面面俱到的各种人事的部分。

从赖大家请客看世故的人情

李纨、凤姐都笑着说：“你也多虑。”意思是你也真够操心的，孙子当了官，你应该高兴，怎么反倒为这些事烦恼起来了。“他不好，还有他父亲呢，你只管受用你的就完了。闲了坐个轿子进来，和老太太斗一天牌，说一天话儿。谁好意思的委屈了你。家去一般也是楼房厦厅，谁不敬你，自然也是老封君似的了。”她们正说着话，平儿端上茶来，赖嬷嬷忙站起来接了，笑着说：“姑娘不管叫那个孩子倒来罢了，又折受我。”不管怎么样，平儿在名义上还是贾琏的妾。“说着，一面吃茶，一面又道：‘奶奶不知道，这些孩子们全要管的严。饶这么着，他们还偷空儿闹个乱子来叫大人操心。知道的，说小孩子们淘气；不知道的，人家就说仗着财势欺人，连主子的名声也不好了。恨的我没法儿，常把他老子叫了来骂一顿，才好些。’”

《红楼梦》中的人物关系很复杂，像这位赖嬷嬷，她是宝玉父亲贾政的奶妈，所以有时难免倚老卖老。她跟凤姐她们起先在聊自己的孙子，聊着聊着，突然就教训起了宝玉。“因又指着宝玉道：‘不怕你嫌我，如今老爷不过这么管一管你，老太太护在头里。当日老爷小时候挨你爷爷的打，谁没看见的。老爷小时，何曾像你这么天不怕地不怕的了。还有那边大老爷，虽然淘气，也没像你这扎窝子的样儿，也是天天打。’”“那边大老爷”就是贾赦；“扎窝子”是说，整天一堆人混在一起。

“还有东府里的珍哥儿，他爷爷那才是火上浇油的性子，说声恼了，什么儿子，竟是审贼！”细读这些，你会觉得很好玩，可以了解贾家背后好多的故事。贾珍的爷爷贾代化是将军出身，性格暴躁；也许是因为管教过于严厉的缘故，贾珍的父亲贾敬对世事漠不关心，一心只想着炼丹，因此对贾珍比较放纵。赖嬷嬷接着说：“如今我眼里看着，耳朵里听着，那珍大爷管儿子倒像当日老祖宗的规矩，只是管的到三不着两的。”就是有些管不到点子上。“他自己也不管一管自己，怎么怨的这些兄弟侄儿不怕他？”这话切中了要害，所谓“上梁不正下梁歪”，贾家最后走向衰落，跟贾家这帮做长辈的腐化堕落有很大的关系。然后又说：“你心里明白，喜欢我说，不明白，嘴里不好意思说，心里不知怎么骂我呢？”其实宝玉心里怎么会不明白呢。

正聊着呢，赖大的媳妇来了，然后周瑞家的、林之孝家的也都进来回事。凤姐笑着说：“媳妇来接婆婆来了。”赖大家的笑道：“不是接他老人家，倒是打听打听奶奶、姑娘们赏脸不赏？”我常常碰到一些老人家，很好玩，想说一件事，然后东拉西扯，最后发现正事没有讲。这个赖嬷嬷也是这样，她的媳妇讲过之后，她才想起来，笑着说："可是我糊涂了，正经话且不说，且说陈谷子烂芝麻的混捣。"她真正要讲的话是为了庆贺她孙子做官，要请大家到她家去看戏、吃酒。"托主子的洪福，想不到的这样荣耀，就倾了家，我也是愿意的。因此吩咐他老子连摆三日酒：头一日，在我们的破花园子里摆几席酒，一台戏，请老太太、太太、奶奶、姑娘们去散一日闷，外头大厅上一台戏，摆几席酒，请老爷们、爷们增增光。"这个讲的是实话。就是你们来也不要送什么礼，你们能来，就给我们家增光了。

直到现在，民间还一直维持着这样的习俗，有时候甚至觉得现在比过去更厉害。我们今天的婚礼跟丧礼，总要请某个重要人物来讲几句话，就是为了增增光。新郎和新娘就站在那里，听那个人讲很长时间的话，无聊得要死。最近我还参加了一个婚礼，等到第九个人讲话的时候，我真的忍不住就走了，因为实在饿得不得了，就出去吃了一个路边摊。我在想一个婚礼怎么要九个人讲话，内容还真是无聊到极点，而新郎、新娘就在底下听训。可是奇怪，那个家族就有点像刚刚在发达的赖大家族，所以他们特别要那个增光的东西。

贾家过年的时候，祭祀祖先的匾就是皇帝题写的，因为除了皇帝，没有比贾家地位更高的了，所以他们只要皇帝题写的匾，其他人的都不要。那赖大家就不是，他家刚刚有人做了小官，有公爵来，已经非常荣耀了。这就是官场，这就是世故。

相比之下，你会觉得宝玉这样一个青春少年，就完全没有这种世故的东西。他会觉得有一种东西比这个阶级更重要，就是人跟人之间完全没有目的的情谊。所以这里也是在做一种对比，现在赖嬷嬷讲的，全部都是世故。包括她说三天酒席宴客的顺序，第一天绝对是请主人；“第二日，再请亲友们；第三日，再把我们的这两府里的伴儿们请一请”，最后是宁国府、荣国府的下人们。虽然写得似乎很不经意，可其中隐含着很深的东西。之后又带出赖嬷嬷为周瑞家的儿子说情，里面还是世故的东西。

老管家的体面

李纨、凤姐都笑着说：“多早晚的日子？我们必去，只怕老太太高兴要去，也定不得。”赖大家的忙道：“择了十四的日子，只看我们奶奶的老脸罢了。”凤姐笑道：“别人不知道，我是一定去的。先说下，我是没有贺礼的，也不知道放赏，吃完了一走，可别笑话。”王熙凤也很好玩，她知道这种人家已经发达了，不缺钱，缺的是体面。所以赖大家的也开起了玩笑：“奶奶说那里话？奶奶要赏，赏我们三二万银子就有了。”赖嬷嬷又说：“我才去请老太太，也说去，可算我这脸还好。”

说完，刚起身要走，看见了周瑞家的，好像突然想起一件事，然后问凤姐：“可是还有一句话问奶奶，周瑞的儿子犯了什么不是，撵了他不用了？”凤姐听了，笑道：“正是我要告诉你媳妇，事情多，也忘了。赖嫂子回去说给你老头子，两府里不许收留他小子，叫他个人去罢。”意思是让他自谋出路吧。

“赖大家的只得答应着，周瑞家的忙跪下央求。”从现代的企业管理来讲，就应该赏罚分明。可是过去的社会绝对不是这样，它里面牵扯了太多的人事关系。赖嬷嬷忙说：“什么事？说给我评评。”凤姐就说了：“前儿我的生日，里头还无吃酒，他小子先醉了。”就是主子还没喝酒，他一个下人先在外头喝醉了。这个很有趣，你家里过生日开 Party，请了一大堆客人，然后那个用人自己先喝醉了，王熙凤当然很生气。

不仅如此，“老娘那边送了礼来，他不说在外头张罗，他倒坐着骂人”。这个很奇怪，一个下人放肆到这种程度，可能跟他父亲在贾家下人中的地位有关。“两个女人进来了，他才带着小幺儿们往里抬。小幺儿们倒好，他拿的一盒子倒失了手，撒了一院子馒首。”“馒首”就是馒头。这样也就算了，谁能有不出错的时候，还有更让王熙凤生气的呢：“人去了，打发彩明去说他，他倒骂了彩明好一顿。这样无法无天的忘八羔子，还不撵了作什么！”王熙凤这话不仅是说给赖嬷嬷听，也在说给周瑞家的听。意思是我为什么要赶走你的儿子，他这样无法无天，难道我不应该赶他走吗？

赖嬷嬷听了之后笑着说：“我当什么事情，原来为这个。奶奶听我说：他有了不是，打他骂他，使他改过，撵了去断乎使不得。”我们知道，贾家这种公爵家的用人，被赶出去之后，是没有人敢用的，那样一来，等于断了他的生路。所以被赶出去之后的金钏儿跳井自杀，大概也有这个原因，由此可见贾家的声势之大。

“他又比不得咱们家的家生子儿，他现是太太的陪房。奶奶只顾撵了他，太太脸上不好看。”这里面就有世故的东西了，这个大家可能不太容易理解。她是说，周瑞家的是跟着太太陪嫁过来的，她儿子跟买来的那些奴才的后代不一样。你如果赶他出去，太太会很没面子，所以有一点打狗看主人的意思。王熙凤听了只好说：“既这样，打他四十棍，以后不许他吃酒。”周端家的就很感激，向凤姐磕完头之后，又要向赖嬷嬷磕头，“赖大家的拉着方罢”。

不晓得赖大的妈妈和周瑞家的一前一后，是偶然碰到，还是有意安排。但我一直觉得这里面是有安排的，底下的用人其实也有派系，也许周瑞家的事先拜托了赖嬷嬷，因为赖嬷嬷讲话比较有分量。而且她不会随便乱讲话，她大概有八九分的把握，求情一定会得到主人的允许，因为这个脸面卖不卖，跟她以后继续在这个家族有没有地位有关。

你看，这个赖大总管虽然是贾家的用人，也是相当富有，有自己的宅院，还有私人花园。儿子当官，请主子、亲友和其他用人吃饭，一请就是三天。所以这个插曲让我们看到贾府里这种老管家的体面。

长篇小说的编辑

我们看到《红楼梦》是在一个大长篇里一段一段切入小的主题，我称它为“编织”。短篇小说有时候只有一条单一的线，长篇小说是好多线在走。这些线必须编织在一起，组成一幅漂亮的织锦。我们常常编织不好，线简直乱成一团。你看这一段的线头之多：平儿这条线、探春这条线、李纨这条线，现在是赖嬷嬷这条线，忽然又出现周瑞家的儿子这条线。

所以长篇小说的难写在于它的线索多，而且它还不能纠缠，不能乱掉。有些作者写着写着忘掉了，某条线忽然不见了，可曹雪芹在编织上是非常缜密的，当然这跟修改有关。我们知道《红楼梦》写了十年，其实是修改了十年。目前发现的手抄本就有好几个不同年代的版本，曹雪芹每一次都是用手抄来修改，一百多万字的抄写工作，真的是不得了。

每一次抄写的时候，都要去做修改，他就可以把线编织得更紧密，有些东西删掉，有些东西再增补。

宝钗的面面俱到与黛玉的真性情

接下来，故事来到第四十五回最美的一段：宝钗去看黛玉。这一段之所以美，是因为我们一直认为的两个情敌，争风吃醋的少女，忽然坐在一起，谈到了最诚恳的心事，流露出一种青春的真情。

下面我们就回到文本："宝钗因见天气凉爽，夜复渐长，遂至母亲房中商议，打点些针线日间作。"进入秋天以后，夜晚越来越长，白昼越来越短。出去玩的时间少了，所以她跟母亲商量，找出了一些针线，白天没事的时候做点针线活。

"及至贾母处、王夫人处省候二次，不免又承色陪坐闲话半时。""省候二次"是指早上梳洗后一次、晚上临睡前一次，晚辈要向长辈问安，这是很大的规矩。宝钗是个做人很周到的女孩子，她不可能问了安后，转身就走，还要出于礼貌，坐下来陪她们聊会儿天，像是天气怎么样、身体好不好之类的。其实她跟贾母、王夫人没什么可聊的，都是一些客套话。对于这些，黛玉就会不耐烦，她很不喜欢这种虚伪的礼教的东西。

宝钗还要和"园中姊妹度时闲话一会"，注意"度时闲话"，感觉宝钗好像有一个日程表，看看哪个人一个礼拜没讲话了，就"度时"去跟她讲讲话，打个电话问候一下之类的，以免让人家感觉被疏远。可见，宝钗把生活安排得非常理性。黛玉基本上不太理人，虽然她有时候也很孤独，很想人家来陪她聊天；可是人家来了，坐不了一会儿她就觉得好烦。

所以我们会觉得黛玉的个性很麻烦。不过大家有没有发现，处于青春期的少女有时候真的是这样奇怪，就是那种“少年维特式”的烦恼，有一点忽冷忽热，你不晓得到底要不要靠近她。

我妈妈那个时候常常骂我，因为她跟我讲了半天话，我也不理她。她总觉得，我没事就在一旁发呆，其实我可能在想要写的诗什么的。然后她就用类似“我一个热脸去靠你这个冷屁股”的话来发泄。

宝钗本来打算白天没事时做些女红，可早晚跟长辈聊聊天，抽空再跟园中的姐妹们联络联络感情，“故日间不大得闲，每夜灯下女工必至三更方寝”。“三更”就是晚上十一二点。细读之下，我们会发现这一段描写很有趣，也很耐人寻味。

那黛玉呢？“黛玉每岁至春分、秋分之际，必犯嗽疾。”她的身体对于大自然的季节会有一种呼应，每到春分、秋分，就会发病。我们知道，按照中医的理论，一个人身体很好，就不容易感受到外在的变化；而黛玉这种女孩子的身体就会很敏感，所以特别容易生病。“今秋又遇贾母高兴，多游玩了两次，未免过劳了神。”贾母每次出去玩，都会叫黛玉一起去，多半是出于对外孙女的疼惜。结果，黛玉就有一点体力消耗过度，“近日又复嗽起来，觉得比往常又重些，所以总不出门，只在自己房中将养”。

这里就讲到黛玉的生活与宝钗完全不一样：“有时闷了，又盼个姊妹们来说些闲话排遣排遣；及至宝钗等来望候她，说不得三五句又厌烦了。”这就是黛玉，这就是青春期的少女，又希望热闹、害怕孤独，又觉得厌烦，有些喜怒无常。可这就是真性情。这点你从宝钗身上就看不到，宝钗喜不喜欢一个人，你看不出来。所谓“喜怒不形于色”，这大概就是儒家的最高境界了。可是你会觉得，如此年轻就这么周到，这么会做人，好像有些太老成了。

这绝对不是好不好的问题。我相信今天我们家里有一个宝钗，你真的高兴死了。你绝对会觉得这个小女孩怎么这么懂事。可是曹雪芹会觉得，年轻人有一点任性、会犯错误反而是正常的。这是一个很不世俗的看法，我们都做不到。我相信我们做老师、做长辈的，都喜欢懂事的孩子。所以《红楼梦》对我是个很大的提醒：其实任性里面往往有一个比较强的自我，有更多的真性情。后来我接触了很多喜欢艺术的年轻人，发现太周到、太理性的，会比较缺乏内在的真情；而那个有时候会喝醉、会失礼的孩子，反而具有非常强的表现力。这真是一个矛盾。

从痴有爱，则我病生

我们接着往下看："众人都体谅他病中，且素日形体娇弱，禁不得一些委屈，所以他接待不周，礼数疏忽，都不苛责。"我想这就是青春的可爱，就好像同学之间，有一个是特别任性的，常常会闹情绪，可大家往往不会太在意，也不太计较，这个只有在青春期才做得到。到了职场，当了同事，就不一定了。所以我们一方面会遗憾黛玉的生命太短暂，十几岁就夭折了；一方面又觉得她活下去未必是一件好事。她的生命如果继续下去，只会感到更大的痛苦。

"这日，宝钗来望他，因说起这病症来。宝钗道：'这里走的几个太医虽都还好，只是你吃他们的药总不见效。不如再请一个高明人来瞧一瞧，治好了岂不好？'""这里走的几个太医"，指的是在贾府时常走动的太医；既然是太医，医术当然不会太差。但宝钗看黛玉年纪轻轻，就病病歪歪的，吃他们开的药，老也不见效，很替她着急。

大家有没有发现释迦牟尼常常用“病”来说法讲经，按照佛经的说法，黛玉的病其实不是真正身体的病，是心灵上的病。所以黛玉的病，是有感于生命中的无常。就连春天花落，她也会哭，甚至去葬花。这样的人，怎么可能不生病呢？用《维摩诘经》中的话来说，就是“从痴有爱，则我病生”。生病，是因为有太多人世间的痴跟爱。你活在人世间，如果看到任何生命的消亡都会感伤，它就是一种病。所以黛玉这个病，宝钗不懂，她不知道这个病不是高明的大夫可以医好的，医生的药注定没用。

但我们也不难看出，宝钗的心是真诚的，她如果不是真的关心黛玉的身体，说不出这样的话。而且以宝钗的星座来说，我们知道她是水瓶座的。水瓶座的人通常很大气，对人很宽厚，没什么嫉妒心。很多人误以为黛玉是处女座的，其实不是，书里面讲她的生日是阴历的二月十二，是白羊座的，白羊座的人一般都比较争强好胜。

所以宝钗安慰黛玉说，你这样下去不是长久之计。黛玉回答道：“不中用。我知道我这病是不能好的。”黛玉的意思是，我这个生命其实就是用来担负所有感伤的。我们知道黛玉前生是一株草，她是来还眼泪的，眼泪还完就要走了。“且别说病，只论好的日子我是怎么个形景，就可知了。”黛玉好的时候，也是弱不禁风，风一吹就要倒的。

宝钗听了点头道：“可正是这话。古人说‘食谷者生’，你素日吃的竟不能添养精神血气，也是不好的事。”关于“食谷者生”，民间有个说法，就是人要以五谷为主，补充身体的养分。鱼翅燕窝再有营养，只能作为调养，而不能成为主食。然而今天，生活富有了，吃米吃面却越来越少了。所以宝钗说，你吃药吃得比饭还多，那个药是没有办法增加你的精神血气的。

黛玉真的是吃药吃得比饭菜都多，宝钗就觉得这不是办法，这样下去情况只能越来越严重。黛玉叹了一口气说："死生有命，富贵在天，也不是人力可强的。今年比往年反觉又重了些似的。"她认为人有一种宿命，她的宿命好像就是这样子。"说话之间，已咳嗽了两三次。"

以燕窝滋阴补气

宝钗说："昨儿我看你那药方上，人参、肉桂觉得太多了。虽然益气补神，也不宜太热。依我说，先以平肝健胃为要，肝火一平，不能克土，胃气无病，饮食就可以养人了。"这个是很感人的部分。如果你去医院看一个朋友，只是说你好好养病，那个关心和宝钗的这种关心是不一样的。

现在十五岁的孩子，大概很少知道什么叫"平肝健胃"。中国的道家、中医都相信"金木水火土"是相生相克的：金生水，水生木，木生火，火生土，土生金；金克木，木克土，土克水，水克火，火克金。所以如果肝火太旺，就必须补充肾水；而补肾水需要先使脾胃土的这个部分得到培固，这就叫身体的整体平衡。所以宝钗的意思是，你现在咳嗽有痰，是由于肝火太旺导致肺热，而人参、肉桂都是热性的东西，它们虽然能益气补神，但也不要多吃，现在的当务之急是平肝健胃。宝钗的中医知识，可以赶上现在医学院的学生了。

宝钗认为"平肝火"最好的东西就是燕窝："每日早起拿上等燕窝一两，冰糖五钱，用银铫子熬出粥来。若吃惯了，比药还强，最是滋阴补气的。"大家有空去药店问问看，上等燕窝的价钱是蛮吓人的。不仅现在价格很吓人，古代也很贵重。“银铫子”，就是用银制作的一种药罐子。我们现在的药罐子通常是陶瓷和黑砂的，可是在唐朝前后，最讲究的药罐子是银的，有时候是镏金的，那时认为金银是最养人的东西。

大家知道燕窝就是燕子用口水，在悬崖边一点一点筑出的巢。要采燕窝非常危险，采到以后，还要非常仔细地挑掉粘的羽毛，所以燕窝相当珍贵，很多环保人士都不赞成吃燕窝。

黛玉叹了一口气说：“你素日待人，固然是极好的，然我最是个多心的人，只当你心里藏奸。”好，这句话一讲出来，所有的结都解开了。如果我们在人世间有一些老是解不开的结，只需要讲这一句话，对方整个就柔软了，自己也柔软了。因为僵在那边的时候，这句话是绝对说不出口的。我一直希望有一天去中学讲这个部分，我觉得这是人性里最美好的东西，可是常常没有得到启发。如果你在十四五岁，有过这样一个朋友，一生都值得。

“从前日你说看杂书不好，又说我那些好话，我大感激你。”因为只有一个人关心你，才会跟你讲真话。不然的话，你看 A 片关我什么事，我才不管呢。所以黛玉从那个时候开始，对宝钗的看法就改变了，觉得她不是虚情假意的人，是真的关心她。“往日竟是我错了，实在误到如今。细细算来，我母亲去世的早，又无姊妹兄弟，我长了今年十五岁，竟无一个人像你前日的话教导我。”其实黛玉这个时候还没满十五岁，大概十四岁多一点，而且是虚岁。

“怨不得云丫头说你好，我往日见他赞你，我还不受用，昨儿我亲自经过，才知道了。比如要是你说了那个，我再不轻放过；你竟不介意，反劝我那些话，可知我竟自误了。”其实以佛教的观点来看，人世间的“结”

都是自己打的，所以这个结也需要自己去解。我常常跟朋友讲：想想看人世间哪一个人跟你有结，去把那个结打开，你会很快乐。你原来以为这件事很严重，其实并没有那么严重，把它打开之后，你会很开心，因为你度过了那个最困难的时刻。

“你方才说叫我吃燕窝粥的话，虽然燕窝易得，但只我因身上不好了，每年犯这个病，也没什么要紧的去处。请大夫、熬药，人参、肉桂，已经闹了个天翻地覆。”黛玉因为住在外祖母家，本来已经是寄人篱下，加上身体不好，整天又是请大夫又是熬药的，让她觉得很不安。黛玉是个非常好强的人，虽然心里有这种想法，但这种话平时是绝对不会讲的，现在她跟宝钗讲了出来，由此可见她对宝钗的信任。

“这会子我又兴出新文来熬什么燕窝粥，老太太、太太、凤姐姐三个人便没话说，那些底下的人，未免嫌我太多事了。”她觉得那些下人每天熬药已经很麻烦了，现在又要熬燕窝粥，难免会觉得你多事。“这里这些人，因见老太太多疼宝玉和凤丫头两个，他们尚虎视眈眈，背地里言三语四的，何况于我？又不是他们这里正经主子，原是无依无靠投奔了来的，他们已经多嫌着我了。如今我还不知进退，何苦叫他们咒我？”

宝钗听她说到伤心处，忙安慰她：“这样说，我也是和你一样。”黛玉说：“你如何比我？你又有母亲，又有哥哥，这里又有买卖地土，家里又仍旧有房有地。你不过是亲戚的情分，白住在这里，一应大小事情，又不沾他们一文半个，要走就走了。我是一无所有，吃穿用度，一草一纸，皆是和他们家姑娘一样，那些小人岂有不多嫌的。”虽然同是寄住在贾府，但宝钗和黛玉的情况确实不太一样。

可见黛玉大概也听到很多闲言闲语，因为不疼惜她的人，就会觉得每天要照顾她很麻烦。见黛玉越说越伤感，宝钗就跟她开起了玩笑："将来也不过多费得一分嫁妆罢了，如今也愁不到这里。"这话是什么意思？就是说，这一切只是暂时的，你将来一定会嫁给宝玉，到时候你就是这里的主子了，不过多费一份嫁妆而已。

你看，宝钗跟黛玉虽然都喜欢宝玉，可是宝钗这个时候却主动讲出这话，把自己抽离出来，所以宝钗最终打动黛玉的，其实还有这个部分。黛玉听后不觉红了脸，笑着说："人家才拿你当个正经人，把心里的烦难告诉你听，你反拿我取笑儿。"宝钗笑道："虽是取笑，却也是真话。你放心，我在这里一日，我与你消遣一日。你有什么委屈烦难，只管告诉我，我能解的，自然替你解一解。"这句话又进一步表明，我在这里只是暂时的，迟早有一天是要走的。

"我虽有个哥哥，你也是知道的"，就是这个哥哥不惹麻烦就不错了，有跟没有都一样。"只有个母亲比你略强些。咱们也算是同病相怜。"虽然有母亲，但女孩子到了一定年龄，有些话是不方便跟母亲讲的，所以宝钗说，我跟你一样，连个说知心话的人都没有。"你也是明白人，何必作'司马牛之叹'？"《论语》中记载，司马牛曾感叹说："人皆有兄弟，我独亡。"这里"亡"作"无"解。比喻孑然一身、孤立无援。

"你才说的也是，多一事不如省一事。我明日家去和妈妈说了，只怕我们家还有，与你送几两来，每日叫丫头们就熬了，又便宜，又不劳师动众的。"其实宝钗一回去就跟妈妈讲了，并叫人当天晚上就送来了。黛玉忙叹道："东西事小，难得你多情如此！"宝钗说："这有什么放在口里的？只愁我在你跟前失于应候罢了。"宝钗是一个做人力求完美的个性，所以之前与黛玉间的隔阂，一直是她的心病。现在与黛玉的矛盾化解了，她自然觉得做什么都是值得的。然后又说："只怕你烦了，我且去了。"她知道黛玉有点喜怒无常，不知道哪句话不对又烦了，所以见好就收，这是很聪明的做法。黛玉心里很过意不去，也想拉近两个人的关系，就客气地说："晚上再来和你说句话儿。"宝钗答应着去了。

是悲剧，也是另一种完美

宝钗跟黛玉这两个十四五岁的女孩子，彼此吐露了内心最深处的心事。这种友情很单纯，只是一种分享或者分担。就像我们在年轻时交往的朋友，你会整天想跟他待在一起，就是为了有喜悦可以跟他分享，有忧伤可以让他分担。加上黛玉本来就是一个多愁善感的女孩子，宝钗走了以后，所有的人生感触都在黛玉心中翻腾。"不想日未落时天就变了，淅淅沥沥下起雨来。秋霖霢霢，阴晴不定，那天渐渐的黄昏，且阴的沉重，兼着那雨滴竹梢，更觉凄凉。"

"知宝钗不能来，便在灯下随便拿了一本书，却是《乐府杂稿》，有《秋闺怨》、《别离怨》等词。""乐府诗"是从汉代的民间歌谣中整理出来的，所以不像文人诗那么难懂，而是比较朗朗上口。黛玉随手拿的正好是"乐府诗集"，看到的又正好是《秋闺怨》、《别离怨》这类描写女孩子离愁别怨的诗，不觉心有所感，于是仿《春江花月夜》，写了一首诗，并取名为《秋窗风雨夕》。

《春江花月夜》是唐代一首非常美的诗，描写了这首诗的作者张若虚返回故乡途中的落寞跟孤独。其中有"江畔何人初见月，江月何年初照人"这样的名句，提出了关于宇宙本质的天问。整首诗一共三十六句，将春天、江水、花朵、月亮、夜晚五个主题，也就是人生中最美好的五个意境集中在一起。我们知道清人编的《全唐诗》有几万首，但这首《春江花月夜》被清朝人评价为“孤篇盖全唐”，可以说是唐朝第一个打开文学大格局的伟大作品。以前我给很多朋友上课，一起欣赏过这首诗。所以黛玉的这首《秋窗风雨夕》，其实也包含五个主题，就是秋天、秋窗、秋风、秋雨跟秋夜。下面我们就来看一下这首诗：

秋花惨淡秋草黄，耿耿秋灯秋夜长。
已觉秋窗秋不尽，那堪风雨助凄凉！
助秋风雨来何速！惊破秋窗秋梦绿。
抱得秋情不得眠，自向秋屏移泪烛。
泪烛摇摇爇短檠，牵情照恨动离情。
谁家秋院无风入？何处秋窗无雨声？
罗衾不奈秋风力，残漏声催秋雨急。
连宵霢霢复飕飕，灯前似伴离人泣。
寒烟小院转萧条，疏竹虚窗时滴沥。
不知风雨几时休，已教泪洒窗纱湿。

我们可以看到，黛玉在这首诗中写了她对秋天的感伤。基本上是用一个“秋”字，来贯穿所有的意境。在秋夜失眠的时候，一个人孤独面对着蜡烛，蜡烛的泪一直在流，就像人的眼泪一样。黛玉有一点借蜡烛燃烧自己自喻：自己的生命还如此年轻，可是却在一点点地消耗。

我们可能会觉得，如果黛玉不这么敏感，不这么感伤，那么她的身体兴许会好一点，也许能活得久一点。可是对于黛玉来讲，她只想活得灿烂、美丽，就像蜡烛一样，而不要求活得多么长久。这里面有一个隐喻，隐喻我们的生命有两种不同的选择：想要活得圆满，活得长久，就不能那么敏感、那么投入；如果想要自己的生命充满热情，就会消耗自己的生命。在这两种选择难以两全的情况下，林黛玉是宁为玉碎，不为瓦全。

我们一直觉得林黛玉是一个悲剧角色，她焚诗稿断痴情，用一种决绝的方式斩断了自己对人间的牵挂；可是不要忘了林黛玉也是一个骄傲的角色，她以这样一种结束成就了另外一种完美。因为在《红楼梦》十二金钗里，她是真正完成自己，不使自己的生命遭到践踏的。我们看看薛宝钗后面的命运是什么？她后来嫁给了贾宝玉，可是宝玉并不爱她，然后就离家出走了，所以薛宝钗等于是独守空房的新娘。这是好的结局吗？我觉得未必。

我相信今天的父母、长辈、老师，没有人会鼓励自己的孩子和学生走林黛玉的生命道路，我们都希望她是薛宝钗。可是我今天大胆讲出来，薛宝钗的命运真的比林黛玉更好吗？她嫁给了一个根本不爱她的男人，那个婚姻其实只是一个名分而已。人生有很多不同的向度，《红楼梦》提供给我们不同的角度去看。我们很难比较优劣，或者说也不应该比较，只是不同而已。

薛宝钗像春天的牡丹花，在后面的章回里，宝钗她们玩一个游戏，每人从签筒里抽出一枝花来，薛宝钗一抽就抽到牡丹。牡丹艳冠群芳，盛开在春天。而黛玉永远是秋天的菊花，淡雅，充满了孤独跟感伤。她们的生命形态完全不一样。

黛玉“吟罢搁笔”，正打算安寝。“丫环报说：‘宝二爷来了。’一语未了，只见宝玉头上带着大斗笠，身上披着蓑衣”，就进来了。

宝玉的雨衣

黛玉一见宝玉这身打扮，就笑他说：“那里来的一个渔翁！”但是“宝玉忙问：‘今儿好了？吃了药没有？今儿一日吃了多少饭？’一面说，一面摘笠脱蓑，忙一手举起灯来，一手遮住灯光，向黛玉脸上照一照，觑着眼睛瞧了一瞧。”你会发现宝玉的这一系列动作，非常有趣，完全像个小男孩，而且只有关系非常亲密的人，才做得出来。眯眼看了之后笑着说：“今儿气色好了。”

宝玉下雨天的装扮，我想也许大家有兴趣可以看一看。“蓑衣”有一点像雨衣，我们小时候常常看到农人披一个蓑衣，是用棕榈的棕编出来的，里面有很细密的手工，所以蛮重的。它分两段，上面肩膀有披的，下面还有围的。因为后来都用塑胶雨衣了，这种老蓑衣就不大用了，我还收了好几件这种老的蓑衣。

等宝玉脱了蓑衣，里面“只穿着半旧红绫短袄，系着绿汗巾子，膝下露出油绿绸撒花裤子”。这个男孩子很特别，他的衣服几乎都是红色的。注意颜色的对比——红跟绿，非常强烈，充满了热情。我想上美术课的朋友都记得，法国著名画家马蒂斯所代表的野兽派就很讲究色彩对比。

你会发现，比较有教养、知识层次较高的人，通常喜欢淡雅的颜色，不喜欢强烈的对比色。你如果看到一个大学教授去学校上课，上面穿红的，下面穿绿的，大概会吓一跳。可是民间就比较喜欢强烈的颜色，这可能与他们感官的本能性比较强有关。宝玉虽然是一个富家公子，知书达理，可是从服装上来看，他喜欢强烈的色彩，他喜欢那种对生命很热烈的感觉。用专业绘画的术语来讲，就是色温很高，这样你会觉得比较温暖，有强烈的视觉感受。

“底下是描金满绣的绵纱袜子，趿着蝴蝶落花鞋”，你看，多讲究。袜子上绣满了花，而且还描了金，鞋子上面也绣着蝴蝶落花的图案。宝玉跟贾母一样，只穿袭人她们亲手做的衣服。黛玉就觉得奇怪：“上头怕雨，底下不怕雨？鞋袜子也倒干净。”宝玉笑道：“我这一套是全的。有一双棠木屐子，才穿了来，脱在屋檐上了。”头上的斗笠、身上的蓑衣，还有棠木屐，这是一套雨具。古代的人穿木屐常常里面还要穿一双鞋子，跟我们小时候光脚穿的木屐不太一样。大家看到荷兰的农民在田里工作套的那个木鞋，就是包起来的木屐。他们穿很厚的袜子跟软鞋，然后再套在木鞋里。我们刚去的时候，很喜欢那种鞋，就买了一双，但不太了解怎么穿，很快脚就破皮了。

黛玉看他这身斗笠、蓑衣做得十分细致精巧，不像市面卖的，就问：“是什么草编的？怪道穿上不像那刺猬似的。”宝玉说是北静王送的，还说：“你喜欢这个，我也弄一套来送你。”黛玉说：“我不要它。戴上那个，成个画儿上画的和戏上扮的渔婆儿了。”她才讲完就有一点不好意思，因为她刚刚说宝玉像渔翁，现在又讲自己像渔婆，好像是一对夫妻的感觉，所以“后悔不及，羞的满面飞红，便伏在桌上嗽个不住”。两个小孩子一起玩大的时候，其实对性别差异很模糊，隐隐约约感觉到发育了以后，才想要把这个差异区分开。所以这里面都在讲青春很微妙的一种感觉。

夜探黛玉透露的生活细节

“宝玉却不留心”，在那边东看西看，就看到桌子上的诗，“遂拿起来看了一遍，不禁叫好。黛玉听了，忙起来夺在手内，向灯上烧了”。这是非常小孩子的举动，她觉得那个诗有点像日记，记录了自己很私密的心事，她不想让别人看到。我想大家都会有这种感觉。宝玉笑着说：“我已经背熟了，烧了也无益。”不过我有些怀疑，宝玉是不是真的都记得。黛玉就跟他说：“我也好些，多谢你一天来几次瞧我，下雨还来。这会子夜深了，我也要歇着，你且请回去，明日再来。”

如果我们认为宝玉跟黛玉是男女朋友，他才来看她，其实是有一点小气了。就像怎么解释宝钗跟黛玉是情敌，却也来探病一样。所以宝玉每天几趟的看望，完全超越了爱情。黛玉这个时候下逐客令了。注意下边的动作：“宝玉听说，回手向怀中掏出个核桃大小的一个金表来，瞧了一瞧，那针已指到戌末、亥初之间。”钟表是1600年左右传入中国，宝玉这个时候已经在用怀表了。如果我们不细心，就看不到《红楼梦》中有很多这种西洋的东西。乾隆也有许多这种小的钟表，在北京的故宫博物院里有一个房间全部是老的钟跟表。光绪皇帝最后被慈禧太后幽禁的时候，因为皇权被剥夺了，他就每天在修那个表跟钟。

金表上的时间不是用阿拉伯数字显示的，而是“子丑寅卯辰巳午未申酉戌亥”。“戌末、亥初之间”大概就是晚上九点刚过的样子。宝玉把表揣进怀里，说：“原该歇了，又扰的你劳了半日神。”然后披蓑戴笠，走了出去。

刚出去，“又翻身进来问道：‘你想什么吃，你告诉我，我明儿一早回老太太，岂不比老婆子们说的明白？’” 黛玉笑着说：“等我夜里想起来，明儿早起告诉你。你听雨越发紧了，快去罢。可有人跟着没有？” 两个婆子在外面应道：“有人在外面拿着伞，点着灯笼呢。” 如果你把这样的描写想象成一幅画，会觉得这里的语言非常有趣。

黛玉说：“这个天点灯笼？” 宝玉说：“不相干，是明瓦的，不怕雨。”“明瓦” 是指把蚌壳打磨加工成类似玻璃的东西，不过比玻璃的透光性差，只能透过微弱的光。“黛玉听说，回手向书架上把一个玻璃绣球灯拿了下来，命点上一只小蜡来，递与宝玉，道：‘这个又比那个亮，正是雨里点的。’” 这些都是《红楼梦》中的细节，如果大家细心读，就可以看到三百年前的人是怎么生活的。我们今天的生活也有很多物件，有兴趣的朋友如果把它们记录下来，那么几百年之后的人，就能知道我们现在是怎么生活的了。《红楼梦》很了不起，它完整保留了十八世纪初期贵族生活的面貌。

宝玉说：“我也有这么一个，怕他们失脚滑倒了，打破了，所以没点来。” 黛玉就嘲笑他：“跌了灯值钱，还是跌了人值钱？你又穿不惯木屐子。那灯笼命他们前面照着。这个又轻巧又亮，原是雨里自己拿着的，你自己拿着这个，岂不好？明儿早送来。就失了手打了，也有限的，怎么又忽然变出这‘剖腹藏珠’的脾气来了！”“剖腹藏珠” 是说破开肚子，把珍珠藏进去，比喻惜物伤生，轻重颠倒。宝玉听了，赶忙接了过来，交给一个小丫头捧着，他扶着小丫头的肩，“一径去了”。

宝玉回去不久，蘅芜苑就有一个婆子打着伞，提着灯，送了一大包上等燕窝来。你可以看到宝钗做事情就是这么周到——刚刚才讲，当天晚上就送来了。我们注意这个时间细节：晚上。宝钗大概觉得这样的事情不要让别人知道比较好，这是她对黛玉的体贴。如果大肆张扬对别人多么多么好，那个好已经打了折扣。除了上等燕窝，还拿了一包“洁粉梅片雪花洋糖”，就是加了点梅粉、有点酸的外国糖，想让黛玉尝尝。

那婆子跟黛玉说：“这比买的强。姑娘说了，姑娘先吃着，吃完了再送来。”黛玉忙请她吃茶。婆子说：“不吃茶了，我还有事呢。”黛玉笑道：“我也知道你们忙。如今天又凉快，夜又长了，越发该会个夜局，痛赌两场了。”婆子笑道：“不瞒姑娘说，今年我大沾了光了。横竖每夜各处有几个上夜的人，误了更也不好，不如会个夜局，又坐了更，又解了闷。今儿是我的头家，如今园门关了，就该上场了。”你如果留心这些地方，就可以了解在《红楼梦》中，那些下人的夜生活都是怎样过的。

黛玉听了，笑着说：“难为你，误了你发财，冒雨送来。”然后赏给她几百钱，说是“打些酒吃，避雨气”。清朝的时候，约一千枚铜钱兑换一两白银，所以黛玉给的，差不多是半两银子。那婆子笑道：“又破费姑娘赏酒吃。”“说着，磕了个头，到外面接了钱，打着伞走了。”

“紫鹃收起燕窝，然后移灯下帘，伏侍黛玉睡下。”不过整个晚上，黛玉一直辗转反侧，起初是感念宝钗对她的好，然后又想到宝玉和自己“虽素习和睦，终有嫌疑”，就是关系再好，也得考虑男女授受不亲，不能像一家人一样。“又听见窗外竹梢芭蕉之上，雨声淅沥，清寒透幔，不觉又滴下泪来。直到四更将阑”，“四更”是夜里一点到三点，“四更将阑”，就是凌晨三点左右。“方渐渐睡了。”

第四十六回

尴尬人难免尴尬事
鸳鸯女誓绝鸳鸯侣

青春的美好与成年人的尴尬

《红楼梦》第四十五回写了黛玉跟宝玉、宝钗之间美好的青春情感之后，到了第四十六回，又开始写另外一件事情。我觉得这就是《红楼梦》的精妙之处，它不会沿着一条线一直往下写，作者一直在穿插、交织。其中一条主线是宝玉、宝钗、黛玉这些生长在贵族家庭的少男少女，他们谈吐不凡、举止优雅，生命里有一种高贵。除了这条主线，还有很多线，是写一些做着非常难堪事情的低俗的人。作者将两者加以对比，让你看到有一些人努力想要活出高贵的情操，也有一些人总是沉溺在欲望、沉沦当中。而我觉得作者最了不起的地方，就是他可以做到不批判，用最尊敬的态度写那些最难堪的事。那第四十六回写到的是谁呢？就是贾赦。

贾赦到现在为止很少出现，他是一个不那么重要的角色。贾母有两个儿子，一个是贾政，宝玉的爸爸，出场比较多；还有一个就是贾赦，贾赦的太太是邢夫人。邢夫人有些懦弱，这话是我说的，曹雪芹不会这样讲。邢夫人基本上是永远以丈夫为主，丈夫要什么就给他什么，丈夫要做什么就帮他做什么。我们可能会觉得这样的太太是好太太啊，可是也不一定。

这一回我们就看到贾赦相中了一个丫头。这个丫头是谁？就是贾母的丫鬟鸳鸯，她是贾母最得力的助手，贾母管家的时候，就是她在身边帮忙，所以鸳鸯等于是贾母丫头里最受重视的一个。

《红楼梦》中很多段落都写到鸳鸯，她是一个了不起的丫头，为人正直，一点私心都没有。贾赦每天要跟贾母问安两次，问多了以后，眼里看到的就不再是母亲，而是母亲身边的鸳鸯了，之后就很想娶她。可是他又不方便直接跟母亲讲，因为除了邢夫人，贾赦还有好几房小老婆，加上年纪已经那么大了；连孙女都已经有了，他的儿子是贾琏，巧姐就是他的孙女。贾赦还想再讨一个小老婆，而对方偏偏又是母亲的贴身丫鬟，真的是蛮尴尬的。所以这一段叫作“尴尬人难免尴尬事”。

我很佩服曹雪芹用到“尴尬”两个字，就是有时候你会觉得那个事情难以启齿。贾赦最后就让邢夫人来帮他说。邢夫人不敢直接跟贾母讲，就找来儿媳妇王熙凤，跟她商量怎么办。王熙凤一听，就觉得这个事不妥。邢夫人于是有些不高兴，骂了凤姐。所以上一回刚写完少男少女那么美好的感情，这里忽然写到成年人毫无感情的欲望，真是一种很有趣的对比，让我们看到青春的可贵。

贾赦欲讨鸳鸯做妾

我们下面就来读这一段：“话说林黛玉直到四更将阑，方渐渐的睡着，暂且无话。如今且说凤姐，因为邢夫人叫他，不知何事，忙另穿了戴了，坐车过来。”凤姐儿听到婆婆叫她，觉得是重要的事情，所以就赶紧过来。进屋以后，“邢夫人将房内的人都遣出去”。因为讲这种话，有别的人在场，的确有一点不方便。然后“悄向凤姐道：‘叫你来，不为别的，有一件为难的事。’”她大概也觉得这件事蛮为难的。“老爷托我，我不得主意，先和你商议。老爷因看上了老太太的鸳鸯，要他作房里的人，叫我和老太太讨去。我想这倒是平常的事，只怕老太太不给，你可有法子？”

说到鸳鸯，我们前面讲过，她的名字很有趣。因为在鸟类里面，鸳鸯是一雌一雄永远在一起的。所以人们常用鸳鸯比喻夫妻的恩爱，长相厮守。可是这个鸳鸯因为碰到这件事，她就发誓说一生不嫁，永远服侍老太太。后来贾母去世后，鸳鸯也结束了自己的生命，因为她知道贾赦不会放过她。所以从这里我们可以看到这些丫头命运的悲惨。

贾赦跟太太说，你去帮我跟妈妈要她的那个丫头做我的妾。他自己不去要，叫他的太太去要。邢夫人的个性也蛮好玩的，她觉得一个男人喜欢一个漂亮女孩，这事也没什么。所以她跟儿媳妇说：我觉得这事也蛮平常的，只是怕老太太不给，你有什么办法吗？你看，王熙凤立刻就劝她说：“依我说，竟别碰这个钉子去。老太太离了鸳鸯，饭也吃不下去的，那里肯？”我们也会觉得一个人年纪大了，身边有一个相处比较久的人照顾是非常重要的，因为她知道怎么照顾。有时候你请一个特别看护照顾年老的父母，时间久了以后，你会觉得那个特别看护比你都重要。

“况且平日说起闲话来，老太太常说，老爷‘如今上了年纪，作什么左一个小老婆、右一个小老婆放在屋里？没的耽误了人家。放着身子不保养，官儿也不好生做去，成日家和小老婆喝酒。’”贾母之前大概不止一次说到这个儿子，王熙凤一直不敢讲，儿媳妇怎么敢随便说公公的坏话，可这个时候不能不说了。透过王熙凤的话，我们看到贾母的明理，其中，还有母亲对儿子的疼爱。

这些话很好玩，有一点像在聊家常。我们在读《红楼梦》的时候，这些事情每天都在发生。在报纸上登出来，或者在杂志上写出来，它就变成了八卦。《红楼梦》是用一种很委婉的方式，讲出了那个时代做官的这些男人的一种生存状态。

婆媳对贾赦纳妾不同的态度

对于贾赦这样的人，我们其实可以从另外一个角度理解。他自幼在做官的家族长大，从小的目标就是长大以后也要做大官，所以往往到了晚年，才觉得这一辈子没有好好活过，这个时候反而想要弥补欠缺的东西。唐明皇就是一个典型的例子，他年轻的时候靠政变取得政权，然后开疆拓土，创造了“开元盛世”。所以当他五十三岁时，遇到了十六岁的儿媳妇杨玉环，整个人就疯掉了，最后硬是从儿子手中夺走了杨玉环，这在历史上是个很惊人的故事。

有时候我真的觉得趁着年轻应该好好任性一下，年轻不任性，到老年再任性，真的蛮恐怖的。唐明皇就是老年任性，结局就是亡国。所以贾赦大概也有一点同样的情况：一辈子都在忙做官，到老了就想要好好享受享受。

转述完老太太的话，王熙凤跟婆婆说：“太太听这话，很喜欢老爷呢？”意思是你听不出来吗？老太太对这个儿子，已经很不满了。“这会子回避还回避不及，反倒拿草棍戳老虎的鼻子眼儿去！”王熙凤比喻得很形象，接下来又说：“太太别恼，我是不敢去的。明放着不中用，而且反招出没意思来。如今老爷上了年纪，行事不妥，太太该劝才是。比不得年轻，作这些事无碍。”

这话有两层意思：一层是公公年纪那么大了，这事说出去实在有点难堪；另一层意思，恐怕也是王熙凤更担心的，是他的儿子、王熙凤的丈夫贾琏有样学样。所以她接着说：“如今兄弟、儿子、侄儿、孙子一大群，还这么闹起来，怎么见人呢？”

王熙凤讲完之后，邢夫人就生气了。这个婆婆也很可怜，她怕丈夫，现在就觉得夹在中间不知道怎么办。这边王熙凤说绝对不可能，她回去这么跟丈夫讲，一定是挨顿臭骂。所以她说：“大家子三房五妾的也多，偏咱们就使不得？”很有趣，她还在为丈夫辩护，你可以看到邢夫人其实是某一类女性的代表。“我劝了也未必依”，这倒是实话。然后又说：“就是老太太心爱的丫头，这么胡子苍白了又作了官的大儿子，要了作房里的人，也未必好驳回的。”她的意思是，鸳鸯虽然是老太太最喜欢的丫头，可是她的儿子胡子都白了，现在又在做大官，跟她讨一个丫头做太太，做母亲的大概也不好意思不给吧。

“我叫了你来，不过商议商议，你先派上一篇不是。”邢夫人抱怨这个儿媳不仅不帮着想办法，还在这里泼冷水。“也没有叫你要去的理，自然是我说去。”她本来是想让王熙凤去说，现在有点下不了台阶，讲话就有一点任性。“你倒说我不劝，你还不知道的，那性子，劝不成，先和我恼了。”

注意，王熙凤立刻就转了。通常热心肠的人会一直劝到底，可王熙凤不会。王熙凤的聪明就在于可以挡就挡，如果挡不住就照着去做。她绝对不会得罪她的婆婆，得罪了婆婆，她就得吃不了兜着走。

邢夫人自以为聪明

“凤姐知道他婆婆禀性愚拙”，这个婆婆不够聪明，脑袋有些笨笨的，所以“只知承顺贾赦以自保，贪婪财货为自得”。从这两句话你可以听出，邢夫人并不是单纯地怕贾赦，其实也有她的心眼。“家下一应大小事务，俱由贾赦摆布。凡出入银钱，一经他手，便克啬异常。”这个懂吗？就是凡经她手的钱，她一定会克扣。说明什么？说明邢夫人没有安全感。所以我们从悲悯的角度来看《红楼梦》，每个人都有他的可怜之处，每个人都有他不得已之处。

“儿女奴仆，一人不靠，一言不听的。”这个邢夫人也是一个很固执的人，谁的话都听不进去；而且她对谁都不信任，所以谁也不靠。王熙凤“如今又听他如此说，便知他又弄了左性，劝了也不中用”。“左性”就是有一点不顺，有一点闹别扭，所以忙赔笑说：“太太这话说的极是。我能活了多大，知道什么轻重？想来父母跟前，别说一个丫头，就是那么大的一个活宝贝，不给老爷给谁？”她觉得我干吗要跟婆婆过不去呢，反正也是你去要，又不是我去要。

“背地里的话那里信得？我竟是个呆子。”她刚才跟邢夫人讲了一些贾母背地里说的话，现在又说，这些话哪能相信呢？王熙凤开始批评自己了，聪明人往往是从批评自己开始退出来的。“琏二爷或有日得了不是，老爷、太太恨的那样，恨不得立刻拿来一下子打死；及至见了面，也就罢了。依旧拿着老爷、太太心爱的东西赏他。”凤姐说如果贾琏做了错事，本来老爷、太太恨得跟什么似的，可是等见了面，心就软了。“如今老太太待老爷，自然也是那样了。依我说，老太太今儿喜欢，要讨今儿就讨去。”这就是王熙凤的厉害。为什么？因为这个事情目前没有第三个人知道，婆婆只跟她一个人讲了，如果隔几天再要，婆婆就会怀疑是不是她把风声走漏了。

所以王熙凤说这些话，完全是在自保。她又说：“我先过去哄着老太太发笑。”因为人开心的时候，通常比较好说话。“等太太过去了，我搭讪着走开，把屋子里的人我也带开，太太好和老太太说。”她这个安排多聪明，因为她知道自己不管站在哪边，都会惹另一边的人生气，所以最好还是躲开。但表面又像是为邢夫人着想，意思是成了当然好，不成也没关系，不会有人知道的，你也不会觉得难堪。

邢夫人听她这样说，就又高兴起来。可见邢夫人智商真的差很多，她不知道自己已经完蛋，就要挨骂了。她还傻乎乎地觉得这个媳妇真好，这么为我着想，这么帮我的忙。王熙凤也不是不想为她的婆婆着想，可如果她婆婆的智商只到这样，就只好接受这个智商带来的生命形态。邢夫人又说：“我的主意先不和老太太要。若老太太说不给，这事便死了。我心里想着先悄悄的和鸳鸯说，他虽害臊，我细细告诉他，他自然不言语，就妥了。那时再和老太太说，老太太虽不依，搁不住他愿意，常言‘要去难留’，自然这就妥了。”

好，注意一下，邢太太自以为很聪明，但有一点她失算了。就是这种智商不那么高的太太们，觉得丫头的命运很悲惨，让她们做太太，她们求之不得呢，所以她认为鸳鸯一定愿意。可她万万没有料到鸳鸯有她自己的个性，《红楼梦》里写了很多个性很强的丫头，她们虽然卖身到贾家做奴仆，可是她们对自己的生命有坚持。凤姐笑道：“到底是太太有智谋，这是千妥万妥的。”凤姐开始拍马屁了，夸婆婆真聪明，这么有计谋，可是她心里知道邢夫人就要遭殃了。然后她还顺着邢夫人的话，说："别说是鸳鸯，凭他是谁，那个不想爬高望上，不想出头的？这半个主子不做，倒愿意做奴才、丫头，将来配个小子就完了？"邢夫人听了当然更高兴了，笑道："正是这个话了。"可是《红楼梦》里面的丫头，后来做尼姑的做尼姑，自杀的自杀，跳井的跳井。各种下场，就是不要做妾，不要被侮辱，显示了这些女子的另外一种美。

邢夫人向鸳鸯提亲

邢夫人还给王熙凤出主意："你先过去，别露一点风声，我吃了晚饭就过来。"凤姐心里暗暗想道："鸳鸯素习是个可恶的，虽如此说，保不严他就愿意。"因为鸳鸯一向是个有原则的人，不肯与王熙凤同流合污，所以她觉得鸳鸯可恶。"保不严他就愿意"则是说，不能保证她就愿意。"我先过去了，太太后过去，若他依了便没话说；倘或不依，太太是多疑的人，只怕就疑我走了风声，使他拿腔作势的。那时太太见应了我的话，羞恼变成怒，拿我出起气来，倒没意思。"你看王熙凤的防范心有多强，只有在绝对世故的家庭长大，对人才会有这么强的防范。

所以她就要找方法躲避了："方才临来，舅母那边送了笼子鹌鹑来，我吩咐他们炸了，原要赶太太的晚饭送过来的。我才进大门时，见小子们抬车，说太太的车拔了缝了，拿去收拾去了。不如这会子坐了我的车一齐过去倒好。""拔了缝"大概就是说车轮出了问题，古代的木头轮子，拔了缝就不能用了，所以要送去修理。可以了解吗？就是说等我们回来后，车也修好了，鹌鹑也炸好了。你看王熙凤的反应有多快，几秒钟就能想出一个点子。

“邢夫人听了，便命人来换衣服。凤姐忙着伏侍了一回，娘儿两个坐车过来。”到了之后凤姐又说：“太太去老太太那里去，我若跟了去，老太太问起我过去作什么的，倒不好。不如太太先去，我脱了衣裳再来。”她现在又改变计谋了，就是她要晚一点到，让婆婆自己去碰钉子，她退下来。“邢夫人听了有理，便自往贾母处来，和贾母说了一会闲话，便出来假托往王夫人房去，就从后门出去，打鸳鸯的卧房门前过。”看似无心，其实是有意。经过鸳鸯的房门，“见鸳鸯正坐着做针线”。我们前面说过，贾母只穿鸳鸯做的衣服。你会感觉到虽然贾母是主人，鸳鸯是丫头，可是她们之间很亲，好像比女儿都亲。因为就算亲生女儿，也不一定能像鸳鸯照顾得这么妥帖。

鸳鸯看见邢夫人，赶紧站起来。夫人就笑着问：“做什么呢？我瞧瞧，你扎的花儿越发好了。”以赞美的方式先搭上话，“接他手内的针线瞧了一瞧，只管赞好。放下针线，又浑身打量”。鸳鸯大概不用想，就知道邢夫人“浑身打量”是什么意思。下面就是透过邢夫人看见的鸳鸯的穿着和外貌：“半新的藕合色绫袄，青缎葱牙背心，下面水绿裙子。蜂腰削背，鸭蛋脸面，乌油头发，高高的鼻子，两边腮上微微几点雀斑。”背心是掐腰的，所以叫“葱牙背心”；“蜂腰削背”，就是腰非常细，背非常窄。邢夫人看鸳鸯看到这么细，她大概也在想，我那个老不死的丈夫，难怪会看上她。所以这里面很有趣。

“鸳鸯见这般看他，自己倒不好意思起来，心里便觉诧异”，笑着问：“太太！这会子不早不晚的，过来作什么？”她心里已经觉得有一点不对了。邢夫人使了一个眼色，跟的人忙都退了出去。邢夫人于是坐下来，拉着鸳鸯的手说:“我特来给你道喜来了。”这一句话很恐怖。在过去,如果有人跟你道喜,你大概就知道完了,你一辈子的命运要被决定了。“鸳鸯听了,心中已猜着三分,不觉红了脸,低了头不发一言。”所以《红楼梦》中的丫头都很聪明。

邢夫人说:“你知道,你老爷跟前竟无有个可靠的人。”这个话很奇怪,你是他太太,你不可靠吗?“心里再要买一个,又怕那些人牙子家出来的不干不净,也不知道毛病儿,买了家来,三两日,又肏鬼吊猴的。”这句话大家感受一下,原来贾赦想跟“人牙子”买一个女孩子,“人牙子”就是那些人口贩子。那种被卖的女孩子,不晓得身体干不干净,买了来,又怕三天两头闹麻烦,所以不敢买。我如果是鸳鸯,听到这个话,会觉得很难接受,相亲绝不可以讲这种话,所以邢夫人不太会说话。

“满府里要挑一个家生子儿的女儿收了,又没有好的:不是模样不好,就是性子不好。有了这个好处,又没有那个好处。因此冷眼选了半年,这些女孩子里头,就是你是个尖儿。”所以挑来挑去,就觉得鸳鸯最合适。这个邢夫人很有趣,直接讲我家老爷看上你了,想纳你为妾就好了,她却绕了这么半天。说鸳鸯“模样儿,行事作人,温柔可靠,一概是齐全”,总之样样都好。还许诺:“你这一收进去了,进门就开脸,就封你姨娘,又体面,又尊贵。你又是个要强的人,俗语说的,‘金子终得金子换’。”鸳鸯刚好也姓金。“如今这一来,你可遂了素日的心高志大的愿了,也堵一堵那些嫌你的人的嘴。跟了我,回老太太去!”

对邢夫人来讲,“心高志大”的意思是:你其实并不甘心做丫头,而想做一个体面的太太。所以现在老爷讨你做小老婆,正好遂了你的志愿。这当然是一个误解。对鸳鸯来讲,嫁给这样一个老爷,其实对她是很大的侮辱。邢夫人完全不懂鸳鸯的心事，她只是一厢情愿，“说着拉了他的手就要走”。意思是现在就跟我回老太太去，这事就这么定了，“鸳鸯红了脸，夺手不行”，鸳鸯不肯跟她走。

鸳鸯向平儿袒露心事

邢夫人心想：她一定是害羞吧。她没有想到鸳鸯会拒绝。她说：“这有什么臊处？你又不用说话，只跟着我就是了。”见鸳鸯还是低着头不动身，她又劝道：“你这还不愿意不成？若果真不愿意，可真是个傻丫头了，放着主子奶奶不做，倒愿做丫头！三年、二年，不过配上个人，还是奴才。”这完全是邢夫人的看法，可是我们知道《红楼梦》里的姨娘，像探春的母亲赵姨娘，其实并没有什么很好的下场。因为有时被大家看不起，甚至还比不上一个丫头。

“你跟了我们去，你知道我的性子又好，又不是那不容人的。老爷待你们又好。过一年半载，生个或男或女，你就和我并肩了。”邢夫人还在继续说服鸳鸯。那我们也知道过去的女人嫁到别人家，基本上没有什么地位，可是如果生了孩子，就不一样了，所谓“母以子贵”。“家里人，你要使唤谁，谁还不动？现成主子不作去，错过了这个机会，后悔就迟了。”意思是那个时候你就不再是被使唤的丫头，而是使唤别人的主子了。“鸳鸯只管低了头，仍是不语”，还是不表态。邢夫人就有些急了，说：“你这么个爽快人，怎么又这样积粘起来？”“积粘”这个词我们现在不太用，有一点扭扭捏捏的意思，就是不爽快。“有什么不称心之处，只管说与我，我包管你遂心如意就是了。”

"鸳鸯仍不言语。"邢夫人笑道："想必你有老子娘，你自己不肯说话，怕臊。你等他们问你，这也是理。等我问他们去，叫他们来问你，有话只管告诉他们。"她还在东猜西猜，心想你一定是自己不好意思说，想让父母替你说，因为以前的婚姻都讲"父母之命、媒妁之言"。"说毕，便往凤姐房中来。"为什么找凤姐？因为这些丫鬟家里的情况，只有凤姐知道。

接下来作者就把鸳鸯安排到了花园，因为她知道邢夫人去找凤姐，肯定是商量这件事。一会儿她的家里人说不定又会来问她，所以就想躲一躲。可是怎么躲？以前的丫头没有别的办法，只好找一个借口。她就跟琥珀说："老太太要问我，只说我病了，没吃早饭，往园子里逛逛去就来。"所以我们看到大观园是所有受苦、受伤的人的一个保护伞。鸳鸯到了花园，"各处游玩，不想正遇见平儿"。

平儿之所以也来花园，是王熙凤叫她出来躲一躲的。王熙凤之前先是跟邢夫人一起去了贾母那里，后来又找了个借口回来。"凤姐早换了衣服，因房内无人，便将此话告诉了平儿"，平儿听了就摇头说："据我看，此事未必妥。平常我们背着人说起话来，听他那主意，未必是肯的。"邢夫人不懂鸳鸯这样的丫头，因为她一直处在太太的位置上。可是平儿懂，因为她跟鸳鸯一样，都是做丫头的，所以有时候彼此会讲一些心事，这可能就是一种同情。

所以这场平儿跟鸳鸯在花园碰面的戏很重要，因为鸳鸯讲出了她心里的想法。"平儿因见无人，便笑道：'新姨娘来了！'鸳鸯听了，便红了脸，说道：'怪道你们串通一气来算计我！等着我和你主子闹去就是了。'"鸳鸯见平儿都知道这件事了，心想王熙凤肯定也知道，这件事恐怕就是她们几个一起商量好的。"平儿听了，自悔失言"，觉得好像不应该开这个玩笑，“便拉他到枫树底下，坐在一块石上，率性把方才凤姐过去回来所有的形景言辞、始末原由告诉与他”。

鸳鸯红着脸，跟平儿冷笑说：“这是咱们好，比如袭人、琥珀、素云和紫鹃、彩霞、玉钏儿、麝月、翠墨，跟了史姑娘去的翠缕，已经死了的可人和金钏，去了的茜雪，连上你我，这十来个人，从小儿什么话儿不说？什么事儿不作？”“冷笑”的意思是，她觉得这些有钱人，太小看自己了。她和平儿说我们从小一起长大，所以彼此都很了解，你也应该知道我心里是怎么想的。这一段非常动人，我们看到这些被买来的丫头，这群很卑微的人，也有她们自己的情感。她们的青春不像薛宝钗跟林黛玉，写写诗，喝喝酒，做做女红，她们永远都在旁边伺候别人。可是当她们偶然聚在一起的时候，也会谈到彼此的心事。

“这如今因都大了，各自干各自的去了，然我心里仍是照旧，有话有事，并不瞒你们。”这是很诚恳的肺腑之言。“这话我先放在你心里，且别和二奶奶说：‘别说大老爷要我做小老婆，就是大太太这会子死了，他三媒六聘的娶我去作大老婆，我也不能去。’”鸳鸯不让平儿和王熙凤说，是因为鸳鸯觉得，这种话只能讲给她信任、能够理解她的人听，而王熙凤未必是这样的人。鸳鸯的这个表白非常重要，因为可能有人会觉得，鸳鸯不答应，是不愿意做小老婆，如果做大老婆，她或许会愿意。我们看这里的关键点，是鸳鸯觉得她跟贾赦这个比她大那么多岁的男人，根本没有情感。

鸳鸯以死明志

“平儿笑着，方欲答言，只听山石背后哈哈的笑道：‘好个没脸的丫头，亏你不怕牙碜。'二人听了不免吃了一惊，忙起身向山石背后找寻，不是别个，却是袭人笑着走了出来。”这就叫“无巧不成书”。作者这里有意安排她们在一起，因为三个丫头的命运是一样的。袭人一心一意希望将来嫁给宝玉做小老婆，平儿已经陪嫁给贾琏做了小老婆，大家会觉得丫头的唯一出路就是做小老婆，现在鸳鸯好像也要走这条路。可是鸳鸯变成了《红楼梦》里没有走这条路的一个，她最后宁可死，也不接受这种命运的安排。

我觉得《红楼梦》第四十六回鸳鸯拒绝做小这一段，其实是想要反映《红楼梦》里丫头这个群体的命运。“三人坐在石上。平儿又把方才的话，说与袭人听，道：‘真真这话论理不该我们说。’”袭人从来不批评人，也不骂人，她觉得下人哪里有资格去批评主人，可是这会儿她真的有些生气了，说这个大老爷真是太好色了，下面这句话很有趣：“略平头正脸的，他就不放手了。”“平头正脸”是说稍微长得还像点样子的。

那我们大概就知道，这个鸳鸯不嫁，还不止是年纪大不大、好不好色的问题，而是这个人实在太糟糕了。我们可以从鸳鸯、袭人的口中，听到对贾赦的批判。平儿于是说：“你既不愿意，我教给你个法子，不用费事就完了。”鸳鸯听了就很高兴，忙问：“什么办法？”平儿也有一点坏，就说：“你向老太太说，就说已经给了琏二爷了。”这样一来，贾赦作为父亲，哪好意思跟儿子争小老婆呢。鸳鸯听了当然很生气，就骂她说：“什么东西儿！你还说呢！前儿你主子不是这么混说的？谁知应在今日了！”好，袭人也开起了玩笑，笑着说：“他们两个都不愿意，你向老太太说，叫老太太就说把你已经许了宝玉了，大老爷也就死了心了。”平儿、袭人虽然在说笑，可里面也透露出丫头很辛酸的命运。她们只要求一个最低限度的对待，不是要嫁给谁的问题，而是有一个人能把她们当人来看待。所以袭人觉得，如果我们跟宝玉在一起，至少一辈子可以像姐妹一样互相照顾。

这种情感一般人可能不容易了解，就像过去所谓的后宫佳丽三千，绝大部分一辈子都见不到皇帝，可是她们有自己姐妹之间的情感，互相安慰，互相鼓励。这里的袭人、平儿、鸳鸯，就有一点这样的关系。

鸳鸯听了更是又羞又急，就骂道："两个蹄子不得好死的！人家有为难的事，拿着你们当作正经人，告诉你们与我排解排解，你们倒替换着取笑儿。你们自为都有了结果了，将来都是做姨娘的。据我看，天下的事未必都遂心如意。你们且收着些儿，别忒乐过了头儿！"鸳鸯因为跟她们感情很好，所以才会讲这么真实的话。我们也知道，袭人后来真的没有嫁给宝玉做妾，而是嫁给了蒋玉菡为妻，相对来说命运还算不错。所以鸳鸯年纪虽小，对世事看得还是很透彻。其实佛教也在讲这件事，就是天下的事未必都能称心如意，就看你怎么对待。

平儿和袭人见她真急了，忙赔笑央求道："好姐姐，别多心，咱们从小都是亲姊妹一般，不过无人处偶然取个笑儿。你的主意告诉我们知道，也好放心。"鸳鸯说："什么主意！我只不去就完了。"平儿就摇头说："你不去，未必得干休。大老爷的性子你是知道的，虽然你是老太太的人，此刻不敢把你怎么样，将来难道你跟老太太一辈子不成？也要出去的，那时落了他的手，倒不好了。"

鸳鸯冷笑道："老太太在一日，我就一日不离这里；若是老太太归西去了，他横竖还有三年的孝呢。没个娘死了，他先放小老婆的！等过了三年，知道又是怎么个光景，那时再说。"古代父母去世了，做儿女的要守三年孝。鸳鸯说过一天算一天，等过了三年，如果到时候他还是不放过我，“我剪了头发当姑子去；不然，还有一死”。我觉得这是《红楼梦》中所透露出的女性主义思想。两三百年前，很少有文学会为女性抱这样的不平，作者是借着一个丫头的口，讲出了这么宏大的志愿：“一辈子不嫁男人，又怎样？乐得干净呢！”

平儿听了笑道：“真这蹄子没了脸，越发信口儿都说出来了。”平儿就觉得鸳鸯不嫁男人乐得干净的话，可以想一想，其实她自己也是这么想的，但说出来未免有些太大胆了。鸳鸯说：“事到如今，臊一会子怎么样！你们不信，慢慢的看着就是了。”鸳鸯有这样的想法，大概不是一天两天了，所以内心很坚决。又说：“大太太才说，找我老子娘去。我看南京找去！”因为鸳鸯的父母在南京替贾家看房子。

平儿说：“你的父母都在南边看房子，没上来，终究也寻的着。现在还有哥哥、嫂子在这里。”意思是他们找不到你的父母，肯定就会找你的哥哥、嫂子。“可惜你是这里家生女儿，不如我们两个人是单在这里。”鸳鸯说：“家生女儿怎么样？‘牛不喝水强按头’？”这个比喻很有趣，牛不想喝水的时候，就算你按着它的头也没有用。鸳鸯在以此表明她的决心：“我不愿意，难道叫了我的老子娘来就愿意了不成？”事实上也是这样，一件事你不愿意，谁强迫都没有用，就像鸳鸯说的，大不了还有一死。

穷人家的悲哀

她们正说着，鸳鸯的嫂子来了。果然给平儿猜中了，邢夫人找不到鸳鸯的父母，就找到了她的哥哥、嫂子，因为过去讲“长兄为父，长嫂为母”。鸳鸯一见到她嫂嫂，就知道她是来做说客的。她跟平儿和袭人说：“这个娼妇专管是个‘九国贩骆驼的’，听了这话，他有个不奉承去的！”这个话非常生动，“九国贩骆驼”，就是那种喜欢说东家长西家短，串门子串来串去，到处兜揽生意的。鸳鸯说她嫂子是个见钱眼开的，听说有这种好事，还不开心死了。

说话之间，鸳鸯的嫂子已经走到了跟前，笑着跟鸳鸯说：“那里没找到，姑娘跑了这里来了！你跟了我来，我和你说句话。”平儿跟袭人忙给她让座。鸳鸯的嫂嫂说：“姑娘们请坐，我找我们姑娘说句话。”平儿和袭人都假装不知道这件事，笑着说：“什么事这样忙？我们这里猜谜儿，赢手批子打呢，猜了这个再去。”鸳鸯就很不客气地说：“什么话？你说罢。”她嫂子满脸堆笑地说：“你跟了我来，到那里我告诉你，横竖有好话儿。”就像有什么天大的喜事一样。一听这话，鸳鸯就气不打一处来，“立起身来，照他嫂子脸上使劲的啐了一口”，指着骂道：“你快夹着那油嘴离了这里，好多着呢！什么‘好话’！宋徽宗的鹰，赵子昂的马，都是‘好话’。”这里的“好话”谐“好画”的音，“宋徽宗的鹰，赵子昂的马”是说宋徽宗擅长画鹰，赵子昂擅长画马。鸳鸯就有一点在调侃，说宋徽宗画的鹰，赵子昂画的马，都是好画。

“什么‘喜事’！状元痘儿灌的浆儿又满是喜事。”“状元痘”是天花的讳称，这句话的意思是，天花痘发出来就会出浆，出浆就表示快要好了，所以也是喜事。“怪道成日家羡慕人家女儿作了小老婆了，一家子都仗着他横行霸道的，一家子都成了小老婆了！”鸳鸯这句话虽然是在骂嫂嫂，可是也透露出穷人家的悲哀：为了钱可以置亲情于不顾。兄妹之间的感情连一同做丫鬟的姐妹之间的感情还不如。所以作者才会让鸳鸯、平儿、袭人三个丫头遇到一起，说一说心里话。

鸳鸯接着说："看的眼热了，也把我送在火坑里去。我若得脸呢，你们外头横行霸道，自己就封了自己是舅爷了。我若不得脸败了时，你们把忘八脖子一缩，生死由我去。"鸳鸯这句话所说的，大概也是过去所有女性的命运，即使像元春嫁到皇宫做了皇妃，也不过如此。得宠时，贾家声势浩大；元妃一垮，全家就被抄家。

鸳鸯"一面哭，一面骂，平儿、袭人拦着劝。他嫂子脸上下不来，因说道：'愿意不愿意，你也好说，不犯着牵三挂四的。俗话说，"当着矮人，别说短话"。姑娘骂我，我不敢还言，这二位姑娘并没有惹着你，小老婆长小老婆短，人家脸上怎么过得去？'"她的意思是，平儿、袭人都是小老婆，你这么看不起小老婆，不是故意说给她们听，让她们两个难堪吗？这话其实有一点在挑拨是非。

袭人、平儿忙说："你别这么说，他也并不是说我们，你倒别牵三挂四的。"你看，这些丫头们因为从小一起长大，彼此信任，所以不会被轻易挑拨。"你听见那位太太、老爷封了我们姨娘了？况且我们两个也没有爹娘、哥哥、兄弟在这门子里仗着我们横行霸道的。他骂的人自有他骂的，我们犯不着多心。"鸳鸯说："他见我骂了他，他臊了，没的盖脸，又拿话挑唆你们两个，幸亏你们两个明白。"然后又自我检讨，说："原是我急了，也没分别出来，他就挑出这个空儿来。"意思是这也怨我，因为一时着急，没有想那么多，结果给她抓到了把柄。如果我说的话冒犯了你们俩，还望你们包涵。"他嫂子自觉没趣，赌气去了。鸳鸯气得还骂，平儿劝了他一会，方罢了。"

怡红院是大雄宝殿

然后平儿就问袭人："你在那里藏着作什么的？我们就没看见你。"袭人说："我因为往四姑娘房里找我们宝二爷去的，谁知迟了一步儿，说是来家来了。我疑惑怎么没看见呢，想要往林姑娘屋里找去，又遇见他们屋里的人说也没去。我心里正疑惑是出园子去了，可巧你从那里来了，我一闪，你也没看见。后来他又来了。我从树后头走到山子石后，我却听你两个说话来了，谁知你们四个眼睛没看见我。"

袭人的话还没说完，又听身后有人笑道："四个眼睛没见你？你们六个眼睛竟没见我！"原来后面还躲着一个人。《红楼梦》很好玩，背后老是有人偷听，所以很多事情一下就传开了。"三人唬了一跳，回头一看，不是别个，正是宝玉走来。"我好几次提到宝玉是《红楼梦》里的菩萨，在这些少女们受苦的时候，他都会出现，或者安慰，或者给一些支持，让她们可以度过生命里最难过的时刻。在西方，扮演这种角色的通常是中年妇人，可是在《红楼梦》中，很奇怪，竟然是一个十四岁的男孩子。

袭人说："叫我好找，你在那里来？"宝玉笑道："我从四妹妹那边出来，迎头看见你来了，我就知道是找我去的，我就藏了起来哄你。看你趁着头过去了，进了院子，又出来了，逢人就问我在那里。我好笑。原要等你到了跟前，唬你一跳的。后来见你也藏藏躲躲的，我就知道也是要哄人了。""趁着头"是方言，意思是低着头。你看大观园里的这些孩子很好玩，宝玉想吓唬袭人，袭人又想吓唬另外两个。所以我们知道，宝玉听到了所有的话。平儿笑着说："咱们再找一找去，只怕你还找出两个人来也未可知。"孩子气的东西就出来了。虽然这一天发生了这么不愉快的事，可小孩子就是小孩子，随时都会有一种天性的流露。宝玉笑着说："这可再没了。"

"鸳鸯已知话俱被宝玉听了去，只伏在石头上装睡。"因为不好意思。"宝玉笑推他道：'这石头上冷，咱们回房里去睡，岂不好？'说着拉起鸳鸯来，又忙让平儿来家吃茶。"所以我常常觉得怡红院就是一个大雄宝殿，所有受了委屈的人，最后都到怡红院，使身心得到平复。"平儿、袭人都劝鸳鸯走，鸳鸯方立起身来，四人竟往怡红院来。"

宝玉因为刚才听见了她们说的话，"此时自然心中不悦"。宝玉为什么不开心？作者没有讲。我觉得他是因为青春的美好被粉碎了，所以有一些怅然若失，"只默默的歪在床上，任他三人在外间说笑"。

《红楼梦》中的父权思想

下面话题暂时转到了邢夫人一边："且说邢夫人因问凤姐鸳鸯的父母，凤姐回说：'他爹的名字叫金彩，两口子都在南京看房子，从不大上京。'"过去的穷苦人家，名字都会取得很漂亮——"金彩"，大概希望他发财。"他哥哥金文翔，现在是老太太那边的买办。他嫂子也是老太太那边浆洗上的头儿。"哥哥帮着贾母采买东西，嫂嫂是专门负责洗衣服的。邢夫人听了，就差人把鸳鸯的嫂嫂找了来，把事情的原委说给她听。鸳鸯的嫂子听了自然很高兴，于是"兴兴头头地去找鸳鸯，指望一说必妥"。看来她这位嫂子，还不如平儿了解鸳鸯。

没想到她嫂子被鸳鸯骂了一顿，又被袭人、平儿说了几句，"着恼回来"，跟邢夫人汇报说："不中用，他倒骂了我一顿。"因为凤姐在旁边，她不敢提平儿，只是说："袭人也帮着他抢白我，说了许多不知好歹的话，回不得主子的。太太和老爷商议再买罢。谅那小蹄子也没有这么大福，我们也没有这么大造化。"就是说你们要娶小老婆，只好再买别人吧。你看，这真的就是人口买卖。就算这个嫂嫂知道这是人口买卖，也还是愿意把自己的小姑子这样子嫁出去。

邢夫人听了说："又与袭人什么相干？他如何知道的？还有谁在跟前？"金文翔家的回道："还有平姑娘。"因为一讲到平儿，王熙凤就会被牵连在内，所以凤姐赶忙说："你不会拿嘴巴子打他！回回我一出了门，他就逛去了；我回家来，连个影儿也摸不着他的！他必定也帮着说什么来！"记不记得，其实是凤姐叫平儿去逛的，只是她没有想到平儿会遇到鸳鸯。所以王熙凤说这些话，是想在婆婆面前表白：这件事自己完全不知情。金文翔家的忙说："平姑娘没在跟前，远远的看着倒像是他，可也不真切，不过是我白忖度着。"她怕得罪王熙凤，所以也说了谎。

凤姐忙命人赶快把平儿找回来，说："快打了他来，告诉他我来家了，大太太也在这里呢，请他来帮个忙儿。"丰儿赶快回道："林姑娘打发人来下请字儿，请了三四次，他才去了。奶奶一进门来，我就叫他去了。林姑娘说：'告诉你奶奶，我烦他有事呢。'"丰儿也在说谎，是不想让平儿牵扯其中。王熙凤听了，故意说："天天烦他，有什么事！"

"邢夫人无计，吃了饭回家，晚间告诉了贾赦。"下面就是贾赦出场了。

贾赦想了想，把贾琏叫了来，说道："南京的房子还有人看着，不止一家，即刻叫上金彩来。"贾琏回说："上次南京的信来，金彩已经得了痰迷心窍，那边连棺材银子都赏了去，不知如今是死是活，便是活着，人事不知，叫来无用。他老婆又是个聋子。"贾琏还不知道父亲要讨鸳鸯做小老婆的事，所以他说的都是实话。

贾赦听了很生气，就开始骂这个儿子：“下流囚攮的，偏你这么知道，还不离了这里！”“囚攮”这个词不太好理解，大概是说你这个早晚会被关进大牢的家伙，还不给我快滚，“唬得贾琏退出”。过了一会儿，贾赦又叫人传金文翔。“贾琏在外书房伺候着，又不敢家去，又不敢见他父亲，只得听着。”你看以前的父权思想有多严重，父亲没有叫你离开，你就不敢离开。有时候做儿子的真的蛮可怜的，莫名其妙就会遭到父亲的一顿臭骂。

没多久，金文翔就来了，直接被带到了贾赦的房间，过了五六顿饭的工夫才出来。“贾琏暂且不敢打听，隔了一会，又打听贾赦睡了，方才过来。”那个老爸根本已经忘了儿子还在门口，自己就睡着了。贾琏回到家，到了晚上，凤姐把他父亲想娶鸳鸯做小老婆的事告诉了他，他才明白是怎么一回事。

贾赦的狠话

“鸳鸯一夜没睡”，大概整夜都在想到底该怎么办。“至次日，他哥哥进来回贾母，说接他家去逛逛。”贾母体谅鸳鸯平时伺候她很辛苦，就答应了，让她回去跟哥哥聚聚。“鸳鸯意欲不去”，她知道哥哥来找她干什么，“又怕贾母疑心，只得勉强出来”。她哥哥就把贾赦的话一五一十说给她听，说以后会怎么对她好，怎么让她体面。“鸳鸯只咬定牙不愿意”，丝毫没有商量的余地，“他哥哥没法，少不得回复了贾赦”。

我们大概很少听到从贾赦那种体面的老爷嘴里讲出这种话，真是令人恐怖："贾赦怒起，因说道：'我这话告诉你，叫你女人向他说去，就说我的话，"自古嫦娥爱少年"，他必定是嫌我老了，大约他恋着少爷们，多半是看上宝玉，只怕也有贾琏。'"我觉得贾琏作为他的儿子，真是悲惨，这个老爸想要一个小老婆要不到，就说这个女人一定是爱上宝玉了，要不然就是爱上我儿子了，所以嫌我老。这话真是很难听。又说："若有此心，叫他早早歇了。我要，他不来，以后谁还敢收他？此是一件。"天下竟有这样的长辈，跟自己的侄子、儿子争风吃醋。

"第二件，想着老太太疼他，将来自然往外聘，作正头夫妻去。叫他细想，凭他嫁到谁家，也难出我的手中。"这话听上去真的很恐怖，但贾家大概真能做出这样的事情。所以我们说曹雪芹在《红楼梦》中，透露了对家族巨大的忏悔。他让大家看到，在这个家族富贵荣华和冠冕堂皇的背后，是多么的可怕。"除非他死了，或是终身不嫁男人，我就服了他了！"鸳鸯最后真的是无路可走，只好走这一条路了。

"'若不然时，叫他趁早回心转意，有多少好处。'贾赦说一句，金文翔应一声'是'。"那个哥哥没有任何对抗，只说"是"。我们可以看到那种阶级的差距。贾赦又说："你别哄弄我，明儿还打发你太太过去问鸳鸯，你们说了，他不依，便不与你们相关。若问他，他再依了，仔细你的脑袋！"你看这种官老爷的口气：说如果鸳鸯愿意，你们不愿意，小心你的脑袋；如果是鸳鸯自己不同意，我就只跟她算账。

"金文翔忙应了又应，退出回家，也等不得告诉他女人转说，竟自己对面说了这话。"贾赦不是让金文翔告诉他老婆，再让他老婆和鸳鸯说吗，可是鸳鸯的哥哥顾不得了，就把贾赦的话直接告诉了鸳鸯。"把个鸳鸯气的无话说，想了一想，便说道：'我便愿意，也须得你们带了我，去回声老太太。'”好，鸳鸯想出了一个计谋，她觉得事情到了现在，跟别人讲都没有用了，只有亲自向贾母表明自己的态度。鸳鸯的哥哥、嫂嫂以为她回心转意了，“都喜之不尽。他嫂子即刻带了他上来见贾母”。

鸳鸯在众人面前明志

鸳鸯来见贾母的时候，“可巧王夫人、薛姨妈、李纨、凤姐、宝钗等姊妹，并外头几个执事有脸的媳妇”，像赖大家的、林之孝家的，“都在贾母跟前凑趣儿呢”。就是陪贾母聊天，逗她开心。所以这个贾赦就惨了，鸳鸯等于当着众人的面，把他的丑恶面目整个揭露了出来。我不晓得宝钗、黛玉她们听到这个事情后是怎样想的，会不会感到人生的悲哀，会不会联想到自己将来的命运。

“鸳鸯喜之不尽，拉了他嫂子，到贾母跟前跪下”，“喜之不尽”是说，正好有这么多人在场，贾母一定会为自己主持公道。鸳鸯“一行哭，一行说”，把之前邢夫人是怎么说的，在园子里她嫂子是怎么说的，今天早晨她哥哥又是怎么说的，全部讲了出来。她又当着所有人的面，说：“因为不依，方才大老爷率性说我恋着宝玉，不然要等着往外聘，凭我到天边上，这一辈子也跳不出他的手中去，终究要报仇。我是横了心的，当着众人在这里，我这一辈子，别说是‘宝玉’，便是‘宝金’、‘宝银’、‘宝天王’、‘宝皇帝’，横竖不嫁人就完了！”好精彩的一段表白。

鸳鸯这段话的意思是，有钱人怎么会这么下流，他们觉得像我这样的丫头，不可能不贪恋权势跟财富。我之所以不愿意做贾赦的小老婆，只是因为我一心想要嫁给宝玉。所以鸳鸯发誓，就算是宝金、宝银、宝天王、宝皇帝，都不嫁。一个丫头被逼得要讲出这种话，这个社会的上层阶级，应该做很深的反省。不要认为权力跟财富在手，就可以不把别人的生命当一回事，可以这样去买卖人，也可以这样去买卖爱。这是《红楼梦》真正动人的部分，批判了旧社会里极其败坏的习俗。

“就是老太太逼着我，我一把刀子抹死了，也不能从命！”现在唯一能挽救鸳鸯的就是贾母，你可以看到鸳鸯这个时候的绝望。“若有造化，我死在老太太之先”，就是说如果我命好，我比你早一点走，你会保护我。“若没造化，该讨吃的命，伏侍老太太归了西，我也不跟着我老子娘、哥哥去，或者寻死，或是剪了头发当姑子去！”第一个想到的办法是死，第二个想到的是剪了头发做尼姑。过去的女性在走投无路的情况下，能想到的大概就是这两条路。

她起誓说：“若说不是真心，暂且拿话支吾，日后再图别的，天地鬼神、日头月亮照着嗓子，从嗓子里头长疔烂了出来，烂化成酱！”这是一个非常重的毒誓，相当于我们现在说的“不得好死”。鸳鸯是在逼不得已的情况下，发了这么重的毒誓，讲出了这么绝望的话。不仅如此，她来的时候已经做好准备，在袖子里藏了一把剪刀。为了进一步表明她的心迹，她“一面说着，一面回手打开头发，右手就铰”。旁边的人来不及阻拦，一剪刀下去，已经剪掉了半绺。《红楼梦》中好几次描写到鸳鸯有一头漂亮的头发，又黑又亮又浓密。“众人看时，幸而他的头发极多，铰的不透，连忙替他挽上。”

我觉得鸳鸯在众人面前明志这一段，是《红楼梦》中非常动人的画面。鸳鸯在《红楼梦》里，其实非常重要。

贾母错怪王夫人

“贾母听了，气的浑身乱颤”，这个老太太第一次发怒到这个程度，口中说：“我通共只剩了这么一个可靠的人，他们还要来算计！”王夫人也倒霉，邢夫人这个时候不在，刚好王夫人在旁边，所以她就骂王夫人：“你们原来都是哄我呢！外头孝敬，暗地里盘算我。有好东西也要，有好人也要，剩了这么个毛丫头，见我待他好了，你们自然气不过，弄开了他，好摆弄我！”人在气头上，说话难免欠考虑。

王夫人赶忙站起来，恭恭敬敬听着，“不敢还一言”，一句辩驳的话都不敢说。“薛姨妈见连王夫人怪上，反不好劝的了。李纨一听见鸳鸯这话，早带了姊妹们出去。”因为这个话牵涉到家里的长辈，而且是这么难听的话，所以她觉得做晚辈的，不应该再听下去。

“探春是个有心的人，想王夫人虽委屈，如何敢辩；薛姨妈现是亲姊妹，自然也是不好劝的；宝钗也不便为姨妈辩；李纨、凤姐、宝玉一概不敢辩。”每个人有每个人的顾虑，都不敢替王夫人讲话。“这正用着女孩儿之时，迎春老实，惜春又小，因此在窗外听了一听，便走进来，赔笑向贾母道：‘这事与太太什么相干？’”女孩儿们不好明着听，又很想听，只好在窗户外面偷听。

探春真的是很懂事，而且有担当。本来她们都躲出去了，可是听到这个，她反而进来，为王夫人辩白。她说：“老太太想一想，也有大伯子要收屋里人，小婶如何知道？便知道，也推不知道。”探春说，要娶小老婆的不是贾政，而是贾赦；要骂你应该骂邢夫人，这种事情你骂王夫人，王夫人不是被委屈了吗？

“话未说完，贾母笑道：‘可是我老糊涂了！’”我们一直说贾母是个很明理的人，而不是那种固执的人，所以被探春一点，她马上就认识到自己错怪王夫人了。然后赶忙跟薛姨妈道歉，因为自家人不用那么客气，而薛姨妈是客人，贾母觉得在客人面前错怪她的姐姐，有些失礼。就跟薛姨妈说：“姨太太别笑话我。你这个姐姐他极孝顺我，不像我那大太太一味怕老爷，婆婆跟前不过应景儿。可是我委屈了他了。”贾母对比了两个媳妇，说邢夫人只是在我跟前随便敷衍一下，委屈王夫人了。薛姨妈很会说话，一边说“是”，一边说：“老太太偏心，多疼小儿子媳妇，也是有的。”

贾母道：“我不偏心！”然后又训宝玉：“宝玉，我错怪了你娘，你怎么不提我，看着你娘受委屈？”所以你看贾母在气头上还很清醒，要让王夫人的委屈得到平复，不能骂别人，只能骂宝玉。宝玉笑着说：“我偏着我娘说大爷、大娘不成？通共一个不是，我娘在这里不认，却推给谁去？我倒要认是我的不是，老太太又不信。”宝玉真的是一副菩萨心肠，谁的坏话他都不愿讲，谁的过错他都愿意承担。如果自己承担不了，宁愿让自己的母亲承担，因为母亲是他最亲、最近的人。

贾母笑着说：“这也有理。你快给你娘跪下，你说太太别委屈了，老太太有年纪了，看着宝玉罢。”贾母是让王夫人看在宝玉的面子上，就原谅她吧。贾母是婆婆，她不能给王夫人下跪，所以就让宝玉给他妈妈跪下。你看，宝玉这个孙子也很倒霉，不过他并不介意。“宝玉听了，忙走过来，便跪下要说”，王夫人赶忙拉起来，说：“起来！使不得！终不成你替老太太给我赔不是不成？”宝玉忙站了起来。

贾母又笑着说：“凤丫头也不提我。”宝玉和凤姐是贾母最疼爱的两个人，也知道他们两个不会介意，所以怪完了宝玉又怪凤姐。这个时候，凤姐就很聪明。大家可以想想，这样尴尬的场面，你要怎样化解？就听她说："我倒不派老太太的不是，老太太倒寻上我了？"贾母和众人听了都笑起来，说："这可奇了！倒听听这不是。"

凤姐说："谁教老太太会调理人，调理的水葱儿似的，怎么怨得人要？我幸亏是孙子媳妇，我若是孙子，我早要了，还等到这会子呢。"贾母笑道："这倒是我的不是了？"凤姐也笑着说："自然是老太太的不是。"贾母于是开玩笑说："这样，我也不要了，你带了去罢！"凤姐说："等我修了这辈子，来生托生个男人，再要罢。"贾母笑道："你带了去，给琏儿放在屋里，看你那没脸的公公还要不要了！"凤姐说："琏儿不配，我和平儿这一对烧糊了的卷子和他混罢。"我们通常说生米煮成了熟饭，凤姐这里形容是"烧糊了的卷子"，非常有趣。"说得众人都笑起来了。"

王熙凤这里等于收了一个场，将之前的尴尬，化解得比较圆满。所以在这样的大家族里，真的需要王熙凤这种人。她懂得在不该讲话的时候不要讲话，该讲话的时候要让事情有一个转圜。

《红楼梦》中贾赦想娶鸳鸯做小老婆这一段，常常被我们忽略，其实里面有非常动人的东西。它为我们呈现了《红楼梦》中那些丫头的宿命，她们的不幸跟悲哀，以及她们内在的坚持。我们读了以后，会对鸳鸯有些不忍。因为对鸳鸯不忍，我们回到现实世界，就会觉得不应该伤害任何一个人。不管我多么爱一个人，多么想占有那个人，也应该尊重他的意愿，而不是利用各种手段达到自己的目的。我想这才是伟大文学作品的意义所在。

第四十七回

呆霸王调情遭毒打
冷郎君惧祸走他乡

人的惯性

《红楼梦》第四十六回讲了邢夫人的丈夫贾赦看上了贾母身边最重要的丫头鸳鸯，希望邢夫人帮他促成这件事，结果惹得贾母非常恼怒。我们知道贾母平时从不乱发脾气，有一种家族领袖的身份跟气派，把自己的喜怒哀乐控制得很好。因为她高兴一点，别人就会巴结奉承；她稍微生气一点，别人就会害怕。我们总是看到她跟孙子辈在一起，玩得很开心。大家也许会觉得，《红楼梦》里面的贾母，不过是一个配角，宝玉、宝钗、黛玉他们，才是这部书的主角。其实贾母是一个非常重要的角色。《红楼梦》中常常说树倒猢狲散，其实这棵大树，指的就是贾母。

贾母是支撑这个大家族最主要的力量。她等于是开创贾家基业的第一代，经历过创业的艰难，后来作为贾家的管家，操持了数十年家务，努力维持着这个大家族的繁荣气象。直到年纪大了，没有办法了，才把管家的权力交给王熙凤，自己乐得清闲自在。对于贾家现在的衰败和乱七八糟，她不是没有看到，而是管不动了，也懒得管了。可是今天有人把心思动到了她身边的人，她就忍无可忍了。

因为大家知道，像贾母这样的老太太，有她多年来形成的生活习惯。而鸳鸯照顾贾母许多年，最了解她的习惯，所以能对她知冷知暖，体贴入微。所以一会儿你会看到贾母跟邢夫人抱怨说：你们要了这个人，等于要了我的命。

到了第四十七回，贾母的怒气还没有平息，邢夫人就来了。“话说王夫人听见邢夫人来了，连忙迎了出来。”注意这个动作——“连忙迎了出来”，王夫人跟邢夫人是平辈，其实用不着迎出来，她是想提醒邢夫人做好思想准备，所以里面有一种关心。“邢夫人犹不知贾母已知鸳鸯之事，正还又来打听消息。”可见邢夫人在这个家族当中，有一点木讷，有一点迟钝，如果是王熙凤，可能早就听说了。你不知道王熙凤在这个家族里有多少眼线，不管发生什么事，王熙凤一下就知晓了。假如她想讨好贾母，总是知道时机对不对，也是因为她有很多眼线。

等她进了院门，“早有几个婆子悄悄的回了他，他方知道。待要回去，里面已知”。邢夫人有一点怕贾母生气，想先回避一下，可是里面已经知道了，这个时候不进去，更不礼貌。再加上王夫人也来接她，所以就硬着头皮走了进去。进来后，“先与贾母请安，贾母一声儿也不言语”。邢夫人跟贾母请安，贾母就不理她。贾母如果骂人，也许还好一些；沉默，才是最大的惩罚。

我们小时候都有过这种体会。父母最生气的时候，不是骂你的时候，而是不理你的时候。你放了学回家跟妈妈说：“妈妈我回来了。”妈妈不理你，你大概知道成绩单到了。

邢夫人“自己也觉得愧悔”，就很难堪，因为这真的是不太恰当的事。一个儿媳妇跑去跟婆婆要丫头做丈夫的小妾，这也怪怪的，所以邢夫人自己也觉得怎么会做了这件事？可是我觉得，这是女性多年结婚以后的惯性。丈夫要什么，太太给他什么，到最后她就没有拒绝的习惯了，其实作者是用这个角度在写人。所以我也觉得人多多少少都有可被同情之处，因为不是自己要不要变成这个角色，而是许多年之后，我们都不知道自己变成了什么角色。

日本有一个非常好的导演——小津安二郎，他拍过一部叫《早安》的电影。就是描写传统的妇女，丈夫讲什么，她就顺从地答应。丈夫一回家，她一定是在门边蹲下去把拖鞋放好，非常温顺的样子。到了老年，那个老太太或在厨房忙，或在熨衣服，永远是忙她丈夫的事情。老太太总是听到先生叫她，但是跑过去之后，先生说，我没有叫你啊！在一个伦理的习惯里，她已经养成惯性了，她永远等待着帮她先生去做什么事情。

这个部分就是《红楼梦》想要讲的——人的惯性。所以对于邢夫人，我们不必说好或不好，我相信有些女性在传统里，最后就扮演了这个角色。

回避的智慧

你可以想象那个场景：邢夫人又愧悔，又尴尬，旁边的人一定也很尴尬，不知道怎么办。这种冷场，有时候需要一些很聪明的人，像王熙凤这样的人来讲一些笑话，把气氛缓和一下。可是这一次王熙凤也不敢讲话，因为这件事非同小可，而且牵涉到她的婆婆。所以，“凤姐早指一事回避了”。注意“早”这个时间点，也就是凤姐还没有到“贾母不言语”的程度，就假借有事避开了。

“鸳鸯也自回房去生气。”鸳鸯这个丫头也绝顶聪明，事情因她而起，她绝对不能在场，所以也回房了。“薛姨妈、王夫人等恐碍着邢夫人的脸面，也都渐渐的退了。”两人也觉得再待下去有些不妥，就找借口离开了。这个场景的描写非常精彩，作者在写很复杂的人际关系：是否要回避，早走还是晚走，都有学问在里面。

其实，回避是一个大智慧，可是现在有些人不太知道“回避”这件事的重要。比如，今天很多孩子看到校长要骂老师了，还傻乎乎站在那边听，不知道这个时候应该回避，不然这个老师会很没面子。

这个校长也不对，也不应该当着学生的面骂这个老师，有什么事情你可以等学生离开了再讲。如果你当着学生的面羞辱老师，这个老师以后就没有办法管学生了。

我有学生读到这一段的时候，不理解王熙凤为什么要走。我说你如果出去工作，一定会被解雇。因为这里面有一种人际关系，他不太懂。家族有它的伦理，社会也有它的伦理，我相信不管我们处在哪个年龄，做晚辈还是做长辈，《红楼梦》里都有可以学习的东西。

大家族人际关系的复杂

“邢夫人且不敢出去。”贾母没有叫她走，她还真不敢走。如果搁在今天，老师生气不讲话，学生大概会说，你不讲话，那我走了。可是过去的伦理就是，婆婆不发话，这个儿媳妇是不敢动的。

我记得我们小时候被爸爸妈妈骂了，不管是对的是错的，被骂了总是心里面很气，然后就回到房间，把房门锁起来。那时，一定被叫出来再骂一顿，意思是说你不可以闹情绪。因为这个时候关房门、锁房门这件事情表示你拒绝沟通。所以我相信那个大的家族当中，有它的伦理。

贾母看到已经没有其他人了，才开始教训邢夫人，这也是一种智慧。不要在旁边还有一大堆人的时候，就开始骂人。因为即使骂得对，可是场合不对、分寸不对，也会出问题。我们绝对不希望看到一个位阶很高的人随便乱骂人，因为他一讲话，要有他的分量，他一个眼神就够别人受了。所以你看到在这种大家族里，贾母再不高兴，她不会当着王熙凤的面骂邢夫人，因为那样一来，这个婆婆就没有办法在儿媳妇面前做人了。

我常常提到，《红楼梦》对今天的我们来讲，最困难的就是，因为我们几乎没有大家族生活的经验，所以会觉得这种人际关系怎么那么麻烦。因为现在常常是三房两厅，一对夫妇带着两个孩子，人际关系非常简单。所以我们比较不容易了解，过去四代同堂的大家族，其实就是一个小社会。在这个小社会里，有着很复杂的东西；有它的坏处，也有它的好处。

它的坏处就是人与人之间的钩心斗角。不要讲生活在一起，光是婚丧嫁娶的意见之多，就够你受的。而且这个时候，表达意见往往不简单只是为了表达意见，而是证明你的身份和在这个家族的地位。它的好处是，以后到了社会上，就会比较懂得怎样去跟别人相处。因为社会再复杂，也没有家族的关系复杂。它等于是一个实习。

我在教书的时候，会给学生介绍工作。有的学生就做得得心应手，有的学生，你介绍出去，三天两天就被淘汰了。你大概就知道因为家庭的背景不太一样，有些孩子善于察言观色，知道怎么讲话得体；有些就是大咧咧的，他不是坏，而是单纯，不知道怎样面对复杂的人际关系，也不懂得职场的伦理跟辈分，因为他没有受过这种训练。

所以我常常觉得，《红楼梦》是一部具有社会功能的书。我们并不需要学到里面太过复杂的人际关系，可是多多少少懂一点，对于孩子的成长，以及如何在这个社会立足，还是有一些好处的。

贾母教训邢夫人的技巧

接下来就来看看贾母教训儿媳妇的技巧："贾母见无人，方说道：'我听见你替你老爷说媒呢。你倒也三从四德的，只是这贤惠也太过了！'""说媒"的话就有一点讽刺，下一句的讽刺就更重了。

"你们如今也是孙子、儿子满眼了。"贾母的意思是，你们都已经有那么多儿子、孙子了，应该给他们做个榜样，还这么一房一房地娶，真的有一点难看。"你还怕他，劝两句都使不得，还由着你老爷那性儿闹！"这句就有点批评邢夫人到了这个年纪，还是这么软弱和没有主见。

你注意一下，贾母平常从不这样批评别人，她知道她的身份，她讲重话别人会受不了。如果不是大事，她不会随便讲话。所以我觉得，不仅仅是晚辈才要学习，长辈也要不断学习，要有长辈的样子。该讲的讲，不该讲的不讲。今天，我已经有上千的学生了，但我还在学习，什么话该讲，什么话不该讲。在学生和我闹成一团的时候，我如何维持自己老师的身份，让学生尊敬。我相信那是一个很微妙的学习，而这个学习不是任何书本可以教你的。

"邢夫人满面通红，回道：'我劝过几次都不依。'"似乎感觉有点委屈，可是我们前面没有看到她劝过贾赦。贾赦一说娶小老婆，邢夫人就帮他，想尽办法取悦丈夫，以保住她正房的地位。可见，她是一个多么没有安全感的人，所以邢夫人也是个值得同情的角色。但是她在贾母面前，不好意思表现得很窝囊，就说有劝过，可他不听我的话。“老太太还有什么不知道的呢，我也是不得已儿的。”邢夫人说，你是他的母亲，难道不了解他的性格吗？我也是不得已的。贾母就有一点生气：“他逼着杀人，你也杀去？”这句话很重，是说女性“三从四德”的分寸，你要拿捏好。就算你迫不得已，也应该有自己理智上的判断和原则；可是从邢夫人的所作所为，似乎看不到这一点。

贾母又说：“如今你也想，你兄弟媳妇本来老实，又生得多病多痛的，上上下下那不是他操心？”贾母退休以后，贾家大大小小的事情，先是由王夫人在管。后来王夫人身体不好，才交给王熙凤管。贾母的意思是，你邢夫人在干吗？你嫁过来做媳妇，到现在也没操过心。所以她就有一点把几十年的事一起算总账的感觉。“你一个媳妇虽然帮着，也是天天丢下笆儿弄扫帚。”你看贾母在生气的时候，讲话还是很明理的，她不会把人骂到一文不值，或者是百分之百的坏蛋。贾母说，你媳妇平时也帮着王夫人做一点事，这个我肯定。但是家里面三百多口人，大大小小的事情，真的是忙到刚把笆斗放下，又要去扫地，意思是永远忙不完。

“凡百事情，我如今都自己减了。”以前的大家族，一个长辈光吃一顿饭就不得了，有许多的仪式跟排场。她说我自己都尽量大事化小，小事化无。“他们两个就有一些不到的去处”，是说之前的王夫人和现在的王熙凤，会有一些考虑不周全的地方，幸好还有鸳鸯。好，说到重点了。

怎样才是孝顺？

“那孩子细心些，我的事情他还想着一点子：该要去的，他就要了来了；该添什么的，他就度空告诉他们添了。”像贾母这样上了年纪的贵妇人，社会关系复杂得不得了，哪一家生日要送礼了，哪一家结婚要怎么样了，都是鸳鸯在打点。很多生活上的事情，也不需要贾母特别叮咛，她就主动做了，这样的丫头的确省心。所以鸳鸯这个角色，不仅仅是个特别看护，还是特别助理，有多重的角色。“鸳鸯再不这样，他娘儿两个，里头外头，大的小的，那里不忽略一点半点。我如今反倒自己操心去不成？还是天天盘算和你们要东西去？”她反问邢夫人，说我这么大年纪了，也累了一辈子，你们把鸳鸯要走，难道这些事情还要我自己操心，难道我就不能享一点清福吗？

我们今天做晚辈的，有时候会觉得，要孝顺自己的父母或者祖父母，就给他们送样贵重的东西。我相信真正的贴心，是嘘寒问暖。那只有生活在一起，才真的能够做到。所以贾母说：“我这屋里有的没的，剩了他一个，年纪还大些，我凡百的脾气性格儿他还知道些。”其他的丫头太小，只有鸳鸯比较懂事，能够体贴贾母。等一下有场打牌的戏很精彩，你就看到没有鸳鸯在旁边，老太太连牌都打不起来，因为怎样落牌，怎样和牌，全部是鸳鸯在帮她。

“二则他还投主子们的缘法。”投缘这点很重要，人再好，不投缘的话也不行。“他也并不指着我和这位太太要衣裳去，又和那位奶奶要银子去。”这句话大家可能不容易懂，就是一个大企业的特别助理，可能会假借董事长或者总经理的名义在外面招摇撞骗。如果鸳鸯假借贾母之名，她可以要到很多东西，可是鸳鸯从来不会这样做。这里就讲到了鸳鸯的正直，这是非常不容易的。其实在今天的社会上，要用一个人，难就难在这里。所以贾母不是一个糊涂虫，她头脑其实非常清楚。

“所以这几年一应事情，他都料理，从你小婶和你媳妇起，以至家中大大小小，没有不信的。”“小婶”就是王夫人，“媳妇”就是王熙凤，家中上上下下的人都信得过鸳鸯，“所以不单我得靠，连你小婶和你媳妇也都省心”。因为要伺候一个老太太真的不容易，有这样一个得力的人，省了她们很多事。“我有这么个人，便是媳妇、孙子媳妇有想不到的，我也不得缺了，也没气可生了。”贾母说我这么多年，过得快快乐乐的，也不太生气，都是因为有鸳鸯。“这会子他去了，”你们要是把她弄走了，“你们弄个什么人来我使？你们就弄他那么大一个珍珠人来，不会讲话也是无用。”意思是说，这不是花钱就可以办到的。

就好像我们孝敬长辈，一直在给钱，可是事实上，钱对他没有用，一大堆的金银财宝，也只是变成负担而已，对他没有什么意义。因为他要的是一个生活上体贴的东西。可以有人陪着他说笑、讲话就好了。

有时候我们也在思考，一个社会里的老人福利到底应该是怎么样的？是让他每个月拿着图章去办手续、领钱吗？我看到有些国家觉得“照顾”是重要的，他们甚至会考虑到年纪大了，需要吃什么样的菜。他们找到特别会做那类菜的人来照顾老人，我就叹为观止。就是这个国家的社会局不只是给钱，因为他们知道人到了一个年龄，也许连花钱的能力都没有，有时候真的老到连去领钱的能力也没有。

我看到北美一些国家的老人公寓，公寓的底下是百货商场。他们觉得老人喜欢热闹，这样随时可以下来在商场里逛逛，还有对老人免费的电影院。我心说，怎么跟我想的不一样，我觉得老人应该到山里去。后来发现那是我的一厢情愿，我并不真正了解老人家到底想要什么。所以不要小看贾母这一段话，它表达的是老年人的心声。

“我正要打发人和你老爷说去，他要什么人，我这里有钱，叫他只管一万八千的买去，我只要这个丫头。但能留下他伏侍我几年，就比他日夜伏侍我尽了孝的一样。”贾母说，我这么大年纪了，也活不了几年了，如果能留下鸳鸯再服侍我几年，就等于他在尽孝。所以贾母心里很清楚，真正贴心的是什么。

前两年，有一个朋友的长辈在台北的老人院结婚，一个八十五岁，一个八十三岁，那一天大家都很感动。因为从世俗的角度来看，这么大年纪结婚，常常被传得很八卦，很不堪。可是在现场，你就可以感受到他们的孤独，以及想要相互依靠、彼此温暖的那种感觉。

嗜欲深者天机浅

好，贾母骂完了。所以你注意一下，讲话要有分寸和尺度，千万不要唠唠叨叨说个没完，因为最后的唠叨是没用的。贾母真是了不起，她在大家都不在的时候把话讲完。“说毕，命人来：‘请了姨太太和你姑娘们来，才高兴说个话儿，怎么又散了？’”其实贾母心里知道人为什么都不见了。

“丫头们忙答应着去了，众人忙赶的又来，只有薛姨妈向那丫环说道：‘我才来了，又作什么去？你就说我睡了觉。’”就好像说我刚从高雄回到台中家里，怎么又要去。丫头就说：“好亲亲的姨太太，姨祖宗！我们老太太生气呢，你老人家不去，没个开交了。”意思是您老人家不去陪她说说话，那就没完没了了。你看，连丫头们都很懂事，知道这个时候得有人去转圜一下，陪她打打牌、聊聊天，让这个事情过去。所以该离开的时候要离开，该回来的时候还是要回来，这个人生才能继续得下去。最怕的是该离开的时候不离开，不该回来的时候又回来了，那大概就麻烦了。这不是什么大智慧，可是一个人在生活中快乐不快乐，全跟这个有关。

丫头的下一句话很有趣："只当疼我们罢。你老人家嫌乏，背了你老人家去。"你看这个丫头多会讲话；会讲话，事情一定能办成。薛姨妈就笑了："小鬼头儿，你怕些什么？不过骂几句完了。"话虽是这么说，薛姨妈还是跟这个丫头回来了。如果我要雇特别助理，一定雇这个丫头，她真的很会讲话。

"说着，只得和这丫头走来。贾母忙让座，又笑道：'咱们斗牌罢。'"你看贾母多聪明，她知道这个时候讲话，最后不免会绕到这件不开心的事，所以还是尽量不要讲话。我们这个社会就是常常讲话太多，不该讲的时候也讲，于是老在一个地方绕。贾母就是讲完就完了，该忘就忘。所以曹雪芹很厉害，马上就转到了打牌。鸳鸯就过来了，这样就让我们看到鸳鸯的好处了。

贾母她们打的"牌"，其实就是麻将。麻将这个东西很有趣，历史非常悠久，一直在演变。我小时候很不喜欢打麻将，觉得坐太久蛮无聊的，可是长辈三缺一的时候，我就常常会被抓去。然后就会发现，在麻将桌上，其实有很大的学问。你如果不懂事，那三个老人脸都铁青了，你还一直在那边和牌。你才发现，原来打麻将是要察言观色的。等一下你就可以看到鸳鸯在给王熙凤使眼色，告诉她贾母和什么牌。可是又不能明讲，因为明讲贾母也生气，她会说你们在干吗，以为我老年痴呆呀。所以你看多复杂，以前好多人说搞政治的人都打麻将。有时候我觉得如果不是太过沉迷其中的话，"打麻将"的过程中有一种智慧。

我常常觉得最有趣的，就是在后面看四个人打牌。四个人的个性和风格，你很快就一清二楚。有的人大胆豪迈，有的人小心谨慎；有的人勇敢进攻，有的人紧张防卫。你还可以看到他们中间的牵制，全是非常微妙的关系。你心里就会想，我摸清了这四个人的个性，等一下我坐下来，一定会赢。可是等我一坐下来，就一直在输。我就发现，很奇怪，你不介入的时候能看到天机；等你一旦介入，你就看不到了。这让我懂得了庄子的一句话："嗜欲深者天机浅。""天机"是超越于输赢之上的，你想赢的时候，就会有欲望；你有欲望，就看不到天机了。

牌桌上的学问

贾母笑着说："咱们斗牌罢。姨太太的牌也生，咱们一处坐着，别叫凤丫头混了我们去。"就是说凤丫头太精了，我们两个互通一下消息，不要让她赢了。薛姨妈笑道："正是呢，老太太替我看着些。就是咱们娘儿四个斗呢，还是再添个人呢？""娘儿四个"是指王夫人、王熙凤、薛姨妈和贾母。王夫人笑道："可不只四个。"凤姐说："再添一个人热闹些。"薛姨妈和凤姐没有明讲，可是心里都知道，没有鸳鸯帮忙，贾母打牌手也抖，眼也花，脑子也不清楚。所以你看薛姨妈多聪明，凤姐也很机灵，就是王夫人老实一点。我们现在的小朋友就比较缺乏这种训练，他可能直接说："你的手抖成那个样子，眼睛也花了，我来帮你吧。"那个话一讲出来，老太太要伤心死了。可是王熙凤说，多一个人热闹点。

于是贾母就说："叫鸳鸯来，叫他在这下手里坐着，姨太太的眼也花了，咱们两个的牌都叫他瞧着些儿。"凤姐就叹了一声，跟探春说："你们知书识字的，倒不学算命！”王熙凤每次讲的都是别人听不懂的冷笑话。探春就说：“这又奇了，这会子你不打点精神赢老太太几个钱，又想算命！”凤姐说：“我正要算算今儿该输多少钱呢，我还想赢！你瞧瞧，场子没上，左右都埋伏下了。”说得贾母、薛姨妈都笑了。

“一时，鸳鸯来了，便坐在贾母下手。”其实她主要不是来玩牌的，而是帮贾母看牌、和牌，相当于变成她的眼和手，所以你看这个特别助理有多重要。没有这一段，你就对比不出贾母刚才那些话的意义。之前那些话也许空洞，现在就变得很具体。“鸳鸯之下是凤姐。铺下红毡子”，这样打麻将没有声音。我在古董店见过最老的苏州麻将，前面有象牙的雕刻，后面衬着一片竹子。摸在手上，很有质感，非常舒服。所以现在LV也出了麻将，上面都是LV的图案。

然后“洗牌告幺，五人起牌”。“告幺”就是通过掷色子，决定谁是庄家。

“斗了一会，鸳鸯见贾母的牌已十全，只等一张‘二饼’”，有的版本是“十严”，“十全”就是说已经听牌了，单吊“二饼”。鸳鸯这个时候就扮演了重要的角色，贾母刚刚生了一场气，现在要让她开心，就必须让她赢。可你不能明着说老太太要二饼，你们赶快打二饼，那贾母大概要气死了。所以她“便递了个眼色与凤姐儿”，就这样把情报送了出去。我不晓得这个二饼要怎样递眼色，我想这真是有趣的学问，总之两个人都要聪明。所以鸳鸯这边递完眼色，凤姐立刻就明白了。

“凤姐正应该发牌，便故意踌躇半晌”，注意这都是巧妙之处，你不能一递眼色，马上就打二饼，那样就太露了。打还是不打，要有一点犹疑，嘴里还笑着说：“我这一张牌定在姨妈的手里拿着呢。我若不发这一张，真顶不下来。”她故意转移话题，不说贾母要，而说薛姨妈要。薛姨妈也很聪明，说：“我手里没有你的牌。”意思是我不和你的牌，或者说我还没听牌，你放心打吧。所以这时候打出来，贾母才会觉得好开心。因为有转折。可见，曹雪芹不止会写小说，也会打牌。打牌和写小说其实一样，都需要转折。

凤姐说：“我回来是查牌的。”薛姨妈说：“你只管查。你且发下来，我瞧瞧是张什么。”就有一点在逗她。“凤姐便送在薛姨妈跟前”，注意那个牌没有离开手，只是在薛姨妈眼前亮了一下。可是我们知道打牌有规矩，只要牌一亮出，就不能再收回去了。你不能说人家和了，你又把牌拿回去。薛姨妈看是二饼，就笑着说：“我倒不稀罕他，只怕老太太满了。”大概是说贾母和了一个大满贯。凤姐听了忙笑着说：“我发错了。”就要往回收，“贾母笑的掷下牌来”，这句描写非常形象。贾母按捺了很久，终于等到了，笑着把手上的牌扔下来，意思是我和了。然后说：“你敢拿回去！谁叫你错了？”

凤姐说：“可是我要算一算命呢。这是自己发的，可埋怨谁！”贾母笑着说：“可是你自己该打着你那嘴，问着你自己才是。”意思是你自己要打这张牌，你怪谁。然后又跟薛姨妈说：“我不是小器爱赢钱，原是个彩头儿。”以前的长辈都这么说：我不是为了赢钱，就是觉得开心。薛姨妈笑着说：“可不是这样，那里有那样糊涂人说老太太爱钱呢？”这几年每到春节，我的大部分学生都从美国、欧洲回来看我，有时我们就玩玩麻将。很奇怪，我每次都赢，因为以前我很少赢。后来，我想是因为我到了贾母的辈分了。他们大概也在递眼色，只是我看不见了。但我常常讲，我也不爱赢钱，可赢了很开心。

“凤姐正数着钱，听了这话，又把钱穿上了”，注意这些小动作，都是在逗贾母开心。过去的钱中间有一个孔，钱都是一串一串地穿起来，叫作一吊或一贯钱。凤姐向众人笑道：“够了我的了。竟不为赢钱，单为彩头儿。我到底小器，输了就数钱，快收起来罢。”意思是贾母既然只是为了开心，那我就不给钱了。下面这段也很有意思，贾母的牌平时都是鸳鸯帮着洗，这个时候正好轮到贾母洗牌，“因和薛姨妈说笑，不见鸳鸯动手”，贾母就说：“你怎么恼了，连牌也不替我洗。”鸳鸯拿起牌，笑着说：“二奶奶不给钱么。”意思是王熙凤还没有给钱呢。

贾母说：“他不给钱，那是交运了。”然后就命小丫头：“把他那一吊钱都拿过来。”小丫头就真的拿了，搁在贾母旁边。凤姐忙笑着说：“赏我罢，我照数儿给就是了。”其实像贾家这样的富贵人家，哪里会在乎这一点钱，但这里有种把小钱抢来抢去的快乐，所以这一场牌局可以说是一场政治麻将。薛姨妈说：“果然凤丫头小器，不过是玩儿罢了。”凤姐听说，便站起来，拉着薛姨妈，回头指着贾母平日放钱的一个木箱，笑着说：“姨妈瞧瞧，那个里头不知玩了我多少去了。这一吊钱玩不了半个时辰，那里头的钱就招手儿叫他了。只等把这一吊也叫进去了，牌也不用斗了，老祖宗的气也平了，又有正经事情差我办去了。”你看，王熙凤说话多么风趣幽默。

母性的威权

“话未说完，引的贾母、众人笑个不住。偏平儿怕钱不够，又送了一吊来。”我们多次说过，平儿跟鸳鸯一样，也非常懂事，很会拿捏分寸。

平儿就想，凤姐今天来打牌，主要是为了让贾母开心，所以她一定会想办法让贾母赢钱。她怕王熙凤带的钱不够，又特别送了一吊钱过来。王熙凤就接着刚才的话说："不用放在我跟前，也放在老太太的那一处罢。一齐儿叫他进去倒省事，不用做两次，叫箱子里的钱费事。"贾母听了，"笑的手里的牌撒了一桌子，推着鸳鸯，叫：'快撕他的嘴！'"可见开心得不得了。

下面一段戏，是王熙凤的丈夫贾琏也来了。你可以看到《红楼梦》里很多女性都比男性聪明，她们反应灵敏，非常懂得察言观色。可是这些男孩子，大概因为养尊处优，少了许多磨炼的机会，所以有一点呆呆的。我们来细看："平儿依言放下钱，也笑了一会，方回来。至院门前遇见贾琏，问他：'太太在那里呢？老爷叫我请过去呢。'"平儿忙说："在老太太跟前呢，站了这半天还没动呢。趁早儿丢开手罢。老太太生了半日气，这会子亏二奶奶凑了半日趣儿，才略好些。"平儿劝他现在最好别进去，老太太刚发完脾气，好不容易才高兴了一点，你这个时候进去，肯定会被骂一顿。

贾琏说："我过去只说讨老太太的示下，十四往赖大家去不去，好预备轿子。又请了太太，又凑了趣儿，岂不好？"贾琏就觉得哪有那么严重，是我老爸要娶小老婆，又不是我要娶小老婆，干吗骂到我头上。他不太了解有一种情绪叫作"迁怒"。平儿说："依我说，你竟不去罢。合家子连太太、宝玉都有了不是，这会子你又填限去了。""填限"有不同的写法，有的是限制的"限"，有的就是包饺子馅儿的"馅"。意思就是有点代别人受过。

"贾琏道：'已经完了，难道还找补不成？况且又与我无干。二则老爷又亲自吩咐我请太太的，这会子我打发人去，倘或知道了，正没好气呢，指着这个拿我出气罢。'说着就走。平儿见他说得有理，也便跟了过来。"

贾母看到贾琏，就借机提起上次他跟鲍二媳妇通奸的事，骂他下流种子。其实是在骂他的老爸，就是气还没有平。所以这个作者非常会写，本来写到打牌已经打得有点开心了，可一看到贾琏，又想到他的那个老爸，不免又骂了一顿。

我们可以从中看到《红楼梦》中的女性世界，跟男性世界是非常不同的。在女性的世界里，都是"三从四德"。可如果熬到了贾母这个辈分，家族里的男性大都是她的儿子、孙子时，她就有了一个威权，所以我们说"母以子贵"。那不是女性的威权，而是母性的威权。

贾琏被迁怒

"贾琏到了堂屋里，便把脚步放轻了，往里间探头，只见邢夫人站在那里。凤姐眼尖，先就瞧见了。"王熙凤可谓耳聪目明，有的人是就算别人站在他面前，他也看不到。"便使眼色儿不命他进来，又使眼色与邢夫人。邢夫人不便就走，只得倒了一杯茶来，放在贾母跟前。贾母一回身，贾琏不防，便没躲伶俐。贾母便问：'外头是谁？倒像小子一伸头。'"凤姐赶忙起身说："我也恍惚看见一个人影儿，等我瞧瞧去。"一面说，一面起身出来。贾琏见躲不掉了，赶紧进来赔笑说："打听老太太十四出门不出？好预备轿子。"贾母没有直接回答这件事，而是说："既这么样，怎么不进来？又作鬼作神的。"贾琏赔笑说："见老太太玩牌呢，不敢惊动，不过叫媳妇出去问问。"贾母就忙道："这一时等他家去，你问多少问不得？那一遭儿你这么小心来着！”

好，贾母的火又被拱了起来，要开始骂人了：“又不知是来作耳报神的，也不知是来作探子的，鬼鬼祟祟，倒唬了我一跳。什么好下流种子！你媳妇和我玩牌呢，还有半日的空儿，你家去再和那赵二家的商量着治他去罢。”老太太因为年纪大了，脑子有些不清，把鲍二家的记成了赵二家的。大家都笑了起来。鸳鸯就提醒她：“鲍二家的，老祖宗又拉上赵二家的。”贾母自己也笑了，说：“可是，我那里记得什么抱着背着的，提起这些事来，不由我不生气！”

好，下面这一段话就很有趣，她说：“我进了这门子作重孙子媳妇起，到如今我也有了重孙子媳妇了，连头带尾五十四年，凭他什么大惊大险、千奇百怪的事，也经过了些，从无经过这些事。”所以贾母有一点感叹，当年创业的时候，这个家族是多么认真，多么勤俭的，怎么现在越来越不像样，这么多乱七八糟的事。“还不离了我这里呢！”贾母骂贾琏，还不快给我滚得远远的，让我眼不见为净。

“贾琏一声不敢言语，忙退了出来。”如果他机警一点，早听平儿的话，就不会白白挨这一顿骂了。这个家族中第四代、第五代的男性真的出了很大的问题。民间常说“富不过三代”，其实就是第四代、第五代在受宠的过程中，缺乏了锻炼。我常提到晋惠帝，天下饥荒，老百姓没饭吃的时候，他说：“他们为什么不吃肉粥呢？”大家用这个笑话来骂这个皇帝，可其实他很可怜。作为一个统治者，他根本不知道民间疾苦。所以《红楼梦》中，不管贾琏也好，贾赦也好，他们不是说本质就坏，而是在这个家族中，从小被捧在手心，当宝贝一样养大，所以为人处世的能力都很差。反而是这些女性，因为嫁过来做媳妇，要看婆婆的眼色，反而有一种训练出来的机警。所以贾母虽然很感叹，也没有办法怪别人，因为就是她宠爱孙子宠爱得要命。贾政打贾宝玉的时候，贾母简直要跟他拼命。所以这个家族的败落，大概也就成了注定的宿命。

真爱是无法替代的

贾琏退出来后，平儿悄悄笑道："说着你不听，到底碰在网里了。"她笑贾琏是自投罗网。正说着，邢夫人也出来了。贾琏说："都是老爷闹的，如今都搬在我和太太身上了。"这个邢夫人真的是很好玩，就骂他说："你这个没孝心的雷打的下流种子！人家还替老子死呢，白说了几句，你就抱怨了。"邢夫人的三从四德、百依百顺，从这句话就可以看到了。有时候，妈妈一骂儿子，就忘了逻辑。明明就是她自己的种子，还骂贾琏是"下流种子"。"这几日生气，仔细他捶你。"贾母生气，迁怒贾琏；老爸娶不到鸳鸯，也迁怒于他。做晚辈的，真够倒霉的，简直就是一个出气筒。贾琏于是说："太太快过去罢，叫我来请了好半日了。"说着，就送母亲回去了。

回去之后，"邢夫人将方才的话只略说了几句，贾赦无法，又含愧，自此要告病，且不敢见贾母，只打发邢夫人及贾琏每日过去请安。只得又各处遣人购求寻觅，终究费了八百两银子买了一个十七岁的女孩子来，名唤嫣红，收在屋内"。心还没有死，还是想再娶一个女人。

我经常跟朋友说，年轻的时候多谈一点恋爱比较好，不要到中年的时候，觉得这一辈子好像什么事也没做，常常很惨。所以中年时就是失乐园的故事，中年的爱情常常是非常毁灭性的，因为他会觉得来不及了。

我其实有点从这个角度在看贾赦，我很怀疑他是不是真的爱鸳鸯。因为对他来说，鸳鸯得不到，别人也可以替代，而真正的爱是无法替代的。他是不是那么贪恋美色，我也不知道，我觉得他是在证明他的受宠。他是一个从小娇惯长大的公子，娶了一个太太又是百依百顺，他要什么就给他什么，最后他就习惯了“要”，要最难要的东西。这里面有一种人性的东西，其实是蛮值得去理解的。

这个嫣红，只出场过一次，从此你也不知道她到哪里去了。贾赦真的能疼爱这个十七岁的女孩子吗？我觉得未必。也许没过多久，他又厌倦了，然后再去寻找新的。

所以我想，如果是真情、真爱，那另当别论，可对于贾赦来说，我相信不是。所以这个贾赦也蛮可怜的，他的悲哀在于，他一直试图证明自己没有老。对于这样的男人，我们当然会谴责，可有时候也会产生一种悲悯，觉得他的人生同样是一个悲剧。

有一种东西是钱买不到的

第四十七回的下半段，主角换成了柳湘莲。我称柳湘莲为《红楼梦》中“第一酷哥”。我们现在常常讲男孩子很酷，那个“酷”跟帅不太一样。“酷”是有些冷冷的、不太理人那种感觉，好像别人欠他很多钱。

柳湘莲是《红楼梦》中非常特殊的一个角色，他萍踪浪迹，个性豪迈，有点像武侠小说中的“侠客”，有一点孤独，不太跟人来往。他是宝玉的好朋友，也是秦钟的好朋友，他还专门去修了秦钟的坟。所以在他冰冷的外表下，其实隐藏着有情有义的另一面。然而这一回中，偏偏碰到了一个好色的薛蟠，喜欢他喜欢得要命，一直想要黏他，后来被柳湘莲痛打了一顿。

下面我们进入文本："转眼到了十四日，黑早，赖大的媳妇又进来请。贾母高兴，便带了王夫人、薛姨妈及宝玉姊妹等，至赖大家花园中坐了半日。""黑早"就是天刚蒙蒙亮。大概最近发生了许多不开心的事，所以贾母想借这个机会散散心，就带着一行人去了赖大家的花园。"那花园虽不及大观园，却也十分齐整宽阔，泉石林木，楼阁亭轩，也有好几处惊人骇目的。"你看赖大一个做管家的，最后也可以做到这个样子。

女眷都坐在里面，男客都坐在外厅，所以薛蟠、贾珍、贾琏、贾蓉还有几个近族的男性，都在外厅，"很远的也就没来，贾赦也没来"。特别提到贾家的远房亲戚都没有来，贾赦也没有来，他当然是因为不好意思。"赖大家的也请了几个现任的官长并几个世家子弟作陪"，从这里你可以看到，赖大这种奴仆、管家出身的人，为了培养自己的下一代，已经开始跟官场和有背景的人物结交了。比如《红楼梦》中的四大家族，就是靠姻亲来巩固自己的权势。这种东西在今天也没有完全消失，而且不管东西方都一样，常常是政商联盟。在这些世家子弟中，柳湘莲是其中之一，他就被薛蟠看上了。

薛蟠这个人很有意思，他在《红楼梦》中已经出场好几次了。小说一开始，他为了香菱，打死了她的未婚夫冯渊，然后把香菱抢了过来。在第七回中，他去上课，课没好好上，字也没认识几个，就包养了两个小男孩。所以这个薛蟠，不管对同性还是异性，他都有一种情色的欲望。

我们一方面觉得薛蟠是个花花公子，风流腐败；一方面又觉得他很可怜、很悲哀。他以为只要有钱，什么东西都可以买到。他常常跟人讲的一句话就是：有哥哥保护，你要做官就做官，要发财就发财。他不知道有一样东西是钱买不到的，那就是“情”。贾赦想要鸳鸯要不到，就是最好的证明。就算你花八百两银子买了个嫣红，那个心也不属于你。等一下我们就会看到，薛蟠被柳湘莲痛打了一顿，让他得到一个教训，知道权力跟财富并不是无所不能的。

冷郎君柳湘莲

“因其中有柳湘莲，薛蟠自上次会过一次，已念念不忘。又打听他最喜串戏，且都串的是生旦风月戏文，不免错会了意，误认了他是风月子弟。”很奇怪，过去的人都会觉得，喜欢演戏的人，大概都很风流。薛蟠打听到柳湘莲喜欢客串唱戏，而且唱的都是有关男女情爱的戏文，就以为柳湘莲绝对是可以上手的那种人。“正要与他相交，恨没有个引进，这日可巧遇见，无可不可。且贾珍等也慕他的名，酒盖住了脸，就求他串两出戏。下来，移席和他坐在一处，问长问短，说彼说此。”

可见，贾珍也喜欢柳湘莲。《红楼梦》中，对贾珍这个人物写得很隐讳。在《红楼梦》最初的版本中，写他逼奸逼死了他的儿媳秦可卿。后面又写到他跟他太太的妹妹也很暧昧。他竟然也喜欢柳湘莲。所以《红楼梦》里的性别状况非常复杂，这个部分不是我们今天可以理解的。

通常到别人家里做客，去求别人串戏，其实不太礼貌。但贾珍“酒盖住了脸”，这个形容很有趣，就是有一点放肆，顾不得面子了。等柳湘莲唱完下来，薛蟠也凑过来“问长问短，说彼说此”。薛蟠是一个不学无术的人，所以就遇到麻烦了。如果薛蟠平时读一些书，会一点诗词，懂一点戏剧，大概柳湘莲还真能跟他做朋友。可是这个薛蟠实在太差劲，柳湘莲又是一个品位很高的人，所以根本谈不到一起。

“那柳湘莲原是世家子弟，读书不成”，他大概有一点像宝玉，喜欢读闲书，不喜欢读正经书。我觉得这样的孩子，从古到今都有，他们有自己生命的追求，而不愿一味追随社会的主流价值。“父母早丧，素性爽侠”，“爽侠”这两个字很精彩，就是很豪爽，很侠义。“不拘细事，酷好耍枪舞剑，赌博吃酒，以至眠花卧柳，吹笛弹筝，无所不为。因他年纪又轻，生的又美，不知他身分的人，都误认作优伶一类。”喜欢练武、赌博、喝酒、玩乐器，还有一些风流。就是说，他是一个很率性，不受伦理观念束缚，不在意世俗眼光的人。但是不了解他的人，都以为他是水性杨花的人，殊不知他的内心非常清高和孤傲。

“那赖大之子赖尚荣与他素习交好，故今日请来作陪。不想酒后别人犹可”，这个写得很有趣，就是说别人还好，虽然也觉得柳湘莲很美，也很想接近，可多少还有一些顾忌。“独薛蟠又犯了旧病”，大家读过第九回就会记得，薛蟠曾动过龙阳之兴，所以这里说他又犯了旧病。“他心中早已不快”，柳湘莲就有一点不高兴，觉得在大庭广众之下，太难看了，太不像样了，所以就想假托有事，先行告辞。

“无奈赖尚荣死也不放，又说：‘刚才宝二爷又吩咐我，才一进门虽然见了，只是人多不好说话，叫我嘱咐你散的时候别走，他还有话说呢。’”所以这个柳湘莲真的很特别，大家都喜欢他。不过这一点也不奇怪。一个外表很美、气质很好、谈吐不俗、光明磊落的人，总是会吸引大家的目光，让人有种想亲近的冲动。我一直觉得在《红楼梦》中，柳湘莲是一个非常有魅力的角色，他应该成为这个小说里一个非常美的年轻男孩子的典范。

少年间的纯真情谊

赖尚荣说着，就命令小厮们到里头找一个老婆子，让她悄悄地请宝二爷出来。“那小厮去了没一盏茶时，见宝玉出来了。”赖尚荣跟宝玉说：“好叔叔，把他交给你罢，我张罗人去了。”注意一下，赖尚荣比宝玉大十几岁，但从辈分上要叫宝玉叔叔。因为这一天赖尚荣是 Party 的主人，所以他要到处招呼客人。

“宝玉便拉了柳湘莲到厅侧小书房中坐下”，你可以看到两个人很亲密。他们有一个共同的朋友，就是已经死去的秦钟。宝玉对秦钟的感情大家可能还记得，你说它是爱情，也不见得是爱情；说它是友情，又不见得是友情。总之是一种很特别的情谊。下面他们就提到了秦钟。宝玉“问他这几日可到秦钟的坟上去了没有”。注意他说的是“这几日”，可见他们没事就会到朋友的坟上去看一看。所以我一直觉得《红楼梦》中讲的“情”，是超越欲望的，否则这个人死了就死了，你不会挂念那个坟。

柳湘莲说：“怎么不去？前日我们几个人放鹰，离他坟上不远。”从这里你可以看到柳湘莲的英俊潇洒：骑在马上，手上举着鹰。贾家到了宝玉这一辈，多有一点弱不禁风，可柳湘莲不是，他有一种生命的开展。他去放鹰，一定是在郊外，所以离秦钟的坟不远。“我想今年夏天的雨水勤，恐怕他的坟站不住。我背着众人，走到那里去瞧了瞧，果然又动了一点子。”注意“背着众人”，当众的哀悼，常常不够纯粹，背着众人的哀悼才是真正的哀悼。记不记得宝玉祭奠金钏儿，就是没有一个人知道的。

“动了一点子”，就是那个坟有一点被雨水冲毁了。“回家来就便弄了几百钱，第三日出去，雇了两个人收拾好了。”宝玉说：“怪道上月我们大观园池子里结了莲蓬，我摘了十个，叫茗烟出去到他坟上供去，回来我也问他可被雨冲坏了没有。他说不但没冲，且比上回又新了些。我想着，不过是这几个朋友新筑了。”这就叫有情有义，他们都是十几岁的小孩，可是生命相交一场，他们是不会轻易遗忘的。这刚好对比出薛蟠这种被宠坏的孩子，他只知道当下的占有，不懂得情感的升华。其实这才是《红楼梦》的作者曹雪芹最渴望的东西。

“我只恨我天天圈在家里，一点儿做不得主，行动有人知道，不是这个拦，就是那个劝的，能说不能行。虽然有钱，又不能由我使。”宝玉就有一点自责，觉得自己心有余而力不足，他还感谢柳湘莲对朋友这么有情义。我觉得这些就是《红楼梦》中最动人的东西，没有任何现实的利益在里面，那个才是真正的纪念。所以我常跟朋友说，为什么在小学、初中纪念册上的题词写得那么动人，大学以后这样的东西就没了。我在想是不是变世故了，那个东西好像也随着青春消失了。

情到多时情转薄

柳湘莲说：“这个事也用不着你操心，外头有我呢，你只心里有了就是了。”这些都是了不起的话，尤其是从十几岁的孩子嘴里讲出来。“眼前十月初一，我已经打点下上坟的花销了。”十月初一要秋祭，柳湘莲已经把上坟要用的钱准备好了。“你知道我一贫如洗，家里是没有积聚的，纵有几个钱来，随手就光的。”这个更了不起，自己穷得不得了，还那么慷慨仗义。从来不储蓄，就算有几个钱，谁有需要谁就拿去，或是请朋友挥霍一番，这就是柳湘莲的个性。“不如趁空儿留下这一分，省得到了跟前扎煞手。”“扎煞手”就是要用钱又没有钱的时候，不知道该怎么办。

宝玉说：“我也正为这个要打发茗烟找你去，你又不大在家，知道你天天萍踪浪迹，没个一个定处。”大约是想托付柳湘莲，秋祭的时候别忘了给秦钟上坟。柳湘莲说：“你也不用找我，这个事也不过各尽其道。”就是说，你不用跟我讲，我也会尽一个做朋友的本分。然后又说：“眼前我还要出门去走走，外头逛个三年五载再回来。”柳湘莲大概有一点像今天的背包客，永远都在行走，喜欢漂泊流浪，使自己的生命总是处于巅峰状态。所以我一直觉得，在《红楼梦》的男性里面，柳湘莲是一个最值得注意的角色。

相比之下，宝玉就有一点可怜，总是被关在家里。而柳湘莲父母早亡，这就养成了他独立、自我的个性。宝玉听了忙问：“这是为何？”柳湘莲冷笑道：“你不知道我的心事，等到跟前你自然知道。我如今要别过了。”所以你看，他的行事有点像武侠小说中的“侠”。宝玉就有些舍不得，说：“好容易会着，晚上同散岂不好？”所以我们说柳湘莲是酷哥，酷哥是绝对不会眷恋的，而是当断则断，有深情但绝不纠缠。这个“酷”中有一个本质，就是看透。这大概与他从小父母双亡有关，生命中最亲的人都断了，还有什么不可以断呢？可是断了之后，秦钟的坟他又是每年去上的，所以那个才是深情跟无情之间的“情到多时情转薄”。我觉得这才是酷的本质，而不是装出一副酷的表情。现在很多小孩用酷这个字，其实他们对酷并不理解。

柳湘莲就解释说：“你那令姨表兄还是那样，再坐着未免有事，不如我回避了倒好。”宝玉想了一想说：“既是这样，倒是回避他为是。”宝玉也很懂事，知道那个薛蟠真的很糟糕，自己也拿这个表哥没办法。“‘只是你要远行，必须先告诉我一声，千万别悄悄的走了。’说着便滴下泪来。”所以这个宝玉不是酷哥，他的人生当中有很多不舍跟眷恋，让人感到很温暖。柳湘莲说：“自然要辞的，你只别和别人说就是了。”他不喜欢那种拖泥带水应酬的东西。说着便站起来要走。又说：“你就进去罢，不必送我。”一面说，一面走出书房。谁知冤家路窄，又碰到了薛蟠。

呆霸王调情遭苦打

柳湘莲刚走到大门前，“早遇见薛蟠在那里乱嚷乱叫，‘谁放走了小柳儿！’”。你看那个字眼很难听，“小柳儿”，就好像说我的小心肝。柳湘莲当然很生气，觉得有一点太过分了。你有没有觉得这个薛蟠真的是被宠坏了，在别人家里做客，大庭广众之下还这么乱喊叫说，未免有些太张狂了。

“柳湘莲听了，火星乱迸，恨不得一拳打死。复思酒后挥拳，又碍着赖尚荣的脸面，只得忍了又忍。”这个柳湘莲虽然外表很美，但内心刚烈。所以他气得不得了，恨不得一拳把薛蟠打死。但他又不是那种鲁莽的人，还是很有理智的，考虑事情也比较周到。因为今天赖尚荣是 Party 的主人，你打了他的客人，也真的不好，就忍了又忍。“薛蟠忽见他走出来，如得了珍宝一般，忙趔趄走上来，一把拉住，笑道：‘我的兄弟，你往那里去？’”这个“趔趄”很形象，就是歪歪倒倒的样子。大概真的有些喝多了，所以形态举止有一点难看。柳湘莲说：“走走就来。”柳湘莲不想把事情搞大，所以还在忍。薛蟠说："好兄弟，你一去都没兴了，好歹坐一坐，你就是疼我了。"这话也很难听，对不对？

"凭你有什么要紧的事，交给哥。"薛蟠很喜欢要老大，说你有什么事，交给哥哥我，我帮你办。"有你这个哥，你要做官、要发财都容易。"这句话真的惹恼了柳湘莲，像他这种萍踪浪迹的人，最恨别人讲这种话。现在社会上有些财大气粗的人，就是这种样子，总觉得我可以包养你，你放心吧。"湘莲见他如此不堪，心中又恨又愧。"就觉得怎么会有这样的人，心中恨得不得了；又觉得是朋友，就觉得很难过。"忽心生一计，便拉他到别边，笑道：'你真心和我好，假心和我好呢？'"

这句话很厉害，薛蟠听了，大概已经快昏了，他"喜得心痒难搔"。情欲跟本能一下子被调动起来，到了无法自已的地步。所以这个薛蟠和贾瑞一样，不是说他有多么坏，而是被情欲所控制，不能自拔，其实也蛮值得同情的。薛蟠就"乜斜着眼"，就是有些色眯眯的，笑着说："好兄弟，你怎么问起我这话来？我要是假心，立刻死在眼前！"这个誓薛蟠大概已经发过不止一次了。你会觉得薛蟠是一个控制不住自己的人，他每一次发这个誓的时候，大概也是真的，只是过后就忘了。所以我一直觉得薛蟠是一个大悲剧，是一个被妈妈宠坏的大悲剧。

"湘莲道：'既如此，这里不便。等坐一坐，我先走，你随后出来，跟我到下处，咱们提另喝一夜酒。'"就是说，这里这么多人，我能跟你干什么呢？"我那里还有两个绝色的孩子，从没出门的。"这个更厉害了，说除了我，还有两个更漂亮的，而且是没出门的，大概就是处男那种。你可以看到这个柳湘莲也很懂欢场那一套。然后又说："你可连一个跟的人也不用带了去，那里有人伏侍。""薛蟠听如此说，喜得酒醒了一半，说：

‘果然如此？’”说你不会骗我吧，真有这么好的事？

湘莲说：“如何！人拿真心待你，你倒不信了！”薛蟠忙笑道：“我又不是呆子，怎么有个不信的呢！”通常说自己不是呆子的，还真就是个呆子。薛蟠这个人，就是有点傻乎乎的，因为一直被妈妈保护，他对人完全不了解。在这种情况下，一般人都会知道其中肯定有诈，可是他完全看不出来，就是憨到这种程度。“既如此，我又不认得，你先去了，我在那里找你呢？”湘莲说：“我这下处在北门外头，你可舍得家，城外住一夜去？”薛蟠简直乐死了，说：“有了你，我还要家作什么！”话讲到这么露骨。湘莲说：“既如此，我在北门外桥头上等你。咱们席上且吃酒去。你看我走了之后你再走，他们就不留心了。”薛蟠连忙答应。于是两个人又重新入席，喝了一会儿，“那薛蟠难熬，只拿眼看湘莲，心内越想越乐，左一壶右一壶，并不用人让，自己便吃了又吃，不觉酒已八九分了”。

湘莲度化薛蟠

这是一个准备，就是等一下挨打的准备。一定要等你醉得差不多了，打起来才过瘾。见薛蟠喝得差不多了，“湘莲便起身出来，瞅人不防，去了。至门外，命小厮杏奴：‘先家去罢，我到城外就来。’说毕，直上马出城，桥上等候薛蟠。没顿饭的工夫，只见薛蟠骑着一匹大马，远远的走来，张着口，瞪着眼，头拨浪鼓一般不住左右乱瞧。”这个薛蟠真的有点好笑，那个酒后呆滞的表情，有点像卡通片中的人物。所以人在欲望当中的时候，那个样子是蛮难看的。

“及至从湘莲马前过去，只顾望远处瞧，不曾留心近处，反踩过去了。”

这句写得最精彩，湘莲就在他面前，他完全看不到。这有一点像佛家说的：你要找的东西，其实就在你眼前；你如果到身外去找，注定找不到。可是一个人沉迷于欲望之中的时候，他就看不清这一点。“湘莲又是笑，又是恨”，觉得这个人实在太滑稽了，于是策马随后跟了来。“薛蟠往前看时，渐渐人烟稀少”，当然要人烟稀少，这样才方便打。“便又圈马回来再找，不想一回头见了湘莲。”我们可以想象一下这个场景：正有些郁闷，一回头就看见了，自然“如获奇珍”。连忙笑着说：“我说你是个再不失信的。”湘莲也笑着说：“快往前走，仔细人看见跟了来，就不好了。”说着，“先就撒马前去，薛蟠也紧紧的跟随”。

“湘莲见前面人迹已稀，且有一带苇塘，便下马，将马拴在树上。”本来就人烟稀少，加上芦苇很高，更不容易被发现。然后跟薛蟠说：“你下来咱们先设个誓，日后要变心，告诉人去的，就应誓了。”能跟这样的酷哥海誓山盟，薛蟠简直高兴死了，赶快也下了马，把马拴好，跪下就说：“我要日久变了心，告诉人去的，天诛地灭！”“一语未完，只听‘嘡’的一声，颈后好似铁锤砸下来一般，只觉得一阵黑，满眼金星乱迸，身不由己，便倒下了。”

这个柳湘莲真是练过武的，一拳下去，就像铁锤一样。薛蟠则是一个外强中干的纸老虎，完全不禁打，加上又喝了酒，冷不防来这么一下，就倒下了。湘莲走上来看了看，“知他是个笨家子，不惯捱打，只使了三分气力，向他脸上拍了几下，登时便开了果子铺。”“笨家子”就是说打架没有经验，因为你知道薛蟠每一次打架都是他的奴仆上去的。你看湘莲也有很多顾忌，所以才用了三分气力。“果子铺”是说卖水果的地方有红的、绿的、黄的、紫的各色水果，五颜六色，形容薛蟠的脸被打得青一块紫一块。“薛蟠先还要挣挫起来，又被湘莲用脚尖点了两点。”这个“点”字用得极好，因为薛蟠这样的人，用脚掌太抬举他了，只用脚尖轻轻点两下，他就爬不起来了。薛蟠“仍旧跌倒，口内说道：‘原是两家情愿。你不依，只好说，为什么哄我出来打我？’”你看这种被宠坏的男孩子，最后就是讲这种话。

“一面说，一面乱骂。”这种富家子弟，一开始是不会认输的，所以嘴巴里还在乱骂。湘莲说：“我把你瞎了眼的，你认认大爷是谁！”我刚才说过，如果像宝玉和秦钟那样的情谊，柳湘莲未必会全然拒绝，可是他觉得薛蟠实在有一点低级。“瞎了眼”的意思是，你以为我是那么随便、乱搞一夜情的人吗？“你并不哀求，你还伤我！我打死你也无益，只给你个利害罢。”就是说，你到了现在还不幡然悔悟，看来不给你点教训，你是不会认识到你错在哪里的。

“说着，便取了马鞭过来，从背至胫，打了三四十下。”薛蟠这一辈子大概从来没有受过这种苦，可是我觉得柳湘莲是观音，薛蟠后来有一些转变，就是因为这件事情。我们不妨用密教的方法来观想十一面观音，其实那是另外一种慈悲。就是说对有些人，有时候要用恐怖相、愤怒相，才能够度化他。后来你会看到薛蟠忽然开始学好了，跟母亲要了一笔钱去做生意。所以有时候教育人的分寸，真的是很难拿捏。

三四十鞭下去，“薛蟠酒已经醒了大半，觉得疼痛难禁，不禁有‘哎哟’之声”，本来想好好痛快痛快，现在变得只有痛了。湘莲冷笑道：“也只如此！我只当你是不怕打的。”刚才还在乱骂，现在只剩哎哟了。“一面说，一面又把薛蟠的左腿拉起来，朝苇中泥泞处拉了几步，滚的满身泥水，又问道：‘你可认得我了？’”意思是要他认错。“薛蟠不应，只伏着哼哼。”这种公子哥是不会轻易道歉的，因为他从来没有道过歉，也从来没有认过错。

“湘莲又掷下鞭子，用拳头向他身上擂了几下。薛蟠便乱滚乱叫，说：‘肋条折了。我知道你是正经人，因为我错听了旁人的话了。’”他还是不讲自己，而是说错信了别人，所以引起了这一场误会。湘莲道：“不用拉旁人，你只说现在的。”薛蟠说：“现在也没有说的。不过你是个正经人，我错了。”嘴还是有点硬。湘莲说：“还要说软些，饶你。”

“薛蟠哼哼着道：‘好兄弟。’湘莲便又一拳。薛蟠‘哎哟’一声道：‘好哥哥。’湘莲又连两拳。薛蟠忙‘哎哟’叫道：‘好老爷，饶了我这没眼睛的瞎子罢！从今以后我敬你、怕你了。’湘莲道：‘你把这水喝两口。’”让他喝两口水塘里的水。

从世俗角度看，你会觉得柳湘莲有一点过分，因为前面讲滚得满身都是泥水，那个水大概脏得不得了。可是你要度化一个人，就是要让他接受他最难接受的东西。薛蟠本来不肯喝，皱着眉头说：“这水脏得很，怎么喝得下去！”湘莲举拳就打，他只好说：“我喝，我喝。”说着，“只得俯身向苇根下喝了一口，犹未咽下去，只听‘咕’的一声，把方才吃的东西都吐了出来”。所以这一天薛蟠真是惨透了。

湘莲说：“好脏东西，你快吃干净了饶你。”薛蟠听了，不住地叩头说：“好歹积点阴功饶我罢！这个至死不能吃的。”湘莲道：“这样气息，倒熏坏了我。”“说着丢下薛蟠，便牵马认镫骑上去了。”这里面其实有一点昭示，就是你吃的东西，你觉得它是山珍海味；可是你吐出来之后，它就是最肮脏的东西。所以我真的觉得作者是把柳湘莲当成另外一种度化。就是在薛蟠的生命过程中，不经过这一次，他永远不会知道人世间有多辛苦跟艰难。

“这里薛蟠见他已去，放下心来，后悔自己不该误认了人。待要挣挫起来，无奈遍体都疼痛难禁。”

这个时候，贾珍他们在席上忽然不见了柳湘莲和薛蟠，就到处去找。有人说恍惚出北门去了。“薛蟠的小厮们素日是惧怕他的，他吩咐了不许跟去，谁还敢找去？后来还是贾珍不放心，命贾蓉带着小厮们寻踪问迹，直找出北门，下桥二里多路，忽见一带苇坑旁边薛蟠的马拴在树上。”来到马前，就听到薛蟠在芦苇丛中呻吟。走近前来，“只见薛蟠衣衫零碎，面目肿破，没头没脸，遍身内外，滚的似泥母猪一般”。

“贾蓉心内已猜着了九分”，知道他羊肉没吃到，反惹了一身骚，“忙下马命人搀了出来”。这个贾蓉就有一点坏，跟他开玩笑说：“薛大叔天天调情，今儿调到苇子坑里来了。必是龙王爷也爱上你风流，想要你招驸马去，你就碰在龙犄角上了。”“薛蟠羞的恨没地缝儿钻进去。”伤成这样，肯定是骑不成马了，贾蓉只好命人雇了一乘轿子，将他抬了回去。“贾蓉还要抬往赖家赴席去”，这就有点故意了。“薛蟠百般央告，又命他不要告诉人，贾蓉方依允了，让他各自回家去了。贾蓉仍往赖家来回复贾珍，并说方才形景。贾珍也知被湘莲所打，笑道：‘他也须得吃了亏才好。’”

抬回家之后，薛姨妈“又是心疼，又是发恨”。一面骂薛蟠，知道自己的儿子不成器，整天惹是生非；一面骂柳湘莲，觉得他打得未免太狠了。可仔细检查之后，发现只是皮外伤，“并未伤筋动骨”。所以柳湘莲下手还是有分寸的，他并不想要薛蟠的命，只是想给他一点教训。

薛姨妈盛怒之下，本来想告诉王夫人，动用贾家的势力去寻拿柳湘莲。这个时候，宝钗就表现出了她特别理性的一面。通常一个十几岁的女孩子，这个时候就会慌张，不知所措。或者跟她妈妈一样，告诉家里的其他人，想办法惩罚这个柳湘莲。可是宝钗真有一点超越她年龄的成熟。她跟妈妈讲，其实哥哥无法无天，是人所共知的，也应该接受一点教训。她还说："如今妈先当件大事告诉众人，倒显得妈偏心溺爱，纵容他生事招人，今儿偶然吃了一次亏，妈就这样兴师动众，倚着亲戚之势欺压常人。"薛姨妈也是个明理的人，一听薛宝钗说得有道理，也就不了了之了。

"薛蟠在炕上，痛骂柳湘莲，又命小厮们去拆他的房子，打死他，和他打官司。薛姨妈禁住小厮们，只说柳湘莲一时酒后放肆，如今酒醒，后悔不及，害怕逃走了。薛蟠见如此说了，气方渐平。"

总之，《红楼梦》第四十七回"呆霸王调情遭毒打"这场戏，写得非常精彩，值得细细体味。

第四十八回

滥情人情误思游艺
慕雅女雅集苦吟诗

滥情人情误思游艺

《红楼梦》第四十七回写薛蟠被柳湘莲痛打了一顿，其实作者的写作手法有一点幽默，你可以感觉到柳湘莲不是真的打他，而是有一点吓唬他。我觉得在这样的幽默里面，让我们对这个年轻人有一种同情。

到了第四十八回，我们就看到薛蟠有了一种领悟。姑且不论这个领悟是真是假，总之这个已经十六七岁的孩子，平生第一次想做一点正经的事情。当然，他的出发点是发生了这样的事，大家都当笑话在谈，他觉得蛮难为情的，有些不好意思见人，就想躲它个一年半载。正好家里有个老家人张德辉，要去置办一些货物，薛蟠觉得这是个好机会，就想跟张德辉一起出去。他还为自己找了一个名目，说要改邪归正，借这个机会，好好学点东西。

所以这一回的回目是“滥情人情误思游艺”。《红楼梦》不是一本写“情”的书吗？作者怎么会用“滥情”这个字眼呢？其实作者的意思是，“情”本来是很崇高的，可是薛蟠这个人把“情”弄得有一点滥了。这个滥情的人因为为情所误，被人痛打了一顿，现在有一点想要痛改前非，出去好好学一门手艺。经商也算是一门手艺，所以是“滥情人情误思游艺”。

薛蟠长这么大，从来没有离开过家，这事当然非同小可。薛姨妈第一个就不放心，说你离开我，我就更不放心了。这个时候我们发现，决定大事的，还是薛宝钗。她就劝妈妈说，你不能管他一辈子，不如放他出去，就算冒一个险。如果真学坏了，那也没办法，这是他自己的命。所以这里面其实在讲一种因果：薛蟠会变成今天这个样子，他妈妈要负很大的责任，因为这个妈妈从小把他绑在身边，薛蟠根本没有机会去学习和成长。

薛蟠离家，就引出了本回的第二个主题：“慕雅女雅集苦吟诗”。“慕雅女”是薛蟠当年抢来的香菱，薛蟠出门后，香菱就比较尴尬。薛宝钗请求妈妈让香菱去大观园陪她一起住。我们一再说，大观园是一个青春王国，只要住进大观园，就仿佛进入了一个充满梦想的天地。香菱看到黛玉、宝钗她们读书、作诗，一直很羡慕，就让黛玉教她写诗。后来史湘云也住进了蘅芜苑，湘云好为人师，又跟她谈了一些有关诗的风格的东西。于是在短短的时间内，一个被拐卖的可怜的女孩子，生命境界得到了很大提升。

这里面其实也在讲，一个人的命运，固然一大部分受制于天命，可自己的努力还是非常重要的。香菱这种苦读书、苦学诗的精神，也刚好对比出薛蟠的不求上进。他们共同构成了四十八回的两个主题。

薛蟠的反省

“话说薛蟠听见柳湘莲逃走，气方渐平。”薛蟠想的是：你还是怕我吧，不然你干吗要逃走呢？其实柳湘莲未必是逃走，他之前就跟宝玉说过，他要到外面逛个三年五载再回来。“三五日后，疼痛虽愈，伤痕未平，只装病，愧见亲友。”虽然不疼了，可还是东一块疤西一块瘀的。如果有朋友来了，看到他脸上的疤，又要问来问去，所以他就假装生病，不想见人。

从这里你可以明显看到薛蟠很爱面子，可能身上的痛倒在其次。让他更难为情的是，被人打过之后，外面的传言。所以他想离开或者改变自己，跟这个侮辱有很大关系。这也是我为什么特别提到，这也许正是柳湘莲度化他的一个方法。就是他一生从没有受过侮辱，无法体会别人遭受他侮辱的时候，是多么痛苦。

转眼已到了十月，薛家各店铺的伙计，有算了年账准备回家过年的，“少不了家内治酒饯行”。我们知道传统的习惯是过旧历年以前，一定要把账算清楚的。到了年底，没什么生意，大部分人都准备回家过年了，临走前一起聚聚餐，有一点像吃“尾牙”。

其中有一个人叫张德辉，六十多岁了，“自幼在薛家当铺内揽总”，就是做总管。我们知道管理当铺很复杂，别人拿东西来当，你要估价；估计不准，就会变成“死当”。因为估价环节没有一个很固定的标准，里面可以做很多手脚，也可以捞很多油水，所以不是最可靠的家人，不会派去管当铺。不过做好了，利润也很丰厚。所以这个张德辉，“家内也有三二千金的过活”，相当的富裕。大概是因为薛家的主人去世，那薛蟠又有一点不成材，所以这个老家人才一直在帮忙撑着。但他“今岁也要回家，明春方来”。

临行前他就跟薛姨妈汇报：“今年纸扎、香料短缺，明年必是贵的。”这有点像现在的期货，其实也是一个学问，我不太懂。可是有时候听他们在讲，今年什么糖会涨价，或者米会涨价，所以需要随时对价格未来的走势做出判断，那其实是一个贸易的方法。当然大家在做这种期货买卖的时候，往往并不是真的有那些东西。上次有一个人和我说今年糖会涨价，你要买入多少糖之类的。我说，天啊！我哪有地方放糖。他就笑我说，你根本不懂，其实是看不到糖的。

张德辉是理财的生意人，所以他很敏感，认为明年这些东西的价格一定会涨。他说："明年先打发大小儿来当铺内照管照管，赶端阳节前我顺路贩些纸扎、香扇来卖。"他想让两个儿子来当铺照管，自己顺路收购一些货品，"除去关税花销，亦可以剩得几倍利息"。这里的"关税"不止是我们今天讲的国与国之间的关税，过去的州跟州之间、府跟府之间都有关税。打个比方，就是我的货物从基隆运到高雄都会有关税的。

在古代中国社会，社会地位的排列顺序是"士农工商"，读书人最被看重，最被人看不起的是商人。因为商人会获暴利，很多朝代严格规定商人的孩子永远不准读书做官，目的是为了断绝官商勾结。再比如规定，商人再有钱，也不准穿丝的衣服。这些今天看起来不合理的法律，在当时是为了要维持社会的稳定。其实到明清两代，中国社会的资本主义萌芽，也有了大型贸易，可是它并没有像欧洲文艺复兴那样出现中产阶级，还是因为政治的关系。

大家可能看到像胡雪岩这样的商人，他其实很类似西方文艺复兴的美第奇这种商人家族。可他的致命伤在于，商人加了红顶之后，就受制于政治。所以胡雪岩发家很快，衰落也很快。你如果去杭州城外看胡雪岩的家宅，真的很惊人。有一排房子是最好笑的，他的大太太、二太太、三太太、四太太的房子完全一样地排在一起，中间还有铃，完全是军队管理的做派。

"薛蟠听了，心下忖度"，这对薛蟠来说已经很难得了，他一直衣来伸手、饭来张口，从来不需要为什么事烦恼；可是这次，他开始打算了。他心想："如今我捱了打，正难见人，想要躲个一年半载，又没处去躲，天天装病，也不是事。况且我长这么大，文不文，武不武。虽说做买卖，究竟戥子、算盘从没拿过，地土风俗、远近道路又不知道。""戥子"就是称金银、药品的小秤。其实不止文不文、武不武，连生意他也不会做。这是个了不起的反省，就是反省我活在世上到底要做什么？这个反省也算深刻，结论是觉得自己一无是处。

"不如也打点几个本钱，和张德辉逛一年来。"这个"逛"用得很好，说是做生意，其实是去玩一玩。"赚钱也罢，不赚钱也罢，且躲躲羞去。二则逛逛山水也是好的。"我一直觉得薛蟠不是一个坏孩子，他思考问题的方式，其实有一点像小孩，就是管它赚不赚钱，至少去躲一躲羞。二来去法国、意大利看一看，也蛮好的。"心内主意已定，至酒席散后，便和张德辉说知，命他等一二日一同前往。"

宝钗健康的生命态度

"晚间薛蟠告诉了他母亲。薛姨妈听了虽是欢喜，但又恐他在外生事，花了本钱倒是末事，因此不命他去。"你看做母亲的矛盾，既高兴这个儿子终于反省，知道上进了；又害怕没有自己管着，他出去惹是生非，所以不同意。还说："好歹你守着我，我还放心些。"有没有发现，这常常是母亲的语言。所以我们看到传统社会里，很多这种大户人家的孩子其实是被养成一个什么事情都不能做的人。最明显的就是看张爱玲写的《金锁记》里的长白，他母亲教他抽鸦片，然后用鸦片绑住他，其实蛮悲惨的。那个母亲不自知的一种占有欲，让孩子变成这样一个角色。我听我母亲讲，以前那种贵族家庭里的小孩子生下来，还是婴儿的时候，就给他喷鸦片烟。到了会吃饭的时候，他已经上瘾了，从小就让他离不开鸦片这个东西，家里就可以把这变成一种约束。

所以我特别提到，像薛蟠这样的角色，其实有他辛苦的地方，就是他根本没有机会可以走出去。薛姨妈又说："况且用不着你做买卖，也不等这几百两银子来用。你在家里安分守己的，就强似这几百银子了。"薛姨妈虽然说的是实话，可她没有想过的是，其实学习跟赚不赚钱是两回事；只是一味避免孩子犯错，其实也剥夺了他学习的机会。

其实，我们看到母亲的话里有好多的矛盾，不要忘记这些矛盾，今天都还存在，甚至有时候就在我们自己身上。所以小说的有趣就在于它会让你反省很多东西，也许有时候我们不知不觉就扮演了薛姨妈的角色，不知不觉可能就扮演了薛蟠的角色。这个状况是环境造就的，而不是说个人要不要好的问题。

可是"薛蟠主意已定，那里肯依"。薛蟠这种男孩子，也有他的痛苦，所以他说："你天天又说我不知世事，这个也不知，那个也不学。如今我发狠，把那些没要紧的都断了，如今要成人主事，学习着做买卖，又不准我了，叫我怎么样呢？我又不是个丫头，把我关在家里，何日是个了？况且那张德辉又是个年高有德的，咱们和他是世交，我同他去，怎么得有舛错？我就一时半刻有不好的去处，自然他说我，劝我。就是东西贵贱行情，他是知道的，自然色色问他，何等顺利，倒不叫我去！过两日我不告诉家里，我自己打点了一走，明年发了财回来，那时才知道我呢。"

看来，薛蟠是真的有心做事，而不是随便说说。

薛蟠的这番话，算得上头头是道，同时又有些小孩子脾气，说等我明年发了财回来，你才知道我的厉害。“说毕，赌气睡觉去了。”这是写得最有意思的地方，像这种富贵人家的孩子，最后除了赌气去睡觉，大概也不晓得还能干什么。

薛姨妈觉得他讲得蛮有道理的，就跟宝钗商量。一般家里主事的都是父亲，这个妈妈大概也不太懂得怎么处理家事，所以凡事都跟宝钗商量。我们一直讲薛宝钗一方面很懂事，一方面又很有心机，这可能与她成长的环境有很大关系。她父亲早逝，母亲没什么主见，哥哥又整天惹是生非，家里大大小小的事都靠她拿主意，因此养成了她成熟的个性。

宝钗笑着安慰妈妈说：“哥哥果然要经历正事，正是好的了。”有没有看到，宝钗的第一反应是正面的，说哥哥有这样的反省，愿意去做事情，很好啊。可是很奇怪，我们小时候跟爸爸妈妈讲，我想做什么什么，爸爸妈妈就会说：你算了吧，我才不相信呢。这样一种负面的习惯其实是不好的，可我们还是潜移默化受到了影响。像我们今天做老师的，有学生老是逃课骗你，然后有一天他跟你说：老师我一定改，你给我一个机会。你就会说：算了吧。断然拒绝再给学生机会。

所以宝钗很难能可贵，她第一个反应是肯定。接下来又说：“只是他在家里说的好听，到了外头旧病复犯，越发难拘束他。”这才是理智的态度，就是正面也要想，负面也要想。好，最后的结论是：“但也愁不得许多。他若是真改了，是他一生的福。”还是先讲正面，他也许真有可能改邪归正，这样最好不过。“若不改，妈也不能又有别的法子。”这是最了不起的一句，就是说，如果他还是不改，你又能怎么样？永远放在身边，难道就是最好的办法吗?

“一半尽人力，一半听天命罢了。”这是一种极富智慧的态度。我觉得薛宝钗的这个部分，绝对是我们可以学习的。就是发生任何事情，都要从正面、反面两方面去思考，最后得出一个两全的结论。既要“尽人力”，因为不尽人力必将一事无成；又要“听天命”，因为世事未必都能如我们所愿。“这么大人了，若只管怕他不知世路，出不得门，干不得事，今年关在家里，明年还是这个样儿。”这是一个妹妹对哥哥讲的话，薛蟠听到应该蛮惭愧的。这么懂事的妹妹，却有个这么不懂事的哥哥，让妹妹也替他操心。

最后她就向母亲建议：“他既说的名正言顺，妈就打发他去试一试，只打量丢个八百、一千银子，横竖有伙计们帮着呢，也未必好意思哄骗他的。二则他出去了，左右没了助兴的人，又没了倚仗的人，到了外头，谁还怕谁，有了的吃，没了的饿着，举眼无靠，他见了这样，只怕比在家里省了事也未可知。”完全得靠自己，这对薛蟠未必不是好事。就像今天京城里某某高干的孩子，大家都巴结、奉承他，他根本没有机会成长。

宝钗就是这样，总是用乐观、积极的态度看待生命，凡事总是尽量往好的方面想。薛姨妈听了女儿的话，想了半天说：“倒是你说的是。花两个钱，叫他学些乖来也值了。”于是事情就这么定下来了。

薛蟠离家

“至次日，薛姨妈命人请了张德辉来”，拜托他代为照管儿子。过去富贵人家的女眷，不能随便与外面的男人见面，所以她“在书房中命薛蟠款待酒饭，自己在后廊下，隔着帘子，向里千言万语嘱托张德辉，照管薛蟠”。

“张德辉满口应承。”过去这种老家人，真的非常有担待，主人交代的事，绝对是毫不含糊。等吃过饭告辞的时候，张德辉对薛蟠说：“十四日是上好出门的日子，大世兄打点行李，雇下骡子，十四一早就长行了。”过去人做事前一定要翻黄历，看这一天宜不宜出行。注意，老家人叫薛蟠为“大世兄”，其实他们都比薛蟠大了好几十岁，可是在辈分上就要叫哥哥。他们这一走，大概一年半载回不来，所以说“长行”。

“薛蟠喜之不尽”，终于如愿以偿了，就将此话告诉了薛姨妈。薛姨妈跟宝钗、香菱还有两个年老的嬷嬷，“连日打点行装，派下薛蟠之乳父老苍头一名，当年谙事旧奴二名，外有薛蟠随身常使小厮二人，主仆一共六人，雇了三辆大车，单拉行李使物，又雇了四个长行骡子”。“乳父”就是薛蟠奶妈的丈夫，薛蟠已经到了十几岁，奶妈的年龄大概也算得出来。所以乳父是头发已经花白的“老苍头”，特别可靠。薛蟠从小由奶妈带大，跟乳父关系自然也很亲，让乳父跟着，便于照顾薛蟠的日常起居。此外，又找了两个老仆人，两个小厮随行。

你看薛蟠出个门，也不简单，安排了这么多用人陪他一起去。“薛蟠自骑一匹家内养的大青走骡，外备一匹坐马。”骡子是马跟驴子交配的一种动物，耐力特别强。“诸事完备，薛姨妈、宝钗等连日劝戒之言，自不必细说。”妈妈、妹妹还都不放心，一再劝诫要好好做事，千万不要再惹是生非之类。

“至十三日，薛蟠先去辞了他母舅”，薛蟠的母舅就是王子腾。“然后过来辞了贾宅诸人。贾珍未免又有饯行之说，也不必细述。至十四日一早，薛姨妈、宝钗等直送薛蟠出了仪门，母女两个四只泪眼看他去了，方回来。”

接着就交代了薛蟠离开之后，薛姨妈家的情况：“薛姨妈上京来的家人不过四五房，并两三个老嬷嬷、小丫头，今跟了薛蟠一去，外面只剩下一个男人。因此薛姨妈即到书房中，将一应陈设玩器并帘幔等物尽行搬了进来收贮，命那两个跟去的男子之妻一并也进来睡觉。又命香菱将他屋里也收拾严紧，‘将门锁了，晚间和我去睡。’”过去这种大户人家，房子里有很多古玩陈设。因为家里没有男人照管，害怕被偷、被抢，所以就把这些珍贵的东西搬到里面的屋子，收了起来。然后又让两个仆妇和香菱，搬进里间陪她一起睡。从薛姨妈的这些行为，你可以看到她有一些缺乏安全感。

宝钗帮香菱达成心愿

本来薛姨妈想让香菱陪她一起睡，宝钗就说：“妈既有这些人作伴，不如叫香菱姐姐和我作伴儿去。”薛宝钗之所以这么说，是因为她知道香菱非常羡慕大观园。她说：“我们园子里又空，夜长了，我每夜作活，越多一个人岂不越好？”薛姨妈笑着说：“正是忘了，原该叫他同你去才是。我前日还向你哥哥说，文杏又小，倒三不着两的，莺儿一个人不够伏侍的，还要买一个丫头来你使。”文杏是一个新买来的小丫头，帮莺儿伺候宝钗。“倒三不着两的”，就是说你要三样东西，她只拿来两样之类的。还是因为年纪太小，不太懂得如何做事。我们知道，宝玉的身边，大丫头就有四个，还有四个小丫头，所以薛姨妈就有点担心服侍宝钗的丫头不够。

宝钗道："买的不知道底里，倘或走了眼，花了钱事小，没的淘气。"就是买来的丫头你不知道她的背景、个性什么的，如果没选好，给你惹出一堆事，反而更麻烦。"'倒是慢慢的打听着，有知道来历的，买个还罢了。'一面说，一面命香菱收拾了衾褥妆奁，命一个老嬷嬷并臻儿送至蘅芜苑去。"

香菱听了就很高兴，笑着跟宝钗说："我原要和奶奶说的，大爷去了，我和姑娘作伴儿去。"其实，香菱对大观园早就有一种向往。《红楼梦》中有很多腐败跟堕落，可是有几个年轻的孩子，他们很在意自己的生命，希望活出生命最美好的一面。所以我们一直说，大观园本身是一个象征，是一个提高生命境界、活出生命意义的象征。香菱心里早就想去，只是不好意思讲，她说："我又恐怕奶奶多心，说我贪着园内玩；谁知你竟说了。"这就是宝钗的世故或者说心机。我们常觉得世故跟心机是负面的，其实《红楼梦》中写宝钗的世故跟心机，并没有负面的意义。只是说她善解人意，很容易看穿别人的心思，并帮助别人达成某种心愿。

薛宝钗笑道："我知道你心里羡慕这园子不是一日两日的了。只是没个空儿，就每日来一趟，慌慌张张的，也没趣儿。所以趁着这机会，率性住上一年，我也多个作伴的，你也遂了心。"这也就难怪香菱后来死心塌地服侍宝钗，因为她的命运整个被宝钗改变了。之后香菱就有点得寸进尺，笑着说："好姑娘，趁着这个工夫，你教给我作诗罢。"

诗言志

我们常讲"诗言志"，重要的不是你会不会写诗，而是你有没有梦想，有没有对生命境界的追求。所以生命中没有诗，其实是一个很大的悲哀，说明你梦想的火焰已经熄灭了。香菱让宝钗教她写诗，表示她生命的梦想还没有破灭，她想借助写诗，使自己的生命得以开展。宝钗就笑她说：“我说你‘得陇望蜀’呢。”“陇”是甘肃一带，“蜀”是四川一带，就是说你得了甘肃，又想得四川，也就是得寸进尺的意思。

“我劝你今儿头一天进来，先出园东角门，从老太太起，各处个人你都瞧瞧，问候一声儿。”好，宝钗的个性出来了。因为这个人是她带进来的，所以这个人有没有礼貌，跟她也有关系。“也不必特意告诉他们说你搬进园来。若有提起因由的，你只带口说我带了你进来作伴儿就完了。”从这里你也可以看到宝钗的小心谨慎，因为她也是贾家的客人，所以不想给别人留下口舌。

“香菱答应着才要走时，只见平儿忙忙走来。香菱忙问了好，平儿只得勉强赔笑相问。”注意这里的“勉强赔笑”。宝钗连忙笑着跟平儿说：“我今儿把他带了来作伴儿，正要打发人去回你奶奶一声儿。”平儿就有些不好意思，说：“姑娘说的是那里话？我竟没话答应了。”就是说你是主人，你可以做主的，不用特地跟凤姐说。宝钗道：“这才是正理。店房也有个主人，庙里也有个住持。虽不是大事，到底告诉一声，便是园子里坐更上夜的人知道添了他两个，也好关门候户的。你回去就告诉一声罢，我不打发人说去了。”

“平儿答应着，因又向香菱笑道：‘你既来了，也不拜一拜街坊邻舍去？’”宝钗笑着说：“我正要叫他去呢。”好，注意一下，平儿为什么说这句话？平儿来绝对不会没事的，可是当着香菱的面，有些不方便讲，所以就想把香菱支开。前面讲香菱跟她问好，她勉强赔笑，就是因为她心里有事，很着急，只好敷衍一下。所以《红楼梦》中每句话，都是很讲究的。宝钗一听，大概也就明白了平儿的意思，就说我正要叫她去呢。平儿又补充了一句：“你且不必往我们家去，二爷病了在家里呢。”香菱于是答应着走了。

贾赦买扇子

平儿看到香菱走了，才拉着宝钗悄声说道：“姑娘可听见我们家的新闻了？”宝钗说：“我没听见新闻。因连日打发我哥哥出门，所以你们这里的事，一概不知道，连姊妹们这两日也没有见。”宝钗遇到这种事，常常都是推得一干二净，说我什么都不知道。我不晓得宝钗到底知不知情，即使她知道，也会说不知道。平儿笑着说：“老爷把二爷打了个动不得，难道姑娘就没听见？”宝钗说：“早起恍惚听见一句，也信不真。”

宝钗的回答很有趣，刚才不是说完全不知道吗？现在又说我好像听人家讲了一句，可不确定是真是假。然后又问：“又是为了什么打他？”平儿就咬牙骂道：“都是那贾雨村！什么半路途中，那里来的饿不死的野杂种！认了不到十年，生了多少事出来！”贾雨村再次做官，就是靠了贾政的推荐。

平儿对这个贾雨村非常反感，先是忍不住骂了几句，骂完之后，就开始跟宝钗讲这件事的经过：“今年春天，老爷不知在那个地方，看见了几把旧扇子，回家来看家里所有收着的些好扇子都不中用了，立刻叫人各处搜求。”你知道古代的文人手上流行拿一把扇子，有的是象牙骨的、有的是鸡翅木的、有的是玉屏竹的，其实就是在攀比，就像现在比名牌差不多。我觉得人没有自信的时候，常常要比的就是这些东西。

“谁知就有一个不知死的冤家，混号儿世人叫他作‘石呆子’，穷得连饭也没的吃，偏他家就有二十把旧扇子，死也不肯拿出大门来。”这种收藏古董的人多少都有一点呆，就是喜欢那个扇子喜欢得不得了。“二爷好容易烦了多少情，见了这个人，说之再三，他把二爷请到他家里坐着，拿出这扇子略瞧了一瞧。据二爷说，原是不能再有的了，全是湘妃、棕竹、麋鹿、玉竹的，皆是古人写画的真迹，回来告诉老爷。”这个贾琏也有些没脑子，还不知道人家卖不卖，就先告诉了他父亲贾赦。

“老爷便叫买他的，要多少银子给他多少银子。偏那石呆子说：‘就算饿死冻死，一千两银子一把我也不卖！’老爷没办法，天天骂二爷。已经许他五百两了，先兑银子后拿扇子。他只是不卖，只说：‘要扇子，先要我的命！’姑娘想想，这有什么法子？谁知雨村那没天理的听见了，便设了个法子，讹他拖欠官银子，拿他到衙门里去，说所欠官银，变卖家产赔补，把这扇子抄了来，作了官价送了来。那石呆子如今不知是死是活。”

也许大家会看到，这些官家子弟，像贾赦，我不觉得他有心要害别人。可是因为在权力跟财势的高峰，想要的东西周围的人会想尽办法帮你弄到，你也不知道周边的人会做什么事。其实真正在做这件伤天害理事情的人是贾雨村，因为只有依靠贾家的权势跟社会地位，他才能够坐稳他的官，于是他想尽办法去奉承。所以在古代常常会告诫子弟，不要玩物丧志，我想这里面其实是某一种警告。我相信《红楼梦》要讲的东西并不是贾赦个人喜不喜欢扇子的问题。其实扇子真的是小事，可是它里面牵连到的东西，往往是我们无法想象的。所以曹雪芹这个作者在写这本书的时候，有很多忏悔，因为他才了解到在他们家族声势浩大的时刻，也做了多少伤天害理的事。未必是他们自己要做的，而是旁边的人“帮”着做的。

透过这件事，你也可以看到当时官场的黑暗，为了几把扇子，可以玩弄国法到这个程度：把人搞死，家产充公。所以过去常说，珍贵的古物其实是惹祸的。大家可能看过一出戏，叫《一捧雪》。“一捧雪”是一个非常珍贵的玉杯，明朝嘉靖年间，官员莫怀古藏着这个玉杯。他的朋友为了谋取私利，竟恩将仇报，奉迎权贵严嵩、严世蕃父子，献计谋夺此杯，最后使得莫氏弃官逃走，隐姓埋名。所以很多书香世家，会千叮咛万嘱咐自己的孩子，不要收藏珍贵的东西。

我在台北“故宫”常常看到黄公望最有名的一幅画——《富春山居图》，这幅画从黄公望画完以后，就历经了巧取豪夺。明朝成化年间，《富春山居图》传到一个叫沈周的人手里。当他把画交给朋友题跋时，那个朋友的儿子，见画这么好，就生了歹念，把画偷偷卖掉了，还硬说画是被偷了。到了明朝末年，这画又到了收藏家吴洪裕的手中，他每天茶饭不思地观赏、临摹，甚至临终前要家人把画焚烧殉葬。幸好，他的侄子从火中把画抢救了出来。这样转来转去，最后被乾隆弄到手了，因为他是最大的收藏家。就像唐太宗想尽办法，就是要王羲之的书法珍品《兰亭序》一样。

唐太宗打听到《兰亭序》在辨才和尚那里，便三次派人索要，可辨才和尚一口咬定不知真迹下落。李世民看硬要不成，便改为智取。他派监察御史萧翼乔装成书生，和辨才接近，萧翼对书法也很有研究，两人谈得非常投机。等他们关系密切之后，萧翼故意拿出几件王羲之的书法作品请辨才和尚鉴赏。辨才看后，不以为然地说：“真倒是真的，但不是好的，我有一本真迹倒不差。”萧翼追问是什么帖子，辨才神秘地告诉他，是《兰亭序》真迹。萧翼故作不信，说此帖数经离乱，失踪已久。辨才从屋梁上取下真迹给萧翼观看，萧翼一看，果然是真迹，就马上把它纳入袖中。同时向辨才出示了唐太宗的有关“诏书”，辨才此时方知上当。辨才失去真迹，非常难过，再加上惊吓过度，不久便积郁成疾，不到一年就去世了。唐太宗把《兰亭序》骗到手，死的时候还要把它放在枕下陪葬。因为他就觉得这个东西不弄到手，好像做皇帝都做得不过瘾，无法证明自己的重要性似的。其实那是很悲惨的。我们在这里看到贾琏被打的这一段，就带出了类似的故事。

贾赦拿到扇子了，可是他不晓得怎么拿到的，因为没有人会告诉他，是贾雨村如何用国家的司法去害了这个石呆子，把扇子拿到手的。贾赦很得意，就骂他的儿子贾琏说：“人家怎么弄来了？”贾琏只说了一句：“为这点子小事，弄得人坑家败业，也不算什么能为！”相比之下，贾琏还是比较善良的。这个老爸听了就火了，说贾琏用话堵他，是在讽刺他。你看，假设贾赦事先不知道扇子是怎么弄来的，可是今天儿子跟你讲了，你至少去查明一下。但他觉得脸拉不下来，说儿子竟然批评爸爸。再加上之前的几件小事，正好凑在一起，就把他痛揍了一顿。所以你可以看到这个家族的腐败，大概也没有什么可以再复兴的机会了。

这里也透露出这个贾赦真的是蛮奇怪的，他要鸳鸯没有要到手，已经火到不得了了。这下要扇子，儿子又说出那样的话。所以不快乐积压在心里面久了，一定要找一个出气口，刚好就是贾琏。

“也没拉倒用板子、棍子，就站着，不知拿什么混打了一顿，脸上打破了两处。我们听见姨太太那里有种丸药，上棒疮的，姑娘快寻一丸子给我，家去给他上。”之前宝玉被打的那一次，宝钗就拿了一丸去，所以大概就传开了。宝钗听了以后，就赶紧让莺儿拿了一丸给平儿，说："既这样，替我问候罢，我就不去了。"人家被打成这个样子，去了也不知道说什么，而且这种事情都有一点家丑的意思。平儿就答应着去了。

香菱的生命追求

接下来就绕回到了香菱，写香菱这么个苦命的女孩子，终于有了一个机会，完成她生命中的梦想——读书、写诗。所以下面你会看到，香菱学习写诗，学到有一点像疯了一样，白天、夜晚都在想怎么起承转合、怎么押韵。我一直觉得我们的教育没有引发出这个，反而一直在压学生，到最后所有的孩子最痛恨的就是读书。这也引发我们的思考，就是怎样帮助孩子找到学习的乐趣跟动机，让他们有一个很高的主动性，这恐怕是教育中最难的东西。

我常常跟朋友开玩笑说，林黛玉教香菱学写诗，她从一开始不会写诗，到有一点生涩，到最后写出了通仙的绝妙好诗的过程，绝对是文学教学、诗歌教学一个很好的范本，大家有兴趣的话也可以参考。

我一直认为大观园是一个青春王国，在这个青春王国里，每个生命，都有着对自己的承担跟对自己的疼惜。我们活在人世间，常常渴望别人的疼惜，可是我相信一个不疼惜自己的人，他人的疼惜是没有用的。所以香菱在这里，让我们看到了再卑微的生命，也可以不甘堕落和沉沦，也可以有自己生命的追求。尤其在前面写了贾赦的不堪、薛蟠的不堪之后，写香菱的这一段，是特别有深意的。

行到水穷处，坐看云起时

下面我们就来细看文本："且说香菱见过众人之后，吃过晚饭，宝钗等都往贾母处去了，自己便往潇湘馆中来。"香菱去潇湘馆，自然是去找黛玉。"此时黛玉已好了大半，见香菱也进园来住，自是欢喜。"香菱见了黛玉，笑着说："我这一进来，也得了空儿，好歹教给我作诗，就是我的造化了！"我们今天很少碰到一个初中生，一心一意想写诗。写诗其实是一件很迷人的事，人在某个年龄，会不由自主地想要写诗。

黛玉笑着说："既要学作诗，你就拜我为师。我虽不通，大略还教得起你。"我们可以看到，这些住在大观园的女孩子，彼此之间有一种爱护。因为想要学作诗，香菱跟黛玉之间就结下了这样一个缘分。香菱很高兴，说："果然这样，我就拜你作师。你可不许腻烦。""腻烦"这两个字用得很传神，就是一个人刚开始学习时，那个老师有时候真的会受不了。

我有个学生写论文，有时候是半夜从美国打电话来问要怎么怎么样，我都快疯掉了。最后我就问他，是我在写论文，还是你在写论文？他理直气壮地说，当年我在台大历史系读得好好的，你干吗要跟我讲艺术史，还不是你，我才去读艺术史的吗？我想一想，是哦，算了。做老师的不能腻，也不能烦，要有耐心，想办法慢慢带他。

黛玉说："什么难事，也值得去学！"因为黛玉从小在书香世家长大，写诗对她一点都不难，"不过是起承转合"。"起承转合"这四个字我们听得太多了，不管写诗、写文章还是写公文，都讲起承转合，大概生命也离不开起承转合。它其实就是一种节奏感跟结构感的训练，所谓的"结构感"是说把这些文字、事件还有画面组合在一起时，先要有一个"起因"。"因"

起了以后怎么去“承接”它，什么时候该要“转”，最后还要有一个结论出来，所以黛玉第一个教她的是“结构”。

“当中承、转，是两副对子”，律诗一般为八句，这八句当中的第三句跟第四句、第五句跟第六句，要形成两副对联，即上下两句要完全对仗。后来我发现，在中国古诗里面，其实是一个生命的美学结构，因为这个对仗让人看到很多相对的东西。既看到春天的喜悦，也能看到秋天的凋零；既看到“一”的短暂，也看到“千”的长久；既看到日的光明，也看到夜的黑暗；既看到山的阳刚，也看到水的柔软。我称它为生命美学，我们可以从这样的相对中，思考怎么求得生命的和谐、圆满跟完整。

等一下你就会明白，林黛玉为什么要香菱先从王维的五言律诗读起。因为王维的五言律诗多半是他在经历过人生的大难之后写的，其中有他对人生的领悟。王维非常年轻就中了进士，意气风发。是一个有着“偏坐金鞍调白羽，纷纷射杀五单于”这样大志向的年轻人。可到“安史之乱”，他被安禄山强迫去做官，最后就被唐朝判定为“附匪”，在政治上几乎断绝了前途。所以王维隐居在蓝田辋川，写出了著名的“行到水穷处，坐看云起时”。如果你沿着一条河一直走，走到它的源头，好像到了穷尽之处，这个时候你放松心情坐下来，就会看到云在慢慢升起。它其实也在讲我们的人生，看似到了穷途末路，但是换一个角度、换一种心情，就会发现别有洞天。王维过去想做官，想拥有权力和财富。今天所有的机会都没有了，可他却潇洒自在地行走山水中，没有政治迫害，没有官场复杂的东西。所以说，生命最绝望的地方，刚好是生命出现转机的时刻。

我现在常常跟同龄的朋友讲这十个字，因为我觉得大家都到了“水穷之处”：就是房子也有了，车子也有了，贷款也交完了，孩子也大学毕业了，接下来不知道该做什么了。这个时候你就可以坐下来，想一想自己的生命，怎么样让它再度飞扬起来。所以这十个字里面，流着多少的生命智慧，而不只是写诗技巧。

格调规矩竟是末事

黛玉说："当中承、转，是两副对子，平声的对仄声。""平声"分阴平和阳平，就是我们现代汉语拼音的一声跟二声，"仄声"一般为三声跟四声。"平仄相对"，说每两句的上句跟下句，平仄是相对的。因为诗不仅有意思，还有音乐性在里面，也就是有一个起伏的感觉。你可以用周围人的名字试一试，你会发现很少有人名字三个字都是平声，或者三个字都是仄声。"虚的对实的，实的对虚的，若是果有了奇句，平仄虚实不对都使得的。"最后这句很重要，艺术虽然需要技巧，但更重要的是境界。以美术为例，它从"术"开始，最后达到"美"；但是为了美，也可以不管那个"术"。梵高就是最明显的例子，他不会画画，所有"术"的东西他都不懂。可是他画得比所有画家都好，因为他的情感够丰富。所以黛玉就跟香菱讲，如果你的生命有了那个境界，对不对仗都不重要，有时候可以破格。

香菱说："怪道我常弄一本旧诗偷空儿看一两首，又有对的极工的，又有不对的，又听见说'一三五不论，二四六分明'。"这句是就七言律诗或绝句而言的，是说一句中的第一、第三、第五个字，平仄可以不太讲究；第二、第四、第六个字，则要很严格。可是香菱看古人的诗，"竟有二四六上错了的"，就是第二、第四、第六个字，平仄也不讲究，"所以天天的疑惑”。

我记得上小学的时候，有一个作文老师跟我们说，好的作文通篇不会有一个字重复。弄得我好紧张，我就一直在数，但完全不重复好像也不太可能，像“的”就会重复啊。于是我就想尽量不要用“的”，结果是被绑住了。所以这个老师的话不见得错，技巧就是这样。在运用技巧的同时，又不被它绑住，大概是最难的部分。你必须在学完以后，忘掉它、超越它。

“如今听你一说，原来这些格调规矩竟是末事，只要词句新奇为上。”黛玉说：“正是这个道理。词句究竟还是末事，第一是立意要紧。”就是你要有那个情境，比如“行到水穷处，坐看云起时”就是一种生命的情境；这个情境有了，文字会自然形成。可是如果没有这样的情境，文字硬拗的时候，其实就很做作。像王维、杜甫，他们的人生都经历过巨大的历练，最后都变成了用生命在写诗，那个技巧的东西自然而然就出来了。“若意趣真了，连词句不用修饰，自是好的，这叫作‘不以词害意。’”就是说，不要为了修辞，而损害了想要表达的本意。

读诗先读王摩诘

香菱笑着说：“我只爱陆放翁的诗，有一对：‘重帘不卷留香久，古砚微凹聚墨多。’说的真切有趣！”陆放翁就是陆游，大家可以读一下，这两句的音韵是平平仄仄平平仄，仄仄平平仄仄平，对仗也很工整。黛玉说：“断不可看这样的诗。你们因不知诗，所以见了这浅近的就念，一入了这个格局，是再学不出来的。”很多人据此有所误会，认为黛玉不喜欢陆游的诗，或者曹雪芹不喜欢陆游的诗，其实并非如此。黛玉只是说，陆游的这首诗是小情趣，如果入门时读这种诗，你就会被这些小情趣限制住，格局就很难大起来。

所以黛玉在教香菱进入到诗的领域的时候，其实也给她指出了最宽阔的一条路。我们现在看到诗人老在怨怪，说怎么社会都不读诗了。可是诗如果落在技巧玩来玩去，真的也没什么意思好读。那如果他是“行到水穷处，坐看云起时”，这就不止是诗，而是一种生命的情境，它才会动人。其实我们应该问的是，为什么千百年来还是王维、杜甫、李白？其实比的不是诗的技巧，而是诗的情境。我读到这一段，其实蛮感慨的，因为有时候我去做诗歌评审，大部分都是玩小趣味的东西。所以古人讲“取法乎上”，就是你一开始就读王维、读杜甫、读李白，读出那个大的气度以后，“格”就不会落下来。

“你只听我说，你若真心要学，我这里有王摩诘的全集，你且把他的五言律诗读一百首，细心揣摩透熟了。”王摩诘就是王维，大家如果对诗有兴趣，也可以跟着读读看。我刚才已经讲过，王维的五言律诗多半是他经历了安史之乱，行走于辋川时的一个心境的领悟。所以这些五言律诗，带香菱进入一个不以词害意的世界。因为一个生命经过这么巨大的打击之后，他只是要讲最真实的话，他不会去计较技巧，所以才会有真正的豁达出现。这就是黛玉安排第一个读王维的原因。而且王维很多东西是延续陶渊明的，心境平淡，意境幽远，字也不难。

读完了王摩诘，“然后再读一二百首老杜的七言律，再李青莲的七言绝句读一二百首”。为什么把杜甫放在第二位？是因为杜甫诗的忧思比较沉重。所以等训练好了“豁达”以后，再进入杜甫的“重”，最后用李白的豪放去做一个释放。

我一直在思考黛玉教香菱读唐诗的这三个过程，觉得非常有趣。我自己小时候读唐诗，比较不一样，一开始就喜欢李白的豪放，后来就感觉有些收不回来了。

王维、杜甫、李白这三个人，的确代表了唐诗的三个高峰，他们分别被誉为“诗佛”、“诗圣”、“诗仙”。他们的诗不仅在中国，在日本也受到极大的重视。我曾在东京的上野之森美术馆看到小学生的书法作品，写的就是杜甫的《饮中八仙歌》。

“肚子里先有了这三个人的诗作了底子，再把陶渊明、应玚、谢、阮、庾、鲍等人的诗一看。你又是这样一个极聪明伶俐的人，不用一年的工夫，不愁是个诗翁了！”“谢、阮、庾、鲍”指的是谢灵运、阮籍、庾信和鲍照。香菱听了笑着说：“既这样，好姑娘，你就把诗给我拿出来，我带回去夜里念几首也是好的。”黛玉就让紫鹃把王维的五言律诗拿来，递给了香菱。又嘱咐说：“你只看有红圈儿的，都是我选的，有一首念一首。不明白的问你姑娘，或者遇见我，我讲与你就是了。”

香菱就拿了诗，回到蘅芜苑，“诸事不顾，只向灯下一首一首的读起来”。生命中的某个部分被唤醒，是非常动人的，你可以看到香菱的痴迷，几乎到了废寝忘食的地步。“宝钗连催他数次睡觉，他也不睡。宝钗见他这样苦心，只得随他去了。”

“一日，黛玉方梳洗完了，只见香菱笑吟吟的送了诗来，又要换杜律。”我相信，一个人对生命的追求一旦被引发，他自己就上路了，老师根本不用费什么事。所以我觉得，过去像岳麓书院之类的学校，选址真是聪明。因为建在风景秀美之处，学生想逃课也逃不到哪里去。就算逃课，看到的都是泉水、古松这些美好的东西，在大自然中，你会有自己性情的领悟。

香菱心灵与诗的契合

香菱要换杜律，黛玉就笑着问：“共记得多少首？”香菱也笑着回答：“凡红圈选的我都读了。”黛玉说：“可领略了些滋味没有？”香菱说：“我倒领略了些滋味，不知可是不是，说与你听听。”黛玉笑道：“正要讲究讨论，方能长进。你且说来我听。”你看多么好的一个教学相长的个案，应该选进老师的培训教材里去。

香菱就笑着说：“据我看来，诗的好处，有口里说不出来的意思，想去却是逼真的。”也就是只可意会，不可言传；心里感觉很好，可又说不出来为什么好。“有似无理的，想去竟是有情有理的。”有的句子乍看上去好像说不通，可仔细想想又觉得恰到好处。黛玉说：“这话有些意思了，但不知你从何处见得？”意思是你可不可以举一个例子。

香菱就举了王维《使至塞上》中的两句诗，这也是王维诗中最有名的句子：“大漠孤烟直，长河落日圆。”她说：“想来烟如何直？日自然是圆的。这‘直’字似无理，‘圆’字似太俗。合上书一想，倒像是见了这景的。若说再找两个字换这两个字，竟找不出来。”烟通常不都是袅袅上升的吗，怎么会是直的呢？落日自然是圆的，所以这个“圆”字又显得没什么意思，可描绘的那个景象就会浮现在你眼前。想再找出两个字来替换，竟然找不出。这就叫作千古绝唱，如果某个字可以被替代，它就不是好诗了。在二十世纪六十年代末，美国许多抽象派画家都在绘画中表现过这首诗的意象，就是那种空间的广阔和时间的长远。

“再还有：‘日落江湖白，潮来天地青。’”这两句出自王维的《送邢桂州》，邢桂州是王维的朋友，当时他从京口（即今镇江），取水路前往桂林。王维前去送别，有感而发，写下了此诗。香菱说：“这‘白’、‘青’两字也似无理。想来，必得这两字方才形容得尽，念在嘴里倒像有几千斤重的一个橄榄。”香菱觉得只有用这两个字，才有分量，才能表达那个意境，更耐人寻味。

随后她又举了“渡头余落日，墟里上孤烟”，这是王维《辋川闲居赠裴秀才迪》中的两句，“裴秀才迪”就是裴迪。这两句描写了黄昏时夕阳欲落、炊烟初升的田园景象。香菱说：“这‘余’字和‘上’字，难为他怎么想来！我们那年上京来，那日下晚湾住船，岸上没有人，有几棵树，远远几家人家作晚饭，那个烟竟是碧青，连云直上。谁知我昨日晚上看了这两句，倒像又到了那个地方去了。”从这句话看得出来，香菱已经有所领悟了；她的心灵与诗，已经有了某种契合。

我读这一段时非常感动，香菱这样一个不幸的女孩子，在她最孤苦无依，不晓得薛蟠要把她带到哪里去的时候，她在岸边却偶然看到大自然里的一个状态。然后她的生命会有一个寄托，那就是诗。可见，生命不管在如何困顿的状况里，都会看到美，都有心里的向往。

古代闺阁中的笔墨

“正说着，宝玉跟探春也来了，也都入座听他讲诗。”你看多好的学校，学校就应该这样，两个人在那边聊诗，然后又来了两个人，也不讲话，坐下来，一起听。听完之后，宝玉笑着说：“既是这样，也不用看诗。会心处不用多，听你说了这两句，可知‘三昧’你已得了。”“三昧”是佛教用语，就是一个人求得“正定”的秘密方法。宝玉听香菱讲，她看到了孤树、炊烟……就知道她已经懂诗了。

黛玉笑着说：“你说他这‘上孤烟’好，你还不知他这一句还是套了前人的来呢。我给你这一句瞧瞧，更比那个淡而现成。”说着就把陶渊明的“暧暧远人村，依依墟里烟”翻了出来，递给香菱。我们知道，汉诗是有承续的。“香菱瞧了，点头叹赏，笑道：‘原来“上”字是从“依依”两字化出来的。’”香菱真是个好学生，有灵慧之气，一点就通。

宝玉大笑说：“你已得了，不用再讲，越发倒学杂了。你就作起来，必是好的。”我觉得这真是一堂精彩的研修课。宝玉鼓励香菱大胆写，说写出来的肯定是好诗。创作技巧的东西了解到一定程度就够了，美术系学生一直在那边画石膏像，画十年还画不完，一定有问题。因为技巧的东西积累到一定程度是要创作的，只有创作，才能展现你生命的状态。其实书法也是如此，所以老师一方面让你练九宫格，可同时也要你读帖。要读苏东坡的，要读赵孟頫的。“读帖”是为了有一天你写出的字跟他们都不一样，因为那是从生命的深处写出的字。我想这个部分是最难的。

探春也笑着和香菱说：“明儿我补一个东道来，请你入社。”香菱就有一点不好意思，说：“姑娘何苦打趣我们，我不过羡慕，才学着玩罢了。”探春和黛玉都笑了，说：“谁不是玩？难道我们是真作诗呢！若说我们认真成了诗，出了这园子，把人的牙还笑倒了呢。”我觉得能这么想，很了不起，所谓“诗”就是你生命中的感触，就是写着玩的。如果你在名片上印上诗人，感觉就会怪怪的。

宝玉说：“这也算自暴自弃了。前日我在外头和相公们商议画儿，他们听见咱们起诗社，求我把稿子给他们瞧瞧。我就写了几首给他们看，谁不真心叹服。他们都抄了刻去了。”探春跟黛玉忙问：“这是真话么？”宝玉还挺得意，笑道：“说谎的是那架上的鹦哥儿。”黛玉、探春说：“你真真胡闹！且别说那不成诗，便是成诗，我们的笔墨也不该传出去。”过去有一个禁忌，就是女性写的文字，是不能外传的，觉得有伤风雅。

宝玉说：“这怕什么！古来闺阁中的笔墨不要传出去，如今怎有人知道呢？”宝玉的观点一向非常女性主义。不过古代大家闺秀的文字，我们知道的真不多，最著名的就是南宋的李清照。李清照的丈夫赵明诚是一个很特别的人，他非常欣赏李清照。正因为有赵明诚这样的丈夫，李清照的文字才得以外传。李清照跟赵明诚是非常恩爱的一对夫妻，而那个恩爱绝对不是我们世俗眼光里的郎才女貌。他们有共同的追求，他们一起写诗，一起收藏金石古董。赵明诚下了班，两个人就去古董铺，因为薪水不够，东西买不起，就想办法去借钱把那个东西买回来。因为他们知道，这个金石古董现在不买，将来就没有了。所以买来以后赶快抄，就想让它可以流存，这就集成了《金石录》。后来金兵南侵，就在李清照南渡避乱的时候，大批金石书画沿途散落，赵明诚也“绝笔而终”。那个时候她写了《金石录后序》，甚至字字血泪，你能感觉出一个女性一生跟她的丈夫共同追求的梦想，她却眼看着它散掉的那种心痛。因为她没有办法保留这些东西，我想那是中国历史上最少有的真正动人的一对夫妻。

在宋元之际，还有一位非常有才华的女性，她就是赵孟頫的太太管仲姬，画画得极好，也流传了下来。她们大概是中国文学史和美术史上，凤毛麟角的两位才华被赏识的女性。我相信历史上有才华的女性绝对不止这两个人，只可惜大部分女性的才华都不敢表露，笔墨都没有流传下来，因为她们觉得那样做会伤害丈夫。

香菱初学作诗

他们正说着，“只见惜春打发了入画来请宝玉”，因为惜春在画大观园图，很多地方需要宝玉帮忙。“宝玉方去了。香菱又逼着换出杜诗来，又央告黛玉、探春二人：‘出个题目，等我诌去，诌了来，替我改正。’”她说自己回去试着，胡乱写写。黛玉说：“昨夜月景甚好，我正要诌一首，竟未诌成，你就作他一首来。十四寒的韵，由你爱用那几个字去。”“十四”是韵牌的序列号，就是押“寒”韵。过去一些文人写诗，对韵的要求很严，不仅规定押什么韵，还规定押哪几个字。黛玉现在对香菱的要求没那么高，说押寒韵就可以了，不限具体的字。

“香菱听了，喜的拿了诗，回来，又苦思一会，作两句诗，又舍不得杜律，又读两首。如此茶饭无心，坐卧不定。”宝钗说：“何苦自寻烦恼。都是颦儿引的你，我和他算帐去。你本来呆头呆脑的，再添上这个，越发弄成个呆子了。”宝钗就比较现实，觉得女孩子学写诗有什么用？可是黛玉会很认真地教香菱，虽然诗不是一个有用的东西，但是生命里少了诗，就少了生命的梦想跟热情。

香菱笑着说：“好姑娘，别混我。”这个“混”是打乱的意思，就是我刚有一点灵感，你别给我打乱了。“一面说，一面作了一首，先与宝钗看。宝钗看了笑道：‘这个作法，你别怕臊，只管拿了给他瞧去，看他是怎么说。’香菱听了，便拿了诗找黛玉来。”有没有发现，宝钗这个人非常周到，她绝对不会说不好。其实以宝钗的水准，她知道这首诗不好，她让香菱去问黛玉。好多人认为这就是宝钗的心机，可我却不觉得，只是习惯性的圆融吧。

黛玉看了看这首诗："月挂中天夜色寒，清光皎皎影团团。诗人助兴常思玩，旅客添愁不忍观。翡翠楼边悬玉镜，珍珠帘外挂冰盘。良宵何用烧银烛，晴彩辉煌映画栏。"

平仄、对仗都对。我很佩服曹雪芹，竟然可以模仿出第一次写诗的那种幼稚。黛玉笑着说："意思有了，只是措辞不雅。"黛玉讲话就比较直接，意思是这诗太直白，不够雅，不太有味道。"皆因你看的诗少，被他缚住了。把这首丢开，再作一首，只管放开胆子去作。"

"香菱听了，默默的回来，率性连房也不入，只在池边树下，或坐在石上出神。或蹲在地下抠土，来往的人都诧异。"一个人专注、痴迷到这个程度，浑然忘我，你会觉得蛮好玩的。所以"李纨、探春、宝钗、宝玉等听得此信，都远远的站在山坡上瞧着他笑。只见他皱一会眉，又自己含笑一会"，就像神经病一样。我见过最好的演员，他在拍戏的那一段时间，不管在什么场合，都沉浸在角色中。旁边的人大概以为他是神经病，就赶快离开。这个真的就是好演员，他随时在揣摩戏中的那个状态，以至于人戏不分。

宝钗就笑她说："这个人定要疯了！昨夜嘟嘟哝哝直闹到五更天才睡下，没一顿饭的工夫天就亮了。我就听见他起来了，忙忙碌碌梳了头就找颦儿去了。一回来，呆了半日，作了一首又不好，自然这会子另作呢。"宝玉笑道："这正是'地灵人杰'，老天生人再不虚赋性情的。"这是宝玉的观点，他觉得每一个生命，都有他存在的意义跟价值；不会因为别人作践你，你这个生命就没有意义了。"我们成日叹说：可惜他这么个人竟俗了！谁知到底有今日！可见天地生人至公。”宝玉就发出感叹：虽然香菱总是被卖来卖去，跟薛蟠这样的人在一起，可老天是公平的，不会偏袒哪个人，也不会对哪个人特别不公。

宝钗这个时候就找到了一个教育宝玉的机会。她说：“你能够像他这样苦心就好了，学什么不成的。”恐怕早就考取进士了，“宝玉不答”。从这里你就看到宝玉跟宝钗的不同：宝玉看重的是生命的意义，宝钗看重的则是现实的东西。

“只见香菱兴头头的又往黛玉那边去了。探春笑道：‘咱们跟了去，看他有些意思没有。’说着，一齐都往潇湘馆来。”然后大家就看到了这一首：“非银非水映窗寒，试看晴空护玉盘。淡淡梅花香欲染，丝丝柳带露初干。只疑残粉涂金砌，恍若轻霜抹玉栏。梦醒西楼人迹绝，余容犹可隔帘看。”

这一首的境界比前面一首高很多，可黛玉还是不满意，说：“这一首过于穿凿了，还得另作。”就是这一首不够自然，有些牵强附会。黛玉真是个好老师，非常严格，毫不留情，最后就教出了香菱这个高徒。

香菱为诗痴迷

宝玉看了笑道：“不像吟月了，月字底下添一个‘色’字倒还使得，你看句句倒是月色。”所以，宝玉的意见是：诗写得还不错，就是有些跑题了。然后又说：“这也罢了，原是诗从胡说上起，再迟几天就好了。”宝玉安慰她，诗本来就是从胡言乱语开始的，再过几天就好了。“香菱自为这首妙绝，听如此说，自己又扫了兴，不肯丢开手，便又思索起来。”这里面在讲“执着”，生命的执着。它不在于别人说好还是不好，它就是完成生命中的一样东西。就像蜡烛在燃烧，世人都觉得它把光给了别人，可它完成了自己。“因见他姊妹们说笑，便自己走至阶前竹下闲步，抠心搜肠，耳不旁听，目不他视。”绝对的专心，探春隔窗笑道：“菱姑娘！你闲闲罢。”就是你休息一下吧。香菱呆呆地答道：“‘闲’字是十五删，错了韵了。”你看，完全达到了忘我的境界。大家听了，不觉大笑起来。宝钗说：“可真是诗魔了。都是颦儿引的他！”

黛玉笑着说：“圣人说‘诲人不倦’，他又来问我，我岂有不说的理。”李纨也笑着说：“咱们拉他往四妹妹房里去，引他瞧瞧画儿，叫他也醒一醒才好。”意思是让她看看画，分分心，不要过于着魔，否则搞不好真会出问题。“说着，真个出来拉他过藕香榭，至暖香坞中。惜春正乏倦，在床上歪着睡午觉，画缯立在壁间，用纱罩着。众人唤醒了惜春，揭纱看时，十停方有了三停”，就是一幅画只完成了十分之三。香菱看到画上有几个美人，指着说：“这个是我们姑娘，那个是林姑娘。”探春笑着说：“既会作诗的都画在上头，你快学罢。”就有一点跟香菱开玩笑。

我觉得有意思的是，《红楼梦》一场大梦之后，留在大观园这幅画上的，都是有生命梦想的人。估计像贾赦、薛蟠这样的，都不在上面。所以我觉得《红楼梦》中有很多隐喻，就是许多生命只是虚度了，最后任何痕迹都没有留下来。

探春说完这句话，大家又说笑了一会儿，才各自散去。“香菱满心还是思想”，就是在想这首诗到底要怎么写。“至晚间对灯出了一会神，至三更后上床卧下，两眼鳏鳏，直到五更方才蒙眬睡去。”“两眼鳏鳏”，就是还睁着眼睛想。“一时天亮，宝钗醒了，听了一听，他安稳睡了。心下想：‘他翻腾了一夜，不知可作成了没有？这会儿乏了，且别叫他。’”

正想着，只听见香菱在梦中笑道："可是有了，难道这一首还不好？"宝钗听了，又可叹，又可笑，连忙叫醒她，怕她有一点梦魇了，问她："得了什么了？你这诚心都通了仙了。学不成诗，还弄出病来呢！"一面说，"一面起来梳洗了，会同姊妹们往贾母处来"。

"原来香菱苦志学诗，精神诚聚，日间不能作出，忽于梦中得了八句。"俗话说"日有所思，夜有所梦"，这个香菱一心想着作诗，精诚所至，金石为开，真的在梦中得了八句。大家可以试试看，背一百首王维，一百首杜甫，说不定你也能在梦里作诗。她"梳洗已毕，便忙录出来"，怕时间长忘了。"自己并不知好歹，便拿了又找黛玉来。刚至沁芳亭，只见李纨与众姊妹从王夫人处回来，宝钗正告诉他们，说他梦中作诗说梦话。众人正笑着，抬头见他来了，便都争着要诗看。"

作者当然不会让我们在这回就看到这首诗，他一定要吊一下胃口。因为他要我们看看，这样的苦学写诗，一次一次那个感觉都不对，到底什么时候才会对。其实在文学、艺术的创作中，遇到有一个最好的作品出来的时候，创作者会大哭的。像王羲之写完《兰亭序》，酒醒过来问，这真的是我写的吗？因为那是他刚才喝醉了写的。所以说你如果平常反复练习一个东西，有时候神来之笔会忽然跑出来。到第四十九回大家就看一看，这梦里得来的八句诗，到底有多好。

第四十九回

白雪红梅园林集景
割腥啖膻闺阁野趣

日神精神跟酒神精神

上一回的结尾描写了香菱学诗的经过。我们说“诗言志”，诗虽然有它形式部分的要求，但更重要的是表达一个人活着的梦想。所以古今中外最好的诗，表达的都是一种心情，一种对生命的领悟。

香菱学写诗，一开始从技巧入门，学怎么对仗，怎么押韵，怎么注意平仄，可是写了几次都写不好。于是她日思夜想，几乎有一点半疯狂的状态了。这个半疯狂的状态，用中国美学最重要的一个字来概括，就是“痴”。

在中国绘画史上，顾恺之有“才绝、画绝、痴绝”之称。“痴绝”的意思是说，不止画画得好，才华高，还有一种执着跟狂热。我想不止文学，在任何领域，当一个人专注进去时，最后都会进入一个自己无法控制的状态。现代心理学讲“潜能开发”，就是指一个人在高度专注的状态下，会出现一些平时无法具有的能力。这种状态有些像法国哲学家福柯提出的“非理性状态”，也有一点像尼采哲学里的“酒神精神”。这种以狄奥尼索斯为代表的酒神精神，是相对以阿波罗为代表的“日神精神”而言的，是一种与理性精神相对的神思，是一种狂想式的非理性精神状态。

这个部分是我一直非常关切的，我觉得我们的教育体制，对这个部分太不重视了。我们的考卷大部分是选择题、是非题、思考题，这也难怪我们有那么多人学习小提琴、钢琴，最后能成为世界级大师的却寥寥无几。因为小提琴也好，钢琴也好，所表现出来的，并不只是一个音准的问题。钢琴家李斯特曾告诉别人：“我是把钢琴当成仇人来对待的。”所以我们听他的《匈牙利狂想曲》，感觉他的手是捶打在钢琴上的。而另一位伟大的钢琴家肖邦则对别人说：“我总是把钢琴当成爱人来爱抚。”所以听他的《小夜曲》，感觉异常轻柔。这些是别人无法教你的东西，恐怕就需要你进入另外一个状态。

香菱最后就在这种“痴”的状态下，在梦中得了八句。我相信现在很多朋友都知道，按照心理学的观点，人在梦境的状态下，会释放出平常不具有的潜能。就是说，当我们睡着的时候，我们的意识处于一个非理智的潜意识状态。在这个状态下，我们能够得到平时得不到的经验。就好像我们喝了酒之后，会有一种与平时不同的体验，这是因为其中的限制被拿掉了，所以有另外一种逻辑出来。我们从李白的诗里，王羲之的《兰亭序》里，都看到了酒的这种功能。

可是不要误会说，完全不用功，每天在那边喝酒，最后就可以变成李白和王羲之，那是不可能的。必须有一个下苦功夫的过程，累积到一定阶段，然后有“酒”这样一个媒介的介入，就忽然释放了，创造力就出来了。

香菱在梦里得了八句诗，大家自然都急于知道到底是怎样的八句诗。那么在第四十九回的开始，这八句诗就出现了。我觉得林黛玉给她出了一个很好的题目，因为这个题目提醒生命去注意周遭最美的事物。如果今天有一个老师跟学生说，这几天高雄的月光很美，你要不要写一首诗。我相信这已经是一个了不起的教育了。重点并不在于那个诗写得好不好，而是说我们交换了一种体验。我不知道大家有没有这样的感觉，有时候家里昙花开了，我就会跟朋友通电话说，我家里昙花开了。其实那个朋友可能远在根本不能来的地方，可是你就想告诉他这件事。我相信那个快乐其实是《红楼梦》在第四十八回、四十九回想要讲的。

所以我一直认为，老师跟学生的关系，并不是“教”跟“学”的关系，而是共同学习。真正的老师并不是那个老师，其实是那个月光，是那个美的部分。我自己长期讲《红楼梦》，我并不觉得自己是这本书的老师，真正的老师其实是《红楼梦》这本书。我们因为这本书，结了一个缘，分享彼此的生命经验。

下面我们就来读一下香菱的呕心沥血之作，说它是“呕心沥血”，是因为它触碰到了生命最底层、最动人的部分。

精华欲掩料应难

“话说香菱见众人正在说笑，便迎上去笑道：‘你们看这首，若使得，我便还学；若还不好，我就死了心了。’”说着，把诗递给黛玉，大家便凑在一起看，只见上面写道：“精华欲掩料应难，影自娟娟魄自寒。一片砧敲千里白，半轮鸡唱五更残。绿蓑江上秋闻笛，红袖楼头夜倚栏。博得嫦娥应借问，何缘不使永团圆！”

非常精彩的一首诗。我相信很多朋友读到这八句的时候，很希望有人帮你作注解。可是我常常觉得，读诗的时候，最好不要立刻用注解的方法去解释它，因为诗绝对有超越注解更动人的东西。像这句“影自娟娟魄自寒”，它在讲月亮，也在讲香菱自己。讲月亮的哀婉凄冷，也在讲香菱从小父母双亡，命运坎坷的孤独和寂寞。她特别用“魄”这个字，来形容一个生命消失之后另外一种魂魄的存在状态，也就是肉身之外一种精神性的状态。这些部分都不是单纯的注解可以解释的，必须你自己去体会。

而这首诗的第一句“精华欲掩料应难”，是说金子总会发光，想掩盖都掩盖不了。你有没有觉得，这正是在讲香菱自己。作者想说，生命只要有梦想、有追求，就会散发出它自身的光芒。

我一直说曹雪芹真是不得了，他每一次写诗都不是自己在写诗，而是林黛玉在写、薛宝钗在写、史湘云在写，现在是香菱在写。我们想一想，观音菩萨不也是化身成三十三种形象出来吗？所谓“化身”是说，当你怀有极大的慈悲，心有同感、心同此理的时候，你才可能化身。就好像说我有一个同事，我老是跟他起冲突，每次一讲话就吵架，不知道为什么。有一天我打坐完以后，做了一个决定：就是绝对不跟这个同事再吵架。我知道只有一个方法可以保证不吵架，那就是我“化身”为他，理解他的处境和辛苦。我觉得曹雪芹就是这样一个怀有大慈悲的人，在《红楼梦》中，化身成众多不同的人，把他们生命的精华展现了出来。

香菱加入美的族群

“一片砧敲千里白，半轮鸡唱五更残。”还记得吗？黛玉教香菱写诗时，特别告诉她，要她记住："当中承、转，是两副对子。"这两句就是其中一副对联："一片"对"半轮"，"砧敲"对"鸡唱"，"千里"对"五更"，"白"对"残"。有没有发现，这首诗在写月，可是没有出现一个"月"字，通篇都在隐喻，这个才是写诗最了不起的地方，"一片砧敲千里白"，用"白"字点出了月光。夜晚当你感受到月光最美的时候，也听到了家家户户的女人在河边洗衣服的砧声；而精彩在于，这个"砧"好像不是敲打在衣服上，而是打在白月光上。当视觉最后落在"白"字上时，那种视觉上的空茫，我相信是汉诗最动人的部分。我能够接触到的英语诗和法语诗都没有办法做到这一点。"半轮鸡唱五更残"，则在形容黎明的时候，日光将要代替月光之前，那个残月的感觉。

承转中的另一副对联是："绿蓑江上秋闻笛，红袖楼头夜倚栏。""绿蓑"指的是渔民，他们的蓑衣就是用棕做的。这里和月光有关的是笛声。台北"故宫博物院"中有一幅唐寅的画，你会看到在秋天的风夜，一个人坐在船头吹笛。因为音乐也是心事的一种表达，而这个心事是月光引起的。"绿蓑江上秋闻笛"把月光在水面上流动的视觉美转化成了听觉上的笛声美，而且这个美是渔民带出来的，他泛舟打鱼时，也会刹那间觉得月光如此美。所以我一直觉得，美跟知识没有必然联系，是不是一个博士一定比一个渔民更懂美，我想不一定。过去我们认为，美要慢慢经由学习，才可以得到的。可还有一种美是非常知觉的。像桑塔亚那（西方自然主义美学的代表人物）的美学体系就认为，"知觉"是心灵刹那之间所显现出来的明亮状态。这个状态很难解释，我相信跟富贵、贫穷、知识的高低无关。

"红袖"是形容女子，那些丈夫离家的年轻女子，会在月圆的晚上，倚栏望月，思念远方的亲人。张若虚在《春江花月夜》中，就有“可怜楼上月徘徊”的句子。也是讲一个女人因为丈夫离家，睡不着觉，所以她就会看着月光，因为她认为月光使她跟离别的丈夫之间有了一个联系。《春江花月夜》里还有一个最美的句子：“愿逐月华流照君。”她希望变成那一片月光照在她远在天边的丈夫身上。“红袖楼头夜倚栏”这句诗虽然没有提到月亮，但句句与月亮有关。

“博得嫦娥应借问，何缘不使永团圆！”这个结尾收得比较平铺直叙。是说如果有机会，我要问一问月宫里的嫦娥，人间为何有这么多悲欢离合，而不能永远团圆呢？

如果我们留意一下不难发现，对团圆和圆满的期待，几乎贯穿了整个中国古典文学，成为中国文化中一个很独特的现象。我曾经跟很多朋友讲到，我第一次思考“圆”这个字，竟然是受一个保加利亚文化学者的启发。他跟我学汉字，他说为什么你们吃饭的桌子都是圆的？我从来没有想过这个问题，因为我从没想过西方的桌子为什么是方的。《最后的晚餐》中他们为什么是坐在一个方的桌子旁，而不是一个圆的桌子？后来我才发现“圆”这个字在自己所熟悉的文化里，其实有非常长的历史和内涵。大概在几千年前，这个文化就一直在做圆形的喻比。过去的皇帝、执政者在封禅大典时，必须拿着圆形的玉璧，对上天说，人间没有缺憾。“圆”就是没有缺憾。西方很难懂这个字，因为西方的“圆”，就是一个形状；可在汉字里，“圆”代表着圆满、团圆。

香菱在这里也是怀着人世间最大的痛苦跟残缺活着，可是她的生命还有追求，她在这么大的生命残缺里追问嫦娥，“何缘不使永团圆”？其实这句话已经表明，人生中大概十之八九是残缺。可心里要拥有一个对团圆的最后期待，大概就是圆满，圆满并不是现实，圆满是你在残缺状况里对自己生命的一个最高追求。

众人看了以后，笑道："这首不但好，而且新巧有意趣。"意思是说，这样的诗，写出了别人没有的感觉。所有好的创作，就在于它跟别人的不一样，它能写出你生命中别人无可取代的部分。很多人觉得，《红楼梦》是一本描写从繁华到幻灭的书，从而认为《红楼梦》是一本消极的书。我不这样想，我认为《红楼梦》最想表达的是，活出你生命最美好的部分，让这个生命发光。我相信这也是《红楼梦》最精彩的部分。香菱学写诗，也应该从这样一个角度去看。

见香菱的诗已经写得这么好，大家跟香菱说："可知俗语说：'天下无难事，只怕有心人。'社里一定要请你了。"从中学开始一直到大学，我参加过很多社团，比如吉他社。有时也跑现代舞社跳一跳。我们还办校刊，我觉得意义并不在于一定要把校刊办好，而是里面有一种很快乐的东西，在社团里碰到的都是生命里还有追求的人，他们也是青春年华里，最忘不掉的一些人。身在其中会很过瘾，我们那时是"放胆文章拼命酒"，评谁的文章写得好，看谁的酒量大。在那个年代，这有一种想追求自己生命里最美好部分的狂放。而且，还有知己。所以有时候我觉得一个学校社团的意义就在于，它不是课程。也正因为它不是课程，所以它会真正把正处于青春状态的孩子的生命力整个激发出来。我们那时会为了校刊的事情废餐忘寝，却不会为了正课这么做。很奇怪，因为那是你想做的，每个月校刊出版的快乐抵得过不睡觉的黑眼圈。我觉得一个人年轻时没加入过学校的任何社团，其实是一种很大的遗憾。现在回想起来，如果我的中学、大学只是为了考试的话，还真是一个无趣的青春。

大家有没有发现，海棠诗社第一批成员全是千金小姐跟富贵公子。可是现在，他们要邀请丫头出身、地位卑微的香菱入社，从这里你可以看到，《红楼梦》中其实是没有阶级观念的。一群年轻人在他们生命最美好的年华，因为共同的追求，发展出一个新的族群出来，我称之为“美的族群”。

“香菱听了心中不信，料着他们是哄自己的话，还只管问黛玉、宝钗等”，这首诗真有那么好吗？

大观园来了新客人

“正说之间，只见几个小丫头子并老婆子忙忙的走来，都笑道：‘来了好些姑娘、奶奶们，我们都不认得，奶奶、姑娘们快认亲去。’”大家注意一下，《红楼梦》写到第四十九回，以八十回来讲，已经过半了。如果还是黛玉、宝钗、宝玉这几个人发展，作为长篇小说，好像有点推进不下去了。所以第四十九回绝对是一个关键，因为这一回出现了几个新的人物：薛宝钗和薛蟠的堂哥薛蝌，薛蝌的妹妹薛宝琴，邢夫人哥哥的女儿邢岫烟，李纨寡婶的两个女儿李纹和李绮，一共加入了五个人。这几个人物都非常漂亮，有品位，而且都会写诗，所以这个诗社忽然多出了一倍的人物。

你会看到这一天最忙的就是宝玉。我忽然想到我上中学的时候，班上转来一个学生，大家都会很开心，说他篮球打得好棒啊之类的。我想是因为原来认识的一群人，你大概都熟悉了，忽然有一个陌生人加入，会让你产生一种新奇感。

李纨笑着说：“这是那里的话？你们到底说明白了是谁的亲戚？”那

些婆子、丫头们都笑道："奶奶的两位妹妹都来了。"就是李纨的两个妹妹。"还有一位姑娘。"指的应该是邢岫烟。"还有一位爷，说是薛大爷的兄弟；还有一位姑娘，说是薛大姑娘的妹妹。"这两位就是薛蝌跟薛宝琴。"我这会子请姨太太去呢，奶奶和姑娘们先上去罢。""姨太太"就是薛姨妈，因为薛蝌跟薛宝琴是她的侄子、侄女。

因为薛蟠是一个不学无术、粗俗不堪的人，那大家就会想，薛蟠这么糟糕，他的兄弟一定也好不到哪去。可是等一下见了以后，你会发现那个薛蝌又有礼貌，又懂事，性情好得不得了，所以大家都吃了一惊。连宝玉这种从来不讲刻薄话的人都说，没想到薛蟠这样的人也有这样的兄弟。

宝钗笑道："我们薛蝌和他妹妹来了不成？"李纨也笑着说："我们婶子又上京来了不成？他们如何凑在一处？这可是奇事。"大家一边纳闷，一边来到王夫人的房内，"只见乌压压的一地人"。注意"一地人"这三个字很特别，形容满屋子都是人的感觉，曹雪芹的语言有一种白话的活泼。"原来邢夫人之兄嫂带了女儿岫烟进京，来投邢夫人的。"《红楼梦》中对邢岫烟着墨不是很多，但是很精彩。她家道贫寒但不失傲骨，淡雅脱俗；用宝玉的话来说，是"超然如野鹤闲云"。后来她被薛姨妈看中，经贾母说媒嫁给了薛蝌。

"可巧凤姐之兄王仁也正进京，两家亲戚一处打帮来了。走至半路泊船时，正遇见李纨之寡婶带着两个女儿——大名李纹，次名李绮——也上京。同叙起来又是亲戚，因此三家一路同行。后有薛蟠之从弟薛蝌，因当年他父亲在京时，已将胞妹薛宝琴许配都中梅翰林之子为婚，正欲进京发嫁，闻得王仁进京，他也随后带了妹子赶来。所以今日会齐了，来访投各人亲戚。大家见礼叙过，贾母、王夫人都欢喜非常。”因为贾母很爱热闹。老太太笑着说：“怪道昨儿晚上灯花爆了又爆，结了又结，原来应在今日。”古代点油灯，那个芯有时会被阻塞，然后就会爆灯花。过去的人迷信说，如果爆灯花，第二天会有喜事。我相信贾母的灯花爆过以后，如果第二天没喜事，她大概也就忘了。可是刚好有喜事，所以她说应在了今天，这么些亲戚聚在一起，给人生带来了许多快乐。所以这里也在讲一种缘分，就是不知道什么样的因果，让这些人能在此时此地相见。

我相信《红楼梦》一直有这样一种喜悦，可是也有种感伤在里面。其实这个部分也是《妙法莲华经》里面常常讲的，当你看着一粒种子的时候，要知道这粒种子可能是一亿年才形成的。如果从生物科技的角度来看，这句话很难理解。但是有时候你会觉得佛经里讲的这些，是在讲一个人的因果。就好像这些人在今天终于见面了，所以大家“一面叙些家常，一面收看带来的礼物”。

一下子来了这么多人，“凤姐自不必说，忙上加忙。李纨、宝钗自然和婶母、妹子叙离别之情。黛玉见了，先是欢喜，次后想起众人皆有亲眷，独自己孤单，无个亲眷，不免又去垂泪”。因为一下来了这么多跟自己同龄，又那么出众的女孩子，黛玉就很高兴；可是随后又伤感起来。黛玉每次垂泪，唯一看到和关心的一定是宝玉，“宝玉深知其情，十分劝慰了一番方罢”。

然后宝玉赶忙回到怡红院，跟袭人、麝月、晴雯说：“你们还不快看人去！谁知宝姐姐的亲哥哥是那个样子。他这叔伯兄弟形容举止另是一样了，倒像宝姐姐同胞兄弟似的。”我刚才提过，这可能是宝玉说的最刻薄的一句话了，不过他并没有做是非好坏的判别，只是说怎么会那么不一样。这也是宝玉最了不起的地方，他从来不说别人的坏话。

“更奇在你们成日家只说宝姐姐是绝色人物，如今你们瞧瞧去，他这妹子，还有大嫂子的两个妹子，我竟形容不出来了。老天，老天，你有多少精华灵秀，生出这些人上之人来！”注意，刚才香菱的诗里用到了“精华难掩”，就是生命里最美的精华是遮盖不了的。宝玉这里又提到了，其实是一个呼应。

你可以看到新生来了以后，对宝玉的那种震撼。我想现在大学迎接新生的活动中，恐怕也有这种快乐。我记得那时在美术系当系主任，那些学长跟学姐要去办新生活动的时候，快乐得不得了。整个晚上他们就会比来比去，说我这个学弟如何如何，我这个学妹如何如何。我觉得年轻里有一种非常天真的东西，我不知道大家有没有感觉，到职场以后，这种快乐就比较少，不太一样了。

“可知我井底之蛙，成日家只说现在的这几个人，是有一无二的，谁知不必远寻，就是本地风光，一个赛似一个，如今我又长了一层学问了。”宝玉可谓是天之骄子，漂亮、聪明、富贵，可是他看到这些精彩绝伦的人，会有一种谦逊，觉得自己不过是一个井底之蛙。而且他这里讲的“学问”，不是我们教科书中讲的学问，而是对人的见识，对人的欣赏。学问其实到最后，就是对人的理解。

“除了这几个，难道还有几个不成？”一边说，一边自笑自叹。“袭人见他又有些魔意，便不肯去瞧。”袭人觉得宝玉又犯傻发痴了，可能是心里有些妒意，所以不肯去看。“晴雯等早去瞧了一遍，回来喜欢的笑向袭人道：‘你快瞧瞧去！大太太的一个侄女儿，宝姑娘一个妹妹，大奶奶的两个妹妹，倒像一把四根水葱儿。’”这个形容很有趣，我们现在看到高雄女中的四个女孩站在那里，我们一定也有我们的形容，但大概不太会这么说。可因为晴雯是丫头，平常接触到的多是这种“亭亭玉立的”、嫩得不得了的水葱。

青春的嫉妒跟赞美

他们正说着，探春笑着来找宝玉，说：“咱们的诗社可兴旺了。”因为探春是诗社的发起人，所以她最开心。宝玉笑道：“正是呢，这是你一高兴起诗社，所以鬼使神差来了这些人。但只一件，不知他们可学过作诗不曾？”探春说：“我才都问了，他们虽是自谦，看其光景，没有不会的。便是不会也没难处，你看香菱就知道了。”意思是说不用担心，就算不会也很快能学会。

袭人笑着问：“说薛大姑娘的妹妹更好，三姑娘看看怎么样？”探春说：“果然的话。据我看怎么样，连他姐姐并所有这些人总不及他。”探春也这么推崇，袭人听了就不太相信，说：“这也奇了，还从那里再好去呢？我倒要瞧瞧去。”《红楼梦》写到第四十九回，一直讲宝钗的好，大概已经没东西可讲了，所以一定要创造新的东西。这时候又出现了一个宝琴，大家觉得她更精彩。可是宝琴的“更精彩”没有细节，所以她不是主角。宝琴精彩的意义是为了表达世界上还有更精彩的人。这里面也许还表达了另外一个意思：精彩未必一定是主角，每个生命都有自己的重要性。

探春见袭人不大相信，又加以说明：“老太太一见，喜欢的无可不可，已经逼着太太认了干女儿了。老太太要养活，才刚已经定了。”“养活”就是老太太要照顾她的意思。宝玉听了很高兴，忙问道：“果然的？”探春说：“我几时说过谎！”然后又开玩笑说：“有了这个好孙女儿，就忘了你这孙子了。”

所以青春是一个非常特殊的年龄，这个年龄里有一种对精彩人物的羡慕、赞叹、爱好。他们希望认识精彩的人，可同时又觉得精彩的人会把自己比下去，那是青春最了不起的部分。有欣赏又有一点嫉妒，这才是青春的可贵之处。有嫉妒是因为有比较，有比较才会有激荡，你的潜能才会被激发出来。所以常常有人会好奇，台大外文系的某一班怎么出了那么多精彩的作家，其实这就是彼此激荡的力量。

宝玉笑道：“这倒不妨，原该多疼女儿些才是正理。”与同龄人相比，也许是因为宝玉从小得到的疼爱比较多，所以嫉妒心不那么强。然后又说：“明儿十六，咱们可该起社了。”探春说：“林丫头刚起来了，二姐姐又病了，终是七上八下的。”人总是凑不齐。宝玉说：“二姐姐又不大作诗，没有他又何妨。”相比之下，迎春就有一点可怜，有点木讷，又不怎么会写诗，这里宝玉就刻薄了点。

探春说：“率性等几天，等他们新来的混熟了，咱们邀上他们岂不好？这会儿大嫂子、宝姐姐自然心里没有诗兴，况且湘云又没来，颦儿才好了，人人不合式。不如等着云丫头来了，这几个新的也熟了，颦儿也大好了，大嫂子和宝姐姐心也闲了，香菱诗也长进了，如此邀一社岂不好？”探春年纪不大，考虑事情非常周到，她要等所有人都处在比较完美的状态时，再来办一社。

探春接着说：“咱们两个如今往老太太那里去听听，宝姐姐的妹妹不算，他一定是咱们家住定了的。倘或那三个要不在咱们家住，咱们央告着老太太留下他们，也在园子里住下，岂不多添几个人，越发有趣了。”宝玉听了很高兴，说：“倒是你明白。我终究是个糊涂心肠，空欢喜一会子，却想不到这上头。”宝玉最可贵的就是他的反省精神。他常常觉得自己太急躁了，想事情不够周到。

说着，兄妹二人一起来到贾母处，“且说贾母见了薛宝琴，甚是欢喜，便命王夫人认作干女儿，因此欢喜非常，连园中也不命住，晚上跟着贾母一处安寝”。这个贾母很有趣，最早的时候是史湘云跟她睡，后来宝玉和黛玉跟她睡，现在是薛宝琴。我觉得那个很动人，其实青春在这里。我们会发现贾母也青春过，她在一个真正青春的孩子身上，看到自己的青春又重新活过来了。所以她总是把最疼爱的孙子、孙女带在身边，把自己年轻时舍不得穿的衣服都给了这些孩子们，我觉得那是一种对青春的鼓励。就像我的老师，有一天拿出一块墨，墨上镶着一粒珍珠。他说这块墨他一辈子都舍不得用，就给了我。我一直也舍不得用，可最近我送给了一个学生，因为他特别爱书法。我发现那个心情很奇怪，我觉得这就是对青春的喜爱。忽然，我懂了老师送我那块墨的苦心和用意。

以我们通常的了解，在一个传统社会里，像贾母这样有身份地位的人，常常会变成僵化或者保守的代表。可贾母不是，她是一棵大树。在这棵树还没有倒下之前，所有人都围绕着它，玩得开心得不得了。所以这个老太太一直没有丢掉青春，她其实懂得青春。我觉得《红楼梦》讲的“青春”，未必一定是十五六岁，而是说你可能在五十、六十、七十岁的时候赞美青春，那个时候的生命也会发亮。

大观园的繁华极盛

再来看看其他几个人的安排：“薛蝌自向薛蟠书房中住下。贾母便和邢夫人说：‘你侄女儿也不必家去了，园子里住几天，逛逛再家去。’”贾母只是说住几天，并没有让她以后就住在大观园，这里面是有区别的。“邢夫人兄嫂家中原艰难，这一上京，原仗的是邢夫人与他们治房舍，帮盘缠，听如此说，岂不愿意。邢夫人便将邢岫烟交与凤姐”，让她安排。

可我们看到凤姐很小心，因为她这个婆婆常常糊里糊涂不懂事，所以凤姐心里“筹算得园中姊妹多，性情不一，且又不便另设一处，莫若送到迎春一处去，倘日后岫烟有些不遂意之事，纵然邢夫人知道了，与自己无干”。可以了解吗？迎春虽不是邢夫人亲生的，但从小由邢夫人抚养长大，而邢岫烟又是邢夫人的侄女。这样万一邢岫烟有什么不如意的地方，也是他们自家的事，与凤姐无关。这就是凤姐的盘算。

要把邢岫烟送去和迎春一起住，邢岫烟就有一点可怜了，因为迎春是一个二木头，有些糊里糊涂的，什么事都不操心。邢岫烟大冬天没有外套，迎春竟然没有注意到，如果换作宝钗或史湘云，早就注意到了。所以迎春虽然位列十二金钗，但比起其他人，实在少了许多精彩。不止是不够聪明，也少了许多对他人的关心。

“从以后，若邢岫烟家去住的日期不算，若在大观园住到一个月上，凤姐亦照迎春分例一样送一分与岫烟。凤姐冷眼瞅着岫烟的心性行为，竟不像邢夫人并他父母一样，却是个极温厚可疼的人。因此凤姐反怜他家贫命苦，比别的姊妹们多疼他些，邢夫人倒不大理论了。”“不大理论”是说邢夫人倒不大管这个事了。从邢夫人以往对迎春的态度来看，这比较符合她的个性：自私和冷漠，只关心自己，不大关心别人。

最后就剩李纨的寡婶跟她的两个女儿了。“贾母、王夫人因素喜李纨贤惠，且年轻守节，令人敬服，今儿他寡婶来了，便不肯令他外头去住。那李婶虽十分不肯，无奈贾母执意不从，只得带着李纹、李绮在稻香村住下了。”由此可见，贾母对待李纨的家人，跟对待邢夫人的家人，态度完全不一样。

“这里安插既定，谁知保龄侯史鼎又迁委了外任大员，不日要带了家眷去上任。”史鼎是贾母的侄子，史湘云的叔父。史湘云自小父母双亡，就是由这位叔父抚养长大的。这个时候史鼎刚好要被派去外省做大员。“贾母因舍不得湘云，便留下他了，接到家中，原要命凤姐另设一处与他住。”这个待遇又不一样。“史湘云执意不肯，定要和宝钗一处住”，贾母只好答应了。

史湘云的加入，让大观园更加热闹了。以李纨为首，有迎春、探春、惜春、宝钗、黛玉、湘云、李纹、李绮、宝琴、岫烟，再加上凤姐和宝玉，一共十三个人。“叙年庚，除李纨年纪最长，这十二个皆不过十五、六七岁。”我想这是一般人读《红楼梦》，最容易忽略的。更好玩的是，他们之间“或有这三个同年，或有那五个共岁，或有这两个同月、同日，或有那两个同刻、同时，所差者大半是时刻月份而已”。以至于连他们自己也记不清谁长谁幼了，哥哥、姐姐、弟弟、妹妹乱叫。

我想《红楼梦》第四十九回，有许多新人的加入，可以算是大观园的一个高峰。他们赏雪、观梅、作诗、吃鹿肉，把《红楼梦》的繁华热闹推向高潮。之后就慢慢开始走下坡路了。

呆香菱之心苦，疯湘云之话多

史湘云搬来跟宝钗一起住，最开心的当然是香菱，因为现在香菱一心一意想着写诗，又不敢老是麻烦宝钗。而史湘云是个热心肠，禁不住香菱的请教，“便没昼没夜高谈阔论起来”。史湘云跟香菱讲的，跟黛玉引导香菱入门的东西不太一样，湘云讲的是艺术创作的风格，属于美学的范畴。

宝钗就跟她们开玩笑说：“我实在聒噪得是受不得了。一个女孩儿家，只管拿着作诗当正经事讲起来，叫有学问的人听了，反笑话说不守本分。一个香菱没闹清，偏又添了你这么个话口袋。满嘴里说的是什么：怎么是杜工部之沉郁，韦苏州之淡雅，又怎么是温八叉之绮靡，李义山之隐碎。”宝钗就在嘲笑史湘云，满嘴谈的都是文人才谈的创作风格之类的话题。

杜甫的诗我们比较熟悉，不管是“国破山河在，城春草木深”，或者是《秋兴八首》里的句子，都让我们感觉到他生命中有一种沉重的东西。杜甫诗的语言非常沉重、郁闷，“沉郁”这两个字，同时也是杜甫自己生命的状态。相比之下，李白的诗就比较豪迈，属于另外一种风格。韦苏州就是韦应物，那首很有名的诗：“去年花里逢君别，今日花开已一年。世事茫茫难自料，春愁黯黯独成眠。”就是韦应物作的。他的诗用字不重，情感也不浓郁，所以给人淡雅的感觉。

温八叉就是温庭筠，他属于晚唐诗人。为什么叫他温八叉？这有点像我们称曹子建为曹七步，七步成诗；也是形容他作诗的速度很快，八叉手而成八韵。“温八叉之绮靡”是说他的诗有一点像绣花，装饰性的东西特别多，有很多词汇的堆砌。

李义山就是李商隐，李义山的诗句很隐讳，很幽微，让人似懂非懂，像是“庄生晓梦迷蝴蝶，望帝春心托杜鹃”。我自己年轻时最迷的就是李义山，觉得他的诗讲出了介于理性跟非理性之间一种暧昧的情境，像是

“此情可待成追忆，只是当时已惘然”，有一种不可言说的迷惘之美。

你看，香菱进步很快，从刚刚来大一的中文系学写诗，一下就进到了研究所。因为她现在已经和史湘云在探讨风格的问题了。我记得那时候我们在台北“故宫”上课，老师拿出一件书法作品，比如苏东坡的《寒食帖》。基本上他不谈书法的基本技巧，只是问我们的感觉，我们就大概用自己的美学风格在谈。所以我也很怀念上研究所的那个时期，只有四个研究生跟着一个老师，大家对着台北“故宫”的真迹就谈起来。我想那个感觉有点像现在湘云跟香菱在谈诗，可这里真正的意思是，你了解了这四大家的风格，最后怎么找到自己的风格？可能是把杜甫的沉郁，加上一点温八叉的绮靡，混合成另外一个新风格出现，这就是创作了。创作很难，就是说恐怕连研究所也不能用学术教育来培养出优秀的创作者。像黄春明（台湾著名乡土文学小说家）、陈映真（台湾著名作家）的小说，绝对不是学院里可以规范的，因为他们有一种从生活里被激荡出来的创作力量。

宝钗就很烦，她说：“放着现在的两个诗家不知道，提那些死人做什么？”史湘云属于典型的射手座，说话直来直去，忙问：“现在是那两个？好姐姐，你告诉我。”宝钗笑道：“呆香菱之心苦，疯湘云之话多。”她们两个听了，都大笑起来。

生命应该学会彼此欣赏

“正说着，只见宝琴来了，披着一领斗篷，金翠辉煌，不知何物。”宝钗见了就问：“是那里的？”宝琴说：“因下雪珠儿，老太太找了出来给我的。”因为这件衣服是羽毛做的，所以不会沾水，而且很保暖。香菱上来瞧道："难怪这么好看，原来是孔雀毛织的。"香菱从小生活在穷困中，所以不知道这个是什么做的。湘云说："那里是孔雀毛织的，就是野鸭子头上的毛作的。"这句话是非常典型的湘云式语言，这件衣服本来叫作"凫靥裘"，"凫"是有点像鸳鸯的水鸟，它脸上有片毛是最细密的，颜色也最漂亮。不知把那个部位的毛拔下多少来，才可以做成一件凫靥裘。可是湘云不喜欢这种文绉绉的话，她就说是野鸭子头上的毛做的。然后又说："可见是老太太疼你了。这样疼宝玉，也没给他穿。"这个湘云，快人快语，非常直率。

看到这里，会蛮紧张的，你会想，湘云和宝钗对此作何感想。因为史湘云是贾母很疼爱的一个侄孙女，她们都姓史。宝钗来贾府已经一年多了，又那么懂事，每天早晚去给贾母问安，还陪她说话，老太太为什么把这么漂亮的衣服给了宝琴，而没有给自己。其实做长辈的，有一种为难，就是说家里很多精彩的孩子，如何疼爱他们？他们之间会不会争风吃醋？就像我以前当老师的时候，要把一个镶了珍珠的墨给某个学生时，还真的要很小心，我想这里面最难做到的是"不伤害"别人。

贾母宠爱宝琴，宝钗她们会不会心生妒忌？结果没有。不但没有，还演变出一个更精彩的互动。我想这就是自信的人跟缺乏自信的人之间的差别。自信的人能够认识到生命是不一样的，所以他会欣赏。他如果觉得这个人好棒，心里想的是如何超越他，而不是把他踩下去、压下去，他甚至还会去帮这个人。可是如果他没有自信，他就会一直想要把别人的光芒遮住。我想这个心情是非常不一样的。

就像李白跟杜甫是如此不同的诗人，别人编造了多少他们彼此嘲讽的诗句。比如，"饭颗山头逢杜甫"那种李白笑杜甫写诗有多艰难的诗句，现在发现都是假的，都是伪诗。真正留下来的李白写给杜甫的诗是："思君若汶水，浩荡寄南征。"表达的是：我想念你的心情像那条河。所以这两个相差十一岁的诗人，完全是彼此欣赏。

宝钗说："真俗语说'各人有缘法'。我再想不到他这会子来，既来了，又有老太太这么疼他。"这就是一种豁达。这个时候，湘云就跟宝琴开起了玩笑："你除了在老太太跟前，就在园中来，这两处只管玩笑吃喝。到了太太屋里，若太太在屋里，只管和太太说笑，多坐一会也无妨；若太太不在屋里，你可别进去，那屋里人多心坏，都是要害咱们的。"说得宝钗、宝琴、香菱都笑起来。

你会发现很有趣，我相信在迎接新生的时候，学长跟学弟、学妹也会讲类似的话。提醒你哪一个老师的课你小心一点如何如何之类的，这里面有一种疼爱。可宝钗绝不会讲这种话，因为一旦传出去，她就得罪人了。而湘云就会讲，这就是个性的不同。所以你看宝钗的反应："说你没心，却又有心；虽然有心，到底嘴太直了。"意思是：说你傻，你又不傻；说你不傻，说话又不经大脑。然后又说："我们这琴儿就有些像你。你天天说要我作亲姐姐，我今儿竟叫你认她作亲妹妹罢。"

湘云又端详了宝琴半天，笑道："这一件衣裳也就只配他穿，别人穿了，实在不配。"我好喜欢这句话，我觉得一个人生命里一定要有这个部分。就是那件衣服没有穿在我身上，我可能有一点嫉妒；可是嫉妒过之后说：这件衣服只有他配穿，别人都不配，也包括我自己。我觉得这里面有一种很动人的力量，生命其实是可以这样去欣赏别人的。在这个欣赏中，自身也得到了升华。

是几时孟光接了梁鸿案

正说着，贾母的丫鬟琥珀走了进来，笑着说："老太太说了，叫宝姑娘别管紧了琴姑娘。他还小呢，让他爱怎样着就由他怎样着。要什么东西只管要去，别多心。"你看，贾母疼爱宝琴到了什么程度。宝钗忙起身答应了，又推宝琴笑道："你也不知是那里来的这段福气！你倒去罢，仔细我们委屈着你。我就不信我那些儿不如你。"意思是，你到底哪里好了，为什么老太太这么疼你？这里面有点开玩笑，有点撒娇，又有对宝琴的疼爱，我觉得作者把那个复杂的情绪表现得很精彩。《红楼梦》跟一般的八卦杂志很不同，它标举的是：人跟人之间不是只有嫉妒跟陷害，还有一种高贵的情操。所以少看八卦杂志，多看《红楼梦》，真的会不一样。我不觉得文学具有救世的功能，可是我相信好的文学，能对人起到潜移默化的作用，让人回到美的本质。

说话之间，宝玉、黛玉都进来了。湘云于是笑着说："宝姐姐，你这话虽是玩话，却有人真心是这样想呢。"琥珀笑道："他倒不是这样人，真心恼的再无别人，就只是他。"说着指向宝玉。宝钗就笑着问湘云："莫不是他？"还不等湘云表态，琥珀又笑着说："不是他，就是他。"然后又指黛玉。"湘云便不啧声。"不说是，也不说不是。这个时候气氛就有一点紧张。宝钗忙说："更不是了。我的妹妹和他妹妹一样，他比我还更喜欢呢，那里还恼？"

"宝玉素习深知黛玉有些小性儿，然尚不知近日黛玉、宝钗之事，正恐贾母疼宝琴他心里不自在，今见湘云如此说了，宝钗又如此答，再审度黛玉声色亦不似往日，居然与宝钗之说相符，便心中闷闷不解。"他想：

“他两个素日不是这样的，如今看来竟更比别人好了十倍。”然后又见黛玉追着宝琴叫妹妹，“并不提名道姓，直是亲姊妹一般”。

却说宝琴“年轻心热，本性聪明，自幼读书识字”。“年轻心热”这四个字很精彩，年轻人因为有梦想，有追求，有义气，有担当，所以他的心是热的，这也意味着他可能会犯错。如果“年轻心冷”，对什么都失去了热情，那就麻烦了。“今在贾府住了两日，大概人物已知。又见诸姊妹都不是那轻薄脂粉，且又和姐姐皆和契，故也不肯怠慢。”这句很精彩。也就是说这些姐妹都是有品格、有生命追求的，而不是那种肤浅的女孩子，所以不敢怠慢。“其中又见林黛玉是个出类拔萃的，便更与他亲近异常”，这就是彼此欣赏。宝玉看了，心里就更纳闷了，觉得这些女孩子真是搞不懂，一会儿斗来斗去的，一会儿又这么好。

过了一会儿，宝钗姐妹回家了，湘云去了贾母那里，黛玉回房休息，宝玉就来找黛玉了，笑着跟她说：“我虽看了《西厢记》，也曾有明白的几句，说了取笑，你还不恼过吗。这如今想来，竟有一句不解的，我念出来你讲讲我听。”黛玉听了，就知道有文章，笑着说：“你念出来我听听。”宝玉笑道：“那《闹简》上有一句说的最好，‘是几时孟光接了梁鸿案？’这句最妙。孟光‘接了梁鸿案’这五个字，不过是现成的典，难为他这‘是几时’的三个虚字问的有趣。是几时接了？你说说我听。”孟光、梁鸿相敬如宾，“举案齐眉”是一个典故，可是加了三个虚字以后，它就变成另外一种活泼的东西。

黛玉听了，忍不住也笑了，说：“这原问的好。他也问的好，你也问的好。”言外之意是，我知道你想问什么。宝玉说：“先时你只疑我，如今你也没的说了，我反落了单。”就是之前我说宝钗好，你误解我，现在你们俩好了，我倒成了孤家寡人。你看，这三个人的关系多有趣，很多根据《红楼梦》改编的电视连续剧、电影，都没有拍出这个细微的关系。

黛玉说："谁知他竟真是个好人，我素日只当他藏奸。"然后就把因她说错酒令，宝钗跟她说的那些话，连同她在病中宝钗送燕窝的事，一五一十告诉了宝玉。"宝玉方知原故，因笑道：'我说呢，正纳闷"是几时孟光接了梁鸿案"，原来是从"小孩儿家口没遮拦"上就接了案了。'"这后一句话也出自《西厢记》，是说黛玉在行酒令的时候，口无遮拦，说了不该说的话，结果反倒促成了她与宝钗之间关系的改善。

湘云的男孩子个性和打扮

"黛玉因又说起宝琴来，想到自己没有姊妹，不免又哭了。"我一直提到，黛玉是一定要哭的，她多哭一点其实是好的，可以早一点把前世的债还掉。好笑的是，这个前世的因果，宝玉好像并不知道，所以老在那边劝："这又自寻烦恼了。你瞧瞧，今年比旧年越发瘦了，你还不保养保养。每天好好的，你必是自寻烦恼，哭一会子，才算完了这一天的事。"这一天一定要哭一定的量，这一天才过完。黛玉拭泪道："近来我只觉心酸，眼泪却像比旧年少了些似的。心里只管酸痛，眼泪却不多。"宝玉说："这是你哭惯了，心里疑的，岂有眼泪会少的！"黛玉跟他说现在连眼泪都少了，好像已经有一点油尽灯枯的感觉了。

"正说着，只见他屋里的小丫头子送了猩猩毡的斗篷来。"只要下雪，宝玉屋里的丫头就会给他送来大红猩猩毡的斗篷。《红楼梦》中，多次提到宝玉穿着大红猩猩毡的斗篷，宝玉最后出家的时候，身上披的也是这领斗篷。我个人觉得，这个红色不仅有热烈、热情、热闹的意义，还有赎罪的意味，因为红色也是血的颜色。

小丫头说：“大奶奶才打发人来说，下了雪，要商议明日请人作诗呢。”话还没有说完，李纨的丫头便过来请黛玉。宝玉就随着黛玉，一起来到稻香村。《红楼梦》中很少形容黛玉的穿着，这里就写到因为下雪，她换了一身行头。

先看黛玉讲究的雪鞋，是“掐金挖云红香羊皮小靴”，下雪天穿的是染成红色的小羊皮材质的靴子。“掐金挖云”是说在靴面上镂空剪出云头的图案，再在边缘绣上金线。“罩了一件大红羽纱面白狐皮里鹤氅”，“鹤氅”是一件像鹤的雪衣，袖子宽宽的，两侧开衩，中间以带子相系；“大红羽纱面白狐皮里”就是外面是大红色的羽纱面料，里面是白狐皮衬里。所以一边是红，一边是白，衬着她红色的小皮靴。腰间“束一条青金闪绿双环四合如意绦”，“绦”就是腰带，上面有玉佩、金饰和中国结一些饰物，尾端为流苏。“青金闪绿”就是把绿色跟金色衬在一起。大家看她身上的主色是什么？是红色，可腰带是绿色的。这就是民间一种充满强烈对比的配色法，有点像野兽派。我觉得这一段描写非常美，下雪天，白色的背景衬托出宝玉和黛玉的一袭红色，颜色非常鲜明。你可以感受到两个青春年少的孩子身上所洋溢的朝气。

我们接着往下看，就可以看到这群年轻的孩子，个个打扮都不一样，好像一场时装秀。“头上罩了雪帽，二人一齐踏雪行来。只见众姊妹已都在那边，都是一色大红猩猩毡与羽毛缎的斗篷。”“羽毛缎”也称羽缎，它相对羽纱来说，质地更厚密，也更光滑。“独李宫裁穿一件青哆啰呢对襟褂子”，李宫裁就是李纨，她因为年轻守寡，所以穿的颜色永远是灰色调的。“哆啰呢”是一种从西洋进口的毛料，“哆啰”是音译。“薛宝钗是一件莲青斗纹锦上添花洋线番羓丝的鹤氅”，跟李纨一样，宝钗穿的是莲青色的冷色调衣服，“洋线番羓丝”是一种用丝线和毛线混纺的进口面料，“锦上添花”则是一种丝织工艺。下面就讲到了邢岫烟，“仍是家常旧衣裳，并无有遮雪之衣”。所以，穿得最单薄的就是邢岫烟。

接下来就是史湘云的隆重登场：“一时史湘云来了，穿着贾母与他的一件貂鼠脑袋面子大毛黑灰鼠里子大褂子。”“貂鼠”就是紫貂，用紫貂脑袋上的貂皮做面子，用长毛黑灰鼠的皮毛做里子，做成的一件大褂，你可以看到有多么讲究，因为曹雪芹家族是当时的“纺织界第一家族”。“头上戴着一顶挖云鹅黄片金里大红猩猩毡昭君套”，“昭君套”其实就是“抹额”，有点像帽子，但没有顶，又称“卧兔儿”，这个昭君套外层是镂空的云头，里面衬着鹅黄色片金锦。脖子上有“大貂鼠的风领围着”。

看到湘云这身装束，黛玉就笑她说：“你们瞧瞧，孙行者来了。他一般的也拿着雪褂子，故意装出一个小骚达子来。”“骚达子”是中原民族对北方游牧民族的蔑称。黛玉把她比喻为孙行者，大概是觉得她额头上束着抹额，身上穿着貂皮大褂，那个感觉有些像孙猴子。湘云笑着说：“你们瞧瞧我里头打扮的。”说着就把外面的褂子脱了，“只见他里头穿着一件半旧的靠色三镶领袖秋香色盘金五彩绣龙窄褃小袖掩衿银鼠短袄”。领子跟袖子是用三种相近的颜色拼成的，而且领、袖的部分还镶了三道边。衣服的颜色是“秋香色”，也就是介于黄跟绿之间的一种颜色，它是绿色慢慢有一点泛黄的那个感觉，就像秋天的树叶变色的过程。我们知道，色彩学这个东西特别容易看得出文化的高低。文化低的时候，就只有蓝啊、绿啊这些单一的形容；文化高的时候，它就会细致复杂到有“雨过天晴”色、秋香色。在过去的戏剧里，有很多唱老旦的就是穿秋香色的衣服，因为绿色很鲜亮，秋香色就多一点沉稳的感觉。

你看，这件短袄上还用金线跟五彩线绣着龙的图案。因为史湘云是男孩子打扮，所以她就穿了“窄褃小袖”。“褃”是指腋下的部位。而过去很多女性穿的都是宽袍大袖。什么是“掩衿”短袄？就是短袄的开襟不在中间，开在了旁边。“里面短短的一件水红装缎狐肷褶子”，“狐肷褶子”就是用狐狸腹部和腋下最柔软的那块皮毛做的贴身背心，非常保暖。“腰里束着一条蝴蝶结子长穗五色宫绦，脚下也穿着绿皮小靴。”这样一身装扮，“越显的蜂腰猿背，鹤势螂形”，就是有一点男孩子的感觉。大家都笑她说：“偏他只爱打扮成个小子的样儿，原比他打扮女孩儿更俏丽些。”

所以你可以看到，穿什么服装跟个性有很大关系，黛玉要穿成这样，大概就不像样子了。像史湘云这种个性爽朗、豪迈，很有现代感的女孩子，打扮成男孩子，就会显得很酷、很帅。

很可惜，现在好像还没有人用《红楼梦》去开发服装的一种新时尚。其实我们知道，欧美近几年流行的很多都是东方的服饰。我这几年在巴黎，经常看到一个个穿中式衣服的人。我想如果纺织产业敏感度够的话，其实可以把红楼服饰开发得很精彩；我们如果一直模仿西方，其实是开发不出好的产业来的。

琉璃世界　白雪红梅

如果在今天，史湘云就是一个白衬衫、牛仔裤打扮，骑着摩托车的那种女孩子。她很帅气、直接，迫不及待就说："快商议作诗！我听听是谁的东家？"李纨说："我的主意。想来昨儿的正日已过了，再等正日又太过，可巧又遇下雪，不如咱们大家凑个社，又给他们接风，又可以作诗。你们意思怎么样？"

宝玉先说："这话很是。只是今日晚了，若到明日，晴了又无趣。"宝玉总是这么性急。众人都道："这雪未必晴。纵晴了，这一夜下的也够赏了。"等于是大家都同意了。李纨说："我这里虽好，又不比芦雪庵好。""芦雪庵"也是大观园中的一处景观，临水而建，推开窗就可以垂钓。"我已经打发人笼地炕去了，咱们大家拥炉作诗。""地炕"有些像炕，是北方冬季的一种取暖设备。"老太太想来未必高兴，况且咱们小玩儿，单给凤丫头个信儿就是了。"平时这帮大观园的孩子一起玩，都会叫上贾母。这次因为下大雪，李纨就觉得贾母不一定有兴趣，所以没叫她，谁知她后来自己跑来了。

然后李纨又和大家商量凑份子的事，说香菱、宝琴、李纹、李绮、岫烟，这五个人不算，二丫头病了不算，四丫头告假也不算。剩下的四个，就是宝玉、探春、宝钗、黛玉，每个人一两银子。"我总包五六两银子也尽够了。"大家"因又拟题限韵，李纨笑道：'我心里自己定了，等到了明日临期，横竖知道。'说毕，大家又闲话了一回，方往贾母处来"。

这一夜大家就很兴奋，尤其像宝玉这种露营会睡不着觉的学生。"到了次日一早，宝玉因心里记挂着这事，一夜没好生得睡，天亮了就爬起来。掀起帐子一看，虽然门窗尚掩，只见窗上光辉夺目，内心踌躇起来，抱怨定是晴了，日光已出。"宝玉看到从窗缝里透过的光非常耀眼，就有些失望。心想糟糕了！太阳已经出来，就没有雪了。其实雪光是最亮的。

"一面忙起来揭起窗屉，从玻璃窗内往外一看，原来不是日光，竟是一夜大雪，下的将有一尺多厚，天上仍是搓绵扯絮一般。""窗屉"有些像百叶窗，可以支起、放下。古代的房子通常是用纸来糊窗户，你看，宝玉的房间却都是玻璃窗。宝玉看到雪还在不断下，高兴得不得了，洗漱之后，就急急忙忙出门了。

宝玉"只穿一件茄色哆啰呢狐皮袄子，罩一件海龙皮小小鹰膀褂子，束了腰，披上玉针蓑，戴了金藤笠。登上沙棠屐，忙忙的往芦雪庵来"。"海龙皮"就是水獭皮，"鹰膀褂子"是一种由坎肩演变来的八旗子弟最喜欢穿的服装，你可以想象一下鹰的翅膀的那种感觉，我觉得像一个很帅的皮夹克。

下面这一段描写非常美，大家可以感觉一下那个画面："出了院门，四顾一望，并无二色，远远的是青松翠竹，自己却如装在玻璃盒内一般。于是走至山坡之下，顺着山脚刚转过去，已闻得一股寒香拂鼻。回头一看，却是妙玉门前栊翠庵中有十数株红梅如胭脂一般，映着雪色，分外显得精神，好不有趣！宝玉便住了脚，细细的赏玩一回。方欲走，只见蜂腰板桥上一个人打着伞走来，原来李纨打发了去请凤姐的人。"

这里特别点出了一个人，就是不在场的妙玉。我们不要忘了妙玉也是十二金钗之一，虽然她是出家人，不能随便出来，但她也是一个和宝玉、宝钗、黛玉同样年龄的女孩子。所以这段写栊翠庵里的红梅开得非常灿烂，其实是在讲妙玉也正处于青春之中。一会儿大家要赏雪作诗了，妙玉好像是一个被遗忘的角落，可又不应该被遗忘。我想这就是作者细心的地方。

宝玉到了芦雪庵后，一帮丫头、婆子正在扫雪开路。"原来这芦雪庵盖在傍山临水河滩之上，一带几间，茅檐土壁，槿篱竹牖，推窗便可垂钓，四面皆是芦苇，掩覆一条去径，逶迤穿芦度苇过去，就是藕香榭的竹桥了。”丫头、婆子们看到宝玉披蓑戴笠，都笑道：“我们才说正少个渔翁，如今果然全了。姑娘们吃了饭才来呢，你也太性急了。”

宝玉听了，只好往回走，“刚至沁芳亭，只见探春正从秋爽斋出来，围着大红猩猩毡斗篷，戴着观音兜，扶着一个小丫头，后面一个妇人打着一把青绸油伞”。“观音兜”是过去妇女戴的一种风帽，因为帽子后沿披至颈后肩际，很像佛像中观音菩萨戴的帽子。宝玉知道她要到贾母那里，就等她过来，两人一起来看贾母。

过了一会儿，众姐妹都来齐了，宝玉就开始嚷嚷肚子饿了，“连连催饭”。完全像个小孩子。我们看到贾母的早餐，会吓一跳：“头一样菜便是牛乳蒸羊羔。”贾母跟宝玉说：“这是我们有年纪的人的药，没见天日的东西，可惜你们小孩子们吃不得。”意思说，这是老人家的补品，小孩子不要吃。因为这个生命还没有形成，在羊肚子里就被杀了，吃了就有点伤天害理的感觉。我们小时候把鸡杀了以后，肚子里的蛋，妈妈是不准我们吃的，因为她觉得吃了会造孽。

贾母就让大家等会儿吃新鲜的鹿肉，“众人答应了，宝玉却等不得，只拿茶泡了一碗饭，就着野鸡爪子忙忙的咽完了”。贾母说：“我知道你们今儿又有事情，连饭也不顾了。便叫‘留着鹿肉与他晚上吃’。”你看贾母对宝玉多偏心，生怕有好东西他吃不到。湘云听说有鹿肉，便悄悄跟宝玉说：“有新鲜鹿肉，不如咱们要一块，自己拿了园中弄着，又玩又吃。”宝玉听了，觉得这主意不错，就跟凤姐要了一块，让婆子送到园子里去。

割腥啖膻

下面这一段有点像野外露营，它跟我们今天孩子的快乐非常相似。

吃完早饭后，大家就一起来到了芦雪庵，唯独不见湘云和宝玉。黛玉说："他两个再到不了一处，若到一起，生出多少事故来。这会子，一定算计那块鹿肉呢。"正说着，李纨的婶婶也跟李纨说："怎么那一个带玉的哥儿和那一个挂金麒麟的姐儿，那样干净清秀，又不少吃的，他两个在那里商议着要吃生肉呢，说的有来有去的。我只不信肉也生吃的。"

大家听了都笑道："了不得了，快拿了他两个来。"你就发现这帮小孩真的很好玩。李纨忙出来找到他们，说："你们两个要吃生的，我送你们到老太太那里去吃。那怕吃一只生鹿，撑病了不与我相干。这么大雪，怪冷的，替我作祸呢。"宝玉忙笑着说："没有的事，我们烧着吃呢。"李纨又嘱咐他们小心不要割到手。

凤姐打发平儿来告诉李纨，她今天忙着发放年例，不能来了。湘云见了平儿，就拉着不让她走。"平儿也是个好玩的，素日跟着凤姐无所不至，见如此有趣，乐得玩笑，因而褪去手上的镯子，三个人围着火，平儿便要先烧三块吃。"看得宝琴和李纨的婶子"深为罕事"。

这边探春她们已经商定了今天的诗题、诗韵，探春笑着说："你闻闻，香气这里都闻见了，我也吃去。"李纨也跟探春一起来了，说："客已齐了，你们还没吃够？"湘云一面吃，一面说："我吃这个方爱吃酒，吃了酒方才有诗。若不是这鹿肉，今儿断不能作诗。"一会儿大家就能看到，湘云今天果然表现不凡，大家开玩笑说都是这块鹿肉的功劳。你看，这些平时养尊处优的贵族小姐们，一旦玩起来，个性就显露出来了。

湘云见宝琴披着凫靥裘站在那里笑，就对她说：“傻子，你来尝尝。”宝钗也劝宝琴：“你尝尝去，吃的有甚味。林姐姐弱，吃了不消化，不然他也爱吃。”宝琴就去尝了一块，果然觉得好吃，也一起吃起来。“一时，凤姐打发丫头来叫平儿。平儿说：‘史大姑娘拉着我呢，你先去罢。’”过了一会儿，凤姐也披着斗篷来了，笑道：“吃这样好东西，也不告诉我！”说着，“也凑在一处吃起来”。你看，凤姐也喜欢热闹。

这就是野营的快乐，现在回想我们中学露营的时候，饭也煮不熟，菜也煮得一塌糊涂，可是高兴得不得了，好像比家里什么饭都好吃。我相信那里面其实有一个生活改换的喜悦，让这些不到十七岁的孩子们，得到了一个放肆的机会，感受到许多平时感受不到的快乐。

黛玉就在一边取笑他们：“那里找这一群花子去！”黛玉的语言很风趣，说这群人大雪天围着火烤肉吃，就像一群叫花子。然后又说：“罢了，罢了！今日芦雪庵遭劫，生生被云丫头作践了。我为芦雪庵一哭！”黛玉的意思是，芦雪庵本是修行的地方，今天却来了这么一帮粗俗的人，大块吃肉，大口喝酒，真是有辱芦雪庵。湘云笑道：“你知道什么！‘是真名士自风流’，你们都清高，最可厌。”她说真名士是不会计较这些东西的，你们这些自命清高的人，最讨厌了。然后又说：“我们这会子腥膻大吃大嚼，回来却是锦心绣口。”吃素的人通常会觉得肉类，尤其是烤肉都很腥膻。湘云的意思是，别看我们吃烤肉、吃汉堡，等一下却能作出高雅美妙的诗作。宝钗就笑她：“你回来若作不好了，把那鹿肉掏了出来，就把这雪压的芦苇子揌上些，以完此劫。”

吃完之后，大家洗漱了一番，平儿忽然发现褪下来的镯子少了一个，前后左右找遍了，“踪迹全无”。凤姐笑着说：“我知道这镯子去向。你们只管不用找，作诗去，不出三日管就见了。”然后就转移话题，问道：“你们今儿作什么诗？老太太说了，离年又近了，正月里还该作些灯谜大家玩笑。”

小说的精彩就在于，你不知道凤姐是真知道，还是假知道。我们会想，凤姐或许是猜测镯子掉进了雪里，等过两天雪化了，自然就出来了。可是它也可能有另外一层意思，就是王熙凤是贾家的大管家，这个家族中如果有任何偷盗行为，她都会严厉追查。她担心打草惊蛇，才故意低调，要秘密地去探访的。你常常读第四十九回时，都不会特别注意到这一段，觉得它不过是个偶然事件。可等到了第五十二回，这个谜底就揭晓了。

说完，大家一起来到地炕屋，看见诗题已经贴在了墙上：“即景联句，五言排律一首，限二‘萧’韵。”“即景”当然是即雪景。什么是“联句”？就是一个人讲了上句，另一个人要对出下句，然后再起一个上句，下一个人要再对出这句……就这样联下去。这个就很难，反应要非常快。“五言排律”就是五言长律，除了首尾两联，中间各联都必须对仗，而且都要押二萧的韵。所以到了第五十回，大家就可以看到这群才华出众的年轻孩子的精彩和他们彼此生命的激发。

第五十回

芦雪庵争联即景诗
暖香坞雅制春灯谜

芦雪庵争联即景诗

《红楼梦》从第四十九回一直到第五十回，基本上都在讲雪景。在不同的季节，我们看到《红楼梦》好像也针对不同的自然景象在欣赏。大自然没有绝对的美或丑，不同的季节有不同季节存在的意义跟价值。所以他们今天的诗题是即雪景联句，联句的形式就有一点像打擂台，你说了上句，我立刻要接下句。如果我自己写了上联再对下联，这比较容易；可是对方讲上联，我对下联，就比较困难。

《红楼梦》中多次写到这些孩子一起作诗，好像在玩一样，你会觉得真是不得了，现在古典文学博士生都未必有这么厉害。我更愿意把它当成游戏来看，我觉得游戏的观念非常重要。因为生活中有很多好玩的东西，你把文字当成好玩的东西，它就可以是诗；你把声音当成好玩的东西，它就可以是音乐；绘画、戏剧也都是如此。我们会发现，在过去青少年的生活中，充满了各种有品格的游戏；这些游戏看起来像在玩，事实上都是教育。

第五十回的回目是“芦雪庵争联即景诗”，“争联”的意思是大家抢着联。我想如果搁在今天，学校考试考即景联句，学生们大概就灰头土脸了。可是在《红楼梦》中，大家是抢着联。本来有一个顺序，可是后来有好句子了，就不管顺序，抢着讲了。文学创作到了这样的境界，而不再是作业、功课的时候，它才好玩，它才会有趣。在这样的情况下，他们平时所读的书中跟雪有关的典故，就会脱口而出。什么是文化？读很多书，不见得是文化；读了这些书以后在生活中加以运用，这才是文化。

相比之下，我就觉得我们今天的社会有蛮大的品格落差。不管是迎新会、毕业典礼还是谢师宴，常常在玩那个钢管秀什么的，全部是在向消费社会的一种低趣味学习；不是说不能玩，而是缺少了玩的内涵，我想这恐怕是值得思考的一个问题。所以我一直强调，文化并不是知识，文化是知识之外对美的追寻。性情里最崇高的部分在生活中被开发出来，那才叫作文化。我们看到这些十几岁的孩子，既不是古典文学专业的学生，也并没有在社会里负责什么创作，他们在雪地里即景联句，就是为了好玩，可他们用诗句串联了某一个冬天生活里的一种记忆。我觉得这非常值得思考和耐人寻味。

有意与无心之间的哲学

这一天很多人都来了，非常热闹，包括不会写诗的王熙凤。而且，她还带头作了第一句。我觉得这个很好玩，因为后面那些风雅的即景联句，是由一个不识字、不会写诗的王熙凤开的头。我想作者在这里有一个隐约的意图，就是诗不见得是知识分子的专利，诗就是一种心情，就算王熙凤这样爱争权夺利的人，有一天也会被某些东西触动，也可以作诗。

“凤姐想了半日，笑道：‘你们可别笑话，我只有一句粗话，下剩的我就不知道了。’”我们来看看这句粗话：“我想下雪必刮北风。昨夜听见一夜的北风，我有了一句，就是‘一夜北风紧’。”

这个起句其实很精彩。我们知道，有些人写诗，追求的是“语不惊人死不休”。但如果你一开始就语不惊人死不休，后面就不知道该怎么接了。所以作诗起句讲究“兴”,“兴”就是先言他物，然后所要表达的事物、思想、感情。王熙凤这里大大咧咧来了一句——“一夜北风紧”，后面的人就好接了，因为这一句很通俗，很宽泛，没有太多雕琢的痕迹。所以这一句倒有点像刘邦的“大风起兮云飞扬”，让你觉得那个气派好大。这样的起句，有一种开创的意味，后面的人才可能跟着前者的基础，慢慢经营下去。有时候在大学或者中学的社团里，看到那种文学非常精彩的人，诗背得很多，作诗对仗也极其工整，可你就感觉他的诗被什么东西绑住了。绑住的原因是他少掉一个“一夜北风紧”那么简单的起句，因为他想到文学的时候，就会紧张，写出来的所有句子都想要“语不惊人死不休”。所以真正的好诗不是每一句都语不惊人死不休，如果句句都那样，就太重了，没有了舒缓的余地。

《红楼梦》从香菱学诗开始，一直在进行一个诗的教育、文学的教育，也就是告诉我们创作是怎么回事。从凤姐这种不会写诗的人开始，接下来是个性最平顺的李纨，越到后面越精彩。

王熙凤说了这一句，大家听了都相视笑道：“这句虽粗，不见底下的，这正是会作诗的起法。不但好，而且留了多少地步与后人。”不仅作诗，很多事情都是这样，都应该掌握分寸、留有余地。有时候，我读《易经》，就觉得《易经》整个在讲这个东西。为什么这一次即景联句，要让凤姐来起句，最后由最不爱表现的李绮来收尾？我相信作者这么安排绝不是偶然的，所以“起”跟“结”，好像重要，又好像不重要。

凤姐讲完这一句，就先走了，李纨就接道：“开门雪尚飘。”意思很直白。然后她给出了下一句：“入泥怜洁白。”意思是洁白的雪花落入肮脏的泥土，让人惋惜。香菱就接了下联：“迎地惜琼瑶。”一种美好的玉叫作“琼瑶”，“迎地”就是遍地；这句是说，泥土也不见得无情，也懂得怜惜像美玉一样晶莹的雪花。

然后香菱又给出下一句：“有意荣枯草。”雪花飘落下来不是偶然的，而是有意滋润土地，去繁荣枯草。我们都听说过“瑞雪兆丰年”，因为下过一场大雪之后，雪会融化，就会滋养大地，生出春草。探春接道：“无心饰萎苕。”我们看，“有意”对“无心”，“荣”对“饰”，“枯草”对“萎苕”。新春最先萌芽冒头的植物叫作“苕”，“萎苕”就指枯萎的植物。这两句要表达的是，大雪滋润了春天所有的植物，到底是有意还是无心。

我觉得中国古典诗句里的对仗是非常特殊的美学，一方面来自汉字的特色，英文跟法文都不容易这么对仗。另一方面，这里的“有意”对“无心”，就包含着一种生命哲学，有点像中国哲学中的阴跟阳、虚跟实。到底是有意还是无心，作者也不知道，只是让你去思考。总之，在宇宙之间，冥冥中好像存在着一个因果，有神论者会相信有一个神在主宰，这个是“有意”；无神论者则认为这只是自然的一种循环，所以是“无心”。而这个对仗，正好提供了两者之间的平衡。“有意”加“无心”刚好是一种完全中性的客观，让人看到生命里面也可能有意，也可能无心。所以对仗本身在帮助创作者思考生命中两极平衡的部分。从这个角度看，这些十几岁的孩子，他们学写诗、学对仗，可也许更重要的是，他们学习到生命里的一种互动关系。

麝煤融宝鼎，绮袖笼金貂

然后探春再给出下一句："价高村酿熟。""村酿"就是村酒，酒酿好之后，可以卖高价。我们知道，酒通常是秋天庄稼收获之后开始酿，酿好之后，正好就是冬天，也和雪季有关。白居易有一首诗："绿蚁新醅酒，红泥小火炉。晚来天欲雪，能饮一杯无？"写的就是酒酿好的时候，正好在下雪。李绮就接道："年稔府粱饶。"五谷熟了叫"稔"，因为丰收了，所以各家以及政府的仓库里粮食都特别丰饶，表示今年是一个富有的好冬年。

下面这句"葭动灰飞管"比较不容易懂。"葭"是葭莩，就是芦苇茎中的那层薄膜。据说，古人将葭莩烧成灰，放入十二支长度不同的律管中，就是我们通常说的黄钟、大吕等十二律中。既可以测量音乐的音律，也可以用来测量月份。比如，黄钟对应的是仲冬之月，也就是十一月，大吕对应的是季冬之月也就是十二月。到了这两个月份，对应律管中的灰就会自动飞扬出来，这就是"吹灰候气"。当然，这种方法未必科学，却成了文人作诗赋词的典故。杜甫的《小至》诗中，就有"吹葭六管动飞灰"的句子，"小至"指的是冬至前一天。

那李纹对的"阳回斗转杓"也有同样的意思。我们知道北斗有七星，组合起来像一个舀酒的"斗"，有斗身，有斗柄。武侠小说里总讲北斗七星，北斗七星也常变成古代很多帝王的象征。敦煌展出了于阗国王李圣天头上戴的一个皇冠，即平天冠，上面就用玉镶了北斗七星。北斗七星在不同的季节和夜晚，会出现在不同的位置，所以古人也根据它的位置变化来确定季节。北斗七星中的第五、第六、第七颗星就是斗柄，被称为“斗杓”，等斗杓转一圈回到正北方的位置，也就到了冬至，即“阳回”。表示说已经到了冷的、阴的极限，接下来阳就要回来了。这两句比较难懂，因为里面牵涉了我们今天不太使用的古代测量历法跟季节的一些专有名词。

下面一句比较好理解：“寒山已失翠。”到了冬天，树叶都落了，草也枯了，夏天翠绿的山野变得灰蒙蒙的，下了雪之后则又变得白茫茫的。邢岫烟就接道：“冻浦不闻潮。”有没有发现对仗，一个讲山，另外一个就讲水。“浦”是什么？浦是河流入海的地方。在寒冷的季节，河水都结冰了，所以也就听不到潮声了。从这些句子我们可以看到，这样一群孩子，心境非常开阔，对大自然的观察极其细致，我觉得这就是一种生命情境的学习。

邢岫烟又给出一句：“易挂疏枝柳。”冬天的柳树，只剩下疏疏落落几根枯枝，雪反而“易挂”。湘云对了一句：“难堆破叶蕉。”芭蕉的叶子在冬天也都变残破了，雪很难堆在上面。如果你观察过冬天的雪景，就会发现这两句描写非常形象。

湘云给的下一句是：“麝煤融宝鼎。”“麝”是麝香，这里的“煤”是指“墨”，我们知道古代的墨都是用桐木或者松木来烧。在烧制的过程中，把升起来的烟搜集起来去做墨，还可以加入麝香。所以最珍贵、最讲究的墨很轻，也很香，比如像松烟墨或者桐烟墨。我们知道宝鼎就是一个铜火炉，“麝煤”为什么要“融于宝鼎”呢？因为冬天墨的胶非常硬，化不开，所以要磨墨写字画画之前，先要在火炉边把它烤一烤。我有时候听长辈说起他们以前在北方读书时，教室里是有炭炉的，他们一面烤年糕，一面上课。那个炭炉不是让他们烤年糕，而是为了化开墨盒的，烤年糕只是顺便的。

宝琴刚才穿着一件金翠辉煌的凫靥裘，她现在接的句子就是“绮袖笼金貂”，“绮袖”是绣满了花的袖子，“笼”其实是一种熏笼，古代不像我们现在是喷香水，他们用气体把衣服熏香。这两句都是在形容寒冷的雪天，富贵人家那种其乐融融的感觉。

湘云爱表现的个性

宝琴的下一句，形容的则是雪的明亮：“光夺窗前镜。”窗前的镜子在太阳光的反射下，已经够刺眼了，而这个雪比窗前的镜子还要明亮。有滑雪经验的人，对这点会有更深的体会，如果长时间在雪地里而不戴防护镜，眼睛就有可能被灼伤。黛玉接的“香粘壁上椒”不是很好理解。西汉时皇后住的宫殿叫“椒房殿”，因为它的墙壁是用花椒和泥巴涂抹的，不仅可以保暖，花椒辛香的味道还可以防虫，后来“椒房”就代指皇后住的房间。黛玉借用的就是这个典故，然后给出一句“斜风仍故故”，形容风斜斜地打过来，可是雪还是一样飘着。

这一句相对直白，也比较好接，不知黛玉是不是有意的，怕宝玉接不上来。宝玉接的是“清梦转聊聊”。是说在这样一个下雪天，也不想出去，于是抱着被子在房间里睡觉。睡醒之后，就有一些无聊。有个成语叫“百无聊赖”，这个“聊”和“赖”都很难解，其实就是没有事做，有一种悠闲的感觉。

然后宝玉给的下一句是“何处梅花笛？”“梅花笛”其实就是笛子，因为汉乐府中有一首笛子曲叫《梅花落》而得名。宝钗接的是“谁家碧玉箫？”因为箫是由竹子制成的，“碧玉箫”是形容竹子那种翠绿的感觉。这句大概是脱口而出，因为平时训练多了，这种对子几乎可以不假思索。

我跟很多朋友提过，我不觉得这种能力一定是通过古典文学的训练才可以获得，因为我在台湾很多的庙口听到老人家唱山歌，全都是在练即景联句。在桃园的文昌公园，你可以看到所有退休的客家的采茶工人，都七八十岁了，男的唱一句，女的接一句，对仗非常工整，而且全部押韵。后来我采访他们，发现他们大部分是文盲，没受过什么教育。可是客家的山歌里本来就有这种联句的习俗。他们说，如果你不会唱，就讨不到老婆。那女性也很机警，要想办法拒绝，所以就“你有来言，我有去语”。其实这也是游戏，所以我想这些部分应该从民间学起，民间本身对语言就有一种训练的方法。

我们今天拿着麦克风，跟着卡拉 OK 唱，还要看着字幕。有一天你就会发现，你很难离开那个东西唱歌了，因为你自己的某一种语言习惯和记忆习惯在慢慢消失。所以如果大家听到陈达（台湾民谣歌手，罗大佑评价他是“真正的传奇”）的咏唱，那是非常惊人的。他可以唱四个小时不停，全部是押韵的对联的形式，一直唱下去。所以这种即景联句在民间、在民歌当中，反而特别有机会看到。

宝钗给出了一个比较重的句子：“鳌愁坤轴限。”“鳌”是什么？就是传说中的大海龟。去过吴哥窟的朋友应该记得，那里描绘了一个古印度教的神话。就是毗湿奴神化身为龟，用龟背支撑曼陀罗山作为搅棒搅拌乳海，从而让诸神重获不死甘露的故事。所以在很多民族的古老神话里，鳌或者龟都代表着大地的稳定力量，因为人们认为大地是被鳌或者龟驮在背上的。“坤轴”就是地轴，这里指的是大地。在《易经》里，乾为天，坤是地。这句的意思是说，因为雪下得太大了，连鳌都在发愁大地会承受不了。这句很符合宝钗的性格，用字不轻飘，有一种厚重感。

下面该轮到谁了？正好就是李纨，这个时候，她却说：“我替你们看热酒去罢。”李纨在这些人里比较没有才华，作者这个时候让她打破规则，第一个退出，也表示她有一点江郎才尽了。所以宝钗就让宝琴来接。宝琴还没来得及说，湘云就已经站起来把诗念了出来。从这里你就可以看到湘云射手座那种箭在弦上、收不回来的急躁、爱表现的个性。

情不自禁的高手过招

湘云接道:“龙斗阵云销。”宝钗上一句在讲大地,她这一句就是讲天。漫天大雪，就像天上的龙在争斗，把云一片一片撕落下来。然后她又给出一句:“野岸回孤棹。”“孤棹”就是孤舟，在这个荒野的河岸旁，有一只孤独的船在回荡。宝琴就有些不服输，也站起来说:“吟鞭指灞桥。”这一句典出唐代相国郑綮。郑綮擅长写诗，有一次别人问他:相国的诗思在何处？他说:“诗在灞桥风雪中，驴子背上。”灞桥这座古桥，是过去送别朋友的地方，所以就觉得，在灞桥，有种风雪送故人的凄凉和悲壮的感觉,因此又叫“销魂桥”。至今还流传着“年年伤别,灞桥风雪”的词句。郑綮说，在那种地方才写得出诗，其实也就是说整天坐在办公室，怎么写得出诗?

宝琴给的下一句“赐裘怜抚戍”，因为天寒地冻，一些比较仁慈的皇帝会犒劳那些戍守边疆的将士，赐给他们“裘”。听起来有一点贵重，其实就是一些过冬的衣物。我记得我们小时候都还有送将士冬衣的劳军活动。

“湘云那里肯让人，且别人也不如他敏捷，都看他扬眉挺身的说道：‘加絮念征徭。’”这句跟上句的意思差不多，“征徭”指的是被征兵来的，以及背负着大量徭役的人。古代的“徭”就是为国家义务服务的工作。念及这些人特别辛苦，所以给他们的被子里多加一点棉絮。“坳垤审夷险”是湘云给出的下一句。“坳”是低洼的地方，“垤”是小土堆、小山丘，合在一起就泛指地势高低不平之地。因为下过雪以后，不知道什么地方高，什么地方低，所以走起路来必须小心翼翼，以免闪失。

记得我在北美的时候，看到大雪就兴奋得不得了，一个晚上都不睡觉。其实雪地里蕴藏着危险，它不只是滑，还有雪下的高低、虚实。有时候一脚踩空，才发现是一个凹地，所以要“审夷险”。“审”有一点试探、观察要怎么走的意思；“夷”是平，“险”就是危险。我后来在加拿大的国家公园里又有好几次这样的经历，那时才懂了什么是“坳垤审夷险”。

宝钗听了“连声赞好”，你看，宝钗在这里有点扮演主导者的角色。因为她是一个很客观、理性的人，所以非常懂得赞赏别人。湘云作得好，也刺激了宝钗表现的欲望，所以她接着就说：“林枝怕动摇。”因为树枝上压了沉甸甸的雪，生怕会断掉。

有没有发现，现在秩序彻底乱了，可精彩之处也出来了。因为创作中有一个情境叫“情不自禁”，还有一种就是“神来之笔”，所以宝钗又给出一句：“皑皑轻趁步。”雪片轻轻飘落时，其中有一个秩序，那个秩序的美，真的很惊人。我记得好几个晚上我就在北美这样看雪，才发现雪中有这么多变化的可能。其实宝钗讲的一个字，就是“轻”，雪轻到只要一点点的风就会被带动。

湘云一直在抢，黛玉也有些迫不及待了，连忙接道：“剪剪舞随腰。”你看多漂亮的句子，尤其是“剪剪”这两个字，我很难形容它。有时候我们形容燕子在风里飞，也用“剪剪”。“剪剪”这两个字在古诗中经常出现，像“春风剪剪梦幽幽”。雪片因为轻，风稍微一转，雪片就跟着回旋，像曼妙的少女跳舞一样，婀娜多姿。“皑皑轻趁步”跟“剪剪舞随腰”，对仗得非常漂亮，一个讲颜色，一个讲样貌。

好，黛玉又给出一句：“煮芋成新赏。”这一句典出苏东坡，他夸奖他的小儿子用山芋来煮粥很有新意，还留下诗作：“香似龙涎仍酽白，味如牛奶更全新。”黛玉是借用粥的白来形容雪的白。“一面说，一面推宝玉，命他联。”

“宝玉正看宝钗、宝琴、黛玉三人共战湘云，十分有趣，那里还顾得联诗。”注意这个句子很像武侠小说，在创作里面真的有一点像高手过招，所以宝玉都看呆了，光顾着欣赏别人了。也许大家有一天会发现，宝玉是《红楼梦》中最有福气的人，因为他懂得美的欣赏。他发现身边的人都这么精彩，其实他有一种很大的快乐。他常常忘掉他自己，忘掉自己要表现的部分。

深院惊寒雀

“今见黛玉推他，方联道：‘撒盐是旧谣。’”“撒盐”的典故出自《世说新语》。有一天下雪，谢安就问家里的晚辈：“白雪纷纷何所似？”一个孩子说:“撒盐空中差可拟。”意思是有点像在空中撒盐。

我有一次去日本，大概初春的季节，穿着黑色衣服，忽然发现衣服上出现一点一点的细雪。因为雪刚刚出来的时候，真的像盐，而且是精制盐，细细的。谷崎润一郎还写过一部小说叫《细雪》。我在日本特别会感觉得到那个细雪，不知道为什么每次在樱花季节它就会飘下来。有时候还跟着樱花瓣一起飘落，构成日本很特殊的一道美学风景。

谢安的故事是发生在东晋，所以说这是“旧谣”了。宝玉的下句“艇蓑犹泊钓”是说，在这样的大雪天，还有人穿着蓑衣，在停泊的船上钓鱼。湘云大概觉得宝玉有点慢，就笑他说：“你快下去，你不中用，倒耽搁了我。”我们有时候玩牌也是，一个人出手太慢，都急死了。宝琴就趁湘云说话的工夫，联了一句：“林斧不闻樵。”因为冬天太冷了，樵夫暂时停止了伐木，所以林中显得静悄悄的。宝琴又给出一句：“伏象千峰凸。”下过雪之后，整个大地就像一头伏卧的白色大象，只有一个个山峰突起。毛泽东在《沁园春·雪》中，就有“山舞银蛇，原驰蜡象”的句子，用的也是一样的典故。

湘云联的“盘蛇一径遥”，是形容下过雪之后，四周全是白的，只有一条小径弯弯曲曲，显得格外漫长。这个景象，我倒是在台湾的合欢山见过一次，那时做学生要寒训，合欢山上下了雪，我在比较高的地方看到全部是白的，只有人走过的那条小路是黑的，因为踩过去雪就会融化。你看，“伏象”对“盘蛇”，“千峰”对“一径”，“凸”对“遥”，湘云脱口而出的作品都非常精彩。大概她平时受过很好的训练，思维非常敏捷。她给出的下一句是“花缘经冷聚”。花与花之间也有一种缘分，天冷的时候，花纷纷凋落，就好像它们相聚一样。“宝钗与众人又忙赞好。”

有没有感觉在旁边叫好也有一种快乐，就像我们在文昌公园听到那些老先生、老太太唱山歌也是，句子一出来，旁边的人就鼓掌拍手，因为太棒了。所以我想在书房里写诗大概最没有意思，当诗歌变成山歌的时候，有所有人的参与和激荡，创作者就会觉得很精彩。

探春好久没开口了，这时也接了一句："色岂畏霜凋。"意思说，并不是所有的花都害怕寒冷，也有花是在寒冷时节盛放的。她给的下一句"深院惊寒雀"非常形象，我们想象一下这个画面：冬日，中庭，麻雀觅到了食物，正在低头吃。雪在屋檐上、树枝上堆久了，"哗"一下滑下来，麻雀受了惊吓，就飞起来了。宋代的画常常以此作为主题。之后作者插了一句："湘云正渴了，忙忙的吃茶。"她不是一直跟人家抢着联吗？口都抢渴了。我觉得这就是好的小说，它中间会有一种叙述的变化跟节奏的缓冲。如果一味地联下去，最后势必会变得呆板、乏味。

就在湘云喝茶的时候，邢岫烟这个还有点不太好意思的插班生，有机会联了一句。

石楼闲睡鹤，锦罽暖亲猫

邢岫烟联的是"空山泣老鸮"。"鸮"就是猫头鹰，猫头鹰的叫声很难听，有一点像哭。这一句是形容在空寂的深山里，猫头鹰传出的凄凉、孤独的叫声。然后又给出一句"阶墀随上下"。有人曾问我，这一句讲的是麻雀吗？其实不是，还是雪。它是讲雪花飘忽不定，一会儿落在台阶上面，一会儿落在台阶下面。湘云不是正在喝茶吗？赶忙丢了茶杯接道："池水任浮漂。"雪花在水上也是任其漂浮。"阶墀"对"池水"，"随"对

“任”，“上下”对“浮漂”，每一个字都恰到好处。她给出的下一句“照耀临清晓”，和黛玉接的“缤纷入永宵”，分别描绘了清晨时雪光的明亮，和入夜之后雪花依然不断在飘的景色，也对得非常漂亮。

“诚忘三尺冷。”黛玉刚给出一句，就又被湘云抢去了：“瑞释九重焦。”“诚忘三尺冷”有人认为是在讲“程门立雪”的典故，也有人认为是在隐喻禅宗二祖慧可的“断臂立雪”，我比较赞同后一种观点。因为黛玉是出世的，她对儒家忠孝礼仪的东西，大概没有什么兴趣。“九重”就是九重天的意思，“焦”是指干旱，过去的农业社会非常盼望过年的时候来一场大雪，能够缓解干旱。

湘云又起了一句：“僵卧谁相问。”这里有一种悲悯。天寒地冷的时候，会有很多冻死的人，就像杜甫诗里说的“路有冻死骨”，有谁会想到他们？其实我想今天也是一样，在法国如果哪一年大雪特别多的话，很多游民就会冻死。法国游民非常多，不是因为穷，其实是他们自己选择不工作的。他们还有自己的哲学：说每天喝喝红酒、吃吃面包就够了，所以他们就每天去“要”一点红酒跟面包。如果大家有机会到巴黎的塞纳河边，会看到桥洞里住着许多游民。最令人惊讶的是，他们的留声机里放的是巴赫的音乐，也许还会跟你谈希腊哲学。我就有这样的经历，对方是一个退休的巴黎大学的教授，他也去当游民，我吓了一大跳。所以，法文里的“游民”，并不是乞丐的意思，而是他决定自己过这样的生活。可是冬天下大雪的时候他们就很危险，因为桥洞里都没有暖气的设备，那时市政府就会开放几个捷运站让游民住进去。

所以我觉得这些十五六岁的孩子，作诗并非单纯为了附庸风雅的“玩”，其中也包含着他们对于历史、民间疾苦和许多哲学问题的思考。

宝琴也接着说："狂游客喜招。"也有一些风流名士在下雪的时候特别希望出去逛街，去狂游，然后招朋友说我们要不要去登合欢山看看雪。那其实是两种生命，有一种生命是辛苦到冬天没有厚衣服穿，没有暖气，会冻死在路旁。有一种生命是非常的风流自赏，下雪天要招朋友去游玩的。好，这又是一个对仗。可是我希望大家了解在这个对仗里没有偏见，他并没有说哪一种生命对，哪一种生命不对；也并不是在指责说路边都有人冻死了，你们还要去合欢山看雪？而是表明人世间本来就有这两种不同的生命状态。这也是我一直希望传达古诗对仗中隐含的意义所在，它真正的思维是让你超越现世的两难，从而看到一种平衡、一种矛盾。

然后宝琴又给出下一句："天机断缟带。""天机"是星的名字，天上的织机就是织女星，传说中织女星每天不停织着布，银河就是她织成的白练，也就是"缟带"。下雪的时候，因为看不到星，也看不到天上的银河，就好像织女把她织的那一匹白色的银河全都切断了，所以"断"是讲下大雪时那种昏暗、阴沉的感觉。

湘云又接道："海市失鲛绡。""海市"是海市蜃楼，就是眼前忽然出现一个城市，美丽得不得了，里面还有人在生活。可当你走过去，却发现是一个幻境。《法华经》里讲的"化城"，也是这个东西。海市蜃楼是因为空气中光的一种折射，把地球上很远很远的一个景象映射在空中，所以在沙漠、荒野里行走的人，常常会被那个城幻化住。可因为下雪，在空中幻化出来的彩色艳丽的海市蜃楼都失去了"鲛绡"，"鲛绡"指的是薄纱，这里有点在形容海市蜃楼如梦似幻的那种感觉。

本来湘云接完上句，应该再出一句，可是"黛玉不容他道，接着便道：'寂寞荒池榭。'"下了雪以后，很少人出来游玩，家里所有的楼阁池榭都非常寂寞。那湘云又赶快接道："清贫陋巷瓢。"我们知道"陋巷瓢"是来自《论语》的典故。孔子描述最喜欢的弟子颜回说："一箪食，一瓢饮，在陋巷，人不堪其忧，回也不改其乐。"颜回每天吃一点点粗粗的食物，用水瓢舀水喝，住在一个很穷困的社区，一般人都会受不了，可他过得非常快乐。这就是说，虽然清贫，却有自己的某些坚持。

"宝琴也不容情，也忙道：'烹茶水渐沸。'"因为宝琴刚来，有一点害羞，刚开始还觉得不好意思，现在也不管了，反正都是好朋友，所以也就没什么要留情面的了。好，有没有发现，节奏越来越快，刚才是两句抢一次，现在是一句抢一次了。就像一个大的交响曲，快到结尾的时候，一定有一个大高潮，然后结尾。湘云以为又该自己了，又联到："煮酒叶难烧。"枯叶因为下过雪湿透了，所以很难燃烧起来。见湘云忙着对下句，黛玉忍不住笑道："没帚山僧扫。"我觉得这一句很漂亮，山里面的和尚在扫雪，刚把扫帚放在一边，没想到雪太大了，一下子就找不到了。我曾在日本的寺院中见过这样的画面，当时忽然就想起了这个句子。所以我相信很多古人的这种诗句，其实有他们很特殊的一些视觉体验。

宝琴也笑道："埋琴稚子挑。"琴被雪掩埋了，所以小书童赶紧把它挑起来。湘云此时已经笑弯腰了，嘴里叽里咕噜了一句，大家忙问："到底说的是什么？"这句加得很棒，又写出了一种变化。因为她讲得太急了，大家都没听清。湘云于是大声喊道："石楼闲睡鹤。"黛玉也笑得有些控制不住了，捂着胸口嚷道："锦罽暖亲猫。"这两句也是对比，一个是在户外廊下有点孤独、有点寒凉的野鹤；一个是大雪天躲在漂亮地毯上睡觉的、悠闲自在的家猫。

联诗游戏的高潮

你可以看到，在这一场联诗游戏进入高潮的时候，只剩下了三个人：宝琴、黛玉和湘云，宝钗偶尔会插上一句。这种高手过招到了最后，真的是互不相让，异常精彩。所以我们说这群年轻的孩子，他们有青春的竞争，有小小的嫉妒跟比较。可更多的是，他们都相信自己是在生命最美好的阶段。你看，三个人一句接一句，好像在写诗，同时又在表现她们生命的美好。

宝琴笑着接道："月窟翻银浪。"形容白雪的翻飞，很像月宫里纯白的浪花在翻腾。湘云又接道："霞城隐赤标。"神话中认为天界有一座"碧霞城"，非常漂亮，像彩霞一样。里面有一个红色的赤城山，山的最高处就是"标"，所以"赤标"就是赤城山峰的最高处。这句是描写雪好像一直延伸到遥远的天界，大到连人间的最高峰都隐没了，这完全是一种浪漫主义的笔法。黛玉又接了回来："沁梅香可嚼。"注意，接下来的句子已经进入到诗的最本质的部分，是在讲跟雪有关的复杂的内心体验。这一句是在形容傲雪的梅花浓郁的芳香，仿佛可以咀嚼到一样。

"宝钗笑着称好"，这里面就有一种快乐，因为这个句子真棒，所以宝钗接道："淋竹醉堪调。"雪飘落在竹子上，竹子整个都被雪融化陶醉了，在风里摇来摇去，感觉好像也被雪调理出来了。所以"沁梅"、"淋竹"说出了雪中的某一种景象跟自己的感觉，把客观和主观融合在了一起，从而把自己的生命状态也带进去了。

接下来又是宝琴的，宝玉只被黛玉推出来讲了一下，就没有作什么了。他觉得这是一个不得了的女性世界。宝琴对的是"或湿鸳鸯带"，就是雪把女孩子身上的鸳鸯带都弄湿了。湘云接的是："时凝翡翠翘。"雪的寒冷好像还凝结在女孩子头上插的玉簪上，因为玉是冰凉的，所以感觉它承受了雪的寒冷。"鸳鸯带"跟"翡翠翘"都是在讲女性，男孩子很少在腰带上弄鸳鸯的。唐朝女性的衣带上都是鸳鸯，她大概会偷偷送给她喜欢的男人。"翡翠翘"是指翡翠玉的钗，钗头的地方是翘起来的。可以感觉出虽然这个五言排律中也有气势壮大的部分，可主要的情感是非常女性的，有一种女性幽微的心事。

黛玉又赶忙接道："无风仍脉脉。"宝琴也联道："不雨亦潇潇。"我自己觉得，这首五言排律真正的结尾其实是这两句，最美的也是这两句，因为其中描写出了一种若有情若无情的状态。然后大家就推湘云说，你再写啊，你再接啊，湘云"伏着已笑软了"，接不下去了。其他人看着她们三个人对抢，也顾不得作诗，只是看着笑。黛玉还推她说："你也有才尽力穷之时，我听听，还有什么舌根嚼了！"湘云趴在宝钗的怀里，笑个不停。宝钗也推她起来道："你有本事，把'二萧'的韵全用完了，我才服你。"湘云笑着站起来说："我也不是作诗，竟是抢命了。"可见，湘云的个性真的很可爱，喜怒哀乐都好清楚。

"探春早已料定没有自己联的份了，便命写出来，因说道：'没收住呢。'"就是还没有结尾呢。结尾怎么收，也是一个大学问。而结尾如果又收得语不惊人死不休，其实也不好，因为那样会觉得还没有完。我们前面讲过，不管作诗也好，写文章也好，都要有起承转合。其实生命本身也是如此，中间是生命的巅峰跟高潮，出生和死亡都比较平淡。所以写诗或写文章的时候，"起"要平，才接得下去；"结"也要平，才收得住。

其实我们小时候写作文都是这样的，就从什么"光阴如箭，日月如梭"

开始。结尾就说回家的时候已经万家灯火什么什么之类的。所以李纨就接了过来："欲志今朝乐。"然后由李绮收了最后一句："凭诗祝舜尧。"意思是作这首诗，是为了纪念今天的聚会，并以此歌颂尧舜。因为只有尧舜一样的时代，老百姓才能安居乐业，我们才有心情在这里享乐、作诗。有没有觉得这两句真的很通俗、很八股，简直破坏了刚才的风雅。可是要收尾，还非它不行。这种句子，黛玉是绝对写不出来的，所以这个尾只能由李纨、李绮这样性格平顺的人来收。

李纨道："够了，够了。虽无作完了韵，若生扭用了，倒不好。"就是说为了把这个韵用完而继续下去，反倒不好。说完，大家细细评论了一番，发现湘云联得最多，都笑着说："这都是那块鹿肉的功劳。"

宝玉访妙玉乞红梅

李纨总结说："逐句评去，都还一气，只是宝玉又落了第了。"集体创作能做到"都还一气"很不容易，这么多人联诗，还能有一气呵成的感觉。因为我们知道这些女孩子个性都不一样：黛玉永远是哀伤的，宝琴有一种华贵，宝钗是豁达的，湘云有一种乐观跟积极。个性这么不同，在美学上她们怎么可能统一在一起？所以这个"一气"的意思是，她们找到了生命里共同的一个最大公约数，而又不影响她们各自个性上的差异。我觉得那是了不起的一种相处：在追求青春的梦想里，既不违反自己的个性，又可以集体创作。

只是宝玉又表现不佳。你看在这个社团里，宝玉永远是落第的，永远是不如别人的。这是因为作者觉得自己一生中遇到的最精彩的都是女性，所以有意在书中歌颂、赞美这些才华出众的女子，而让自己变成一个陪衬的角色。宝玉笑道："我原不会联句，只好担待我罢。"不是为自己寻找理由和借口，而是坦然承认自己是个失败者。从中你也可以看到宝玉的豁达跟大度。

李纨说："也没有社社担待你的。又说韵险了，又整误了，又不会联句了，今日必罚你。"我们看，李纨的处罚很有趣。她说："我才看见栊翠庵的梅花有趣，我要折一枝来插瓶。可厌妙玉为人，我不理他。如今罚你去折一枝来。"李纨跟妙玉的个性很不一样，李纨是平顺的人，妙玉是奇险的人，所以个性不合。

我觉得这一段非常重要，大家感觉一下，所有《红楼梦》中青春年华的人，这一天都在现场，独独缺了妙玉。而妙玉必须在场，所以她人没有来，她的花来了。她在庙中栽培出来的灿烂的红梅花，代表她没有死去的某一种热情。我觉得这是作者很用心的地方，否则红梅花可以开在很多地方，为什么偏偏开在栊翠庵。而这一天大家都大吃一惊，因为妙玉忽然变得跟平常不一样了，不止送了宝玉一大枝，还给每人送了一枝。所以你会觉得妙玉的洁癖没有了，替代的是青春的分享。

"众人都道：'这罚的又雅又有趣。'"我常在想，老师要怎么罚学生，父母要怎么罚子女，让他们既心甘情愿，又得到进步，这是一门大学问。现在有些惩罚到最后只是侮辱而已，最好的惩罚一定是鼓励，我相信如何拿捏这个度都在一念之间。

"宝玉也乐为，答应着便要走"，湘云、黛玉一起说："外面冷得很，你且吃一杯热酒再去。"我们常常会觉得十几岁的孩子糊里糊涂，什么都不懂，其实未必，他们有他们的敏感跟体贴。"湘云早执起壶来，黛玉递了一个大杯，满斟了一杯，湘云笑道：‘你吃了我们这杯酒，你要取不来，加倍罚你。’宝玉忙吃了酒，冒雪而去。”我想宝玉一定觉得好幸福，湘云帮他拿着壶，黛玉帮他拿着杯子。生命里面的幸福大抵就是如此，因为你跟最精彩的人在一起，而且没有任何世故跟心机，就是一派天真烂漫。

“李纨命人好生跟着，黛玉忙拦说：‘不必，有了人反不得了。’”黛玉非常了解妙玉，名字里有“玉”的几个人，都不是好惹的，都有他们的怪癖。所以黛玉知道，如果只有宝玉去，这里面有一种知己相见，妙玉会给；如果有外人跟着，就变成了礼俗，妙玉就不一定会给了。“李纨点头说：‘是。’一面命丫环将一个耸肩瓶拿来，贮了水准备插梅。因又笑道：‘回来该咏红梅了。’”因为瓶肩的部位是高起来的，所以叫“耸肩瓶”，也有点像梅瓶。

湘云忙说：“我先作一首。”她又来了，永远比别人快一拍。宝钗忙挡住她说：“今儿断乎不容你再作了。你都抢了去，别人都闲着，也没趣。”所以我们一直说宝钗非常懂事，总是能照顾到每个人存在的意义跟价值。她看新来的李纹、李绮、邢岫烟都没有表现，就觉得应该让这些转学生有一些机会。这里面有一种持平。

然后又说：“回来还罚宝玉，他说不会联句，如今就叫他自己作去。”黛玉笑道：“这话很是。我还有主意，方才联句不够，莫若拣那联的少的人作红梅。”这点跟黛玉平常的个性不太一样。她大概是受到了宝钗的影响，觉得不能只是孤芳自赏，也应该有对他人的欣赏。宝钗赞同：“这话是极。方才邢、李三位屈才，又且是客。琴儿和颦儿、云儿三个人也抢了许多了，我们一概都不作，只让他三个作才是。”所以你看，《红楼梦》

里这些十几岁的孩子，恐怕比我们现在很多政客都懂事。就是说有时候也让其他人表现一下，不要老是自己在舞台上一直表演。

李纨说："绮儿也不大会作，还是让琴妹妹罢。"因为宝琴也是客人，宝钗只好答应。又说："就用'红梅花'三个字作韵，每人一首七言律。邢大妹妹作'红'字，李大妹妹作'梅'字，琴儿作'花'字。"李纨说："饶过宝玉去，我不依。"湘云忙说："有个好题目叫他作。"大家就问她是什么题目。湘云说："命他就作《访妙玉乞红梅》，岂不有趣？"这个是真正的即景，宝玉必须在七言律诗里把妙玉的主题，梅花的主题，还有"乞"的状态，全部要点进去。

"一语未了，只见宝玉笑嘻嘻背了一枝红梅进来，众丫环忙已接过，插入瓶中。众人都笑称谢。"我觉得这是今天的孩子可以学习的部分：不是只有别人给你东西才感谢，别人让你感受到美，也要表达谢意。我相信在我们的生活里，很多的道谢不应该是针对有目的性的事件，有时候是无目的的。美是一个无目的的状态，也许今天你可以谢谢一个人提醒你，不然你不知道杜鹃花开得这么好。生活里多了这种感谢，人的关系也多了很多不同的情谊。

宝玉说："你们赏玩罢，也不知道费了我多少精神呢。"我们不知道宝玉是怎样要到这枝梅花的，他大概真的费了不少口舌。因为大家都知道，妙玉的性格非常孤傲，很不好打交道。不过我始终不赞同世俗观点里，包括林语堂在内，对妙玉的批判，就觉得她是一个六根不净的尼姑。妙玉之所以孤傲，是因为她对美的要求太严格。她觉得那个美别人都不懂，不懂就会糟蹋，所以就把它封闭起来了。今天宝玉就是拆开这道墙的人，宝玉告诉她，你开在院子里的梅花，每个人都看到了，每个人都在赞赏，分享其实是一件很快乐的事。所以妙玉虽然没有来，可是花来了，她的美到了人间。

我觉得这里有一种蛮动人的东西。之前，刘姥姥用了妙玉的茶杯，她就要把那个杯子扔掉。因为她觉得自己跟刘姥姥的生命差距太大，好像刘姥姥把她美的世界弄脏了。可是我想，等真正的美有一天有了信心，其实是可以跟别人分享的。

访妙玉乞红梅

宝玉正说着，“探春又递过一杯暖酒来，众丫环上来接了蓑笠掸雪。各人房中丫环都添送衣服来”。可能天气越来越冷了，需要加一点衣服。“袭人也遣人送了半旧的狐腋褂来。李纨命人将那蒸的大芋头盛了一盘，又将朱橘、黄橙、橄榄等物盛了两盘，命人带与袭人吃去。”

湘云就把刚才她们定的《访妙玉乞红梅》的诗题告诉了宝玉，“又推宝玉快作”。宝玉说：“好姐姐妹妹，让我自己用韵罢。别限韵了。”宝玉最怕别人限他的韵，这其实也透露了他的个性，就是不喜欢被约束。有人喜欢卖弄自己用了“险韵”。什么叫险韵？就是那个韵没几个字可以用。曹雪芹显然很讨厌这种东西，觉得文学变成了技巧的卖弄，其实品格已经不高了。

“众人都说：‘随你作去罢。’一面说，一面大家看梅花。”在中国古典文学和古代绘画中，梅花都是非常重要的题材，甚至在戏剧里也是如此，比如越剧《红梅阁》。梅花的美在于枝干，它是线条上的美。每一次大风雪过后，受伤、折断的枝干会产生很多异变的姿态，这正是梅花美的原因。所以我觉得梅花跟春天的桃花、杏花最大的不同，就是后者的枝没有受过太大的伤。有一年冬末，我在西湖边看到最漂亮的枝干都是梅花，因为它有一种顽强性。

有时候欣赏梅花，一部分是因为它的清香，可有一部分是在欣赏它书法线条般的顽强的枝干。所以作者对这枝梅花的描述，用到了很多形容书法线条的句子。

“原来这枝梅花只有二尺来高，旁有一横枝纵横而出，约有五六尺长。”有一个横枝从主干斜出来，这个才是美。如果它都是往上长的，大概就没有那个意境了。有没有发现，二尺长的主干，就逸出了五六尺长的横枝，那么它的姿态就很奇；如果换过来，主干五六尺，横枝二尺，就不算什么了。“其间小枝分歧”，“分歧”就是各不相同，“或如蟠螭”，好像小龙；“或如僵蚓”，好像僵死的蚯蚓，这些都是书法中使用的词汇，形容书法的遒劲之美。“或孤削如笔”，好像光秃秃的一支毛笔一样；“或密聚如林”，因为上面密聚着很多更小的枝杈，好像树林一样。“花吐胭脂”，梅花比女人脸上的胭脂还要红；“香欺兰蕙”，香味比兰花还要香，“各个称赏”。

我一再强调，《红楼梦》是一本关于美学教育的书，不过只读到书中的知识是不够的，在生活中学会欣赏美，大概才是重点。如果读了许多描写山水之美，描写花草树木之美的诗，可到最后还是没办法回到生活中，好好去欣赏一朵花，其实是没有用的。

所以我常常跟朋友说，美真的不是一种知识，美被误解成一种知识，其实也很可惜和僵化，美应该是一个心境。就是有一天你会看到高雄的日光的美，会看到春树发出来的小小的嫩芽的美，或者是菩提叶子在风里摇晃的美，我相信那个才是生活美学。

三首《咏红梅花》

在大家欣赏梅花的时候，邢岫烟、李纹、薛宝琴三个人的诗都已经想好了，并各自写了出来。大家便依着“红梅花”三个字的顺序来看。先是邢岫烟押“红”韵的《咏红梅花》：“桃未芳菲杏未红，冲寒先喜笑东风。”桃花还没有缤纷，杏花还没有红，只有梅花会冒着严寒开放，比春天的东风还早。“魂飞庾岭春难辨”，“庾岭”是指大庾岭，古代常用它来划分北方跟南方。因为岭上种了很多梅树，又叫梅岭，庾岭以南，四季皆春。这句的意思是，虽然这么寒冷，可红梅花开到这般艳丽，好像让人觉得春天已经来了。

“霞隔罗浮梦未通”，“罗浮”是指罗浮山，有很长的种植梅花的历史，苏东坡曾在此写下著名的咏梅诗。“绿萼添妆融宝炬，缟仙扶醉跨残虹。”“绿萼”是一个仙女的名字，李商隐的诗里也有“绿萼”这个词。它有一点像古希腊神话里花神的角色。这里指代绿梅。“缟仙”是月宫里的嫦娥，因为她常穿素白的衣服，所以她用来借指白梅。最后两句是：“看来岂是寻常色，浓淡由他冰雪中。”

我们再来看第二首，李纹押“梅”韵的《咏红梅花》：“白梅懒赋赋红梅，逞艳先迎醉眼开。冻脸有痕皆是血，酸心无限亦成灰。”这些句子有点沉重。古代的画家、文学家歌颂的大都是白梅花，可李纹形容红梅花的“红”，就像是寒冷的冬天从被冻破的皮肤里渗出的血。其实在讲梅花开得艰苦跟辛酸，好比血泪一般；而且梅花落了以后结的果实很酸，也说明红梅有多辛苦。“误吞丹药移真骨，偷下瑶池脱旧胎。”白梅因为误食了仙丹，换掉了真骨，化成了红梅；瑶池仙女也偷下凡间，脱化旧胎变成了红梅。“江北江南春灿烂，寄言蜂蝶漫疑猜。”在江南江北大雪纷飞当中，梅花却开得如此灿烂夺目，蜜蜂、蝴蝶不要怀疑，春天真的要来了。

最后是薛宝琴用“花”韵的《咏红梅花》：“疏是枝条艳是花，春妆儿女竞奢华。”这都是在比喻梅花的美，有线条的美，有颜色的美。“闲庭曲槛无余雪，流水空山有落霞。”无论庭院或者山野，红梅花盛放得简直像晚霞一样。“幽梦冷随红袖笛，游仙香泛绛河槎。”伴着红袖仙女的笛声进入了梦境，闻到阵阵梅花香味，好像仙女驾着小船在绛河里飘动。注意，她没有用白色的“银河”，而是用红色的“绛河”。“前生定是瑶台种，无复相疑色相差。”这些红梅前生一定是瑶台仙界的，不必怀疑它色相不足，它有最美的颜色，也有最好的香味。

“众人看了，都笑称赏了一番，又指末一首说更好。”我们看，这个社团其实并没有那么乡愿。大家在诗的竞赛中很诚实地表达哪一首最好，哪一首不好，我相信这才是青春相处的方式。如果大家心口不一，八面玲珑，我想第二次社团就没有人要来了。

宝玉的《访妙玉乞红梅》

“宝玉见宝琴年纪最小，才更敏捷，深为奇异。”宝玉最欣赏有才华的女孩子。“黛玉、湘云斟了一小杯酒，齐贺宝琴。”注意一下这个部分，我相信在所有的青春当中，这是一个重要的学习。不是说她考第一名，大家在背后就踩她一脚，而是说真心祝贺她考了第一名。宝钗这个时候就站出来说话了，一来她觉得这样会让邢岫烟和李纹脸上不好看，二来她觉得黛玉跟湘云让宝琴喝酒，有一点捉弄宝琴的意思。所以她说："三首各有好处。你们两个天天捉弄厌了我，如今又捉弄他来了。"

李纨又问宝玉："你可有了？"宝玉的回答非常有趣，他说："有倒有了，才一看见那三首，又唬忘了，等我再想一想。"我觉得这个小男孩真的很棒，"棒"在他总觉得还来不及欣赏别人，哪里顾得到自己写诗。宝玉个性里面的这种诚恳，非常动人。"湘云听说，便拿了一支铜火箸击着香炉，笑道：'我击鼓了，若鼓绝不成，又要罚了。'"湘云是个急性子，就用夹炭的筷子击打香炉，表示要击鼓计时了。宝玉笑着说："我已有了。"黛玉提起笔，笑道："你念，我写。"

众人就听宝玉念道："酒未开樽句未裁。"有点在讲他现在的情形：就是诗句还没有润色好的状态，黛玉写了，摇头笑着说："起的平平。"三百年前，一个女孩子跟一个男孩子说，你的诗写得平平，没什么新意，是一件非常不容易的事，这里面有一种女性充分的自信。湘云又催他："快着！"

宝玉笑道："寻春问腊到蓬莱。""蓬莱"是传说中的海上仙境，这里借指妙玉修行的地方。我们不要忘了，宝玉的诗题是《访妙玉乞红梅》，所以这一句就有些切题了。黛玉、湘云点头笑道："有些意思了。"

宝玉又道："不求大士瓶中露，为乞嫦娥槛外梅。"我到蓬莱去干什么呢？不是为了求什么长生不老药，也不是为求观音大士净瓶中的甘露水，而是为了向"嫦娥"乞求一枝梅花。"嫦娥"是主管雪的仙女，她的门槛外有红梅，就像孤独、寂寞的妙玉门外也有梅花一样。"黛玉写了，又摇头道：'凑巧而已。'"其实我个人觉得这两句还不错。有没有感觉，好像黛玉绝对不会饶过宝玉似的。我想大家知道，两个人感情好到某个程度，都不会说好话。给对方好话，大概都不是真的谈恋爱，而是有一点奉承。

“湘云忙催二鼓”，宝玉又笑着说：“入世冷挑红雪去，离尘香割紫云来。”“红雪”和“紫云”都是形容梅花，红梅花开到灿烂，如一片紫色的云。“离尘”跟“入世”是讲这么高不可攀的美，现在终于要被带到红尘人间了。“槎枒谁惜诗肩瘦，衣上犹沾佛院苔。”当大家欣赏梅花的槎枒之美时，有谁怜惜那个为大家带来梅花和灵感的瘦弱肩膀，他的衣服到现在还沾着佛院的青苔呢。这是真正的好诗，因为里面有一种非常动人的东西。

“黛玉写毕，大家才评论，只见几个丫环跑进来回道：‘老太太来了。’”大家刚要评论，贾母就来了，作者有意岔开了话题。因为真要评论起来，也真的很难。

贾母前来芦雪庵

下面这一段，贾母出场了。我一再提到，贾母其实是一个非常疼爱青春的老太太，所以她这天兴致竟然这么大。因为下雪天，这样一个富贵娇养的老太太很难出来，贾母最后坐了一顶竹轿，让人家抬着她来看这群小孩子玩耍。

“众人忙迎出来。大家又笑道：‘怎么这样高兴！’说着，远远见贾母围着大斗篷，戴着灰鼠暖兜，坐着小竹轿，打着青绸伞，众人拥轿而来。”李纨他们赶快上前迎接，贾母就命人止住说：“只站在那里就是了。”因为家族的礼教很严，尤其李纨她们是孙媳妇辈的，必须要立刻迎出来。贾母怕路滑，就不准他们过来。来到跟前，贾母笑着说："我瞒着你太太和凤丫头来了。大雪地里，我坐着这个无妨，没的叫他娘儿们来踏雪。"因为如果一起来，她们又不能坐轿子，只能跟在旁边走，贾母就觉得不安。

"众人忙一面上前接斗篷，搀扶下轿"，贾母来到房中，先笑道："好俊梅花！"这四个字好重要，不要以为人老了就看不到美了。这个梅花代表着青春，所有的小孩子正在为它写诗，所以我相信代沟并不是年龄的问题，而是还能否感受到美。然后又说："你们也会乐，我来着了。"

"说着，李纨早命人拿了个大狼皮褥子来铺在当中。贾母坐了，因笑道：'你们只管照旧玩笑吃喝。我因为天短了，不敢睡中觉。'"冬季白天很短，很快就天黑了，老人家中午睡多了，晚上就睡不好。我父母年老的时候，不知道为什么每次晚上叫他们睡觉，他们都不睡，可每次一看电视就睡着了。就是在不该睡的时间就睡着，所以老人家要把作息调得很好才行。贾母继续说："抹了一会骨牌，忽然想起你们来了，我也来凑个趣儿。"那大家当然不会不管她。"李纨早又捧过手炉来，探春另拿一副杯箸，亲自斟了暖酒，奉与贾母。"手炉是放在手上的，有点像个提篮，里面放一两块炭，就可以暖手。我记得童年的时候，常常看到这个东西，竹器里放一个红泥做的小炭炉。现在不知道为什么这个东西越来越见不到了，大概没有那么冷了。

"贾母便饮了一口，便问那个盘子里是什么东西。众人忙捧了过来，回说是糟鹌鹑。"台湾很少人吃鹌鹑了，在巴黎一般的肉食店里，常看到的一种食物就是鹌鹑。它们都是制成半成品，外面用油封着，方便你回去可以烤。我通常都是买来以后，把油解掉，用枸杞和绍兴酒去炖。贾母说："这倒罢了，撕一两点腿子来。”就是撕点腿上的肉来吃，李纨听了洗了手，“亲自来撕”。伺候贾母的一定是儿媳妇、孙媳妇，绝对不能让丫头来做，因为那是极不礼貌的事情。

贾母又说：“你们仍旧坐下说笑我听。”这个真的是蛮麻烦。我记得以前我们同学组织了一个活动，校长真的跑来，还说你们不要管我，继续玩你们的。我心里就在想，我们怎么玩，我们刚才玩的东西，好像也不方便给你知道。所以有时候长辈不了解这一点。

然后贾母又命李纨：“你也只管坐下，就如同我没来的一样才是，不然我就去了。”所以贾母很好，她意思是你们如果这么拘谨，我就不要在这里打扰你们了。在过去，一个长辈能够讲出这种话，真的是不容易。因为里面有一种体谅，是说我知道你们小孩子玩得很好，可我也爱热闹，你们别把我赶走。但是你知道小孩子们在迪斯科跳得一塌糊涂时，校长忽然来了说，你们玩你们的。我看，谁也玩不下去了。“众人听了，方依次坐下，只李纨挪到尽下边去了。”因为她刚才的位子被贾母坐了。贾母又问：你们刚才在做什么？大家回答说作诗。贾母听到作诗就完蛋了，因为她也是一个文盲，不会作诗。她说：“有作诗的，不如作些灯谜，大家正月里好玩。”大家都答应了。

又说笑了一会儿，贾母说：“这里潮湿，你们别久坐，仔细受了潮湿。你四妹妹那里暖和，我们到那里瞧瞧他的画儿，赶年可有了。”芦雪庵是靠水边的，湿气大；惜春住在暖香坞中，特别暖。大家都笑道：“那里年下就有了？只怕明年端阳有了。”贾母说：“这还了得！他竟比盖园子还费工夫。”贾母的语言很风趣，也透露出她的直爽。

凤姐暖香坞寻贾母

“说着，仍坐了竹轿，大家尾随，过了藕香榭，穿入一条夹道，东西两边都有过街门，门楼之上里外皆嵌石头匾，如今进的是西门，向外的匾上凿着‘穿云’二字。向里的凿的‘度月’两字。”我觉得全世界的建筑里具备这么高文学性的大概只有汉民族，因为西方的建筑里很少有文学的东西。经过一个门，门上一边是穿云，一边就是度月，让你感觉把大自然里的美，把对大自然的向往都带到了现实的建筑空间中，如同行走在山水间。“来至当中，向南的正门，贾母下了轿，惜春已接了出来。从里游廊过去，便是惜春的卧房，门斗上有‘暖香坞’三个字。有几个人打起猩红毡帘，已觉温香拂脸。”因为又烧暖炉又焚香，所有的香味跟热气一同蒸起来，所以叫暖香坞。

“大家进入房中，贾母并不归坐，只问画儿画在那里。”你看有一点像来视察了。惜春就笑着回答说：“天气寒冷了，胶性凝涩不润，画了不好看，故此收起来。”我们之前讲过胶彩，天太冷“胶”常常不容易化开，所以毛笔沾了胶彩，正要画时，笔头上已经冻起来了。贾母不懂画画的专业，其实画胶彩画的人都知道。所以在台湾画胶彩画环境比较好，因为天气暖和。贾母笑着说：“我年下就要的。你别托懒儿，快拿出来给我快画。”老祖母有一点假装在骂这个孙女。

“一语未了，忽见凤姐披着紫绒褐褂，笑孜孜的来了。口内说道：‘老祖宗今儿也不告诉人，私自就来了，要的我好找。’”贾母看她来了，“心中自是喜悦”。你看那个老太太的“喜悦”，是因为“我没有告诉你，就私自溜出来了”。我后来发现我母亲上了年纪后，有时候会自己偷偷溜出去看电影，其实是因为她觉得身体还可以，忽然想自己试试搭巴士去。她开心得不得了，我现在都能记起她的笑容。大家却急得要死，因为不晓得她出了什么事情，怎么不见了。我们几个兄弟姐妹全部请假，一直打电话，还跑到了警察局。

贾母说："我怕你们冷着了，所以不许人告诉你们去。"因为她们如果知道老太太要出来，一定会跟着，跟着就会受冻。"你真个鬼灵精儿，到底找了我来。论理，孝敬不在这上头。"贾母说，你用不着这么孝敬我，我走到哪你就跟到哪。凤姐笑着说："我那里是孝敬的心找了来？我因为到了老祖宗那里，鸦没雀静的，问小丫头子们，他们也不肯说，叫我到园子里来。我正疑惑，忽然又来了两三个姑子，我心里才明白了。那姑子必是来送年疏，或要年例香火银子。"贾家有固定捐给庙里的钱，这些叫年例的香火银子，所以这些尼姑固定会来要的。

我的一个企业家朋友告诉我，现在很多企业也是捐不少钱到庙里，庙里会定期来要。所以王熙凤就开贾母的玩笑说："老祖宗年下的事也多，一定是躲债来了。我赶忙问了那姑子，果然不错。我连忙把年例给了他们去了。来回老祖宗，债主已去，不用躲了。已备下希嫩的野鸡。请吃晚饭去，再迟一会子就老了。"你看，凤姐真是老太太的开心果。凤姐一面说，众人一面笑，她也不等贾母说话，就命人接过轿子来，"贾母笑着，扶了凤姐，仍上竹轿，带着众人，说笑着出了夹道的东门"。

宝琴雪中衬红梅

"一看四面粉妆银砌，忽见宝琴披着凫靥裘站在山坡上遥等，身后一个丫环抱着一瓶红梅。”会不会觉得完全像一幅画。然后大家都笑着说：“难怪少了两个人，他却在这里等着，也弄梅花去了。”贾母喜得忙笑道：“你们瞧，这雪坡上配着他的这个人品，又是这件衣裳，后头又是这梅花，像个什么？”大家笑道：“就像老太太屋里挂的仇十洲画的《艳雪图》。”

仇十洲是明朝四大画家之一，十洲是他的号，名仇英。“仇”在姓氏上读“求”，仇英擅长非常细致的工笔画。贾母摇头笑道：“那画的那里有这件衣裳？人也不能这样好！”大家都以为贾母讲的是她房里的那幅画，她却说那幅画比不上这个画面，可见贾母对美的品位。

“一语未了，只见宝琴身后又转出一个披大红猩毡的人来。”贾母说：“那又是那个女孩儿？”众人道：“姑娘们都在这里，那是宝玉。”贾母笑道：“我的眼越发花了。”“说话之间，来至跟前，可不是宝玉！和宝琴笑向宝钗、黛玉等道：‘我才又到了栊翠庵。妙玉每人送了你们一枝梅花，已经打发人送去了。’”有没有感觉到妙玉变了，她分享了她的美，也分享了她的青春。所以第五十回里的动人，是当所有这些生命的精华碰到一起，就激荡出一个非常动人的力量来。众人都笑说：“多谢你费心。”

说话之间，大家已出了园门，到了贾母房中。吃完晚饭，大家又聚在一起说笑，“忽见薛姨妈也来了，说：‘好大雪，一日也没过来望候老太太。今日老太太倒不高兴？正该赏雪才是。’”贾母笑着说：“何曾不高兴了！我找了他们姊妹们去玩了一会子。”薛姨妈笑着说：“昨儿晚上，我原想着今儿要和我们姨太太借一日园子，摆两桌粗酒，请老太太赏雪的，又见老太太安息的早。我听得女儿说，老太太心下不大爽快，因此今日也没敢惊动。早知如此，我正该请的。”贾母说：“这才是十月里头场雪，往后下雪的日子多呢，再破费不迟。”凤姐就又开起了玩笑：“姑妈仔细忘了，如今先秤五十两银子来，交给我收着；一下雪，我就预备下，姑妈也不用操心，也不得忘了。”然后贾母也开玩笑说：“既这么说，姨太太就给他五十两银子收着，我和他每人分二十五两，到下雪的日子，我装心里不快，就混过去了，姨太太更不用操心，我和凤姐得了实惠。”凤姐将手一拍，笑道：“妙极了，这和我的主意一样。”

接下来的这段非常有趣，凤姐儿的应答让众人“笑倒在炕上”。“众人都笑了，贾母笑道：‘呸！没脸的，就顺着竿子爬上来了！你不说姨太太是客，在咱们家受委屈，我们该请姨太太才是，那里有破费姨太太的理！不这样说呢，还有脸先要五十两银子，真不害臊！’凤姐笑道：‘我们老祖宗最是有眼色的，试一试，姑妈若松呢，拿出五十两来，就和我分。这会子估计着不中用了，翻过脸来拿我作法子，说出这些话来。如今我也不和姑妈要银子，我竟替姑妈出银子治了酒，请老太太吃了，我另外再封五十两银子孝敬老祖宗，算是罚我包揽闲事。这可好不好？’”

开过玩笑，贾母又说起宝琴雪中衬着红梅，比画上还漂亮，接着又细问她的生辰八字和家里的情况。我们现在不知道，以前的人只要一问到这些题目，就知道是要相亲了。贾母这样一问，大家心里就明白了，薛姨妈反而有一点不好意思。“遂半吐半露”地告诉贾母，说薛宝琴从小许配给了梅翰林家的儿子。凤姐不等薛姨妈说完，“便‘哎’声不止说：‘偏不巧，我正要作个媒呢，又已经许了人家。’”贾母问：“你给谁说媒？”凤姐笑道：“如今已经许了人家，说也无益，不如不说罢了。”就把这个事情掩盖过去了。

“次日雪晴。饭后，贾母又亲嘱惜春：‘不管冷暖，只画去，赶到年下，十分不能便罢了。第一要紧把昨天琴儿和丫头、梅花，照样，一笔不错，快快添上。' 惜春听了虽是为难，只得应了。一时众人都来看他如何画，惜春只是出神。"

李纨就跟大家在一旁猜灯谜，她说："观音未有世家传。"因为观音是善良的象征，所以湘云先猜到一个"善"字，就迫不及待地说："止于至善。""止于至善"出自《大学》，原句是："大学之道，在明明德，在亲民，在止于至善。"宝钗就笑她说："你也想一想'世家传'三个字的意思再猜。""世家传"是说以前数代显贵的诸侯世家最后都会留下一个传记，可是观音没有世家传。所以黛玉就猜是"虽善无征"。"虽善无征"则出自《中庸》，是说观音善良，可是她并没有立传表白自己。"众人都笑道：'这句是了。'"

李纨又说了下一个："一池青草草何名。"湘云又忙说："这一定是'蒲芦'也。再不是不成？""蒲芦"就是蒲苇，这个词出自《中庸》，原句为："人道谋政，地道谋树。夫政也者，蒲芦也。"所以你可以看到，这些孩子都是背诵过《四书》的，不然怎么可能答得出来。李纨笑着说："这难为你猜。纹儿的是'水向石边流出冷'，打一古人名。"探春看着她，笑着问："可是山涛？"探春猜对了，山涛是竹林七贤之一。李纨又说："绮儿的是'萤'字，打一个字。"大家猜了半天都猜不到。宝琴笑道："这个意思很深，不知可是花草的'花'字？"李绮笑着说："恰是了。"众人都问："萤与花何干？"黛玉说："妙的很！萤可不是草化的？"黛玉非常聪明，就解释说，萤是由草变的，就是"草化"，一个"草"字头底下一个"化"，正好就是"花"。大家明白了意思，都笑说妙。

宝钗就说："这些虽好，不合老太太的意。不如作些浅显的，雅俗共赏的。"因为老太太不喜欢这么深奥的东西，她会听不懂。湘云想了一想说："我编了一枝《点绛唇》，却真是个俗物，你们猜猜。""点绛唇"是一个曲牌的名字。湘云说着念道："溪壑分离，红尘游戏，真何趣？名利犹虚，后事终难继。"大家猜了半天，有猜和尚的，有猜道士的，因为最后一句"后事终难继"让人想到不结婚，没有孩子的人。"宝玉笑了半日"，见大家都猜不出来，才说："都不是，我猜着了，必定是耍的猴儿。"因为马戏团杂耍的猴子，尾巴都会被剁掉，所以是"后事终难继"。大家就笑湘云说："偏他编个谜儿也是刁钻古怪的。"

在第五十回结尾的部分，就慢慢带出了谜语，谜语里也有暗示。"事后终难继"，其实也在暗示这个家族的繁华接续不下去了。而第五十回的时候，正是贾家的巅峰跟鼎盛。这样，大家就可以了解，《红楼梦》里的猜谜并不是单纯的猜谜，猜的其实是家族的宿命。